낙룡의 진주

낙룡의 진주 2

2021년 9월 6일 초판 1쇄 인쇄
2021년 9월 9일 초판 1쇄 발행

지은이 소낙연
발행인 김정수 강준규

기획 편집 이은정 황지인
마케팅 지원 배진경 임혜솔 송지유 이영선

발행처 (주)로크미디어
출판등록 2003년 3월 24일
주소 서울시 마포구 성암로 330 DMC첨단산업센터 318호
편집 문의 (02)6365-5156 **구입 문의** (02)3273-5135
홈페이지 rokmedia.blog.me
E-mail romance@rokmedia.com

값 10,000원

ISBN 979-11-354-6817-9 04810 (2권)
ISBN 979-11-354-6815-5 04810 (세트)

낙룡의 진주

2

소낙연 장편소설

목차

7. 마르가리타 (2)

"차 선생님!"

해루는 일단 그렇게 외쳐 보았다. 이 남자가 차 선생이든 아니든 반응은 보여 올 테니까.

남자가 책에서 눈을 떼고 그녀를 돌아보았다. 하지만 아무런 말을 하지 않았다. 마치 그녀를 알아보지 못한 것처럼.

"저 해루예요. 알아보시겠어요?"

남자는 그 말에도 반응을 보이지 않았다. 전혀 못 알아들은 것처럼 다시 시선을 책으로 향했다.

"제가 왜 왔는지 아시겠죠. 우리 유주, 어디 있어요?"

해루는 다시 한번 말을 꺼냈다. 하지만 남자는 여전히 그녀의 말을 무시하고 있었다. 하긴, 말로 해서 들을 사람이면 오래전에 그렇게 자취를 감춰 버릴 리도 없었다.

이렇게 해선 이 남자에게서 아무것도 알아낼 수 없을 것이다. 다른 방법이 필요했다. 남자가 어쩔 수 없이 입을 열게 만들 강력한 방법.

해루는 남자를 한참이나 노려보다 가방에서 그것을 꺼내 들었다. 며칠 전 륜에게서 건네받았던 그것. 쏘면 액체가 나온다고 했지만 어쩌면 탄환이 나올 지도 모르는 시커먼 그것. 협박이라도 해야 그에게서 답을 들을 수 있을 것 같았기 때문이다.

그녀는 그를 향해 천천히 총을 겨눴다. 그리고 덜덜 떨리는 손을 다잡으며 어깨에 한껏 힘을 주었다.

"얼른 말하세요. 유주는 어디에 있죠? 우리 유주, 어떻게 했냐고요!"

남자는 그제야 그녀를 쳐다보며 입술을 떼었다.

『대체 누구신데 이러는 건가요. 불법침입인 건 아십니까.』

남자의 말은 알 수 없는 외국어였다. 아마도 러시아어로 추정되는. 어쩌면 이 남자는 차 선생이 아닌 걸까.

그 순간 실험도구 너머로 열린 가방이 보였다. 낯익은 물건들로 가득한. 피로 가득 찬 시험관과 보관 용기들을 한눈에 알아볼 수 있었다. 오래전 차 선생이 들고 다니던 그 장비들이었다.

해루는 더 생각할 수 없었다. 시치미 떼는 차 선생의 모습을 이대로 두고 볼 수도 없었다. 그렇게 느낀 순간 손가락이 저절로 움직였다. 방아쇠가 당겨지고 희미한 소음이 들렸다.

푸슉.

작은 소리와 함께 은빛의 무언가가 바닥에 날아가 박혔다. 겨눌 줄도 몰랐고, 의도한 것도 아니었지만, 운 좋게도 그 남자의 바로 앞이었다.

"말해! 우리 유주 어디 있냐고! 어떻게 했냐고!"

"……호오."

차 선생은 그제야 감탄사를 뱉었다. 한국말인 듯도 했고 아닌 듯도 했다.

"어서 말해! 말을 하라고!"

해루는 무작정 다시 총을 쏘았다. 한 발을 쏘고 두 발을 쏘았을 때 남자가 다시 입을 열었다.

"유주는…… 세상에 없다. 안타깝게도."

귓가에 울려온 남자의 말은 도저히 믿기지 않는 내용이었다.

지금 무슨 소리를 들은 걸까. 제대로 들은 게 맞는 걸까.

해루는 무너져 내리는 마음을 다잡으며 총을 잡은 손에 다시 힘을 주었다.

"뭐, 뭐라고요? 그게 무슨…….”

"영국에서 세상을 떠났다. 병이 몹시 악화되어서."

"거짓말하지 말아요! 무슨 말도 안 되는! 우리 유주가 왜!"

해루는 미친 듯이 외쳤다. 하지만 속으로는 차 선생의 말을 완전히 부정하지도 못했다. 유주는 7년이나 전화도 이메일도 없었다. 아무리 차 선생이 감시를 하거나 했다 해도, 살아 있다면 이메일 한 통 정도는 보낼 수 있지 않았을까.

"믿기 힘든 거 안다. 하지만 사실이 그런 걸 나도 어쩔 수가 없구나."

"그럼 유주가 하늘로 갔다는 연락은 왜 안 했죠? 왜 자취를 감췄냐고요! 다 가짜였잖아요! 주소도 가짜고 전화도 가짜고 연구소도 가짜고!"

해루는 차 선생을 노려보며 윽박질렀다. 정말이지 말도 안 되는 이야기였다. 유주가 세상을 떠났다니. 그걸 7년이나 모르고 있었다니.

"쫓는 자들이 있었다. 유주의 피를 노리는."

차 선생은 침착하게 답을 해 왔다. 설마 영국에 도착하자마자 자취를 감췄던 게 그런 이유였을까.

"진주인지 뭔지, 그걸 탐내는 사람들이 있었다는 말을 하고 싶은 거예요?"

해루는 이야기의 초점을 다른 곳으로 맞췄다. 차 선생이 유주를 어쩌지 못하리라 생각했던 당연한 이유, 유주가 가졌다는 특별한 그것에 대해서. 진주에 대해서 알면 유주의 생사도 함께 알 수 있으리란 생각이었다.

"⋯⋯알고 있었니? 진주에 대해서?"

차 선생이 예의 그 상냥한 목소리로 물어 왔고, 해루는 자신만만한 척 큰소리를 쳤다.

"당연히 알고 있죠. 부모님께 들었으니까."

"그럼 네가 실패작이란 것도 잘 알고 있겠구나. 특별한 능력 따위는 가질 수 없는 하찮은 존재라는 걸 말이다."

차 선생은 그녀의 기를 죽이려는 듯 부드럽게 이죽거렸다. 하지만 해루의 의식은 오직 한 문구에 초점이 맞춰졌다.

특별한 능력.

그게 무얼까. 진주를 가지게 되면 능력이 생긴다는 뜻일까.

"그런 능력 따위 나는 필요 없어요. 먹고살 능력은 지금도 충분히 차고 넘치니까. 실패작은 당신 같은 사람을 두고 하는 말이겠죠. 그 특별하다는 진주를 지키지도 못했잖아요?"

"그건 무슨 뜻이지?"

"안 그래요? 일반 병원에서도 멀쩡히 잘 퇴원했던 애가 차 선생님이 데려가자마자 목숨을 잃었다니 말이에요."

"큭. 하나도 모르고 있군. 진주에 대해서. 하긴, 네 부모도 아는 것이 없었지. 그저 돈에 미쳐선."

차 선생이 더 얘기할 것도 없다는 듯 다시 책으로 시선을 돌리며 말했다. 그 순간 그의 주변으로 무언가 검은 그림자가 비친 것 같았다.

해루는 소스라치게 놀라 권총을 다잡으며 크게 외쳤다.

"당신 대체 뭐야! 우리 부모님도 당신이 어떻게 한 거지?"

그가 태평한 얼굴로 고개를 들었다. 그리고 싱긋 웃으며 대꾸해 왔다.

"부모님들이 왜. 집에 무슨 일이라도 있었니?"

"당신이 드라클로 만들었잖아! 설마 우리 유주도……."

"도통 무슨 소리를 하는 건지 모르겠구나. 이렇게 우연히 만났는데 반가워하기는커녕 알 수 없는 소리나 해 대고. 내가 알던 해루는 이런 애가 아니었는데."

"우연? 7년을 미친 듯이 찾았는데 우연? 죽일 수도 있어, 당신. 그러니까 빨리 유주 내놓으라고! 죽었으면 무덤이라도 파내라고!"

해루는 미친 듯이 외쳤다. 하지만 차 선생의 목소리는 더 이상 들리지 않았다. 모습도 더 이상 보이지 않았다. 마치 순간이동이라도 해 버린 것처럼.

그제야 아차 싶었다. CCTV 영상에서 차 선생의 모습이 갑자기 사라졌던 것이 기억났다. 지슈카처럼 순간이동을 할 수 있는 존재가 세상에 또 있었다니.

해루는 정신없이 방 안을 뒤졌다. 차 선생은 사라지고 없었지만 행여 유주의 흔적이라도 찾을 수 있지 않을까 싶었기 때문이다.

하지만 열려 있던 가방도 차 선생과 함께 사라진 뒤였고, 유주와 관련 있을 만한 그 어떤 물건도 방 안엔 보이지 않았다.

결국 실험기구들까지 꼼꼼히 뒤져 보다 문 쪽으로 향했다. 그러다 문득 눈에 걸리는 것이 있어서 발을 멈췄다.

사진.

영국으로 추정되는 풍경을 찍은 폴라로이드 사진들이 바로 옆의 책장에 가지런히 놓여 있었다.

런던타워, 웨스트민스터 사원, 빅토리아앨버트 박물관, 세인트폴 대성당 등등. 유주를 그리며 수도 없이 검색해 본 영국의 명소들이었기에 잘 알고 있었다.

설마.

유주와의 이별 선물로 폴라로이드 카메라를 주었던 것이 기억났다. 어쩌면 유주가 찍었던 사진들이 아닐까. 해루는 반드시 이곳을 다시 찾아오리라 생각하면서 사진을 챙겨 들고 나왔다. 어떻게든 사진의 주인을 확인하리라 결심하면서.

어디선가 자욱한 연기가 흘러든 것은 그 순간이었다. 뜨거운 열기와 함께 짙은 불 냄새가 밀려들었다.

뚜르르르.

별안간 화재경보기가 울리고 여기저기서 사람들이 잔뜩 뛰쳐나왔다.

해루는 정신없이 클럽 쪽으로 뛰었다. 륜을 찾아야 했기 때문이다. 주위는 온통 아수라장이었다. 수백이 넘는 사람들이 그녀와 함께 달리고 있었다.

해루는 미로처럼 복잡한 복도를 내달리다 어느 순간 발을 멈추고 말았다. 달려도 달려도 왠지 같은 곳을 맴돌고 있는 듯한 기분이 들었기 때문이다.

비상구 표시도 없고 밝은 조명도 존재하지 않는 어슴푸레한 복도. 불길을 피한다기보다 그녀에게로 몰려들고 있는 듯한 사람들.

그리고 무엇보다 그것이 보였다. 오각별과 짐승뼈의 그 문양. 그녀를 에워싼 거의 모든 이들에게 검은 표식이 나타나 있었다.

타아앙!

곁에서 총소리가 들린 것은 그때였다.

"해루야! 이쪽!"

연이은 총성과 함께 륜의 목소리가 들렸다.

해루는 얼른 그쪽으로 달렸다. 륜과 함께 총을 들고 있는 두 사람이 더 보였다. 체코 사람으로 보이는 금발의 여자와 갈색 머리의 남자. 륜의 동료인 모양이었다.

해루가 그들 속에 섞이기 무섭게 총성이 요란하게 이어졌다. 그리고 표식을 지닌 드라클이 하나둘 쓰러지기 시작했다.

보통 사람처럼 보이던 그들은 총알이 날아가 박히기 무섭게 검은 숯처럼 변했다. 마치 인간 형태의 나무들이 타들어 간 듯 기이한 형체였다. 그리고 다시는 움직이지 못했다. 지슈카가 알려 주었던 은제 탄환의 효력이었다.

해루는 죽을힘을 다해서 몇 발의 총을 쏘았다. 그러다 밀려드는 연기 사이에서 그 여자를 보았다. 륜을 비롯한 헌터들이 앞쪽의 드라클들을 모두 쓰러뜨려 길을 텄을 때.

버터플라이를 연주했던 붉은 머리의 바이올린 연주자가 흥미로운 눈길로 이쪽을 지켜보고 있었다. 타들어 가는 불길처럼 기이한 붉은 눈을 한 채로.

그 여자에게선 그 어떤 표식도 보이지 않았다. 하지만 숱하게 쓰러지는 드라클들을 보면서도 눈 하나 깜짝하지 않았고, 매캐하게 흘러드는 연기에도 피할 생각을 않는 것이 몹시 스산하게 느껴지고 있었다.

"윤해루, 뭐 해? 달려!"

륜이 얼른 몸을 피하자는 듯 턱짓을 하며 크게 외쳤다. 정신이 없어 알지 못했는데, 싸우느라 다친 건지 륜의 팔에서 피가 흥건하게 흘러내리고 있었다.

"륜, 다친 거야? 괜찮아?"

해루가 다급히 묻기 무섭게, 드라클 서넛이 륜을 에워쌌다. 그들의 움직임은 보통의 인간보다 빨랐으며 힘도 몇 배는 강했다. 그리고 피를 보자 정말로 미친 듯이 달려들었다. 영화에서 보는 것보다 훨씬 더 기괴하고 공포스러운 모습이었다.

륜에게 달려드는 드라클들을 다른 헌터들이 닥치는 대로 처리하고 있었으나, 피에 미쳐 버린 그들을 상대하기란 역부족인 듯했다. 게다가 숫자가 너무 많았다.

다급한 마음에 해루가 막 지슈카를 부르려던 순간이었다. 굉장한 덩치의 괴기스런 드라클 하나가 바람처럼 움직여 륜의 팔을 물어뜯었다. 그리고 륜이 총을 놓치던 순간, 수십의 드라클들이 한꺼번에 륜의 몸을 덮쳤다. 륜의 모습은 그들에게 깔려 보이지도 않았다.

심장에서 엄청난 회오리가 이는 기분이 든 것은 그때였다. 륜에 대한 걱정으로 가슴이 타들어 가는 것 같았을 때. 드라클들에 대한 분노가 미친 듯이 들끓어 올랐을 때.

해루는 있는 힘껏 지슈카를 불렀다. 그가 정말로 이곳에 나타 주길 간절히 바라며 한 번, 두 번……

그리고 그것은 마치 잔잔한 바람처럼 터져 나와 폭풍처럼 주변을 휩쓸었다.

지슈카의 도움인 듯한 짙붉은 에너지체가 그녀의 가슴에서 작게 회오리치기 시작했다. 그리고 중심점에서 퍼져 나가는 원처럼 서서히 사방으로 번져 나갔다.

처음엔 고요한 바람처럼, 나중엔 거센 불길조차 날려 버릴 정도로 강한 태풍처럼.

핵은 고요하게 폭발해도 막대한 에너지를 내보낸다. 그 붉은 에너지가 꼭 그랬다. 소리 없이 시작된 붉은빛은 점점 더 크나큰 원을 그리며 그녀에게서 퍼져 나갔다.

그리고 붉은 빛에 닿는 즉시 드라클이 족족 쓰러지기 시작했다. 아니, 그 자리에서 숯이 되어 부서져 내렸다고 하는 것이 옳을 것이다.

붉은빛은 그녀에게서 멀어지면 멀어질수록 더 강한 폭발력을 보였다. 종국에는 저편에서 밀려드는 불길마저 깡그리 태워 버릴 정도로.

빛이 가슴에서 뿜어져 나가는 동안 해루는 버티고 서 있는 것조차 힘들었다. 그 에너지를 다 감당하지 못해 의식마저 혼미해지는 것 같았다.

정신이 들었을 땐 주변이 온통 까만 숯투성이였다. 시커멓게 부서져 내린 숯 더미들이 사방에 산처럼 쌓여 있었다.

그리고 그토록 애타게 불렀던 지슈카가 곁에 있었다. 걱정스러운 눈으로 그녀를 바라보며 다급히 감싸 안았다.

"괜찮은가."

"륜! 륜은요."

정신을 차리기 무섭게 그녀는 륜의 안부부터 물었다.

"걱정할 것 없다. 이 정도도 처리 못 하면 헌터의 자격이 없지."

지슈카가 냉정하게 말했다. 그를 입증이라도 하듯 곧바로 숯 더미를 헤치고 나오는 륜의 목소리가 들렸다.

"제길! 뜯겼어."

"괜찮아, 륜?"

해루는 그에게로 달려가 다급히 팔을 잡았다. 그리고 정신없이 그의 상태를 살폈다.

"그럼 괜찮지. 놈들을 상대해 온 게 자그마치 20년이야. 이런 일이 한두 번이었을 것 같아?"

륜은 자신만만하게 말하며 그녀의 어깨를 다독였다. 하지만 얼마나 물어 뜯겼는지 온몸이 피투성이였고 옷은 너덜너덜해져 있었다.

갑자기 두려운 마음이 들어서 해루는 황급히 물었다.

"어떡해, 그렇게 물려서. 혹시 륜도 드라클이 되는 거 아니야?"

그녀의 말에 그가 황당하다는 듯 어깨를 툭 쳤다.

"실제는 영화랑 한참 달라. 놈들에게 물렸다고 다 드라클이 되면, 지금쯤은 지구인 전체가 드라클이게? 피에 중독되기 전에는 드라클 될 일 같은 거 없어. 그걸 못 하니까 문제지."

륜이 심드렁하게 말하며 그녀를 지슈카에게로 밀어냈다. 그리고 심각한 얼굴로 다른 헌터들과 대화를 나누기 바빴다.

지슈카는 푸른 불꽃을 일으켜 주위에 가득한 숯더미들을 흔적 하나 없이 먼지로 날려 버렸다. 남은 불길도 푸른빛의 에너지장으로 단번에 사그라뜨려 버렸다. 그리고 조용히 외마디 단어를 흘려보냈다.

"흅."

그러자 눈앞에 금갈색 머리의 키 큰 남자 하나가 나타났다. 특이한 녹색 눈을 하고 있었는데, 그 또한 천룡인 것 같았다.

지슈카는 그에게 이런 저런 지시를 내렸다. 아마도 뒷정리와 함께 수색을 부탁하는 듯했다.

상황을 지켜보던 해루는 갑자기 온몸의 힘이 빠져나가는 것 같아 그 자리에 주저앉고 말았다. 강력한 붉은 에너지가 그녀를 휩쓸고 간 뒤라 몸이 감당하기 힘들었다. 여전히 심장에선 간헐적으로 작은 회오리 같은 게 일고 있었다.

"일단은 쉬는 게 좋겠다."

지슈카가 걱정스럽게 말하며 그녀를 안아 올렸다. 그리고 헌터들과 그녀를 데리고 바로 공간을 이동했다.

"하. 역시 차원이 다르군."

한순간에 숙소로 옮겨진 륜이 허탈하다는 듯 말했다. 그리고 단번에 아무는 상처를 바라보며 고개를 절레절레 저었다.

"정말로 드래곤인가, 당신?"

"정확히는 천룡이다. 본디 드래곤은 인간 제물을 받던 마룡을 뜻했지."

륜을 치료해 준 지슈카가 그의 팔을 내동댕이치다시피 하며 말했다. 아무래도 륜과 지슈카는 도무지 가까워지기 힘든 사이인 것 같았다.

"인간들이 뭘 모르고 분별없이 불러왔다는 건가. 용이나 드래곤이나 똑같은 걸로?"

"짧은 생을 살다 가는 이들이 오래도록 이어져 온 역사를 제대로 알 리 만무하니까."

"그러는 용은 몇 년이나 사는데?"

"3만 년."

지슈카의 말에 륜이 놀랍다는 듯 휘파람을 불었다.

"그럼 당신은 몇 살이나 먹었지?"

"7700살."

"많이도 먹었군."

륜이 쿡 웃으며 말했다.

소파에 기대있던 해루는 둘의 대화를 들으며 희미하게 미소를 지었다. 륜은 지슈카의 존재에 대해 도무지 경외감 같은 건 느끼지 않는 듯했고, 지슈카는 그런 륜의 태도를 전혀 개의치 않는 듯했다.

그런데 7700살이라니. 그럼 지슈카는 단군할아버지보다도 더 오래 살아온 존재라는 뜻이었다. 륜보다 더 젊어 보이는 얼굴을 하고 있음에도 불구하고. 새삼 그가 신적인 존재라는 사실이 성큼 다가들었다.

그녀는 몸을 추스려 일어서며 냉장고로 향했다. 과일이라도 꺼내 놓을 생각이었다.

"그런데 마룡들도 텔레포트를 할 수 있나요?"

식탁 위에 체리를 올려놓던 해루가 문득 생각나서 물었다. 갑자기 모습을 감춰 버린 차 선생이 떠올라 마음이 무거워졌기 때문이다.

그가 드라클이 아니라면 떠올릴 수 있는 존재는 하나밖에 없었다. 그리고 지슈카에게 들었던 바로는 마룡이 인간의 몸에 들어갈 수도 있다고 했었다. 그럼 혹시 차 선생의 몸에 마룡이 깃든 걸 수도 있지 않을까.

"일부는. 혹여 그런 존재를 마주치기라도 한 건가."

지슈카가 걱정스러운 얼굴로 되물었다.

"네. 모습은 분명히 인간이었는데 갑자기 사라졌어요. 지슈카처럼."

"아까 그곳에서 말인가."

"네."

"왜 그때 나를 부르지 않았지? 큰 위험을 치를 뻔하지 않았는가."

지슈카가 굳은 목소리로 말했다.

"드라클의 표식이 없어서 사람이라고 생각했거든요. 근데 갑자기 사라졌어요. 처음부터 그 자리에 없었던 것처럼."

해루는 가방에서 차 선생의 몽타주를 꺼내 지슈카에게 보여 주었다. 천룡들이 마룡을 쫓고 있다고 하니, 혹 그가 찾아 줄 수 있지 않을까 기대하면서.

"이 사람이에요. 아니, 사람이 아니라 아마도 마룡이겠죠."

그렇게 대답하다 마음이 더욱 무거워졌다. 상황은 생각보다 훨씬 나쁜 것 같았다. 마룽이라니.

하지만 아직은 희망이 있었다. 유주에게 있다는 진주라는 것 때문이었다. 유주를 특별한 존재로 만들어 주는 그것은 인간 제물이란 것과는 한참 다르게 느껴졌었다. 하니 유주를 드라클로 만들 이유는 없지 않았을까.

"알겠다. 놈은 우리 쪽에서 처리하도록 하지."

지슈카가 흔쾌히 말하며 몽타주를 받아 들었다.

"처리하기 전에 그 사람에게 물어볼 것이 있어요. 혹시 그 남자를 찾게 된다면 제게 꼭 알려 주세요."

해루가 간절히 말하자, 그가 의아한 듯 눈썹을 치켜 올렸다. 설명을 요구하는 듯했지만 해루는 더 말할 수 없었다. 혹여 유주가 드라클이 되어 있을지도 몰랐고, 그것은 지슈카에게 즉각적인 처리 대상이라는 뜻과도 같았으니까.

'내 손으로 베었다. 죽느니만 못한 존재로 살게 할 수는 없었으니까.'

400년 전의 일을 얘기하던 그의 눈빛이 떠오르자, 해루는 그 섬뜩함에 잠시 굳은 얼굴을 하고 말았다. 그를 몹시 따르던 아이도 그렇게 했는데, 아무 관련 없는 유주에겐 더 냉혹할 것이다. 그러니 유주에 대한 것은 알리지 않는 편이 나을 듯했다.

"알겠다. 그렇게 해 주지."

지슈카는 더 묻지 않고 그렇게 답했다. 그리고 바로 허공에 손짓을 했다.

다음 순간 아무도 없던 식탁 앞에 바로 카린이 나타났다.

"부르셨습니까, 전하."

갑자기 등장한 카린의 말은 그랬다.

그 상황에 해루는 몹시 놀랐다. 륜도 조금 당황한 듯했다. 체리를 한 움큼 입에 넣더니 그대로 우적우적 씹었다.

전하라니. 그건 왕을 부를 때나 쓰는 말이 아니던가. 게다가 카린 또한 천룡이었다는 사실에 둘은 더욱 놀랐다.

"마룡들의 근거지를 찾은 것 같다. 추적해서 본진을 격파하고 이자를 추포해 오도록."

지슈카가 차 선생의 몽타주를 건네며 말했다. 그의 명령에 카린이 허리 굽혀 예를 갖췄다.

"예. 그리하겠습니다."

그 순간 습관처럼 식탁 위의 체리를 한 움큼 씹어 먹던 륜이 그녀를 불렀다.

"카린 씨."

무슨 일인지 카린을 보는 륜의 시선은 지슈카를 바라보는 눈빛과 한참이나 다른 눈빛이었다. 7년을 보아 온 해루도 처음 보는 그런 눈빛.

"무슨 일이죠?"

카린 또한 담담한 눈으로 륜을 응시하며 순순히 대답해 왔다.

"아까 그곳으로 가는 거라면 저희 헌터들도 합류하고 싶습니다만."

"그만두십시오. 드라클이면 몰라도 마룡은 인간 헌터들이 상대할 수 있는 존재가 아닙니다."

카린의 말은 단호했고 표정도 조금 굳어 있었다. 하지만 눈빛은 달랐다. 뜻밖에도 체리와 륜을 바라보는 시선이 어딘지 애련함을 띠고 있었다.

"어차피 드라클도 모두 처리해야 할 게 아닙니까. 그 부분은 우리가 맡도록 하죠."

륜이 자신만만하게 말했으나 카린은 고개를 저었다.

"됐습니다. 인간들과 함께라면 신경 써야 할 일들만 늘어날 테니."

"뭐, 그럼 우리가 알아서 움직이죠. 굳이 함께할 필요는 없을 테니까."

마음이 상한 듯 륜이 심드렁하게 말했다. 그러자 카린이 지슈카를 돌아보았다.

"문제 될 건 없지 않은가."

지슈카의 응답에 카린이 륜을 향해 어쩔 수 없다는 듯 고개를 끄덕였다. 그리고 손에서 자그마한 푸른빛을 피워 올렸다.

"좋습니다. 감당할 수 없는 존재를 맞닥뜨리면 이걸 써요. 우리 쪽에서 도울 수 있을 겁니다."

카린이 륜에게 건넨 것은 호루라기 같이 생긴 물건이었다. 푸른빛 속에서 갑자기 모습을 드러낸 그것. 륜이 즉시 불어 보았으나 소리는 나지 않았다.

"걱정 마십시오. 용들에겐 들립니다."

"신비로운 호루라기군요. 그럼 잘 부탁드립니다."

륜이 흥미로운 눈으로 말하며 카린에게 고개를 꾸벅 숙였다.

지슈카나 그녀에게 하는 것과는 사뭇 다른 정중한 태도. 해루가 의아한 눈으로 륜을 쳐다보았으나 그는 설명해 줄 생각이 없는 듯했다.

"그럼 이만 이동하겠습니다."

지슈카에게 고개를 숙인 카린이 손에서 또다시 푸른빛을 띄워 올렸다. 그리고 허공에 푸른 원을 그리기 시작했다.

그녀가 완성한 것은 투명한 푸른 불꽃이 타오르는 커다란 링이었다.

카린은 륜과 헌터들을 불러 그들의 어깨를 짚었다. 그리고 바로 링을 통과해 사라져 버렸다.

푸른 불꽃의 링은 금세 자취를 감췄다. 마치 처음부터 그 자리엔 아무것도 없었던 것처럼.

"아까는 정말 감사했어요."

신기하게 그들을 지켜보던 해루가 그제야 감사를 표했다. 상황이 워낙 급박하게 돌아가다 보니 고맙다는 말조차 하지 못했다는 것이 이제야 생각났기 때문이다.

"나는 한 것이 없다. 뒷정리 정도 도와준 것뿐."

지슈카가 무표정한 얼굴로 말했다. 대수롭지 않게 흘러나온 그의 말에 해루가 웃었다. 존귀한 능력을 늘 별것 아닌 듯 말하는 그가 태산처럼 보이기도 했다.

"제게 불꽃을 보내 주셨잖아요. 너무 엄청나서 감당도 다 안 되더라고요."

해루는 굉장했던 아까의 상황을 떠올리며 계속 말을 이었다.

"지슈카에게 도움을 청하긴 했지만 그런 방식으로 도와줄 줄은 몰랐어요. 그거 아니었음 정말 어떻게 됐을지……."

"내가 보낸 것이 아니다."

말을 다 끝맺기도 전에 그가 단호하게 말을 잘랐다.

"네? 지슈카가 보낸 것이 아니라고요? 그럼……."

"그대가 피워 올린 불꽃이라는 뜻이다. 아니면 누군가 그대를 돕는 다른 이가 존재했거나."

무슨 일인지 지슈카의 목소리는 무거웠고 얼굴은 딱딱하게 굳어 있었다.

해루는 당혹스러웠다. 그럼 그 불꽃은 어디에서 온 걸까. 지슈카의 색인 푸른빛이 아닌 붉은빛이었다는 게 그제야 뇌리를 스쳤다.

"붉은빛은 마룡의 색이지."

거실의 공기가 탁하게 가라앉았다. 무겁게 들려온 지슈카의 목소리가 불길하게 공간을 훑고 지났다.

8. 장미 그늘 아래서

노트북에서 연신 팀장의 메시지 알림음이 울리고 있었다. 하지만 해루는 응답하는 것도 잊은 채 멍하니 생각에 잠겨 있었다.

'붉은빛은 마룡의 색이지.'

무겁게 들렸던 지슈카의 목소리가 연신 귓가를 맴맴 돌았다. 그것은 무슨 뜻이었을까.

지슈카는 그 일에 대해서 더 말하지 않았지만, 그 말은 며칠 내내 가슴에 가시처럼 걸려 있었다.

그녀가 아는 마룡이 있다면 꼭 한 존재뿐이었다. 차 선생.

설마 그가 불꽃을 보내온 걸까. 그랬다면 대체 왜.

모든 것이 뒤죽박죽이어서 무엇 하나 이해가 되지 않았다.

무엇보다 지슈카에게 괜한 오해를 사게 된 것 같아 마음이 무겁기 그지없었다.

마롱에게 도움을 받는 인간이라니.

그는 아무것도 묻지 않았지만, 거리감마저 느껴졌던 그 목소리에 심장이 철렁 내려앉는 것만 같았다.

해루는 복잡한 마음을 누르며 팀장의 메시지에 응답을 했다. 그리고 가방에서 또다시 사진 뭉치를 꺼내 들었다. 며칠 전 차 선생이 있던 그 방에서 발견한 폴라로이드 사진이었다.

뭐라도 있을까 하여 벌써 수십 번을 꼼꼼히 들여다봤지만 딱히 특별해 보이는 것은 없었다. 사진에 찍힌 전시회 광고로 빅토리아앨버트 박물관의 사진이 최근에 찍은 것이란 사실만 확인했을 뿐.

"뭘 그렇게 봐?"

갑자기 불쑥 들려온 륜의 목소리에 해루는 화들짝 놀라 뒤를 돌아보았다.

그가 가방을 내려놓으며 그녀를 쳐다보고 있었다. 밖에 나갔다 온다더니 벌써 들어온 모양이었다.

"사진이 마음에 걸려서."

그녀의 대답에 그가 고개를 절레절레 저었다.

"흔한 폴라로이드 카메라야. 그 필름도 10년 전부터 최다 판매량을 기록하고 있는 흔한 필름이고. 유주가 찍은 거면 또 어떡할 건데?"

륜이 미련 두지 말라는 듯 냉정하게 말했다. 괜한 기대를 했다가 그녀가 실망할 것을 걱정하는 눈치였다.

"만약에 유주가 드라큘 같은 게 되어 있으면 륜은 어떻게 할 거야?"

해루는 내내 가슴에 걸려 있던 질문을 밖으로 뱉었다. 륜이라면 조금 다른 답을 주지 않을까 기대하면서.

"바로 제거해야겠지. 잔인하게 들려도 어쩔 수 없어. 그게 현실이니까."

륜의 대답 역시 지슈카와 다르지 않았다. 무조건 제거해야 한다는 것.

그녀가 동의할 수 없다는 얼굴을 하자 륜이 차근차근 설명을 덧붙였다.

"인간의 피는 마약보다 훨씬 강한 중독성이 있어. 미량으로 들어 있는 성분이 엄청난 쾌락을 가져다준다고 하지. 그래서 한 번 중독되면 완전히 미치는 거야."

"사람이 어떻게 그래?"

"사람이 아니니까 그러는 거야. 자식이고 뭐고 눈에 안 보인다고. 어린 피일수록 쾌감이 더 엄청나다니까 갓난쟁이의 피를 빠는 것도 서슴지 않지."

륜의 대답은 명쾌했다. 잔혹한 현실이었다.

문득 오래전 당골 할머니와의 대화가 뇌리를 스쳐 지났다.

'근데요 할머니. 그렇게 용한 자리인데 왜 여기서 사람들이 많이 죽었을까요? 그때는 용신이 안 지켜 준 걸까요?'

'천벌이여, 천벌. 다들 맘보를 곱게 쓰지 못했응께.'

'그럼 그때 죽은 사람들이 다 나빴다는 거예요?'

'그라제. 세상엔 사람 모양을 하고도 사람같이 못 사는 것들이

엄청시리 많응께.'

　사람 모양을 하고도 사람같이 못 사는 것들.

　아마도 그때 그 사람들도 드라클이 아니었을까. 할머니는 사람이라고 하지 않았다. 것들이라고 했었다. 그것은 인간이 아니란 의미였을지도 모른다. 그럼 엄마 아빠도 인간이 아니었을까.

　"카린의 말로는 마룡이 영혼을 앗아 가면 드라클이 된다는데, 우리 측 정보로는 피에 중독되면 드라클이 돼. 결국 정보를 종합하면 결론은 하나야. 마룡이 인간을 피에 중독시켜 드라클로 만든다는 것. 그러면 인간의 존엄을 잃고 흑주술에 농락돼 놈들의 뜻대로 움직이게 된다는 것."

　륜의 설명은 계속되고 있었다.

　며칠 전까지만 해도 세상에 존재하는 줄조차 몰랐던 전설 속의 존재들이었다. 그런데 이제는 끔찍한 그들이 늘상 대화의 일부로 등장하고 있었다.

　"그러니까 윤해루. 만약에라도 유주를 찾았는데 표식이 있다면 무조건 총을 쏴. 안 그러면 네 목숨이 위험하다고. 네 피만 문제가 아니야. 네 주변이 다 초토화가 되겠지."

　륜이 단호한 얼굴로 말했다. 하지만 해루는 속 시원히 답을 하지 못했다.

　그녀가 정말로 유주를 쏠 수 있을까. 아니 찾을 수나 있을까. 모든 것에 자신을 잃어가고 있었다.

　지슈카가 보고 싶었다. 몹시도 보고 싶었다.

　하지만 그녀는 그를 부르지 못했다. 며칠째 계속된 불면의 밤이 또다시 깊어 가고 있었다.

✳

  북해의 칼바람이 옷깃을 스치고 지났다.

  비밀스런 공간인 하란섬의 해상동굴 안, 지슈카는 누군가를 기다리고 있었다. 휼의 주선으로 견습 신관 하나를 은밀히 만나러 온 참이었다.

  성역의 신성한 호수는 신관들 전부가 달라붙어도 여전히 복원되지 않고 있었고, 대신관 뭄세스는 황제의 전폭적인 지지에 힘입어 과감히 천제를 추진하고 있는 중이었다.

  거기에 다가오는 6월의 하지는 1000년에 한 번 있는 성스러운 하지라 하여, 백성들 모두가 크게 기대를 하고 있었다. 모두가 그의 의지와 반대로 가고 있는 일들이었다.

  "선선대 대신관의 손녀라 하였나."

  그의 물음에 휼이 정중히 답해 왔다.

  "예. 대대로 신관 집안이었다 들었습니다. 전해 오는 비책도 많이 가지고 있는 듯하고요."

  "그런 이가 7000살이 넘도록 견습으로 머물고 있다니, 신전 쪽 상황이 어떤지 알 만하군."

  씁쓸하게 말한 지슈카가 동굴 저편을 바라보았다. 이목을 피해 이곳까지 오기가 쉽지 않은지, 만나기로 한 이는 시간이 다 되도록 모습을 드러내지 않고 있었다.

  "한데 정말로 신관들을 건드릴 생각이신 겁니까."

  휼이 걱정스러운 얼굴로 물었다.

"당연한 일이지 않나. 이대로라면 성역은 영영 복원되지 못할 것이다. 황궁 또한 대신관의 영향력에서 벗어나지 못할 것이고."

지슈카는 잠시 말을 멈추었다 한 마디를 덧붙였다.

"무엇보다 내 반려가 걸려 있는 문제다."

그 말에 휼의 얼굴이 크게 어두워졌다.

"반려라니요. 무슨 말씀이십니까."

"대신관이 이대로 물러설 거라 생각하나. 필시 황제를 부추겨 천제 때 반려의 선택을 강요할 것이다."

"일단 선택은 하시고 혼사는 100년 정도 미루면 어떻겠습니까. 그때쯤이면 그 아이도 세상을 떠나고 없을 테니 말입니다."

"말도 되지 않는 소리. 나더러 맹약을 저버리란 말인가."

지슈카는 휼의 제안을 그대로 일축했다. 정말이지 말도 되지 않는 소리였다.

맹약을 넘어서 생전 처음 밀려드는 폭풍 같은 감정. 누군가를 이토록 미치게 품고 싶다는 생각을 해본 적이 있었던가.

머리끝에서 발끝까지 모조리 그의 것으로 삼켜 버리고 싶은 낯설고도 맹렬한 감정을 순간순간 억누르는 것조차 힘이 들었다.

인간만 아니었다면.

만약에 인간이 아니었다면 그 입술을 덮치던 첫 순간에 그 아이를 품어 버렸을지도 모른다. 그녀가 그를 받아들일 수 있는 천룡이기만 했다면.

"하오나 지금은 때가 좋지 않습니다. 게다가 그 아이가 만약

30

마룡과 엮여 있는 상황이기라도 하다면…….”

무심결에 흘러나온 훌의 말은 지슈카의 근엄한 눈빛에 이내 끊기고 말았다.

하지만 지슈카 또한 그 일을 그냥 흘려버리고 있지는 못했다.

마룡의 도움. 그것도 그와의 키스로 천룡의 흔적이 짙게 남아 있는 인간에게로의 도움이라.

그런 일이 있다는 것은 생전 들어 보지 못했다. 천룡의 기운이 느껴지는 그 어떤 것에라도 본능적으로 공격성을 보이는 것이 마룡이었으니까.

하지만 성역을 점령했던 그 1만 년 사이, 마룡들은 천룡들이 모르는 새 이미 크게 진화해 있었다. 게다가 그 능력이 어디까지 닿아 있는지는 그 누구도 알지 못했다.

분명 해루에게서 붉은빛이 쏟아져 나왔을 때 인근에서 마룡의 기운은 느껴지지 않았다. 그 어떤 수상한 기운도 감지하지 못했다. 그럼 그 붉은빛은 어떻게 해서 시작된 걸까.

그 순간의 해루는 그가 익히 보아 온 그 해루가 아니었다. 마룡의 붉은 불길이 타오르듯 온몸이 붉게 타오르고 있었고, 꽃이 피어나듯 퍼져 나온 붉은 에너지는 일반적인 천룡이 감당하기에도 버거울 정도로 엄청난 것이었다.

만약 그 순간 그가 결계를 치지 않았더라면 어디까지 뻗어 갔을지 모를 일이었다.

“전하, 저기 옵니다.”

생각은 훌의 말과 함께 끊겼다. 검은 두건에 검은 망토로 온몸을 덮은 여자 하나가 동굴 저편에 모습을 드러내고 있었다.

검은 머리에 갈색 피부를 가진 여자였다. 한눈에도 타고난 신관임을 알아볼 수 있을 만큼 남다른 기운이 묻어나는 여자. 그와 약속한 그 견습 신관이 분명했다.

"북왕 전하를 뵙습니다. 견습 신관 이시스라고 합니다."

여자는 바닥에 무릎을 꿇어 예를 갖추며 그렇게 자신을 소개했다.

지슈카는 고개를 끄덕여 인사를 받고는 여자를 일으켜 세웠다. 그리고 바로 본론을 얘기했다.

"도움이 필요해서 불렀다. 휼에게 믿을 만한 이라 들었다."

"과찬이십니다."

이시스는 그렇게 말하며 머리를 뒤덮었던 두건을 걷어 얼굴을 드러냈다. 표범 같은 눈매에선 총명함이 한껏 묻어났고, 움직임 하나하나에선 하늘을 향한 숙연함이 느껴졌다.

지슈카는 그녀의 외관을 두루 살피며 입술을 떼었다.

"신성한 호수가 복원되지 못하고 있는 건 그대도 잘 알고 있을 테지. 혹 비책을 알고 있는가."

"송구하오나 바로 답을 드리기는 어렵습니다. 신전에 갇혀 있는 몸이라 마음대로 무언가를 찾아볼 수 있는 상황이 못 되어……."

이시스는 조심스레 답을 하다 말끝을 흐렸다. 아마도 감시를 받고 있다는 뜻이겠지.

지슈카는 여자의 의중을 알아듣고 바로 되물었다.

"내가 어찌해 주면 그대가 자유를 얻겠는가."

"불구의 몸으로 만들어 주셨으면 합니다. 본신의 훼손을 원합니다."

이시스는 기다렸다는 듯 거침없이 대답해 왔다. 첫인상에서 그러리라 생각은 했지만 그보다 훨씬 과감한 구석이 있는 여자였다.

지슈카는 무표정한 얼굴로 다시 물었다.

"어찌 내게 그런 참혹한 말을 하는가."

"대신관이 제 능력을 알고 있습니다. 쓸모가 없다고 판단되기 전에는 놓아주지 않을 것입니다."

"그대에게 어떤 능력이 있지?"

"태초의 문자를 읽을 줄 압니다. 비책이 가득한 서판이 존재하는 곳도 알고 있고요. 무엇보다 집안 대대로 전해 내려오는 비밀 지식 대부분이 제 머릿속에 있습니다. 물론 대신관이 제 능력을 다 알고 있는 건 아닙니다."

본신의 훼손이라. 여자의 능력도 능력이지만 그 각오가 마음에 들었다. 하지만 지슈카는 속내를 드러내는 대신 현실을 명확히 알려 주었다.

"본신이 훼손되면, 그대는 영력이 바닥나는 것은 물론 움직이지조차 못하는 몸이 될 텐데."

여자는 그 말에도 흔들림이 없었다. 대신 당돌하게 대답해 왔다.

"전하의 치유력을 믿어 의심치 않습니다. 게다가 불구가 된 불쌍한 이를 수하로 거두었다 한다면 전하의 명성에도 누가 되지 않을 것입니다."

"지금 날더러 병 주고 약 주라는 말을 하고 있는 것인가."

"예. 송구스럽게도 그렇사옵니다, 전하."

이시스는 한 치의 망설임도 없이 대답해 왔다.

지슈카는 그제야 빙긋이 웃었다. 그의 수하가 될 자격이 차고도 넘치는 여자였기 때문이다.

"그대는 다 계획이 있었군."

"언젠가는 찾아 주실 거라 믿었습니다. 전하께선 옥석을 가려 볼 줄 아는 분이시니까요."

속내를 숨기지 않는 것도 마음에 들었다. 하여 반드시 답을 찾아 주리란 믿음이 생겼다.

"조건이 있다."

지슈카는 그렇게 운을 떼었다. 그에게 지금 가장 필요한 비책. 그것을 해결해 줄 이를 찾았다는 확신이 생겼으니까.

"무슨……."

"천룡이 인간 반려와 맺어질 방도를 찾아 다오."

그의 말에 내내 초연했던 이시스가 처음으로 당혹스러운 얼굴을 했다.

"그것은 신성한 호수를 복원하는 일보다 훨씬 어려운 일이 될 것입니다. 전하께선 세인트드래곤이 아니십니까."

"내 반려라고는 얘기한 적이 없는데."

지슈카의 응수에, 이시스가 빙그레 웃었다.

"아무리 견습이라 해도 신관을 우습게 보셨습니다. 전하의 애달픔이 제 심장을 크게 울리고 있는걸요."

"그러한가. 믿어 보도록 하지. 그래, 방도는 찾을 수 있겠는가."

"확언은 드릴 수 없습니다. 하나 최선을 다하겠다 맹세하겠습니다."

여자가 간곡하게 대답해 왔다. 하지만 지슈카는 고개를 저었다.

"그걸로는 부족하다."

단호한 그의 말에 여자는 잠시 망설이는 듯했다. 그러나 곧 결심한 듯 고개를 끄덕여 왔다.

"좋습니다. 방도는 제가 반드시 찾겠습니다. 하니 우선 그분과 반려의 맹약부터 하십시오."

"그것은 이미 하였다. 7년 전에."

"상대도 알고 있습니까? 일방적인 맹약은 효력이 약하니 드리는 말씀입니다. 반드시 천제 때에 격식을 모두 갖춰서 하늘에 맹세해야 합니다."

"어려운 일이로군."

그녀가 내세운 전제조건은 몹시 까다로웠다. 모험을 감내해야 하는 일이기도 했다. 천제 때 그 많은 백성들 앞에서 인간과 반려의 맹약을 맺는다는 것은 온 용계가 완전히 뒤집어질 일이었기 때문이다.

"그렇게만 하시면 나머지 방도는 제가 반드시 찾아드리지요."

그의 속내를 읽은 듯 이시스가 확고한 얼굴로 대꾸해 왔다.

지슈카는 잠시 생각에 잠겼다. 그녀의 조건이 문제가 될 것은 없지만 마음에 걸리는 부분이 더 있었기 때문이다.

"하나 더 묻지. 인간과의 사이에서 세인트드래곤의 혈통을 잇는 것은 정녕 불가능한 일인가."

"잘 아시지 않습니까. 다른 종족과의 사이에서 어찌 혈통이 이어질 수 있겠습니까."

"그러니 그대에게 묻는 것이 아닌가. 혹여 방도가 있을까 하여."

"불가능한 일에 쓸 수 있는 비책은 제게도 없습니다. 전하께선 왕이 아니십니까. 혈통은 다른 방식으로도 충분히 이으실 수 있을 겁니다."

이시스가 당연하다는 듯 대꾸해 왔다. 조심스럽지만 단호한 어투였다. 후사는 반려 외의 다른 이에게서 얻으라는 뜻이었다.

"그런 방식은 원하지 않는다."

지슈카는 지체 없이 고개를 저었다. 혈통이 끊기면 끊겼지, 결코 원하지도 않았고 스스로에게 용납할 수도 없는 방식이었으니까.

'지슈카.'

그 순간 그를 부르는 해루의 목소리가 들렸다.

간절함을 한껏 담은 목소리가 한 번, 두 번, 세 번. 이마를 거쳐 심장 싶은 곳까지 커다랗게 울려들었다.

"협상은 완결된 걸로 알겠다. 그대를 불구로 만드는 것은 며칠 후에 하지. 부르는 이가 있다."

대화는 거기서 끊겼다. 지슈카가 이내 공간을 옮겨 버렸기 때문이었다.

그는 나비처럼 날아들었다. 투명한 햇살 아래 작은 펄럭임이 일었고, 어느 순간 식탁 옆에 지슈카가 나타나 있었다.

"……음식을 좀 많이 해서요."

해루는 변명처럼 그렇게 얘기했다. 사실은 그리움에 속이 타는 것 같아 결국 그를 부르고 말았지만, 차마 그 말은 입 밖으로 나오지 못했다.

보고 싶었다는 말도 하지 못했다. 어쩌면 나타나지 않을까 걱정했다는 말도.

"감자전이군."

그는 식탁에 차려진 음식 중 가장 초라해 보이는 것을 보고 말했다. 그녀가 그토록 걱정했던 것이 무색하게 아무 일도 없었다는 듯 평범한 어투였다.

"감자전도 아세요?"

"당연하지 않은가. 강원도산 유기농 수미 감자. 완전 청정지역 고랭지 재배."

지슈카는 그녀가 입버릇처럼 달고 사는 감자에 대한 자랑을 눈 하나 깜짝 않고 말했다. 그가 그렇게 말하니 엄청나게 대단한 감자라도 되는 것 같았다.

"와. 그거 딱 우리 집 감자인데. 그런 건 어떻게 아셨어요?"

"그대가 알려 준 것이다. 그대는 기억하지 못하겠지만."

그가 쓴웃음을 지으며 말했다.

"그대가 감자전을 해 주었었지. 오래전에."

"와. 제가 그런 것도 해 드렸나요?"

"그렇다. 목숨도 구해 주고 음식도 해 주고. 분명 보통 꼬마는 아니었지."

그가 싱긋 웃으며 말했다. 그리고 서서히 웃음을 거두며 진중한 얼굴로 덧붙였다.

"한데 보고 싶어서 부른 것이 아니었던가. 나는 그대가 미치도록 그리웠는데."

그에게서 흘러나온 강렬한 고백에 해루는 갑자기 눈물이 나올 것만 같았다. 너무 안심이 되어서 주저앉고 싶은 기분이 되었다.

"……저도 너무너무 보고 싶었어요. 사실 음식은 핑계예요. 그냥 아무 일도 없는데 부르기 뭐해서."

지슈카가 의아한 얼굴로 눈썹을 치켜올렸다.

"보고 싶을 땐 언제든 부르라고 하지 않았는가."

"그럼 몇 초마다 불러야 할걸요. 항상 보고 싶으니까."

해루의 대답에 그가 큰 소리로 웃었다. 웃는 모습은 몇 번 보았어도 그렇게 환하게 웃는 것은 처음 보는 것 같았다. 언제나 용신님답게 고결하고 근엄한 모습이었으니까.

점심 식사를 하기엔 조금 늦은 감이 있었지만 지슈카는 개의치 않는 듯했다. 감자전을 세 판이나 먹으며 여유로운 식사를 즐겼다.

식탁 위엔 빛깔 고운 햇살이 부드럽게 흘러들었고, 반쯤 열린 창으론 이름 모를 꽃향기가 은은하게 밀려들고 있었다.

"사실은 걱정했어요. 지슈카가 와 주지 않을까 봐."

해루는 솔직히 고백했다.

"왜 그런 생각을 했지?"

"그 붉은빛 때문에. 제가 마룡이랑 관련 있다고 생각할까 봐."

"그대가 신경 쓰고 있을 줄은 몰랐다. 쓸데없는 걱정을 하게 했군."

젓가락을 내려놓은 그가 불쑥 곁으로 다가왔다. 그리고 그녀의 어깨를 감싸 안으며 낮게 말했다.

"필시 마룡들의 장난이었을 것이다. 그대는 내가 지킨다고 하지 않았나."

"그래도……."

그녀는 더 말을 하지 못했다. 열렸던 입술이 그의 뜨거운 입술에 틀어 막혔기 때문이다.

"마룡이든 뭐든 이대로 그대를 가져 버리고 싶은 생각뿐이다. 내 마음을 정녕 모르겠는가."

입술 위로 속삭인 그가 다시 뜨겁게 입술을 겹쳐 왔다. 그리고 이내 공간을 옮겨 버렸다. 환상 같은 청금빛 하늘이 보이는 그 어딘가로.

느껴진 것은 시리도록 푸른빛과 칼날 같은 바람, 그리고 아득하게 맞물린 그의 입술뿐이었다. 아니, 단단히 등을 감싼 손과 맞닿은 가슴, 뒤얽힌 혀와 뜨겁게 밀려드는 숨결까지, 느껴지는 모든 것이 그의 존재로 가득했다.

옮겨진 공간은 어딘가의 이국적인 방이었다. 커다란 창밖으로 흩날리는 눈보라가 보이고, 커튼이 드리워진 침대 위라는 것 외에 더 알 수 있는 것은 없었다. 숨 쉴 틈도 없이 이어지는 키스에 무언가를 볼 수도 생각할 수도 없었기 때문이다.

벌어진 입술 사이로 밀려드는 그의 혀가 뜨거웠다. 예민한 점막을 가파르게 훑고 지나는 감각에 온몸이 파르르 떨렸다. 끊임없이 얽히고 부벼지는 혀에선 야릇한 감각이 치솟아 올랐다. 심장이 미친 듯이 뛰어대고 아랫배가 조여들었다.

부끄러운 마음에 가쁜 숨을 흘어 내며 어렵사리 입술을 떼자, 그의 호흡이 천천히 이마로 향했다.

단단한 손으로 뺨을 감싸고 회오리가 이는 듯한 이마 가운

데에 뜨겁게 입을 맞췄다.

"……여기는 어디예요?"

해루는 몇 번이고 호흡을 가다듬다 겨우 목소리를 내었다.

"그대가 의식을 잃어도 상관없는 곳."

들려온 그의 답은 짧았다. 그리고 또다시 혀가 얽혀 들었다. 어찌할 바 모르는 그녀의 혀를 부드럽게 휘감았다 폭풍처럼 강하게 흡입을 했다. 타액을 모조리 삼켜 버릴 것처럼 샅샅이 물고 빨았다.

숨 쉬기조차 힘들어 기진맥진해 있던 순간, 그의 입술이 잠시 떨어졌다. 그리고 가벼운 입맞춤이 부드럽게 이어졌다. 이마에, 눈가에, 뺨에.

그 입술이 목덜미로 내려온 순간, 해루는 너무 놀라 몸을 파르르 떨고 말았다. 온몸으로 번져 가는 저릿한 감각에 저도 모르게 그의 팔을 꼭 잡고 말았다. 야릇한 전율과 긴장이 차오르고 마른침이 연신 목 뒤로 넘어갔다.

"지…… 지슈카."

어찌할 바를 몰라 그의 이름을 부르자 그가 괜찮다는 듯 등을 부드럽게 다독였다. 그리고 그녀의 팔을 들어 그의 목에 감았다.

"걱정할 것 없다. 그대의 몸이 나를 감당할 수 있게 되기 전까진 아무것도 하지 않을 테니."

그의 숨결이 또다시 목덜미에 감겨들었다. 단지 입술이 목에 닿았을 뿐임에도 불구하고, 입술을 부딪치는 격정적인 키스보다 더한 흥분과 긴장을 일으켰다. 부드러운 입술이 목덜미를 따라 천천히 움직이자 해루는 끊임없이 몸을 떨어야 했다.

어느 순간 그녀는 또다시 의식을 잃고 잠이 들었다. 그가 부드럽게 안아 주는 것을 느끼며.

그의 품은 포근하고 안락했으며 태산같이 든든했다. 꿈결에도 이 밤이 끝나지 않기를 그녀는 바라고 또 바랐다.

다시 눈을 떴을 땐 곁에 아무도 없었다.

해루는 침대에서 벌떡 일어나 낯선 방안을 천천히 거닐었다. 그러다 창밖을 내다보곤 예사롭지 않은 풍경에 숨을 멈추고 말았다.

하늘이 하늘색이 아니었다. 구름이 낀 회색도, 밤하늘의 검은빛도 아니었 다. 짙은 코발트블루에 금빛이 섞인 신비로운 빛. 그곳에 가늘게 눈발이 흩날리고 있었다.

여기는 대체 어딜까.

지구가 아닌 외계이거나 마치 다른 차원의 세계에 와 있는 듯한 기분이었다.

가구들은 동양풍도 아니고 서양풍도 아닌 독특한 형태를 띠고 있었고, 몽환적인 공기는 지나는 곳마다 푸른 물결이 이는 듯한 기분이 들었다.

시간이 얼마나 흐른 건지도 가늠이 되지 않았다. 저녁까지 넘겨주어야 했던 마지막 수정 파일이 생각났다. 한창 그녀를 닦달해 대고 있을 팀장의 메신저도.

이제 어쩌지.

잠시 고민했으나 문제 될 것은 없었다. 그를 부르라는 뜻인 것 같았으니까.

"지슈……."

그는 한 번을 다 부르기도 전에 모습을 드러냈다. 마치 그녀가 불러주기를 기다리기라도 한 것처럼.

"깨어나기를 기다리고 있었다."

가까이 다가든 그가 싱긋 웃으며 말했다.

"여기는 어디예요?"

"나의 처소. 아무도 못 들어오는 곳이니 안심해도 된다."

처소라니. 이전에 보았던 비블리체 성의 그 방과도 달랐다. 그럼 혹시 용의 세계에 있는 그의 방이기라도 한 걸까.

"설마 그럼 제가 용궁에 와있는 거예요? 바닷속에 있다는?"

해루는 눈을 동그랗게 뜨며 주위를 두리번거렸다. 환상적으로 느껴졌던 주위의 풍경이 새삼 더 신비롭게 다가들었다.

지슈카가 피식 웃으며 고개를 저었다.

"용궁은 용궁이나, 아쉽게도 해저가 아닌 외딴섬이다. 해저 용궁 또한 인간이 만든 환상이지."

해저이든 아니든 상관없었다. 용의 궁. 그러니까 지슈카의 세계였다. 이곳에 와 보게 될 줄은 몰랐기에 몹시도 벅찬 기분이 들었다.

해루는 다시 한 번 바깥의 풍경을 눈에 담았다. 코발트블루와 금빛이 뒤섞인 찬란한 하늘, 투명하리만치 새하얀 눈보라. 그 모든 풍경이 지슈카와 꼭 닮아 있다고 생각하면서.

"그보다 그대에게 보여 주고 싶은 것이 있다."

한창 풍경을 구경하고 있을 때, 문득 지슈카가 그렇게 말하며 그녀의 어깨를 감쌌다.

이윽고 희미한 푸른빛이 휘감아 돌더니, 그녀의 몸에 하얗고 세련된 디자인의 두터운 망토가 맵시 있게 둘러졌다.

"이 정도면 춥지는 않을 것이다."

"망토는 왜……."

"보여 주고 싶은 것이 바깥에 있다."

지슈카가 장난스러운 미소를 지으며 말했다.

해루는 조금 당황해서 바깥을 다시 한 번 살폈다. 다행히 창밖으로 지나는 이들은 없었지만 그렇다고 마음이 쓰이지 않는 것은 아니었다.

"밖으로 나가도 괜찮아요? 누가 보기라도 하면 괜한 오해를……."

"오해 따윈 상관없다. 하나 결계를 쳤으니 그대를 볼 수 있는 용은 없을 것이다."

지슈카는 그렇게 말하며 이내 공간을 옮겼다.

다음 순간, 주변에 보인 것은 거대한 빙하가 떠다니는 에메랄드빛의 차가운 바다였다.

낯선 풍경이었지만 해루는 바로 알 수 있었다. 사진으로만 보며 늘 이런저런 상상을 펼쳤던 북해였다. 드높게 굽이치는 파도와 거대하게 부서지는 물보라가 그 웅대한 위용을 자랑하고 있었다.

그들은 장대한 빙벽의 꼭대기에 있었다. 거세찬 파도에도 끄떡없을 정도로 단단하게 솟은 거대한 빙하의 맨 위에.

그리고 하늘. 용계의 하늘이 분명한 아름다운 청금빛 하늘.

그 하늘을 무심결에 올려다보다 해루는 비명에 가까운 감탄을 내지르고 말았다.

"와! 와! 정말 엄청난 오로라예요!"

정말이지 엄청나다는 말밖에 나오지 않았다. 지슈카가 보여 주겠다던 것이 이 오로라라는 걸 바로 알 수 있었다.

이곳의 오로라는 인간 세계의 그것과 차원이 달랐다. 수십 가지의 빛깔로 펼쳐진 찬란한 오로라가 섬광처럼 겹겹이 움직이며 청금빛 하늘을 수놓고 있었다.

색 이름도 알 수 없는 특이한 빛깔이 뒤섞여, 마치 창대하게 움직이는 대우주의 성운 같은 풍경을 만들어 내고 있었다.

그러다 문득 떠오르는 것이 있었다. 매년 보아 왔던 설룡산의 오로라였다. 절대 오로라가 나타날 수 없는 한국에서의 오로라. 그리고 보면 당골 할머니가 용신의 가호가 내렸다는 말을 해 준 것도 산에 처음 오로라가 비치고 난 다음이었다.

"설마 매년 설룡산에 오로라가 비친 것도 지슈카가 해 준 거예요?"

그녀의 물음에 그가 당연하다는 듯 웃으며 고개를 끄덕였다.

"그대가 보기를 원했으니까."

정말로 그랬다. 늘 소원처럼 북해의 오로라를 보고 싶다고 했었지. 그 소원을 정말로 들어주었을 줄은 몰랐다. 오로라가 뜰 때마다 마을 사람들이 입버릇처럼 얘기했던 '용신의 선물'이란 말이 실제였을 줄도 알지 못했다.

"왜 저한테 그렇게 많은 걸 해 주신 거예요?"

너무 가슴이 벅차서 눈물이 날 것만 같았다. 평범한 인간인 그녀가 그에게 대체 무엇이었기에.

"생명의 은인이 아닌가. 그리고 말하지 않았던가. ……첫사랑."

지슈카가 싱긋 웃으며 말해 왔다.

"만약 그대가 원했다면 보다 많은 것을 해 주었을 것이다. 하나 그대가 원한 것은 고작 머리핀 하나와 오로라 정도였지. 하나가 더 있었다면 산삼을 팔아 달라는 것 정도?"

그런 부탁을 했었던가. 하지만 그녀는 기억나는 것이 하나도 없었다. 머리핀을 꽂아 주던 그의 손길과 눈물은 좋은 거라던 그의 말, 그런 것 정도가 어렴풋이 떠올랐다. 그마저도 그의 얼굴조차 제대로 생각나지 않았던 파편 같은 기억이었다.

"왜 저는 하나도 기억이 안 나는 거죠?"

그녀의 물음에 그의 얼굴이 조금 어두워졌다. 언뜻 난감함이 스쳐 가기도 했다.

"기억을 지웠으니까."

"아……."

그녀는 그제야 상황을 이해하고 가만히 고개를 끄덕였다. 그가 그런 능력까지 가지고 있는 줄은 알지 못했다. 영화에서나 보던 그런 능력이 실재한다는 것도.

"불가피한 일이었다. 그럼에도 그대는 나를 완전히 잊지 못했지."

파도가 높아지고 차가운 광풍이 몰아치고 있었다. 큰 눈이 내리려는지 가늘던 눈발이 점점 굵어지고 있었다.

"묻고 싶은 것이 있다."

옷깃을 여며 주던 지슈카가 다시 말했다. 바람에 흩날리는 머리카락을 넘겨 주면서.

"네. 말씀하세요, 뭐든."

해루는 그의 손길에 심장이 뛰는 것을 느끼며 조심스레 대답했다. 그러다 질문을 듣는 순간 너무 놀라서 숨을 멈추고 말았다.

"만약 나의 반려가 되어 달라고 한다면 그대는 어떤 대답을 하겠는가."

반려. 그러니까 인간으로 치면 와이프 같은 존재.

해루는 도저히 믿어지지 않아서 눈을 크게 뜬 채로 그를 바라보았다. 그냥 보통 사람도 아니고 용신의 반려라니.

그가 등을 쓸어 주며 자상하게 덧붙였다.

"쉽지는 않을 것이다. 용계의 반대도 클 것이고. 용이 인간과 짝을 맺는다는 것 자체가 하늘이 용납한 일이 아니니까."

"아……."

"그럼에도 내가 그대가 아니면 안 되겠다. 7년을 지켜봐 온 그 마음이 어떤 것이었는지를 이제야 비로소 알게 되었으니까."

그가 깊이를 알 수 없는 눈으로 바라보며 말했다. 푸르디푸른 그 눈동자에 보석 같은 광채가 일고 있었다.

"저는…… 저는……."

당연히 좋아서 팔짝팔짝 뛸 정도로 기쁜 일이었다. 청혼과 같은 말이었으니까.

그런데 이상하게 흔쾌히 대답이 나오지 않았다. 그의 반려가 되기엔 자격이 한없이 부족한 것 같았고, 인간인 그녀가 그의 곁을 지키는 것이 왠지 그의 고결함을 깎아내리는 것만 같은 기분이 들었다.

무엇보다 너무 갑작스러웠다. 그래서 무어라 대답해야 할지 알 수 없었다.

"갑작스러운 말이라는 건 안다. 하나 내가 시간이 없다."

지슈카가 어두운 얼굴로 말했다.

"왜 시간이 없다는 거죠?"

"다가오는 하지에 혼인할 여룡을 선택해야 한다. 왕의 혈통이기에 피해 갈 수 없는 일이고. 그대는 내가 그리하기를 바라는가."

"아, 아뇨! 절대."

해루는 저도 모르게 크게 고개를 젓고 말았다. 그녀의 자격이 어찌 되었건, 그가 다른 이의 반려가 되는 건 당연히 싫었기 때문이다.

"하면 내가 어찌하기를 바라는가."

"그건……."

"망설임은 당연한 일이다. 첫사랑을 만난 지 며칠 만에 평생의 연을 맺는다는 건 아무래도 무리겠지. 게다가 인간도 아닌 존재라니."

지슈카가 무겁게 말해 왔다. 낮게 가라앉은 그 목소리에 가슴이 아려 와 해루는 그대로 고개를 저어 버렸다.

"아뇨. 그런 게 아니라 너무 벅차서……. 어떻게 해야 할 줄을 모르겠어서……."

"생각할 시간이 필요할 것이다."

지슈카가 이해한다는 듯 고개를 끄덕였다.

"사흘이면 되겠는가."

그는 그렇게 시간을 제안했다.

너무 짧은 기한에 해루는 바로 동의하지 못했다. 그러자 그가 한마디를 더 덧붙였다.

"그 사흘이 지나면 내 반려가 될 기회는 영영 사라질지 모른다, 해루."

그 말에 해루는 결국 동의하고 말았다. 사흘 안에 답을 주기로.

모든 것이 낯설고 몽환적인 시간이었다. 청금빛 하늘에 성운 같은 오로라, 그리고 갑작스러운 반려의 제안까지. 마치 꿈을 꾸고 있는 듯한 기분이었다.

❊

최종 점검을 위한 팀 합숙은 드레스덴에서 진행되었다. 다행히도 프라하에서 차로 두세 시간 밖에 걸리지 않는 곳이었기에 해루는 기꺼운 마음으로 합숙에 참여했다.

사흘간의 일정을 마치고 시연회를 끝내면 어렵지 않게 프라하로 돌아올 수 있었기 때문이다.

40여 명이 한곳에 모여 진행하는 터라, 합숙은 매우 빡빡하게 진행되었다. 게다가 젠투어 앱의 출시 날짜를 한참이나 앞당긴 상황이었기에 일정이 정신없이 돌아가고 있었다.

하지만 해루의 머릿속엔 다른 생각만 가득했다. 유주와 차선생, 그리고 지슈카의 제안에 대해서.

용의 반려가 된다는 건 어떤 의미일까. 생각해 본 적이 없었기에 무얼 어떻게 해야 하는지도 알지 못했다.

하지만 알고 있었다. 종국에는 거절하지 못하리란 걸. 지슈카 외에 다른 이는 마음에 담아 본 적도 없었으니까. 그를 놓치고 나서 아무 일 없었다는 듯 담담히 살아갈 자신도 없었으니까.

『해루 씨 의견은 어떻습니까.』

머리가 복잡해 노트북 화면만 뚫어져라 쳐다보는데 갑자기 부사장이 물었다. 그 바람에 깜짝 놀라 프린트물의 종이에 손을 베고 말았다.

팀장인 마틴이 급한 일로 합숙 참석을 못했기에, 노기아스가 대신 회의를 진행하고 있었다. 앱 점검도 모자라 팀 합숙에까지 참여하고 있는 부사장 때문에 팀원들의 긴장은 더욱 배가되어 있었다.

『……맵과의 연동은 매끄럽다고 봅니다. 다만 기능적으로 왼쪽보다는 오른쪽이 클릭수가 높지 않을까 합니다만.』

광고 배치에 대한 의견이었다. 해루는 회의의 흐름을 놓치지 않은 것을 다행으로 생각하며 안도의 한숨을 내쉬었다.

앱 개발의 막바지였기에 망정이지, 평소 같았으면 작업을 거의 못 했을 상황이었다.

부사장은 팀원들에게 돌아가며 몇 가지를 더 물었다. 그리고 분초를 다투어 회의를 빠르게 진행하고 마쳤다. 30분 후에 신규 서버와의 연동 테스트를 진행하겠다고 통보하면서.

『해루 씨, 잠깐 차 한잔 하죠. 할 이야기가 있는데.』

회의가 끝난 후 그가 손짓으로 그녀를 불렀다. 그와 얘기하고 싶은 생각은 전혀 없었다. 하지만 상사의 제안이니 거부할 수 있을 리 만무했다.

"클럽 마르가리타 말입니다. 혹시 지난 수요일에 내가 준 초청장으로 방문을 하지 않았나 해서."

1층 카페로 내려와 자리에 앉기 무섭게 부사장이 걱정스러운 얼굴로 물었다. 그날 일어났던 화재에 대해서 알고 있는 눈치였다.

"네. 가긴 갔었는데 공연을 제대로 관람하지는 못했어요. 불이 나는 바람에."

해루는 그날의 무수했던 드라클들을 떠올리며 머쓱하게 대답했다. 정말이지 다시는 생각하고 싶지 않은 기억이었다.

"그랬습니까. 나도 오늘에야 알았는데, 화재 때문에 문을 닫았다고 하더군요. 당혹스럽기도 하고 해루 씨에게 미안하기도 하고."

부사장이 무척 미안한 얼굴로 말했다. 그가 그렇게까지 말하는 게 무색해, 해루는 얼른 고개를 저었다.

"아녜요. 초청장을 주셔서 정말 감사했어요. 제일 중요한 버터플라이 연주는 들었거든요. 이름이 뭐였더라. 그 붉은 머리 여자분이 아주 대단하더라고요."

그렇게 말하고 있노라니 다른 의미에서 대단했던 그 여자의 얼굴이 새삼 다시 떠올랐다. 드라클들 사이에서 불꽃처럼 타오르던 붉은 눈동자. 그 여자는 어떻게 되었을까.

"그레트헨입니다. 다행이군요, 연주는 들었으니까. 그 분야에서 아주 유명한 사람입니다. 함께 갔으면 해루 씨에게 소개도 해 줄 수 있었는데."

부사장은 그 여자를 잘 아는 것처럼 말해 왔다. 그러면 소개를 받아 보는 것도 괜찮지 않을까. 드라클은 분명 아니었지만 혹 마룡일지도 모른다. 그러니 그 여자의 행방을 알게 된다면 지슈카에게 도움이 될 수 있을지도 몰랐다.

"그렇군요. 부사장님과 잘 아는 사이인 줄은 몰랐어요. 연주가 정말 마음에 들었는데, 혹시 다른 데서도 연주를 한다면……."

해루는 그 여자에 대해 좀 더 물어보려고 했다. 하지만 더 말을 잇지 못하고 대화를 멈췄다. 더 이상은 보고 싶지 않았던 끔찍한 그것이 또다시 눈에 띄었기 때문이었다.

익히 보아 왔던 그 붉은 표식이었다. 뒤집어진 오각별의 드라클 표식. 건너편 테이블에 앉은 남자의 목에서 그 문양이 보이자, 해루는 크게 숨을 들이켜고 말았다. 뒷모습을 보인 채로 앉아 있어서 얼굴은 제대로 보이지 않았다.

"무슨 일입니까, 해루 씨. 혹시 아는 사람이라도 본 겁니까?"

"아, 아뇨. 갑자기 연락해야 할 게 생각나서요. 저 잠깐 메시지 좀 보낼게요."

해루는 얼른 남자에게서 시선을 거두고 핸드폰을 꺼냈다. 그리고 륜에게 일단 이곳의 위치와 그 남자에 대해서 메모를 남겨 두었다.

그리고 다시 부사장에게 그레트헨에 대한 이야기를 꺼내려던 순간이었다. 뒤돌아 있던 그 남자가 갑자기 몸을 틀었다. 그 바람에 남자의 얼굴이 보이자 해루는 크게 경악하고 말았다. 익히 잘 아는 얼굴이었기 때문이었다.

팀장인 마틴이었다. 그가 자리에서 일어나 밖으로 나가고 있었다. 분명 지난 합숙 때 보았던 석 달 전까지만 해도 표식 같은 건 없었는데.

해루는 부사장과의 대화를 더 이어 가지 못했다. 왠지 마틴을 내버려 뒤선 안 될 것 같은 생각이 들었기 때문이었다. 더구나 륜은 지금 프라하에 있었다. 이곳까지 오려면 한참이나 걸릴 터였다.

"야스, 저 잠시 화장실 좀 다녀올게요."

해루는 부사장에게 양해를 구하는 둥 마는 둥 하면서 바쁘게 마틴을 뒤쫓아 나갔다. 다행히 부사장은 그를 알아보지 못한 것 같았다.

마틴은 어딘가의 골목으로 들어가 바쁘게 걸음을 옮겼다. 드레스덴이라서 더 그렇게 느껴지는 것도 있겠지만, 어딘지 어둡고 음울한 분위기가 감도는 골목이었다. 게다가 좁은 골목에 가늘게 비가 내리기 시작하고 있어서 오가는 사람도 없었다.

그가 막 오래된 건물의 문을 열고 들어가려던 때였다. 왠지 위험할 것 같아 더 쫓을까 말까를 망설이는데, 마틴이 갑자기 뒤를 돌았다. 그리고 강한 억양으로 들려온 그의 목소리.

『유니?』

그가 그녀를 알아보았는지, 애칭을 부르고 있었다.

『네. 팀장님.』

해루는 떨리는 호흡을 가다듬으며 최대한 자연스레 대꾸했다.

『나를 쫓아왔나?』

『아……. 팀장님인지 아닌지 긴가민가해서요. 바쁜 일 있다고 합숙도 불참하시더니, 여기서 뭐 하시는 거예요?』

『네게서 향긋한 냄새가 나는군.』

마틴이 평소와 다른 눈빛을 하며 이상한 말을 해 왔다.

향긋한 냄새. 분명 피 냄새를 뜻하는 거겠지.

그러고 보니 아까 종이에 손을 베었던 것이 기억났다. 상처가 아물었는데도 피 냄새는 여전한 걸까.

코를 킁킁거리던 그가 천천히 그녀에게로 발을 떼었다. 눈빛은 마약에 취한 듯 몽롱했고 걸음걸이는 금단 증상이라도 겪는 듯 휘청거렸다.

'인간의 피는 마약보다 훨씬 강한 중독성이 있어. 미량으로 들어있는 성분이 엄청난 쾌락을 가져다준다고 하지. 그래서 한번 중독되면 완전히 미치는 거야.'

륜의 말이 떠오르자 몹시도 오싹해졌다. 커다랗고 우락부락한 덩치의 마틴이 성큼성큼 다가들자 무시무시한 위협이 느껴졌다.

해루는 뒤로 빠르게 물러나며 지슈카를 떠올렸다. 여차하면 도움을 청해야겠다고 생각하면서.

심장에서 또다시 회오리가 치는 듯한 느낌이 든 것은 그때였다. 마틴이 그녀를 향해 마구 달려오기 시작했을 때. 금방이라도 멱살을 잡힐 것처럼 두려워졌을 때.

그리고 온몸을 꿰뚫는 전류가 흐르는 것 같은 기분이 들었다. 엄청난 에너지가 자기장을 형성하듯 머리끝에서 솟아나와 발끝으로 들어가며 순환하는 듯한 이상한 기분.

그와 함께 손에서 갑자기 불꽃이 피어올랐다. 꽃잎처럼 붉디붉은 불길한 불꽃. 피처럼 넘실대는 짙붉은 불꽃. 마룡의 색이라는 붉은 불꽃이었다.

"어떻게 된 거야?"

어스름한 골목에 비가 추적추적 내리고 있었다. 다급히 달려온 륜이 그녀의 어깨를 감싸며 물었다.

해루는 하얗게 질린 얼굴로 그 자리에 주저앉아 있었다. 시간이 얼마나 흐른 걸까. 아직도 몸이 덜덜 떨리고 있었다.

륜에게 이야기를 해야 하는데, 뭐라 말을 해야 하는데, 맥이 완전히 풀려서 입술을 떼기조차 힘이 들었다.

마틴이 있던 자리에는 까맣게 변한 숯 더미가 유령처럼 쌓여 있었다. 그녀에게서 발생된 불꽃이 맹렬히 휩쓴 자리였다.

이렇게 되길 바란 건 아니었다. 마룡의 도움을 원한 것도 아니었다. 그런데 갑자기 피어오른 불꽃이 제멋대로 움직여 마틴을 쓸어버렸다. 피처럼 타오르던 붉은 불꽃이.

"……마틴이었어, 우리 팀장. ……그 드라클."

해루는 무너져 내리는 가슴을 다잡으며 겨우 몇 마디를 뱉었다. 비명조차 지르지 못하고 일그러져 갔던 마지막 그 모습이 떠오르자, 너무도 끔찍해 숨을 내쉬는 것도 힘들었다.

"총으로 처리한 거야? 뭔가 흔적이 좀 다른데. 완전히 부서져 내렸잖아."

"총……."

해루는 그제야 총을 떠올렸다.

륜에게 뭐라 설명해야 좋을까. 그녀에게서 마룡이 보낸 붉은 불꽃이 터져 나왔다고? 그래서 마틴을 죽게 했다고?

드라클들에게 깔려 있었던 륜은 이전의 붉은 불꽃도 보지 못했다. 그 많은 드라클들이 초토화되었던 것도 지슈카가 한 일이라 생각하고 있었다. 그녀가 정정해 주지 않았기에 아직도 그렇게 알고 있었다.

함께 있던 헌터들 또한 붉은 불꽃은 제대로 보지 못했을 것이다. 지슈카가 결계를 쳐서 보통의 인간 눈에는 보이지 않았을 거라고 얘기했던 것이 언뜻 기억났다.

그런데 이런 얘기를 하면 륜은 어떻게 반응할까. 이상하게 보지는 않을까. 머릿속이 복잡해 쉽게 입이 떨어지지 않았다.

다행히 륜은 더 묻지 않았다. 대신 어딘가로 전화를 걸어 대화를 했다. 모르긴 몰라도 뒷수습을 부탁하는 것 같았다.

"일단 어디 좀 들어가자. 팀 합숙이고 뭐고 너 아주 창백해."

해루는 힘겹게 고개를 끄덕였다. 여력도 없었지만 지금은 합숙 장소로 가고 싶지 않았다. 마틴의 빈자리가 더욱 생생하게 느껴질 것만 같아서였다.

"륜은…… 이런 적 없어? 가까운 사람이 드라클이 된 적. 그래서 제거해야 했던 적."

륜이 급하게 잡은 숙소로 들어가며 해루는 힘없이 물었다. 아마도 강력한 헌터인 그에게는 이보다 더한 경험이 많을지도 모른다고 생각하면서.

"내 부모. 내 손으로 죽였어. 열 살 때."

륜은 간단히 답해 왔다. 그의 얼굴은 무표정했고 말투는 무감각했다. 그 모습이 더욱 아프게 느껴져 해루는 뭐라 말을 잇지 못하고 말았다.

"아……."

"동생 피를 바닥까지 빨아서 죽게 했거든. 6개월도 안 된 갓난쟁이를. 나도 피에 중독시키려 했지. 거의 중독되기 직전에 태섭 부장이 구출해 냈지."

륜은 무심하게 계속 말을 이었다. 그런데 태섭 부장이라니,

태섭은 곰씨 아저씨의 본명이었다.

"그럼 륜은 곰씨 아저씨의 아들이 아니었던 거야?"

"그래. 은인 같은 분이지, 곰 부장은. 안 그랬음 나도 지금쯤 피 빨고 다녔을걸. 아니, 어쩌면 진즉에 목숨을 잃었을 지도 모르지."

해루는 더 묻지 못했다. 륜의 얼굴이 몹시 우울해 보였기 때문이다. 점점 심해지던 비가 폭우가 되어 가고 있었다.

「완성이 된 걸까요, 마스터?」

폭우가 시작된 드레스덴의 어두침침한 골목, 그림자처럼 시커먼 형체를 한 바욘이 지붕 위에서 물었다. 멀어져 가는 해루와 륜을 바라보면서.

「아직은.」

금테 안경의 남자, 나디르가 짧게 대꾸했다. 한국에선 차 선생이라는 이름으로 불리었던 마룽이었다. 그는 마족의 진주잡이인 펄피셔Pearl Fisher들을 총괄하는 고위직 마스터였다.

「저 정도면 최상품의 진주가 아닙니까. 저토록 붉은 핏빛을 만들어 내는 진주는 아직까지 없었습니다. 대부분이 핑크빛으로 그치고 마는데.」

「그렇겠지. 하나 주군께서 원하시는 건 완벽 그 자체인 진주다.」

나디르는 7년 전의 일을 떠올리며 그렇게 대꾸했다.

그때 그는 해루를 실패작으로 분류했고, 그 때문에 주군께 목숨을 잃을 뻔했다.

폐기처분하려던 해루의 피에서 가능성을 발견한 것은 주군이었다. 희미하긴 하지만 나타나기 시작한 천룡의 기운을 감지한 것이었다.

그것은 심장에 심어 두었던 씨앗이 뒤늦게 기능하기 시작했다는 뜻과도 같았다. 작업을 해 둔 지 18년이나 지나서.

주군은 그것을 놓치지 않았다. 이후 7년 내내 해루를 감시하며 극적인 변화가 나타날 때를 기다렸다.

그리고 주군의 눈은 틀리지 않았다. 이미 지난번 펄리 셸즈에서 보았던 핏빛의 반짝임에서도 충분히 입증됐지만, 해루의 진주는 역대급이 될 가능성을 크게 암시하고 있었다.

진주조개는 하찮은 모래알을 품어서 아름다운 진주를 만들어 낸다. 아주 희귀하지만 인간 중에도 그런 이들이 있었다. 흑주술로 점철된 씨앗을 심어 두면 그것을 키워서 눈부시고 찬란한 진주를 만들어 낸다.

펄피셔들이 하는 일이 그것이었다. 인간에게 씨앗을 심어서 진주를 얻어 내는 일. 그 진주를 얻기 위해 무엇보다 훌륭한 씨앗을 제조해 내는 일.

대부분의 인간은 씨앗의 힘을 이겨 내지 못하고 사망하지만, 꿋꿋이 살아남아 아름다운 진주를 만들어 내는 인간들이 분명하게 존재했다.

마룡들이 노리는 것이 바로 그것이었다. 인간의 진주. 그것은 마룡의 최대 무기이자, 흑주술로 만들어 낼 수 있는 최고의 영물靈物이었다.

그리고 그것은 종국에 온 천하를 마룡의 지배하에 놓는 일이 될 것이었다. 수호주를 잃은 천룡들이 그에 대적할 수 있을리 만무할 테니까.

「그런데 이젠 정말로 테스트가 필요할 때가 아닙니까. 저 아이가 완벽한 진주가 되어 가는지 아닌지. 그레트헨이 눈에 불을 켜고 확인하려 들 텐데요. 다른 진주들도 그렇고.」

바욘이 쏟아지는 폭우에 결계를 치며 말했다.

「그렇지. 확인을 해야겠지.」

나디르가 찬찬히 고개를 끄덕였다. 그의 손에서 퍼져 나간 붉은 불꽃이 바로 바욘의 결계를 터뜨려 버렸다.

쏟아지는 폭우 속에서 그가 음산하게 눈을 빛냈다. 천둥과 함께 몰아치는 빗소리가 더욱 음울해지고 있었다.

✳

「해월과입니다.」

이시스는 본신의 훼손을 시작하기 전에 그 말부터 해 왔다. 용이 인간과 맺어질 수 있는 방법에 대한 이야기였다.

「목숨은 장담드릴 수 없습니다. 다만 인간이 용을 받아들일 때의 충격은 완화해 줄 수 있을 것입니다.」

이시스의 의중은 충분히 이해할 수 있었다. 하지만 목숨을 장담할 수 없다라. 듣지 않으니만 못한 말이었다. 지슈카는 냉랭한 얼굴로 대꾸했다.

「무모한 답이군. 날더러 모험을 하라는 건가.」

「혹시나 시급한 상황이 될까 하여 미리 말씀드린 겁니다. 전하께서 마음에 품은 그 여인, 예사롭지가 않습니다.」

이시스는 칼날 같은 그의 어투에도 표정 하나 흔들리지 않았다. 대신 조심스러운 목소리로 소신껏 말해 왔다.

「함부로 내 의식을 엿보지 말라.」

지슈카는 단호하게 말하며 바로 의식에 결계를 쳤다.

감히 세인트드래곤의 의식을 엿보는 신관이라. 이시스의 능력이 그 정도까지인 줄은 알지 못했다. 새삼 그녀가 생각보다 훨씬 높은 영력을 가진 존재라는 것을 깨닫고 있었다.

「송구합니다. 반려에 대한 온전한 답은 후에 반드시 찾아드리겠습니다.」

이시스는 예를 갖춰 그렇게 답을 해 왔다. 그런 다음 경건한 얼굴로 격식을 갖춰 하늘에 치성을 드렸다. 그리고 마침내 숨은 차원에 존재하는 그녀의 본신을 소환했다.

곧이어 푸른 크리스탈의 깃털비늘로 뒤덮인 장대한 용의 형체가 하늘에 모습을 드러냈다. 단아하고 미려한 곡선을 그리는 청아한 분위기의 용이었다.

지슈카는 아름다운 그 용을 잠시 바라다보았다. 훼손하기에는 너무도 아까운 본신이었다. 하지만 그 외에 다른 방법은 없으니 어쩔 수 없는 일이었다.

「준비는 되었는가.」

그의 말에 이시스가 담담히 고개를 끄덕였다.

「예. 전하.」

지슈카는 곧 주변에 결계를 쳤다. 그리고 손에서 푸르디푸른 안개를 피워 올렸다. 마룡의 검은 안개와 비슷하되 빛깔이 다른, 독기를 가득 품은 푸른 안개였다.

바람을 일으켜 독안개를 날리고, 빙하를 부수어 안개를 묻혔다. 그리고 단번에 이시스의 본신을 향해 날리기 시작했다.

창대한 전자기필드로 격랑을 일으키고, 수천의 번개를 소환해 미려한 용의 몸에 일시에 쏟아부었다. 새파란 독 안개와 빙하의 파편들, 불꽃을 튀기며 흐르는 강력한 전류에 아름다운 푸른 용은 서서히 무너져 내렸다.

마침내 그녀의 본신이 뼈대만 남아 바다로 떨어져 내렸을 때, 이시스는 만신창이가 되어 그 자리에 쓰러졌다.

지슈카는 뼈아픈 눈으로 그녀를 바라다보았다. 간신히 숨만 붙어 있는 그 몸을 수습조차 해 줄 수 없는 것이 안타까웠다.

하지만 그조차 오래가지 못했다. 금세 지체할 수 없는 상황이 되었기 때문이다.

감시를 받고 있다는 그녀의 말을 입증이라도 하듯, 곧 신관들이 몰려오는 기척이 느껴졌다.

그는 대신관의 시선이 닿도록 결계를 거두고, 훌과 함께 그 자리에서 자취를 감추었다. 반드시 그녀의 본신을 온전히 회복시켜 주리라 다짐하면서. 이시스는 마룡들의 습격에 당한 것으로 처리될 것이었다.

회색빛 하늘에 빗방울이 굵었다. 어제부터 시작된 폭우는 하루가 지나도록 멈추지 않고 있었다.

팀원들은 시연회 준비로 여념이 없었다. 해루도 그 속에 섞여서 정신없이 작업에 열중하고 있었지만 머릿속은 복잡하기 그지없었다. 내내 마틴의 마지막 모습이 머릿속을 맴돌았기 때문이다.

'유니!'

금방이라도 그가 껄껄거리며 모습을 드러낼 것만 같았고, 늘 호전적으로 들리던 그의 어투가 다시 들려올 것만 같았다. 아무리 드라클이었다 해도 그녀의 손으로 직접 태워 버렸다는 사실이 크나큰 죄책감을 동반했다.

그리고 륜의 이야기. 그녀에겐 동료였지만, 륜은 부모를 직접 제거했다고 했었다. 그 충격은 얼마나 컸을까.

해루는 아무것도 보이지 않는 자신의 손을 뚫어져라 쳐다보았다. 아무리 보아도 붉은 불꽃같은 것은 일지 않았다. 이렇게 평범한 인간인데, 어째서 그런 일이 자꾸 일어나는 건지 알 수 없었다.

『유니, 손님이 찾아왔는데. 1층 카페에서 기다리겠대.』

팀원 하나가 그녀를 부른 것은 그때였다. 한참이나 손을 들여다보고 있을 때. 해루는 그제야 정신이 들어 노트북을 덮고 일어섰다.

손님이라니 누굴까. 아마도 륜일 거라 생각하며 해루는 총총히 엘리베이터에 올랐다.

틀림없이 걱정이 되어서 와 주었겠지. 언제나 시니컬한 륜이었지만, 아프거나 상태가 안 좋을 땐 누구보다 자상한 사람이었다.

해루는 그렇게 생각하며 1층으로 내려와 카페의 문을 열었다. 그러다 기다렸다는 듯 그녀를 향해 손을 치켜드는 남자를 발견하고 경악을 하고 말았다.

차 선생이었다. 며칠 전 눈앞에서 자취를 감춰버렸던 바로 그 남자.

"지슈카!"

해루는 긴장으로 두근대는 가슴을 누르며 지체 없이 지슈카를 불렀다. 한 번, 두 번…….

"무슨 일인가."

그는 세 번을 다 채우기도 전에 모습을 드러냈다. 해루는 다급히 그를 붙들며 안쪽을 가리켰다.

"그 남자예요. 몽타주를 드렸던 그 마룡."

하지만 다시 본 순간, 급하게 쏟아 냈던 말이 무색하게 차 선생의 모습은 사라지고 없었다.

지슈카가 무거운 눈으로 그곳을 응시하며 말했다.

"저곳에 있었단 말이지."

"네. 분명히 저기 앉아 있었는데…….".

해루는 머쓱하게 대답했다. 차 선생에게 농락당하는 것 같아 기분이 몹시 가라앉기도 했다.

"죄송해요. 바쁜데 오시게 해서."

민망하게 흘러나온 그녀의 말에 그가 바로 고개를 저었다.

"어찌 그런 말을 하는가. 그보다 그대가 걱정이다. 마룡이 인간에게 완전히 스며들어 결계를 쳐도 알아볼 수 없게 되었으니."

"저는 괜찮아요. 일이 생기면 지슈카가 와 주실 거잖아요."

해루가 그에 대한 철석같은 믿음을 보이자 그가 싱긋 웃었다. 그리고 그녀의 어깨를 안으며 부드럽게 말해왔다.

"그보다 자리를 옮기지. 온 김에 줄 것이 있다."

그가 옮겨 간 공간은 이전에 야경을 보러 왔었던 비블리체 성이었다. 장미 정원이 아름다웠던 프라하 외곽의 성.

햇빛에 새하얗게 빛나는 성을 걸으며 그가 손에서 불꽃을 피워 올렸다. 그러자 작은 과일바구니 하나가 나타났다. 동그 랗고 새빨간 색을 띤 작은 과일이 한 가득 들어있었다.

"와. 올망졸망한 게 진짜 예쁜 과일이네요. 이름이 뭐예요?"

해루가 신기한 마음에 묻자, 그가 바구니를 건네며 조용히 답을 주었다.

"해월과. 인간계에서는 볼 수 없는 과일이다."

"해월과."

해루는 이름도 예쁘게 들리는 과일을 햇빛에 비춰보며 함박 웃음을 지었다.

그 모습을 지그시 지켜보던 지슈카가 차근히 설명을 덧붙여 주었다.

"밤에는 보석처럼 영롱한 붉은빛을 내지. 하루에 한 개 씩만 먹으라는 조언이 있었다. 인간에겐 무리가 갈 수 있으니까."

"네. 그럴게요."

"먹으면 몸이 튼튼해진다고 하니까, 이제 키스 정도로 의식 을 잃는 일은 없을 것이다."

지슈카가 장난스러운 미소를 머금으며 말했다.

그 모습이 좋아서 해루는 더욱 크게 웃었다. 그냥도 멋지고 빛나는 모습이지만, 웃을 때의 그는 정말이지 가슴이 터질 것 처럼 눈부셨기 때문이다.

"그런데 생각은 해 보았는가. 오늘이 사흘째인데."

장미 정원을 걸으며 그가 문득 물었다. 그답지 않게 조금 긴장한 모습이었다.

"많이많이 생각했죠."

해루는 웃음을 거두지 않은 채 수줍게 대답했다.

"그래서 그대의 생각은?"

"선택의 여지가 없잖아요. 지슈카가 다른 반려를 얻는다면 죽고 싶을 정도로 괴로울 것 같아요."

"제대로 듣고 싶다."

묵직한 목소리로 흘러나온 그의 말에, 해루는 표정을 가다듬으며 진중한 얼굴을 했다. 그리고 널뛰는 심장을 억지로 다잡으며 차근히 목소리를 내었다.

"……지슈카의 반려가 되고 싶어요. 평생을 함께하고 싶어요."

그는 그제야 굳었던 얼굴을 풀며 그녀를 높이 안아 올렸다. 이마에 뜨겁게 키스하며 낮게 속삭였다.

"무척이나 마음에 드는 대답이군."

그는 여전히 눈부시게 아름다웠고, 그녀를 향한 넘치는 애정을 숨기지도 않았다. 하지만 해루는 마음에 걸리는 것이 있어 그를 대하는 것이 완전히 편치는 않았다.

"그런데 그 붉은 불꽃이요. 제게 또 나타났어요. 아무래도 마음에 걸려서……."

"알고 있다."

솔직한 고백에 그가 당연한 듯 고개를 끄덕였다. 그가 알고 있을 줄은 몰랐기에 해루는 깜짝 놀랐다.

"륜이 얘기한 건가요?"

"그런 셈이지. 그가 카린을 불러 얘기했고, 내가 보고를 받앉으니까. 흔적으로 총이 아닌 걸 알았다."

"그랬군요."

"걱정할 것 없다. 그 불꽃이 마룡이 보낸 것이든 아니든 그
대를 보호하고 있지 않은가."

지슈카는 그렇게 말하며 그녀의 머리를 쓸어 주었다. 애정
가득한 푸른 눈동자는 빛으로 넘실대었고, 머리를 넘겨 주는
손길은 따스하기 그지없었다.

"네. 그건 그렇지만……."

"다음부턴 좀 더 미리 나를 부르면 어떻겠는가."

"미리요?"

"그대가 치명적인 위협을 느끼기 전까진 내게 감지되지 않
는다. 하니 드라클이든 마룡이든 발견 즉시 나를 불러 주면 좋
겠다는 뜻이다. 오늘처럼."

6월의 장미 향기가 짙었다. 초여름의 더운 바람이 꿈결처럼
불어들었다. 그의 마음이 깊게 느껴져 해루는 그를 불쑥 끌어
안고 말았다. 그가 이렇게 곁에 있다는 사실이, 무조건적으로
그녀를 지켜 주고 있다는 사실이 꿈만 같아서.

그리고 그는 당연한 듯 깊고 깊은 키스로 응답해 왔다. 욕망
을 한껏 담은 농밀한 키스로.

반려가 된다. 이 고결한 존재의 평생의 동반자가 된다. 비로
소 그 의미가 현실로 다가오는 것 같았다.

그 일이 있은 것은 젠투어 앱의 시연회가 끝난 직후였다. 방

을 같이 쓰던 팀원들이 하나둘 돌아가고 해루 혼자 방 안에 남았을 때.

그는 유령처럼 그녀 앞에 나타났다.

그때 해루는 프라하로 돌아가기 위해 짐을 꾸리고 있었다. 노트북을 챙겨 넣고 핸드폰의 스케줄 앱을 체크하며 마지막 정리를 하고 있었다. 그 순간 불현듯 눈앞에 사진 하나가 불쑥 들이밀어졌다.

"쉿!"

갑작스런 소리에 시선을 든 순간, 마주친 것은 금테 안경 속의 눈이었다. 차 선생이었다.

남자는 그녀가 채 입을 열기도 전에 사진을 톡톡 두드렸다.

막 지슈카를 부르려던 그녀는 너무 놀라 입을 열지 못했다. 눈앞에 펼쳐진 것은 유주의 사진이 분명했기 때문이었다.

최근에 찍은 것인 듯 유주의 모습은 7년 전보다 훨씬 더 성숙해져 있었다. 머리는 더 길었고, 얼굴은 더 갸름해졌으며, 눈매는 더 부드러워져 있었다.

"이건 뭐죠?"

해루는 떨리는 가슴을 누르며 담담한 척 물었다.

"유주의 소식을 궁금해하지 않았나. 지금 누군가를 부른다면 유주의 목숨이 위험해질 것이다."

그의 말은 부드러웠지만 충분히 협박조였다.

해루는 잠시 갈등했으나 차마 지슈카를 부르지는 못했다. 그저 유주가 무사하기를 바라고 또 바랄 뿐이었다.

"놀랐나."

그녀가 말없이 보고 있자, 차 선생은 침대에 걸터앉으며 여유롭게 웃었다. 여전히 지적이고 자상한 얼굴이었다.

"놀라긴요. 찾는 수고를 덜었으니 감사해야죠."

해루는 최대한 무표정한 얼굴을 하며 냉랭하게 대꾸했다. 하지만 속은 유주에 대한 걱정으로 타들어가는 것만 같았다. 이 남자가 유주에게 대체 무슨 짓을 했을지.

"그렇게 경계할 것 없다. 그저 얼굴이나 한 번 보려고 찾아온 거니."

"제가 이곳에 있는 건 어떻게 알았죠?"

"너에 대해 모르는 것이 있으리라 생각하나. 그렇게 오랫동안 지켜봤는데."

순간 소름이 돋았다. 남자의 말이 내내 그녀를 감시해 왔다는 뜻으로 들렸으니까.

"그래, 몸에서 불꽃을 뿜어내는 소감은 어떻던가."

남자가 낮은 목소리로 속삭였다. 능글능글한 얼굴로 웃는 것이 그녀를 도발하려는 것이 분명했다.

"역시 그 드라클들은 당신이 조종해서 보낸 거였군요."

속으로 당황이 일었으나, 해루는 침착하게 대꾸했다. 그럼 그 붉은 불꽃 역시 이 남자가 보낸 거였을까.

차 선생이 싱긋 웃으며 고개를 끄덕였다.

"그래. 덕분에 좋은 구경을 했지. 인간사에 무심한 북해용왕이 몸소 나선 걸 다 보고."

그가 지슈카의 얘기를 꺼내자, 해루는 소름이 끼치는 기분이 들어 얼른 말을 돌렸다.

"무슨 일로 온 거죠? 설마 유주의 행방을 알려 주러 왔을 리 만무할 테고."

"왜 그렇게 생각하는 거지? 정말로 많이 변했구나, 해루야. 예전의 너는 의심 한 점 없이 참 맑은 아이였는데."

"유주 얘기 하러 온 거 아니면 가세요."

해루는 지슈카에게 도움을 청해야겠다고 생각하며 냉랭하게 말을 뱉었다. 이 남자를 뒤쫓으면 분명 마룡의 본진도 찾을 수 있을 것이다. 지슈카라면 일망타진도 할 수 있겠지. 유주를 찾는 데는 그게 훨씬 빠를 지도 몰랐다.

"유주 이야기를 하러 왔는데. 그 전에,"

차 선생은 진지한 얼굴로 얘기를 꺼내다 말을 끊었다. 그리고 날카로운 눈을 하며 작게 덧붙였다.

"지금 지슈카가 네 곁에 나타나면 유주의 목숨은 없는 걸로 알거라."

속내를 들킨 것 같아 움찔했지만, 해루는 주먹을 꼭 쥔 채 냉소적으로 대꾸했다.

"분명 본인 입으로 유주는 죽었다고 하지 않았던가요. 제가 무슨 수로 믿죠?"

"모레 저녁 7시, 프라하 13지구 텐네 호수."

"대체 뭘 하자는 건지 알 수 없군요."

해루가 딱딱하게 말하자, 남자가 싱긋 웃었다.

"유주를 볼 수 있을 거란 뜻이다."

"……정말인가요? 유주가 정말 살아 있는 게 맞냐고요."

"믿고 안 믿고는 네 마음에 달렸지."

해루는 유주의 사진을 묵묵히 들여다보며 그리움을 달랬다. 눈가가 아릿해 와서 손으로 벅벅 부비는데, 차 선생이 협박조의 말을 덧붙였다.

"단, 반드시 혼자 와야 한다. 북왕이고 헌터고 하나라도 보였다간 유주의 목숨은 그길로 끊긴다는 거 명심하고."

해루는 잠시 망설였다. 하지만 어떻게든 방법은 있을 것 같았다. 그녀가 부르기만 한다면 언제고 지슈카가 와 줄 테니까.

"생각해 보죠."

그녀는 그렇게 말했으나 차 선생은 긍정의 뜻으로 받아들였는지 껄껄 웃었다.

대화는 그렇게 끝이 났다. 남자 그 길로 모습을 감춰 버렸고, 남은 것은 유주의 사진뿐이었다.

해루는 사진을 소중히 지갑에 넣고는 떨리는 손으로 짐을 마저 꾸렸다. 진짜로 볼 수 있을지 없을지는 모르지만, 유주가 살아 있을 거라 생각하니 타들어 가던 가슴에 희망이 샘솟는 것 같았다.

❋

쿵쿵. 쿵쿵쿵.

거칠게 문을 두드리는 소리에 나디르는 잠에서 깼다. 간밤의 미약에 크게 취했던 터라 아직도 의식이 몽롱했다.

"나디르!"

그가 채 가운을 걸치기도 전에 여자의 커다란 목소리와 함께 방문이 요란하게 열렸다. 그레트헨이었다.

나디르는 가운의 옷깃을 여미며 탁자에 올려 둔 금테 안경을 썼다. 침대에 의식을 잃고 누워 있는 나신의 여자 둘은 수습도 하지 못한 채였다.

"어제는 이 여자들의 피를 마신 건가요?"

그레트헨이 성난 얼굴로 이불을 젖히며 외쳤다. 그녀가 길길이 뛰고 있었으나 침대 위의 여자들은 눈을 뜨지 못했다. 침대엔 간밤에 여자들이 흘린 피의 흔적이 선명하게 남아 있었다.

"그래, 아주 맛있었지."

나디르가 담배를 물며 귀찮다는 듯 대답하자, 그레트헨의 얼굴에 노기가 서렸다.

"왜 내 피는 마시지 않죠? 그렇게 귀하다면서 왜 한 번도 손을 대지 않냐고요!"

"귀하니까 마실 수 없는 거다, 아가. 내가 말하지 않았니, 네 피는 최고라고."

그가 담배에 불을 붙이며 구석을 향해 턱짓을 했다. 그러자 그림자처럼 자리하고 있던 바욘이 곧바로 침대 위의 여자들을 수습했다. 펜타스컬을 띄워 게이트를 만들고는 여자들을 다른 공간으로 옮겼다.

그레트헨은 품에서 다짜고짜 커터칼을 꺼냈다. 그리고 다짜고짜 손목에 가져다 그었다. 아니, 그으려고 했다.

하지만 성공할 수 있을 리 만무했다. 마력이 실린 나디르의 눈빛에 이내 칼이 떨어져 내렸기 때문이다. 이번에도 칼을 긋지 못한 그레트헨이 분을 이기지 못해 몸을 부르르 떨었다.

"내 피도 마셔요. 마시라고요! 나디르는 피를 사랑하잖아!"

분노에 찬 그녀가 미친 듯이 외쳤다. 하지만 나디르는 자상한 얼굴로 차분하게 대꾸할 뿐이었다.

"네 피를 먹게 되면 멈출 수 없을 거다. 저렇게 의식을 잃게

70

돼도 좋니?"

"좋아요, 아주. 나디르의 사랑을 받는 거잖아."

그레트헨은 물러서지 않았다. 오랫동안 쌓인 마음이 한꺼번에 터진 듯했다.

"아가. 너는 나의 아주 귀한 진주란다. 때가 되면 충분히 나의 것이 될 테니 걱정 말렴."

나디르는 그녀의 어깨를 감싸며 사랑 가득한 얼굴로 말했다. 하지만 그레트헨은 여전히 화난 얼굴을 풀지 않았다.

"그러니까 그게 언제냐고요! 벌써 7년을 기다렸잖아."

"곧. 얼마 남지 않았단다, 애야. 그러니 차분하게 기다리렴. 나의 진주답게."

"그 곧이 언제인데요?"

"이달 말을 넘기지 않을 거란다."

매끄럽게 흘러나온 그의 말에, 그레트헨은 그제야 화를 누그러뜨리고 핏빛 흔적이 남아 있는 침대에 걸터앉았다. 그런 다음 다짜고짜 담배를 물고 있는 나디르를 끌어당겼다. 담배를 손으로 빼앗으며 그의 입술에 길게 키스를 했다.

"정말로 내가 최고의 진주인 게 맞는 거죠?"

잠시 입술을 떼어 낸 그레트헨이 확인하듯 불안하게 물었다.

나디르는 말없이 웃었다. 그녀의 손에서 담배를 빼앗아 한 번 더 빨고는 그레트헨의 입술을 짙게 빨아올렸다. 혀를 깊게 밀어 넣으며 더욱 농밀한 키스를 그녀에게 보냈다.

"기회를 주지, 그레트헨. 네가 정말로 최고라는 걸 확인할 수 있는 기회 말이다."

한참이나 키스에 몰입하던 그가 그레트헨의 가슴을 쥐며 낮게 속삭였다.

그레트헨은 그제야 환하게 웃었다. 피 냄새 짙던 방 안의 공기가 담배 연기로 탁하게 물들고 있었다.

※

"……조심해, 유주야. 멧돼지야, 멧돼지!"

반쯤 열린 커튼 사이로 아침 햇살이 길게 비쳐 들고 있었다. 해루는 멧돼지를 외치며 꿈에서 깨어났다. 꿈이 얼마나 생생했던지, 이를 악문 턱은 얼얼했고 이마엔 식은땀까지 배어 있었다.

그녀는 침대에서 내려와 주방으로 향했다. 차가운 물을 한 컵 마시고 식탁에 앉아 밭은 숨을 깊게 내쉬었다. 그렇게 놀란 가슴을 달랬다.

갑자기 꿈에 등장한 것은 어린 시절의 기억이었다. 유주와 함께 멧돼지를 마주쳤을 때의 기억. 유주의 사진을 보면서 잠이 드는 바람에 그때의 꿈을 꾼 모양이었다.

그해 6월의 숲에는 찔레꽃 향기가 가득했다. 나무 사이로 비치는 햇빛은 강렬했고, 날은 찌는 듯이 더웠다.

해루는 유주와 함께 산딸기를 따러 다니고 있었다. 유주가 아프기 전, 그러니까 아홉 살 때의 기억이었다.

그날 부모님은 산 밑에 내려가 계셨고, 집을 지키던 둘은 지루함을 견디다 못해 밖으로 나왔다.

찔레꽃은 달콤하긴 했지만 별로 좋아하지 않았고, 설익은 개암도 따먹기엔 아직 이른 시기였다. 그 즈음엔 산딸기가 딱이었다.

둘은 산 밑으로 천천히 내려가며 산딸기를 따서 모았다. 숲길을 걷고 또 걸으며 검은 비닐봉지를 차츰 채워 나갔다. 뱀이 나올까 무섭기는 했지만, 아버지가 하는 것을 보았기에 웬만한 작은 뱀 정도는 처리할 자신도 있었다.

문제의 그 일이 있던 곳은 산딸기가 무수히 많이 열려 있던 숲길이었다. 그곳에서 해루와 유주는 정신없이 산딸기를 따고 있었다. 그런데 엄청나게 커다란 무언가가 굉장한 속도로 달려왔다.

멧돼지였다. 웬만한 사람보다 커다랗게 보이는 어마어마한 덩치의 멧돼지.

둘은 몹시 겁에 질렸다. 아버지에게 대처하는 법을 배우긴 했지만, 그 순간만큼은 아무것도 기억나지 않았다.

그저 등을 보이면 안 된다는 말만 기억나, 뒷걸음으로 슬금슬금 뒤로 물러나기 시작했다. 하지만 녀석은 속도를 줄이지 않은 채 계속 달려왔다.

결국 해루는 유주의 손을 잡은 채 뛰기 시작했다. 숨을 곳을 찾아서 계속 달렸다. 마침내 둘이 숨을 만한 커다란 바위를 발견했을 때, 해루는 안도의 한숨을 내쉬며 유주를 잡아끌었다.

그런데 그 순간 유주가 돌부리에 걸려서 크게 넘어졌었다. 그 바람에 부러진 나뭇가지에 크게 찔려서 귀밑으로 피가 줄줄 흘러내리기 시작했다.

다행히 멧돼지는 그들이 있는 곳까지 오지 않고 근처를 스쳐 달려가 버렸다. 하지만 유주의 귀 아래엔 너덜거릴 정도로 깊게 팬 상처가 났었다. 나중에 아버지께 크게 혼난 것은 물론이었다.

결국 유주의 귀 아래엔 흉터가 남았다. 한 해가 가고 두 해가 가도 흉터는 사라지지 않았다. 승리의 V라고 부르던 갈매기 모양의 흉터였다.

'왜 그런 꿈을 꾼 거지.'

마음에 걸리는 것이 없지는 않았다. 불길한 꿈인 것 같기도 했고 희망적인 꿈인 것 같기도 했다. 하지만 해루는 좋은 쪽으로 생각하기로 마음먹었다.

승리의 V. 모든 것이 잘 되어 갈 거란 뜻일 거라고.

❊

지슈카는 북궁에 있었다. 크리스탈 벽면에 비치는 화면을 바라보며 카린의 보고를 받고 있었다. 마룡의 근거지 하나를 발견했다는 보고였다.

그간 카린은 클럽 마르가리타가 있던 지하도시를 샅샅이 수색하며 마룡의 흔적을 찾고 있었다. 워낙 광대한 곳이었기에 시일이 제법 걸리기는 했지만, 마침내 찾아내고 만 것이었다.

「마룡들은 아직 찾지 못했습니다. 다만 흑주술의 흔적은 꽤 많이 발견했습니다. 인간들의 뼈 더미가 잔뜩 쌓여 있더군요.」

「어떤 용도의 흑주술인지는 파악하지 못했나.」

「그것까진 아직입니다. 펜타스컬 표식이 곳곳에 남아 있었습니다.」

지슈카는 표정 없는 얼굴로 잠시 생각했다. 카린의 말은 희망적이었으나, 아직까지 구체적으로 손에 넣은 정보는 없다는 뜻이었다.

「인간 헌터들에게서 들어온 정보는.」

「프라하의 드라클들은 제법 제거한 듯합니다. 륜의 눈에 붉은 표식을 알아볼 수 있는 주술을 걸어 두었습니다.」

카린의 말에 지슈카가 뭔가 미심쩍은 듯 눈썹을 치켜 올렸다.

「그것이 가능하던가. 설마 놈에게 그대의 체액이 섞였을 리는 없을 테고.」

「특수 장비 없이 검은 표식을 알아볼 수 있도록 조치를 취했을 뿐인데, 우연히 붉은 표식까지 알아볼 수 있게 되었습니다. 어떤 이유인지는 소신도 알 수 없지요.」

「알겠다. 새로운 정보가 생기는 즉시 보고하라.」

「예, 전하. 그런데 한 가지 마음에 걸리는 것이 있었습니다.」

「무엇인가.」

카린은 품에서 작은 주머니 하나를 꺼냈다. 그리고 모래알만큼 작은 무언가를 주머니에서 집어냈다.

「이것입니다. 마룡의 근거지에서 발견한 것인데 아무래도…….」

「설마 여의주인 것인가.」

지슈카가 바로 모래알 같은 그것의 기운을 눈치 채며 물었다. 티끌만큼 작은 조각이었지만 천룡의 여의주가 가지는 특유의 영력이 희미하게 풍겨져 나오고 있었다.

「예. 마룡들이 어떻게 여의주를 가지고도 무사할 수 있었는지, 대체 여의주로 무엇을 한 건지 의문투성이지만 말입니다.」

좀처럼 당혹을 내비치지 않는 지슈카의 얼굴이 몹시 심각해 졌다. 도저히 일어날 수 없는 일이 일어나고 있었기 때문이었 다.

천룡은 태어날 때부터 여의주를 지니고 태어난다. 마룡은 여의주가 없었다. 하여 그 선천적인 차이를 흑주술과 독기로 보완하며 버텨 온 것이었다.

게다가 천룡의 여의주는 마룡에게 무엇보다 치명적인 영물 이었다. 닿기만 하여도 마기를 사그라뜨리고 온몸을 파괴해 버 리기 때문이었다.

물론 여의주의 영력도 그만큼씩 줄어든다. 다른 방도 없이 여의주만으로 수천의 마룡을 상대하고 나면 그 천룡은 목숨이 위태로울 수밖에 없었다.

그런데 그런 여의주를 마룡들이 지니고도 무사했다니. 신성 한 여의주마저 흑주술에 이용할 수 있게 되었다니. 그것은 마 룡이 더 이상 신성한 천룡의 기운을 두려워하지 않게 되었다는 뜻과도 같았다.

지슈카는 깊이 생각에 잠겼다. 점점 더 예상을 초월할 일들 이 벌어지지 않으리라고 장담할 수 없는 상황이 되어 가고 있 었다.

차 선생이 통보한 그날은 젠투어 앱이 출시되는 날이었다. 온오프라인을 통틀어 대대적인 광고가 진행되었고, 세계적인 주요 관광지들마다 이벤트가 크게 열리고 있었다.

홍보팀과 마케팅팀은 눈코 뜰 새 없이 바쁘게 움직이고 있었지만, 개발팀은 1주일간의 특별 휴가를 받은 터였다. 1년여를 매진해 온 프로그램 개발이 일단락되었기 때문이다.

약속한 시간인 저녁 7시, 해루는 텐네 호수에 있었다.

나무 그림자들로 짙게 뒤덮인 커다란 호수는 '검은 호수'라는 별칭처럼 새 한 마리 없이 어둡고 음산했다.

호숫가는 인적 하나 없이 적막했고, 사방을 둘러싼 검은 숲은 금방이라도 드라클들이 튀어나올 것처럼 스산했다. 분위기가 그래서인지 사람들이 잘 찾지 않는 곳인 것 같았다.

유주는 5분이 지나도록 나타나지 않았다. 해루는 유주의 사진을 꼭 쥔 채로 젠에게 이런저런 말을 걸었다. 그거라도 하지 않으면 긴장으로 가슴이 터질 것 같았기 때문이다. 주변의 음산한 풍경에 압도될 것 같기도 했다.

어디선가 바이올린 소리가 들려온 것은 그때였다. 어두운 호수의 분위기와는 어울리지 않게 밝고 청아한 분위기의 음악이었다.

음악은 숲 어딘가에서 들려오고 있었다. 하지만 이상하게도 어느 방향에서 들려오는 건지 제대로 가늠하기가 힘들었다.

"젠. 음악 소리가 어디서 들리는지 찾아 줄 수 있어?"

해루는 젠의 음성인식 기능이 탁월하다는 것을 믿으며 물어보았다.

─ 이 위치입니다.

젠이 호수 주변의 맵에 위치를 표시하며 응답해 왔다.

그녀가 서있는 바로 뒤쪽의 숲이었다. 그렇게 가까운데 왜 방향을 가늠하기 힘들었을까.

어두운 숲으로 들어가는 것이 내키지는 않았지만 왠지 확인을 해야 할 것 같았다. 바이올린 소리의 주인공이 유주인지 아닌지.

해루는 천천히 숲으로 걸음을 옮겼다. 심장에서 또다시 회오리가 일기 시작한 것을 느끼며.

– 유니, 위치가 바뀌었습니다.

또다시 젠의 목소리가 들린 것은 그때였다. 휴대폰의 맵을 살펴보니 이곳에서 한참 떨어진 곳이었다.

바이올린 소리는 끊김 없이 계속되었지만, 위치는 그러고도 몇 번이나 더 바뀌었다.

그리고 마침내 해루가 바이올린 소리의 주인공을 발견했을 땐 주위가 몹시 캄캄해져 있었다. 자세한 외모는 알 수 없었지만 실루엣으로 여자라는 것은 분명해 보였다.

해루는 휴대폰의 손전등 기능에 의지하며 여자에게로 천천히 다가갔다. 마룡일 가능성이 없지 않게 생각되었지만 본능적으로 반드시 확인해야 한다는 느낌이 들었다. 이 여자가 유주의 행방에 대한 열쇠를 쥐고 있는 것 같았으니까.

여자에게서 갑자기 붉은 빛이 터져 나온 것은 그때였다. 해루가 드라클들을 마주쳤을 때 우연히 터져 나왔던 붉은 빛과는 그 범위 면에서 상대가 되지 않을 것 같았다. 커다란 호수를 다 뒤덮을 정도로 광대한 빛이었다.

그 순간 해루는 자신의 몸에서도 붉은 빛이 타오르는 것을 느꼈다. 마치 격랑이 뿜어져 나오듯 거세찬 붉은 빛이 가슴에서 몸으로, 숲으로, 호수로, 아니 그 너머로까지 짙붉게 번져 나가기 시작했다.

그리고 의식 속에서 그녀를 위로해 주었던 지슈카의 목소리가 울리는 듯했다.

'마룽이 보낸 것이든 아니든, 붉은 빛이 그대에게 왔다면 그것은 분명 그대의 것이다. 하니 분명 그대의 의지대로 움직일 수 있을 것이다.'

그대의 의지대로.
그대의 의지대로.
해루는 눈을 감았다. 폭발하듯 터져 나간 불길이 여자의 불길을 뒤덮으며 거세게 작렬하고 있었다.

어둠 속의 호수는 붉은 빛 속에서 광폭하게 휘몰아쳤다. 붉은 빛과 붉은 빛이 맞붙고, 에너지와 에너지가 맞부딪쳤다. 밀고 밀리는 붉은 빛의 싸움은 밤이 깊어 가도록 계속되고 있었다.

해루는 온 의식을 집중해 붉은 에너지를 다루는 데 혼신의 힘을 쏟았다. 폭발하듯 질주하는 붉은 빛이 자신의 뜻대로 펼쳐질 수 있을 때까지 의식 속에 형상을 그리고 또 그렸다.

그렇게 한참의 시간이 흐르자, 그녀의 의지와 상관없이 움직이던 에너지가 차츰 그녀에게로 길들여지기 시작했다.

해루는 붉은 빛을 강력한 해일처럼 밀어 보냈다. 토네이도처럼 주위를 휩쓸어 여자의 에너지를 날려 버리기도 했다.

마침내 회오리처럼 해루를 휘감은 에너지가 불길처럼 퍼져 나가 거대한 붉은 장벽을 형성해 냈을 때, 여자의 붉은 빛은 서서히 밀려나기 시작했다.

한 번 뒤로 물러선 여자의 빛은 다시 앞으로 전진해 오지 못했다. 시간이 흐르면 흐를수록 차츰 더 밀려나며 약해져 갔다.

그렇게 얼마가 지났을까. 오랫동안 버텨 내던 여자는 결국 균형을 잃고 그 자리에 쓰러지고 말았다. 그녀에게서 흘러나오던 붉은 빛도 단숨에 시들어 버렸다.

해루는 그제야 휘몰아치던 자신의 붉은 빛을 거둬들였다. 의식 속에 울리는 지슈카의 목소리에 의지하면서.

'잘했다, 해루.'

모든 것은 자신의 의지대로.

그것이 그가 알려 준 에너지를 다루는 가장 강력한 방법이자 유일한 방법이었다.

그녀는 그녀의 의지에 따라 휴대폰에 녹음했던 차 선생과의 대화를 지슈카에게 들려주었었다.

그는 별다른 말을 하지 않았다. 그녀가 어떤 선택을 하든 그의 치밀한 보호 하에 있다는 것을 알려 주었을 뿐이었다.

그리고 그녀는 미끼가 되어 호수로 나타나는 쪽을 택했다. 유주를 볼 수 있든 없든, 차 선생이 그녀를 불러낸 것은 마룡들과 관련되어 있는 것이 틀림없는 사실이었으니까.

그리고 그것은 마룡들을 잡을 수 있는 황금 같은 기회일지도 모른다는 뜻이었으니까.

'해루, 방심하지 마라.'

의식 속에서 또다시 지슈카의 목소리가 울렸다.

여자에게 다가가려던 해루는 그 말에 발을 멈췄다. 먼저 공격에 대비부터 해야 할 것 같아서였다.

수십 번을 시도한 끝에 손바닥에서 붉은 불꽃을 피워 올리는 데 성공했다. 불꽃을 움직여 날려 보내는 연습도 잠깐 해 보았다. 그리고 천천히 여자에게로 다가갔다.

여자는 붉은 머리에 붉은 옷을 입고 있었다. 해루가 다가가는 것도 인지하기 힘든 듯, 바닥에 주저앉아 고개를 푹 숙이고 있었다.

『당신은 누구죠?』

해루는 여자의 공격 범위 밖에서 조심스레 물었다. 경계를 늦출 수 없어서 더 가까이 다가가기는 힘들었다. 하지만 혹여 이 여자가 마룡이라 해도 쉬이 그녀를 해칠 수는 없을 터였다.

이곳에 오기 전, 지슈카는 그의 의식을 그녀의 의식과 연결하는 작업을 했다. 그것은 지금 이 순간 그가 그녀의 생각을 고스란히 읽고 있다는 뜻이기도 했다. 게다가 그가 철벽처럼 쳐 준 결계가 그녀를 철저하게 보호하고 있었다.

『최고의 진주.』

여자가 고개를 들어 그녀를 쳐다보며 대답해 왔다.

붉은 머리에 붉은 눈을 한 여자의 얼굴이 무척 낯이 익었다. 그 여자였다. 마르가리타에서 바이올린을 연주했던 그 여자, 그레트헨.

그런데 진주라니. 그럼 이 여자도 유주처럼 진주라는 걸 가진 걸까.

마음 걸리는 말이긴 했지만 지금은 그런 걸 묻고 있을 때가 아니었다. 유주 대신 이 여자가 나타난 것은 뭔가 이유가 있을 테니까. 차 선생이 보낸 사람이 아니라면 이곳에 있을 이유도 없을 테니까.

결국 또다시 차 선생의 장난에 놀아난 모양이었다. 유주를 볼 수 있을 거라고 하더니 엄청난 에너지 공격만 잔뜩 받지 않았는가.

『우리 유주는 어디에 있죠?』

해루는 손에 피워 올린 붉은 불꽃을 협박처럼 들이대며 물었다. 여자가 그냥은 말을 할 것 같지 않아서였다.

그녀를 빤히 쳐다보던 여자가 독일어로 뭐라고 중얼거렸다. 분위기로 보아 욕인 듯했다.

해루는 다시 한번 물었다.

『당신, 알고 있죠? 우리 유주가 누군지, 어디에 있는지. 당신도 진주라고 했잖아.』

『유주? 대체 무슨 말을 하는지 모르겠군.』

『혹시 유주를 당신이 해치기라도 도 한 건가. 차 선생이 시킨 거냐고.』

『유주……. 나는 아무도 해치지 않아. 그 사람이 누군지도 모르고.』

『해치지 않는다? 그럼 나를 공격한 건 뭐였죠?』

『진주는…… 진주를 알아보는 법이니까.』

알 수 없는 말을 한 그레트헨이 쿡 소리를 내며 웃었다. 해루가 자신을 어찌하지 못하리란 걸 알고 비웃는 것 같았다.

『그럼 차 선생은. 차 선생은 어디 있죠?』

『그건…… 또 누구를…… 말하는 건지.』

정말로 아무것도 모르는 듯한 여자의 목소리가 잦아들고 있었다. 창백한 얼굴로 기침을 하더니 피를 울컥 쏟아 내었다. 아무래도 아까의 에너지 싸움이 여자의 몸에 큰 무리를 준 것 같았다.

그레트헨은 휘청휘청 자리에서 일어섰다. 그리고 곁에 두었던 바이올린 가방을 어깨에 메며 아무 일 없었다는 듯 휘적휘적 걷기 시작했다.

해루는 여자를 뒤쫓아 가며 빠르게 외쳤다.

『이봐요! 당신 많이 다친 것 같은데.』

『우리 유주 어디에 있는지 말하라고! 당신, 차 선생이 보낸 사람이잖아.』

여자는 응답이 없었다. 그저 앞으로 나아가기에 여념이 없어 보였다.

그리고 어느 순간 여자의 다리가 풀썩 꺾이는 듯했다. 힘이 다 소진된 듯 그 자리에 그대로 옆으로 쓰러져 버렸다.

해루는 불꽃을 거두고 얼른 달려가 여자의 상태를 살폈다. 부리나케 호흡을 확인하고 심장이 뛰는 것을 확인했다.

『이봐요! 정신 차려요!』

해루는 핸드폰 불빛에 의지해 여자의 얼굴을 비춰 보았다. 동공을 확인하고 입가에 흐른 피를 닦아 주며 여자에게 계속 말을 걸었다.

그러다 경악을 하고 말았다. 절대 있을 리 없는 그 무언가가 여자에게 있었기 때문이었다.

귀밑에 있는 갈매기 모양의 흉터였다. 승리의 V 자라고 불렀던 그 형태와 똑같은.

갑자기 배에 커다란 충격이 느껴진 것은 그 순간이었다. 여자가 그녀의 몸에 의지하듯 몸을 기대 왔을 때. 해루가 여자의 귀밑을 확인하고 또 확인하고 있을 때. 날카로운 무언가가 배에 깊게 찔러 든 것 같았다.

그리고 기다렸다는 듯 호수가 요란하게 출렁거렸다. 거대한 날개를 펼친 마룡들이 호수 밑에서 일제히 솟아오르고 있었다.

지슈카는 수천의 번개와 함께 모습을 드러냈다. 그의 수하들로 추정되는 수십의 용들과 함께. 그와 함께 창대한 푸른 전자기장이 그녀의 주변에서 폭풍처럼 번져나갔다.

해루는 곧 지슈카에 의해 자동적으로 공간이 옮겨졌다. 인간계에서 가장 안전한 곳인 비블리체 성으로.

때문에 뒷일은 보지 못했다. 다만 격렬한 분노로 타오르는 지슈카의 얼굴과 금테 안경을 두른 남자가 순간적으로 언뜻 보였을 뿐이었다.

그리고 그대로 의식을 잃었다. 뼈가 타는 듯한 고통과 함께.

전투는 천룡 측의 일방적인 승리로 끝이 났다. 공격해 온 마룡들은 일거에 전멸시켰고, 차 선생이란 놈도 사로잡아 북궁의 지하 감옥에 가두어 두었다. 해루를 찌른 문제의 여자 또한 마찬가지였다.

하지만 지슈카의 낯빛은 어둡고 어두웠다. 부상을 입은 해루가 의식을 잃은 채 사흘째 깨어나지 못하고 있었기 때문이다.

그의 치유력으로 칼에 찔린 상처는 모두 치유해 두었다. 한데 몸속에 배어 든 독기가 전혀 사라지지 않고 있었다.

여자가 해루를 찌른 칼은 일반적인 인간의 칼이 아니었다.

강력한 흑주술과 독기로 점철된 마력이 담긴 칼이었다.

보통의 흑주술이었다면 그의 치유력으로 단번에 치유되고도 남았을 것이다. 하나 놈들의 흑주술이 어느 경지까지 진화했는지는 몰라도, 해루의 상태는 전혀 좋아지지 않고 있었다. 아니, 점점 더 나빠져만 갔다.

「이시스는 어찌 되었나.」

지슈카가 초조하게 묻자, 휼이 난감하게 답해 왔다.

「아직도 신전 쪽에서 내놓지 않고 있습니다.」

만신창이가 되어 죽음 직전에 이른 그녀였다. 아직도 내놓지 않고 있다는 것은 신전 안에서 죽음을 맞도록 두겠다는 뜻과도 같았다.

「카린은 뭐라 하던가.」

「위험부담은 있지만 전하의 체액이 해독에 도움이 될 거라 하였습니다. 용혈은 위험부담이 너무 크니 아무래도…….」

휼이 난감하게 대답해 왔다.

이미 타액은 수도 없이 흘려 넣었다. 용혈은 부담이 너무 컸다. 그러면 남은 방법은 하나뿐이었다.

문득 이시스의 말이 머릿속을 스쳐 지났다.

'혹시나 시급한 상황이 될까 하여 미리 말씀드린 겁니다. 전하께서 마음에 품은 그 여인, 예사롭지가 않습니다.'

시급한 상황이란 혹 이런 것을 두고 하는 말이 아니었을까. 이시스는 대체 무엇을 예상했기에.

뇌리를 스쳐 가는 생각이 있어 지슈카는 휼에게 물었다.

「훗. 설마 이시스에게 미래를 보는 능력도 있는 것인가.」

「능력을 다 드러내지 않아 잘은 모르나, 근 미래를 어렴풋이 보는 능력 정도는 가지고 있는 걸로 압니다.」

홀의 대답은 그의 예상과 일치했다.

「하면 해월과를 미리 알려 준 것도 이유가 있겠군.」

「예. 저도 그렇게 생각합니다. 하오나 자칫 그리하셨다가 전하의 몸에 독이 옮기라도 한다면…….」

「상관없다. 그 정도 독에 어찌 될 몸은 아니니.」

「하오나, 전하……」

얼굴을 굳히던 홀의 말은 그 순간 끊기고 말았다. 수하인 하벨이 다급히 뛰어 들어왔기 때문이다.

"전하! 성에서 소식이 왔습니다. 그분께서 눈을 뜨셨답니다."

하벨의 말에 지슈카는 궁에서 처리해야 할 시급한 서류들을 바로 덮었다. 그리고 그대로 공간을 옮겼다. 미어지는 것 같던 가슴에 숨통이 조금이나마 트이는 것 같았다.

"해루."

그녀를 부르는 지슈카의 목소리에 해루가 감았던 눈을 떴다. 독이 퍼져 있는 피부는 검고 창백했으며, 또렷했던 눈동자엔 붉게 핏발이 서 있었다.

지슈카는 가녀린 그녀의 몸을 으스러져라 끌어안았다. 이리 될 줄 알았다면 절대 그곳으로 보내지 않았을 것이다. 동생이든 뭐든 그가 먼저 제거해 버렸을 것이다.

모든 게 후회로 남고 있었다. 완벽하게 보호하리라 장담했던 스스로가 미치도록 원망스럽게 느껴지고 있었다.

"……미안해요, 지슈카. ……내가 방심하는 바람에……."

해루가 어렵사리 입술을 떼었다. 보라 빛으로 파리하게 질린 입술이 말갛게 떨렸다.

"지켜 주지 못한 내 잘못이다."

"분명…… 우리 유주 같았는데…… 흉터가 똑같았는데……"

"알고 있다. 그대의 생각을 읽었으니까. 나라도 마음이 쓰였을 것이다."

지슈카는 단정적으로 말했다. 해루가 그 일로 더 이상 마음 쓰는 것을 원치 않았기 때문이다.

지금은 해독이 먼저였다. 어떻게든 더 이상 그녀의 몸이 망가지는 걸 막아야 했다.

"그런데…… 내 몸이…… 왜 이런 거죠. ……움직일 수가 없어요. 말하기도…… 힘들고."

"칼에 찔렸다. 칼에 묻은 독이 온몸에 퍼져서 그렇고."

"……독."

"그렇다. 동생일지 모른다 믿었던 그 여자가 벌인 짓이지."

해루는 얼굴을 찌푸리며 가쁘게 숨을 몰아쉬었다. 아무래도 그때의 기억을 떠올리는 듯했다.

"생각하지 마라. 이미 지난 일이니."

지슈카는 그렇게 말하며 그녀의 입술에 부드럽게 입을 맞추었다. 찌푸려진 이마를 손으로 쓸어 주며 다정히 그녀의 이름을 불렀다.

"해루."

"……네. 지슈카."

어렵사리 짜낸 목소리였으나 말갛게 들려오는 그의 이름. 신뢰를 한껏 담은 여자의 얼굴.

지슈카는 결국 모험을 감행하기로 결심했다. 당장은 다른 방법이 없었으니까.

"반려가 되겠다는 약속, 여전히 유효하다고 믿어도 되겠는가."

굳게 흘러나온 그의 목소리에 해루는 잠시 의아한 얼굴을 했다. 그리고 아주 당연한 듯 어렵사리 고개를 끄덕였다.

"이미…… 약속 했잖아요. ……평생을 ……함께하겠다고."

지슈카는 가만히 고개를 끄덕였다.

심장이 펄펄 끓는 것처럼 뜨거웠다. 그것이 해루를 해하려 한 마룡들에 대한 분노 때문인지, 자칫 해루를 잃을 뻔한 마음의 고통 때문인지는 알 수 없었다.

"그래, 그랬었지."

지슈카는 굳은 얼굴에 희미하게 미소를 띠었다. 그리고 그녀에게 입을 맞추며 넘치는 마음을 조용히 쏟아 놓았다.

"내 평생 또한 이미 그대의 것이다."

해루가 수줍게 웃었다. 파리한 입술이 말갛게 벌어지며 창백한 얼굴에 잠시나마 화색이 돌았다.

"하니."

그 모습이 그 어떤 존재보다 어여쁘다 생각하며 지슈카는 결심한 바를 덧붙였다.

"조금 이른 감이 있지만 부부의 연을 맺는 건 어떻겠는가."

"부부의 연이라면……."

"몸과 마음을 모두 하나로 맺었으면 한다는 뜻이다. 물론 그대가 원한다는 전제하에서."

"하지만…… 제가 몸이…… 이래서."

해루가 복잡한 감정이 뒤섞인 얼굴로 그를 쳐다보았다. 그에 대한 미안함, 아쉬움, 무엇보다 그에 대한 간절한 마음이 느껴지는 사랑스러운 얼굴로.

"그대는 마음만 있으면 된다. 나머지는 내가 다 알아서 할 터이니."

거침없이 흘러나온 그의 말에 해루가 가만히 눈을 감았다. 그리고 입가에 미소를 띠며 속삭이듯 말해왔다.

"언제나…… 원했어요. 지슈카와…… 하나가 되는 걸."

지슈카는 그녀의 이마에서 빛나는 푸른 별, 세인트드래곤의 별에 깊게 입 맞추었다. 천신의 가호가 함께하기를 바라고 또 바라면서.

오직 반드시 지켜 주겠노라고, 반드시 회복시켜 내겠노라고 다짐하고 또 다짐할 뿐이었다.

어디선가 푸른 바람이 불어드는 것 같았다. 이름 모를 꽃향기도 가득 밀려들고 있었다.

침대 위에 누운 해루는 곁에 걸터앉은 지슈카를 바라보며 힘겹게 미소 지었다. 그가 이렇게 곁에 있는데, 다정한 눈으로 그녀를 지켜보고 있는데, 움직일 수조차 없다는 사실이 그녀를 힘들게 했다.

부부의 연을 맺자던 지슈카는 당장은 아무것도 하지 않았다. 대신 그녀의 손을 꼭 쥔 채로 푸른 불꽃을 피워 올렸을 뿐이었다. 그에게서 흘러나온 푸르른 빛이 살랑대는 바람처럼 사뿐히 공기를 움직이고 있었다.

그리고 어느 순간 침대 위의 공간이 열렸다. 아니, 침대 외에는 아무것도 없는 다른 공간이 되어 있는 것 같았다.

다음 순간 사방이 온통 장미 넝쿨로 뒤덮이기 시작했다. 형형색색의 수많은 장미들이 빠르게 자라나 침대 주변을 아름답게 에워싸기 시작했다. 마치 한순간에 자라나는 잭의 콩나무처럼.

그리고 경이로운 형태로 넝쿨을 이룬 장미들이 침대 위에서부터 아치형의 커튼처럼 늘어져 내렸다. 침대 위는 금세 장미 향 가득한 아늑한 공간이 되어 있었다.

"격식은 다 갖추지 못했지만, 그대를 위한 신방新房이다."

"그런 것까지…… 신경 써 주실 줄 몰랐어요."

"어떻게 신경을 쓰지 않겠는가. 그대와 함께하는 첫 밤인데."

싱긋 웃으며 흘러나온 지슈카의 말에 해루는 가만히 미소를 머금었다. 하지만 벌써부터 눈가가 아릿해 오고 있었다.

그의 마음이 거대한 대양처럼 다가들어서. 그 모습이 태양보다 더한 빛을 뿜어내고 있어서. 아마도 세상에서 제일 아름답고 향기로운 신방일 것이었다.

"전통적으로, 중요한 맹약은 반드시 장미 그늘 아래서 맺는다고 하지."

그가 침대 머리맡에 장식적인 문양의 초를 밝히며 말했다. 동시에 작은 상도 하나 나타났다. 크리스탈 그릇에 담긴 물과 해월과, 푸른 술이 담긴 투명한 주전자와 작은 술잔이 놓인 화려한 금빛 찻상이었다.

"아……."

해루는 그제야 그의 의도를 알아차리고 눈시울을 붉혔다. 그녀를 배려해 혼례의 격식을 갖추어 주고 있는 것이었다.

지슈카가 싱긋 웃으며 그녀의 눈가를 닦아 주었다.

"간소하지만 지금은 시간이 급해 어쩔 수 없다. 제대로 된 맹약은 천신제 때 반드시 성대하게 치러 주도록 하지."

해루는 얼른 고개를 저었다.

"아뇨, 아네요. 지금도…… 충분해요. ……아니, 너무 과분해서…… 차고 넘쳐요."

침대 위에 밝혀진 두 개의 초가 신비로운 무지갯빛으로 타올랐다. 그러자 그녀의 손을 꼭 쥔 지슈카가 진중한 얼굴로 입을 열었다.

"준비가 되었는가."

"네. 아주……."

그녀의 대답에 그의 깊고 곧은 푸른 눈동자가 빛으로 크게 일렁였다.

그리고 그녀의 손가락에 반지 하나를 끼워 주었다. 경이로운 빛깔의 푸른 진주에 이름 모를 보석들로 장식된 아름다운 반지였다. 그리고 푸르디푸른 에너지가 물결처럼 부드럽게 그녀의 주위를 감쌌다.

무겁고 엄숙한 지슈카의 말이 흘러나오기 시작한 것은 그때였다.

"나, 지슈카 세인트드래곤은 평생 오직 그대만을 마음에 담고 사랑할 것을 하늘에 맹세한다. 혼신을 다해 그대를 보호하고 지킬 것이며, 반려로서 할 수 있는 그 모든 것을 다할 것이다."

해루는 심장의 떨림을 어쩌지 못하고 숨을 삼켰다. 이 순간
만큼은 뼈를 저미는 듯한 온몸의 고통도, 안개가 낀 듯한 머리
의 통증도 모두 잊혀 갔다. 지슈카에게서 흘러나온 언약이 감
당하기 힘들 만큼 묵직하게 느껴졌기 때문이었다.

"그대의 대답은."

한참이 지나 그의 목소리가 다시 들려왔을 때에야 해루는
정신을 가다듬고 제대로 답을 할 수 있었다.

"나, 윤해루는…… 평생 오직 지슈카만을 마음에 담고 사랑
할 것을…… 하늘에 맹세합니다. 혼신을 다해…… 당신을 보호
하고 지킬 것이며…… 반려로서 할 수 있는 ……그 모든 것을
다하겠습니다."

말을 하는 것조차 힘겨웠지만 해루는 마지막 한 마디까지
혼신의 힘을 다해 또박또박 뱉어 내었다.

7년을 꾹꾹 눌러 참았던 그리움의 마음, 처음으로 가슴에 담
았던 경이로운 남자에 대한 설렘과 애틋함, 그 모든 존경과 사
랑을 한껏 담아서.

지슈카는 그녀의 손에 끼워진 것과 비슷하지만 조금 더 큰
디자인의 반지를 건네주었다. 그가 마련한 그의 반지였다.

해루는 조금 아쉽게 생각하며 그의 손에 반지를 끼워 주었
다. 이런 상황이 될 줄 미리 알았더라면 그의 반지는 반드시
그녀가 준비했을 것이었다. 고르러 다니는 그 순간조차 설렘과
행복으로 벅찼을 텐데.

"선물은 이것으로 충분하다."

그가 그녀의 마음을 눈치챈 듯 손목에 찬 고래 팔찌를 들어

보이며 웃었다.

그리고 고개를 숙여 입맞춤을 해 왔다. 남자의 욕망은 오롯이 숨겨진, 오직 그녀에 대한 배려만으로 가득한 부드럽고 다정하고 애틋한 키스.

이런 식은 싫었다. 그와 처음 맺어지는 밤이 아니던가.

해루는 고통으로 말을 듣지 않는 팔을 억지로 움직여 그의 목에 감았다. 그리고 그가 이전에 그녀에게 했던 것처럼 입술을 깊게 빨았다. 그가 움찔하는 것이 느껴지자 그제야 비로소 마음이 놓였다.

그는 더욱 깊은 키스로 화답해 왔다. 주위가 온통 푸른 에너지의 물결이었다. 그들을 둘러싼 장미 향기가 점점 더 짙어 가고 있었다.

한참이나 그녀를 탐하던 그의 입술이 잠시 떨어졌다. 그리고 다시 다가왔을 때 그 입술에서 달콤한 맛이 느껴졌다.

그가 씹어서 잘게 부순 해월과를 조심스레 입안에 넣어 주고 있었다. 그의 혀끝에서 밀어 넣어지는 달콤한 그 과일을 해루는 아이처럼 조금씩 받아먹었다.

그의 타액이 섞인 해월과는 이전과 다르게 유혹적인 맛이 났다. 미미하게 닿았다 떨어지는 혀끝의 감촉, 입안으로 밀려드는 뜨거운 열기, 온몸으로 밀려드는 그의 청명한 체취. 그 모든 것이 한데 어우러져 미묘한 전율의 맛을 만들어 내고 있었다.

그녀가 해월과를 모두 받아먹자, 지슈카는 그녀의 얼굴을 감싸며 가만히 이마를 맞대 왔다. 그의 시선을 받을 때마다 뜨거워지던 이마 한가운데였다.

두 이마가 맞닿자, 그 사이에서 따뜻하고 보드라운 무지갯빛의 열기가 흘러나왔다. 나비가 팔랑대는 것도 같고, 물결이 넘실대는 것도 같은 간지러운 느낌의 열기. 미묘하고 야릇한 느낌을 주는 형형색색의 열기가 온몸을 타고 흐르며 출렁거렸다.

해루는 뼈가 타오르는 것 같던 고통이 다른 느낌의 전율로 조금씩 대체되는 것을 느꼈다. 가슴 끝이 간지러운 것도 같고 아랫배가 뜨거워지는 것도 같은 이상한 느낌.

그녀가 당황으로 얼굴을 붉히자, 지슈카가 머리를 쓸어 주며 그녀를 끌어안았다. 그는 그녀가 느끼는 것이 무엇인지 잘 알고 있는 것 같았다.

"연용류戀龍流다. 인연을 맺을 때, 용들 사이에서 흐르는 기류지. 고통을 완전히 없앨 수는 없지만 잠시나마 덜어 줄 수는 있을 것이다."

"하지만 저는 용이 아닌데……."

"눈에 보이지는 않겠지만, 그대의 이마에 세인트드래곤의 상징이 있다. 오래전에 심어 둔 것이지."

그가 무지갯빛 기류에 장미 꽃잎을 무수히 흩날리며 말했다. 공간을 가득 메운 야릇한 공기에 진한 장미향이 더해지자, 해류는 숨 막힐 듯한 기분을 느끼며 겨우 입을 열었다.

"오래전이라면……."

"7년 전에 보은의 뜻으로 그대를 지켜 주겠노라 맹세했었다."

"그런 일이 있었는지…… 전혀 몰랐어요."

"그대는 알 리가 없지. 그대 모르게 심어 둔 것이었으니까.

그땐 당연히 반려의 의미는 아니었다. 순수하게 보호의 맹약이었지. 하지만 내 심장은 알고 있었는지도 모르겠다. 결국은 이렇게 되리란 것을."

"아아⋯⋯."

지슈카의 마음이 오롯이 전해져 와서 심장에 커다란 울림이 일었다. 하지만 해루는 더 말하지 못했다.

독의 고통으로 인해서가 아니었다. 부풀어 오르는 듯한 가슴 끝이 너무도 간지러웠고, 배 아래가 점점 더 뜨거워지고 있었다. 그것이 독이나 고통으로 인한 것이 아니란 걸 스스로가 잘 알고 있었다.

그가 그녀의 이마에 입을 맞추었다. 그러자 간지러운 전율이 점점 더 심해졌다. 맞닿은 가슴 너머로 그의 열기가 뜨겁게 느껴지고 있었다.

"지슈카⋯⋯."

그녀는 어찌할 바를 모르고 그의 이름을 불렀다.

"그대의 고통을 모두 잊게 해 주고 싶다. 아니, 할 수만 있다면 몸속의 독을 내가 모두 빨아 마시고 싶다."

그는 뼈아픈 얼굴로 그렇게 말하며 입술을 아래로 훑어 내렸다. 목덜미를 따라 내려온 입술이 부드럽게 쇄골을 쓸자, 해루는 숨을 멈추고 말았다.

소름이 오소소 돋는 느낌에 뼛속에 남은 미미한 고통마저 그대로 잊혀 버리는 듯했다. 느껴지는 것은 온몸을 휘감는 저릿한 전율뿐이었다.

물결 위를 유영하는 몽롱한 기분에 사로잡힌 사이, 그는 그녀의 옷깃을 차근히 열었다. 쇄골을 뒤덮은 키스를 멈추지 않으며 블라우스의 단추를 풀어 내리고 옆으로 밀어젖혔다.

해루는 부끄러움을 어쩌지 못하고 눈을 꼭 감아버렸다. 부모님이나 유주가 아닌 누군가의 눈에 처음으로 나신을 드러내는 일이었다. 지슈카이기에 괜찮다고 생각하면서도 떨리는 마음은 어떻게 할 수가 없었다.

"부끄러워하지 마라, 해루. 우리가 연을 맺는 첫날이 아닌가."

"그래도……."

수줍게 흘러나온 말은 그녀의 입술을 뒤덮은 그의 입속에 그대로 스며들어 버렸다. 깊게 들어온 그의 혀가 입안을 샅샅이 더듬고 지났다.

그녀의 혀를 휘감고 빨아들였다 놓기를 반복하다 목구멍 안쪽까지 길게 훑어 내렸다. 호흡이 벅차도록 이어지는 강렬한 키스에 해루는 정신을 차릴 수가 없었다.

곧 가슴을 뒤덮었던 브래지어가 사라지고, 바지도 그의 손에 이끌려 떨어져 내렸다. 남은 것은 아래를 가린 작은 팬티 하나뿐이었다.

그리고 그가 가슴에 손을 대었다. 그 순간 해루는 당황 가득한 마음에 감았던 눈을 번쩍 뜨고 말았다.

"지, 지슈카……."

"본래 이렇게 하는 것이다."

지슈카는 아무렇지 않게 말을 하고는 커다란 손으로 그녀의 가슴을 부드럽게 감싸 쥐었다. 가슴 전체를 세공하듯 섬세하게 어루만지는 손길에 해루는 떨림을 감추며 숨을 헐떡여야 했다.

하지만 그가 분홍빛 정점을 손바닥으로 비비고 굴리던 순

간, 예상치 못한 감촉에 너무 놀라 허리를 움찔 튕겨 올리고
말았다.

"아아……."

해루는 저도 모르게 작은 신음을 흘렸다. 부끄러움과 쾌감
이 동시에 느껴지는 이상한 감촉. 아니, 정확히는 태어나 한
번도 느껴 보지 못한 야릇한 쾌감이었다.

하지만 그것은 그저 시작에 불과했다. 한참이나 유두를 쓸
고 비비던 그가 가슴으로 머리를 숙였다. 그리고 가슴 끝을 입
술로 깊게 빨았다.

그 순간 해루는 참을 수 없는 쾌감에 온몸을 떨었다. 그가
입술로 짙게 빨고 잇새로 짓이기기도 하며 정점을 애무하자,
걷잡을 수 없는 열락이 파도처럼 밀려들었다.

그는 그것으로 그치지 않았다. 가슴 끝에 꽃처럼 솟은 돌기
를 혀끝으로 동그랗게 굴리기도 했고, 빠르게 비비고 휘감기도
했다. 가슴의 정점이 빳빳하게 곤두서고 머리끝까지 맹렬한 전
류가 치솟아 오르는 듯했다.

"고통은 좀 어떤가."

그가 탁하게 가라앉은 목소리로 물었다.

"모, 모르겠어요. 아무 생각도…… 할 수가 없어……."

정말이지 아무 생각도 할 수가 없었다. 견딜 수 없는 쾌감에
고통은 점점 잊혀 갔다. 느껴지는 것은 오직 태산 같은 지슈카
의 존재와 그에게서 뿜어져 나오는 뜨거운 열기, 귓가를 아득
하게 울리는 그의 목소리뿐이었다.

그래서 그의 손이 뜨겁게 달아오른 허벅지 안쪽으로 밀고
들어왔을 때, 해루는 부끄러움도 잊었고 저항도 하지 못했다.

처음엔 무슨 일이 벌어지고 있는지 깨닫지 못해서, 나중엔 쾌감으로 아득해진 정신에 아무것도 할 수가 없어서. 할 수 있는 것이라곤 오직 그의 어깨를 놓칠세라 꽉 붙드는 것뿐이었다.

가쁘히 허벅지를 가른 그의 손은 곧 다리 사이의 은밀한 부분을 뒤덮었다. 처음엔 가볍게 문지르더니 점점 더 거세게 마찰을 해 왔다. 뜨거워진 다리 사이로 샘이 고이자, 그제야 해루는 정신이 번쩍 들어 그의 팔을 밀어냈다.

"그…… 그만요. 지슈카. 그만……."

그는 순순히 손을 거두었다. 붉게 달아오른 그녀의 얼굴을 욕망에 찬 눈빛으로 바라보면서. 늘 북해의 빛깔이라고 생각했던 밝고 푸른 눈동자는 짙은 청색으로 탁하게 어두워져 있었고, 은빛의 반짝임도 이 순간만큼은 사라지고 없었다.

그의 욕망이 고스란히 느껴지자, 해루는 부끄러운 마음에 시선을 피하며 어렵사리 말했다.

"이제…… 진짜를 하면 안 돼요?…… 연을 맺는 진짜 행위……. 지슈카를 받아들이고 싶어요."

"아직은 그대가 힘들 것이다."

그가 탁한 숨을 내뱉으며 말했다. 그리고 아무것도 하지 않은 채 가만히 멈추어 있자, 해루는 그를 자신의 품으로 끌어당겼다. 그가 자신을 걱정해서 더 이상 무얼 더 하지 못하고 있는 것처럼 느껴졌기 때문이다.

그 망설임이 싫었다. 그가 욕망대로 마음껏 자신을 뿜어내길 원했다.

"해도 돼요.…… 고통 같은 거…… 더 이상 모르겠어요. 당신이 해 주는 게…… 너무 좋아."

"다행이다. 그대가 좋아해 줘서."

그가 다정히 머리를 쓸어 주며 말했다. 하지만 그 목소리에선 그답지 않은 극심한 긴장이 묻어나고 있었다.

해루는 그가 해주었던 것처럼 그의 목덜미에 입을 맞추었다. 그러자 그가 움찔 몸을 떠는 것이 느껴졌다. 그녀의 입술이 닿았던 그의 목은 열기로 뜨겁게 달구어져 있었다. 해루는 부끄러움도 내려놓고 또렷하게 말했다.

"그러니까…… 해요. 지슈카가 내 안으로 들어오는 걸…… 느끼고 싶어요. 지슈카도…… 좋았으면 좋겠어. …… 나만 좋은 거 말고요."

힘겹게 꺼낸 그녀의 말에도 그는 굳은 얼굴을 풀지 않았다. 한참이나 그녀를 바라보다 낮게 가라앉은 목소리로 말을 꺼냈다.

"실은 겁이 난다."

툭 던지듯 흘러나온 말에 해루는 가슴이 철렁 내려앉는 것만 같았다. 세상 두려울 것 없는 존재가 겁이 난다니. 그녀가 모르는 다른 일이 있는 것만 같아서 갑자기 두려운 기분이 들었다.

"왜……."

"그대가 부서질까 봐."

그렇게 말하는 그의 얼굴은 긴장과 우려로 가득해 보였다.

"만약에 말이다, 해루. 받아들이기 힘들거나 몸에 크게 무리가 갈 때, 그럴 때 절대 참거나 억지로 견뎌선 안 된다."

"괜찮아요…… 그 정도쯤. 처음은 원래…… 힘든 거니까."

해루는 가만히 고개를 끄덕였다. 하지만 그는 그녀의 뺨을 안타깝게 쓸어 주며 신중하게 말을 덧붙였다.

"그런 것이 아니다. 용과 인간은 본래가 다른 종족. 그대의 몸에 큰 무리가 갈 수도 있으니 하는 말이다."

"그것도 알고 있어요. ……그러니까…… 그러니까 해요."

그에게서 계속 주저함이 느껴지자, 그녀는 그의 목에 팔을 감았다. 그의 목덜미에 깊게 키스하고 쇄골을 혀로 부드럽게 쓸어 올렸다. 그 입술에 혀를 밀어 넣으며 그의 혀를 깊게 휘감고 부볐다. 그의 걱정이 무엇이든 그녀의 사랑으로 그를 위로하고 싶었다.

그의 목에 핏대가 솟고 몸이 더욱 단단하게 굳어지는 것이 느껴지자, 해루는 더욱 농밀한 키스로 그를 자극했다.

결국 그는 더 이상 주저하지 못하고 그녀의 하나 남은 속옷을 조심스레 벗겨 내었다. 천천히 그의 옷을 벗고는 눈부신 나신으로 그녀의 몸을 타고 올랐다.

강인하고 단단한 그의 몸이 그녀의 위에 자리하자, 해루는 숨이 막힐 것만 같은 기분으로 그 얼굴을 마주 보았다.

시선과 시선이 얽히고, 손과 손이 얽혔다. 그는 그녀의 양손에 깍지를 낀 채로, 깊디깊은 눈으로 그녀를 응시하며 서서히 그녀의 안으로 들어왔다.

두르지도 않았고 주저하지도 않았다. 그저 그녀가 받아들일 수 있을 만큼 천천히, 조금씩, 그녀의 안에 그를 묻었다.

공기를 가득 메운 연용류 때문에 의식이 몽롱해져서일까. 분명 아프기는 했지만 각오했던 만큼의 극심한 통증은 느껴지지 않았다. 오히려 몸 안을 가득 채운 그의 존재가 벅찰 만큼 선명하게 느껴져서 눈물이 날 것만 같았다.

그가 가진 고결함이, 신성함이 청명하게 그녀에게로 밀려들어 오는 것만 같았다.

그리고 그가 천천히 몸을 움직였다. 행여 조금이라도 아플까 배려하는 듯 아주 느리고도 느리게.

그 움직임은 그녀가 그의 가슴을 매만지고 나서야 조금씩 빨라졌다. 그가 해 주었던 것처럼 유혹적으로, 그 가슴의 정점을 동그랗게 굴리고 입술로 빨며 그를 자극하고 나서야.

어느 순간 그의 움직임이 걷잡을 수 없이 빨라졌을 때였다. 그를 받아들인 다리 한가운데서 고통과 함께 저릿한 쾌감이 일었다.

그리고 감은 눈에 희미한 빛이 폭발하는 듯했다. 무지갯빛으로 가득한 연용류가 그녀에게로 한가득 흘러든 것만 같았다.

이윽고 그가 움직임을 멈추었을 때, 선명하도고 짙푸른 기운이 머리끝에서 발끝까지 번개처럼 온몸을 꿰뚫고 지났다. 그와 함께 주위를 휘감았던 연용류가 일시에 그녀에게로 모두 빨려들었다.

몸이 극심하게 떨리고 전신에 충격이 크게 일었지만 고통과는 사뭇 달랐다.

해루는 그대로 의식을 잃었다. 온몸을 불덩이처럼 휘감은 뜨거운 열기와 함께. 그리고 며칠을 깨어나지 못했다.

「신전으로 가야겠다.」

며칠째 해루의 곁을 지키던 지슈카가 말했다.

휼은 잔뜩 굳은 얼굴을 하고 말았다. 신전은 황제조차 쉬이 좌우지할 수 있는 곳이 아니었기 때문이다. 하지만 그가 말린다고 들을 왕이 아니었다.

해루가 여전히 깨어나지 못하고 있었다. 다행히 왕과의 합일로 피부의 검은 기운은 많이 사라졌지만, 왕은 그가 단 한 번도 본 적 없는 당혹스러운 얼굴을 하며 안절부절못하고 있었다.

「심경은 충분히 이해가 가오나, 전하께서 걸음 하신다 해도 그쪽에서 쉬이 이시스를 내놓을 리 없을 것입니다.」

휼은 신중하게 자신의 의중을 밝혔다. 왕이 무모한 일을 벌이지 않기를 간곡히 바라면서.

하지만 지슈카는 이미 용계의 상식 따윈 안중에 두지 않았다.

「신전을 무너뜨려서라도 내놓도록 만들겠다.」

「전하답지 않은 무모한 발언이십니다.」

휼이 진중한 얼굴로 말렸으나, 왕은 벌써 신전 쪽으로 걸음을 옮기고 있었다. 아니, 그마저도 시간이 아까운지 바로 공간을 이동해 버렸다.

게이트를 만들어 뒤늦게 쫓아간 휼이 맞닥뜨린 것은, 벌써 대신관을 붙들고 단도직입적으로 묻는 지슈카의 모습이었다.

「뭄세스, 마룡의 습격에 다친 신관이 있다 하던데.」

뭄세스는 갑자기 집무실에 모습을 드러낸 왕 때문에 몹시 당황하고 있었다. 법도에 어긋난 일임은 물론 질문 또한 예사롭지 않았기 때문이다. 하지만 곧 표정을 수습하며 정중히 왕에게 예를 갖췄다.

「예, 전하. 견습 신관 하나가 크게 다쳐 생명이 위독하옵니다.」

뭄세스는 몹시 걱정스러운 얼굴로 말했다. 다행히 이시스가 다친 것까지 숨길 생각은 없는 모양이었다.

「마룡의 습격 때문에 물어볼 것이 있다. 안내하라.」

「지금은 의식조차 없는 상황입니다. 신전의 치유사들이 모두 달라붙어 치료하고 있으나 효험이 없습니다. 만나셔도 들을 수 있는 이야기가 없을 것입니다.」

생각보다 상황이 더 안 좋은 모양이었다. 하지만 지슈카는 물러서지 않았다. 아니, 물러서는 대신 더욱 심각한 얼굴로 허언을 늘어놓았다.

「한시가 급하다. 마룡들의 침공이 우려되고 있는 상황이니. 그 신관이 열쇠를 쥐고 있을 거라는 첩보가 있었다.」

「열쇠라니요, 전하.」

마룡의 침공이라는 말에 대신관이 두려운 얼굴로 반응해 왔다. 그도 그럴 것이, 또다시 전쟁이 시작된다면 기껏 회복시켜 놓은 신관들의 권위가 또다시 추락하게 될 가능성이 높았기 때문이다.

전쟁에서 그들의 신력은 전혀 도움이 되지 못했고, 지슈카가 없었더라면 다시는 성역을 되찾지도 못했을 것이었다.

왕은 유유히 허언에 허언을 더했다.

「신관들 중에 마룡과 내통하는 자가 있다는 정보다. 그 견습 신관은 무슨 연유로 하란섬에 있었지? 마룡의 기습이 잦아 모두가 경계하던 곳이 아닌가.」

「그 아이는 아닙니다. 절대 아닐 것입니다.」

대화를 듣던 횰은 그제야 안도의 한숨을 내쉬며 가슴을 쓸어내렸다. 가뜩이나 평소 같지 않은 왕이라 정말로 신전을 작살내지 않을까 우려가 되었기 때문이었다.

「확인은 내가 하겠다. 바로 안내하라.」

「하오나 전하. 말씀드렸다시피 그 아이가 의식을 차리지 못하여……」

「대신관은 정녕 마룡이 침공해 와도 상관없다는 것인가. 신성한 호수마저 기습의 통로로 썼던 그들이다. 언제 어디서고 다시 모습을 드러낼 수 있지. 하니 그 신관의 정보가 꼭 필요하다.」

마룡들과의 전투에 관한 한 사해 제일인 북왕의 말이었다. 하니 그 어떤 경우라도 흘려들을 수 있을 리 만무했다. 더구나 신전 측이 엮여 있다는 첩보가 들어왔다는 말에야.

왕은 있지도 않은 마룡의 침공을 빙자해 계속 엄포를 놓았고, 결국 백기를 든 것은 뭄세스였다. 그는 지슈카의 언변을 이기지 못하고 마침내 이시스가 있는 곳으로 그들을 안내했다.

이시스는 신전 구석의 작은 방에 갇힌 채 호흡만 간신히 하고 있었다. 침대에 누워서 움직이지도 못하고 있는 것이, 금방이라도 숨이 넘어갈 듯한 모습이었다.

그런 그녀를 마주하고서도 지슈카는 눈 하나 깜짝하지 않았다. 대신 엄혹한 눈으로 그를 돌아보며 명령을 내렸다.

「횰. 저자를 당장 추포하라.」

갑자기 내려진 왕의 명령은 그랬다.

횰은 몹시 당황해서 할 말을 잃고 말았다. 더욱 당황한 것은 대신관이었다. 그는 그 자리에서 펄쩍 뛰며 이시스의 앞을 막아 나섰다.

「전하. 추포라니요. 대체 무슨 말씀이십니까.」

「마룡과 내통한 자다. 하란섬에서 발견된 증거가 명확히 저 자를 가리키고 있었다.」

「내통이라니요, 전하. 마룡의 습격에 초죽음이 된 아이입니다. 어찌 내통이라 하십니까!」

지슈카의 말에 대신관은 눈을 휘둥그렇게 떴다. 사색이 된 얼굴로 얼른 이시스를 편들고 나섰다. 하지만 지슈카는 더욱 냉혹한 얼굴로 말할 뿐이었다.

「대신관은 마룡을 그리 모르는가. 원하는 걸 모두 얻었으니, 저자를 제거해 증거를 없애려 한 것이 아닌가.」

「그럴 리가 없습니다. 절대 그럴 리가……」

「그대는 지금 사해의 마룡들을 초토화시킨 북궁의 첩보를 무시하는 것인가. 아니면 혹 마룡들의 재침공이라도 바라는 것인가.」

「그, 그것이 아니오라, 전하…….」

「더 이상 저 아이를 편들고 나서면, 대신관까지 내통에 관여되어 있는 걸로 알겠다.」

왕은 마지막까지 하나 흔들림 없이 허언을 관철시켰다. 결국 대신관은 왕의 협박을 이기지 못하고 이시스를 내주고 말았다.

그리고 지슈카는 이시스를 궁으로 데려오기 무섭게 그의 치유력을 최대치로 발휘해서 한나절 만에 바로 회복시켰다. 흄이 아는 한, 일반의 용들은 치유조차 할 수 없는 상처였다. 제법 신력이 있다는 신관들조차도 말이다.

「명현현상인 듯합니다. 이 아이를 감싼 붉은 빛에 대해선 저
도 알 수 없지만 말입니다.」

어렵사리 신전에서 빼내 온 이시스는 그렇게 해루에 대한
진단을 내렸다.

목숨이 위험할 것은 없다는 뜻이었지만 지슈카는 그 답에
만족할 수 없었다.

그와의 합일이 효험이 있어, 해루의 몸에 스민 독은 어느 정
도 해독이 된 것 같았다. 하지만 해루는 며칠이 지나도록 의식
을 찾지 못했다. 계속되는 고열만 그의 영력으로 계속 식혀 주
었을 뿐이었다.

「무엇에 대한 명현이란 말인가.」

지슈카는 해루에게서 눈을 떼지 못하며 다시 물었다. 이시
스는 지체 없이 대답해 왔다.

「전하의 용력에 적응하느라, 몸이 힘들어 의식을 찾지 못하
는 듯합니다. 시일이 좀 더 지나면 천천히 회복될 것입니다.」

「보완할 약재는 따로 없는가.」

「해월과를 먹이십시오. 다른 방도는 찾지 않아도 될 듯합니
다. 어떻게 그것이 가능한지는 알 수 없지만, 본래가 용과의
합일을 견뎌 낼 정도로 강인한 아이인 듯하니 말입니다.」

「천만다행한 일이군.」

「예. 다만 이후 합일에 있어서도 의식을 잃는 일은 종종 있
을 겁니다. 그 기간은 갈수록 짧아지겠지만 말입니다.」

지슈카는 그제야 굳었던 얼굴을 조금 누그러뜨렸다. 짐작하

지 못한 바는 아니었다. 하지만 확신이 필요했었다. 그래서 신전까지 찾아가 대신관에게 다짜고짜 이시스를 빼내 왔다. 행여 그의 짐작이 틀렸다면 해루가 영영 잘못 될지도 몰랐으니까.

「하온데, 이후의 일은 어찌하실 생각입니까, 전하. 대신관이 저를 다시 데려가려 할 터인데.」

이시스가 난감한 얼굴로 물었다. 그와 신전과의 관계를 걱정하는 눈치였다.

「심문 도중 목숨을 잃었다 하면 그만이다. 그만큼 그대의 상태가 안 좋았으니.」

지슈카는 이시스의 걱정을 간단히 정리했다. 그리고 바로 명령을 내렸다.

「그대는 바로 이곳을 떠나라. 그리고 성역을 복원할 방도를 찾는 즉시 연통을 하라. 수하들을 붙여 주겠다.」

「예. 성은에 감읍하옵니다, 전하.」

이시스는 거의 본래 상태를 회복한 자신의 몸을 보며 그에게 깊은 감사를 표했다.

그런 다음 의식이 없는 해루에게 천신의 축복을 전하는 예를 치러 주고는 은밀히 궁을 나섰다.

「그래, 이제 어디로 갈 것인가.」

떠나는 그녀를 배웅하며 지슈카가 물었을 때, 이시스는 머나먼 남쪽 바다를 바라보며 잠시 눈물을 글썽였다. 무엇 때문인지는 몰라도 그리움 가득한 눈길이었다.

「황해입니다, 전하.」

「황해.」

「예. 지금은 잊혀 아무도 아는 이가 없지만, 태초의 성역은 황해에 있었다고 합니다. 그곳에 답이 있을 것입니다.」

이시스는 그렇게 말했다. 대대로 전해오는 비밀 서판들이 있다는 은밀한 장소, 신전에 매여서 평생토록 갈 수 없었다던 그곳. 그곳이 아마 황해인 모양이었다.

이시스는 그 말을 마지막으로 궁을 떠났다. 지슈카는 하벨을 비롯해 아끼는 수하 3명을 붙여 주었다.

황제의 바다, 황해. 어쩐지 이시스의 이야기가 납득이 갔다. 그곳에 반드시 답이 있을 것만 같았다.

❀

주위가 온통 검었다. 검푸른 어둠과 시커먼 안개로 뒤덮인 그곳은 숨쉬기조차 힘든 탁기로 가득했다.

해루는 별처럼 멀리 보이는 푸른 점을 향해서 앞으로 나아가고 있었다. 검디검은 세상에서 시야에 들어오는 유일한 빛, 그 푸른빛을 향해서 걷고 또 걸었다.

주위를 날던 새들이 시커먼 안개에 스쳐서 하나둘 타들어 갔다. 짐승도, 꽃도, 벌레도, 나무도, 모두가 검은 안개의 독기를 견뎌 내지 못하고 목숨을 잃어갔다.

활개를 치는 생명이라고는 박쥐처럼 검은 날개를 펼친 거대한 생명체, 마룡들 뿐이었다. 본신뿐 아니라 인간의 몸에 스민 마룡, 그림자 형체를 한 마룡들도 날고 있었다.

인간의 몸을 한 그들이 어떻게 마룡임을 알아볼 수 있었는지는 모르겠지만, 그럼에도 알았다. 한눈에 알았다.

마룡들은 보이는 모든 생명체들을 해쳤다. 독안개를 뿜어내고 붉은 불길을 뿜어내며 세상을 온통 아수라장으로 만들고 있었다.

점처럼 보이던 푸른빛이 점점 커지기 시작한 것은 그때였다. 푸른 점이 하나둘씩 늘어나기 시작하더니, 수백 수천의 푸른빛이 이쪽을 향해 날아들기 시작했다. 그리고 가까워질수록 그것의 실체가 더욱 명확히 드러났다.

푸른 용들이었다. 암흑에 가득찬 세상을 구하기 위해 날아오는 푸르른 용들.

해루는 희망에 차서 그들을 향해 달렸다. 돌부리에 걸리고 넘어지면서도 개의치 않고 달렸다. 하지만 용들은 가까워지지 않았다. 저 멀리 검은 하늘 위에서 아름다운 푸른빛을 피워 올리기만 했다.

그녀는 어느 순간 푸른빛의 숫자가 차츰 줄어들고 있는 걸 알아차렸다. 멀리 빛나던 푸른 점들이 별똥별처럼 우수수 떨어져 내리는 것도.

눈앞에 거대한 푸른 날개가 펼쳐진 것은 그 순간이었다. 그리고 머리 위를 빠르게 날아가는 광대한 용의 형체가 보였다. 푸른빛으로 형형하게 반짝이는 창대한 용이었다.

온몸의 비늘은 푸른빛의 투명한 크리스털이었고, 물고기의 비늘이 아닌 새의 깃털 같은 모양을 하고 있었다.

그리고 날개. 마치 천사의 날개 같은 두 날개는 대륙을 다 덮을 정도로 광활해 보였다. 머리 위에는 7각의 별이 푸르게 회전을 하고 있었는데, 세상에 그보다 더 아름다운 생명체는 없을 것 같다는 생각이 들었다.

7각별의 푸른 용이 등장하자, 뜻밖에도 주위의 어둠이 조금씩 걷히기 시작했다. 그에게선 광대한 푸른빛이 우주처럼 쏟아져 나왔고, 그럴 때마다 마룡들이 우수수 떨어져 내렸다.

푸른 용은 세상을 가득 메운 검은 독기를 광활한 푸른빛으로 일거에 태워 나갔다. 그가 날갯짓을 할 때마다 주위가 밝아져 갔고, 마침내는 푸른 하늘이 보이고 하얀 구름이 보였다.

해루는 눈부신 그 용을 넋을 잃고 바라보았다. 밝아지는 하늘과, 따사로운 햇살과, 맑아지는 공기를 한껏 즐기며. 시야가 온통 그 푸른 용으로 가득 차 아무런 생각도 할 수 없었다.

붉은 불길을 뿜는 마룡들이 대거 등장한 것은 그때였다. 수만 마리, 혹은 수십만 마리. 까마귀 떼처럼 하늘을 까맣게 메운 마룡들이 푸른 용을 향해 일거에 공격을 해 대기 시작했다.

상황은 좋지 못했다. 이미 주변에 남아 있는 푸른 용은 그 혼자였다. 그리고 수십 만의 마룡들은 불길을 모으고 모아 붉은 빛의 광대한 그물을 형성하고 있었다.

7각별의 푸른 용은 극도로 강하고 아름다웠지만, 수십 만 마리의 마룡들을 홀로 상대하기엔 힘에 부치는 듯했다.

결국 마룡들이 붉은 불길의 그물을 그에게 내리 씌웠고, 푸른 용은 그물을 벗어나지 못하고 타들어 가기 시작했다. 아름다운 비늘도, 천사 같은 날개도 시커먼 독기에 재로 변해 가고 있었다.

그러면서도 그는 검은 독기를 제거하는 날갯짓을 멈추지 않았다. 마침내 그가 날갯짓을 멈추었을 땐 몸의 절반 이상이 타들어 간 상태였다.

창공의 지배자로 우뚝 섰던 푸른 용은 결국 아래로 아래로 떨어져 내리기 시작했다.

마침내 그가 땅으로 추락하던 순간, 해루는 커다랗게 울부 짖으며 비명을 지르고 말았다. 7각별의 푸른 용이 꼭 지슈카 같았기 때문이었다.

"⋯⋯지슈카!"

그녀는 비명을 지르며 잠에서 깼다. 차오르는 숨을 헐떡이 며 주위를 두리번거렸다.

그는 바로 눈앞에 있었다. 그녀를 와락 끌어안으며 안도의 숨을 내쉬었다.

"정신이 드는가, 해루."

늘 침착하던 그의 목소리가 떨렸다. 그녀를 안은 그의 팔도 어깨도 모두 떨렸다. 그 기분이 몹시 이상했다.

해루는 그의 품에 안긴 채 그를 만지고 또 만졌다. 그의 존 재가 이렇게 눈앞에 있다는 사실이 무엇보다 안도가 되었다.

"⋯⋯지슈카, 나 꿈을 꿨어요. 너무 끔찍한 꿈."

너무 생생했던 꿈이라 잊히지도 않았다. 혹여 그에게 무슨 일이 생기는 건 아닐까 걱정마저 되었다.

하지만 지슈카는 그저 따사롭게 웃으며 대꾸했다.

"그런 꿈은 잊어도 된다. 너무 오래 의식이 없어서일 것이 니."

그는 그렇게 말하며 그녀의 머리를 쓸고 이마를 쓸었다. 뺨 에 입을 맞추고 또다시 그녀를 끌어안았다. 절대 놓아주지 않 을 것처럼.

"걱정했었다. 며칠이나 의식을 차리지 못해서. 그날 밤 이후 로 눈을 뜨지 못했다."

그날 밤. 그와 부부의 연을 맺었던 그 밤이 서서히 기억나고 있었다. 마지막 그 순간에 의식을 잃었던 것도.

"그랬군요. 아무래도 몸에 무리가 있긴 있었나 봐요."

해루는 멋쩍게 말하며 그의 품에서 슬그머니 빠져나왔다.

주위는 여전히 아름다운 장미 넝쿨로 가득했다. 아니, 그날 밤보다 훨씬 더 많아진 것 같았다. 연용류는 사라지고 없었지만 그윽한 장미향이 그날의 맹약을 깊게 되새겨 주고 있었다.

"걱정할 것은 없다. 명현현상이라고 하니."

지슈카가 그녀를 침대에서 안아 올리며 말했다.

"명현현상이요?"

"그대가 의식을 잃었던 것 말이다. 나를 받아들이는 데 익숙해지는 과정이라는 뜻이다. 아마도 시간이 지나면 의식을 잃는 일은 없을 것이다."

"그렇군요."

고개를 끄덕이면서도 조금 부끄러운 기분이 들었다. 익숙해진다는 건, 한 번으로 끝나는 것이 아닌 평생을 계속될 거란 뜻이었으니까.

그는 그녀를 안아 든 채로 불쑥 공간을 옮겼다.

나타난 곳은 어느 청명한 숲의 작고 맑은 호수였다. 주위는 첫 밤의 그 공간처럼 형형색색의 수많은 장미들로 가득했다. 가지를 늘어뜨린 나무들이 싱그러움을 더하고, 따뜻한 바람이 설렘을 가져오는 곳. 금방이라도 요정들이 나올 것만 같은 어여쁜 호수였다.

"아름다운 호수네요. 그런데 왜 이곳으로 온 거예요?"

그녀의 질문에 그가 싱긋 웃으며 말했다.

"용들의 의식이다. 부부의 연을 맺고 나면 함께 몸을 씻는 것. 정확히는 서로의 몸을 씻겨 주는 것이지.”

그녀를 호숫가에 내려 준 지슈카가 대수롭지 않은 듯 말해 왔다.

하지만 해루는 도저히 아무렇지 않을 수 없었다. 그런 밤을 함께 보냈는데도 부끄러움이 남아 있는 건 어쩔 수가 없었다.

해루는 지슈카에게서 조금 떨어져 숲으로 들어섰다. 차마 그의 앞에서 옷을 벗을 수가 없어서였다.

그런데 막 블라우스의 단추를 풀어 내릴 때였다. 문득 몸에서 이전과 다른 기운이 느껴졌다. 전기가 흐르른 것 같은 미세한 느낌이 머리끝에서 발끝까지 계속 순환하는 듯한 기분이었다.

게다가 붉은 빛. 희미한 붉은 빛이 그녀의 몸 주위를 에워싸고 있었다.

지금은 위험한 상황도 아니었다. 미지의 마룡이 이곳을 알고서 붉은 빛을 보냈다고 생각하기도 어려웠다. 그렇다면 답은 하나뿐이었다. 그녀의 몸에서 흘러나오는 빛이라는 것.

해루는 깜짝 놀라 자신의 몸을 살폈다. 하지만 희미하게 넘실대던 붉은 빛은 더 이상 보이지 않았다.

“지슈카.”

그녀는 얼른 숲 밖으로 나가며 자연스레 옷을 벗고 있는 그를 불렀다. 그러다 눈부신 나신을 마주하자, 저도 모르게 눈을 질끈 감고 말았다.

하지만 그녀는 그 몸을 알고 있었다. 눈을 감아도 잔상처럼 밀려들었다. 강인하고 견고한 근육들로 탄탄하게 채워진 아름다운 그 몸이.

그리고 이마를 맞대지도 않았는데, 갑자기 무지갯빛 기류가 흐르기 시작했다. 연용류였다.

"한번 연을 맺으면 더 이상 이마를 맞대지 않아도 된다. 합일하고 싶다는 마음만으로도 흐르기 시작하니까."

지슈카가 그녀의 어깨를 감싸며 설명해 주었다. 무지갯빛 기류에 묻혀서인지, 희미한 붉은 빛도 더 이상 보이지 않았다. 대신 그날 밤 느꼈던 낯선 전율, 가슴 끝이 간지럽고 아랫배가 뜨거워지는 그 느낌이 또다시 찾아들었다.

"걱정할 것 없다. 오늘은 씻겨 주기만 할 테니까. 또다시 그대의 의식을 잃게 할 수는 없지 않은가."

그가 그녀의 옷을 벗겨 주며 싱긋 웃었다. 하지만 그 눈에 서린 욕망마저 숨길 수는 없었다.

결국 해루는 또다시 의식을 잃었다. 그리고 이틀 만에 의식을 회복했다. 신방을 채운 고혹적인 장미향이 더욱 짙어 가고 있었다.

9. 진홍의 그림자

시간은 꿈같이 흘렀다.

2주간의 휴가를 해루는 거의 지슈카와 함께 보냈다. 아니, 거의 그와의 합일로 보냈다고 하는 게 옳을 것이다.

그동안 그녀는 지슈카와 관계를 가지고 의식을 잃기를 여러 번 반복했다. 그렇게 그에게 익숙해지는 동안, 이제는 지슈카를 받아들여도 아무런 문제가 없을 정도가 되었다.

젠투어 앱의 출시도 성공적이었다. 뛰어난 기능과 막강한 젠의 파워에 힘입어, 젠투어는 출시 2주 만에 전 세계 여행 앱 시장을 거의 석권하다시피 하고 있었다. 모든 것이 순조롭게 진행되고 있었다.

휴가를 끝내고 일상으로 복귀하기 전, 해루는 지슈카에게 그동안 꺼내지 못했던 부탁을 입 밖으로 꺼냈다. 그레트헨을 만나게 해달라는 부탁이었다.

비록 그녀를 죽음 직전까지 몰아넣기는 했지만, 유주일 가능성이 있는 여자였다. 그래서 도무지 무시가 되지 않았다.

"꼭 한 번뿐이다."

지슈카는 탐탁지 않은 얼굴로 그렇게 말해 왔다. 그 여자가 유주이든 아니든 그녀와의 만남 이후에 제거할 거라는 의중을 내비치면서. 만약 유주일 가능성이 전혀 없었더라면 지슈카는 애초에 그레트헨을 제거해 버렸을 것이었다.

"네. 꼭 한 번. 그걸로 충분해요."

해루는 그렇게 대답했다. 부모님마저 제 손으로 제거했다는 륜의 말을 떠올리면서.

하지만 그녀가 그런 일을 견뎌 낼 수 있을 지는 자신이 없었다. 그레트헨이 만약 유주라면 어떻게 해야 할지 판단조차 잘 서지 않았다.

그레트헨은 북궁의 지하 감옥에 있었다. 차디찬 빙벽으로 이루어진 지하 감옥은 그저 보통의 방처럼 보였다. 하지만 보이지 않는 특수한 결계가 쳐져 있어서 나갈 수도 움직일 수도 없는 곳이었다.

해루는 횰과 함께 지하 감옥을 찾았다. 결계 밖에 선 채로, 방 안에서 미친 듯이 몸부림치고 있는 그레트헨을 묵묵히 바라보았다.

횰의 말로는 그녀는 여전히 탈출할 거란 희망을 버리지 못했고, 나디르란 남자가 자신을 구하러 올 거라고 굳게 믿고 있다고 했다.

『물어볼 것이 있어, 그레트헨.』

해루의 말에 그레트헨이 잠시 몸부림을 멈췄다. 그리고 그녀를 알아보기 무섭게, 아주 분한 얼굴로 쏘아보았다.

『살아 있었어? 어떻게?』

『당신의 독은 아무런 효과도 없었어. 미안하게도 말야. 알잖아, 내 빛이 당신보다 컸던 거.』

해루는 냉정한 얼굴로 그녀를 바라보며 허세를 부렸다. 그러지 않는다면 이 여자에게 휘둘릴 지도 몰랐으니까.

『망할……..』

그레트헨은 욕설을 내뱉으며 죽일 듯 그녀를 노려보았다.

하지만 해루는 담담한 척 유유히 그녀를 응시했다. 그리고 그토록 묻고 싶었던 그 말을 지나가는 것처럼 툭 뱉었다.

『그보다 당신 귀밑의 흉터 말야. 그거 어떻게 해서 생긴 건지 말해 줄 수 있어?』

『내가 왜?』

『말하지 않으면 목숨이 위험할 테니까. 당장이라도 말야.』

해루는 곁을 지키고 선 훌을 흘끗 보며 큰소리를 쳤다.

그의 강력함을 잘 알고 있는지, 그레트헨이 살짝 주눅 든 얼굴을 했다. 그리고 순순히 답을 해 왔다.

『어떻게 해서 생긴 건진 나도 몰라. 원래부터 있었어.』

『원래부터라. 그 원래부터가 언제지?』

『몰라. 기억에 없어.』

그레트헨은 불퉁하게 말을 툭 뱉었다. 어투로 보아선 전혀 유주 같지 않았다. 하지만 눈매나 입매나 오뚝한 콧날까지, 자세히 보면 볼수록 더욱 유주를 닮은 것처럼 느껴졌다.

해루는 가방에서 사진을 꺼내 그레트헨에게 보여 주었다. 차 선생을 마주쳤던 그 방에서 들고 나온 폴라로이드 사진들이었다.

『이 사진들은. 당신이 찍은 게 맞지?』

해루는 절반 이상의 확신을 가지고 물었다.

『그래. 근데 그걸 왜 당신이 가지고 있지?』

고개를 끄덕이던 그레트헨이 의아한 얼굴을 했다.

『그 남자가 주었으니까. 금테 안경을 쓴 남자.』

해루는 허언을 섞어서 넌지시 말해 보았다. 혹시 그레트헨이 구해 주러 올 거라 굳게 믿고 있는 나디르란 존재가 차 선생이 아닐까 하여 꺼내 본 말이었다.

반응은 즉각적으로 왔다. 그레트헨이 배신감에 가득 찬 얼굴로 그녀를 노려보았다.

『그럴 리가 없어! 나디르가 그럴 리가!』

『안 그럼 내가 어떻게 이 사진들을 가지고 있겠어?』

해루는 어깨를 으쓱하며 더욱 그레트헨의 심경을 건드렸다. 감옥 안으로 초콜릿 하나를 넣어 주며 달래듯 다시 물었다.

초콜릿을 받아 든 그레트헨의 얼굴에 잠시 화색이 돌았다. 그리고 바로 먹기 시작했다. 한 조각을 잘라서 입안에 넣고는 꽤 오래 녹여 먹었다.

그 모습을 지켜보던 해루는 속으로 놀람을 감추지 못했다. 초콜릿을 먹는 버릇이 유주와 똑같았기 때문이다.

유주는 초콜릿을 아주 좋아했다. 병 때문에 자주 먹지는 못했기에, 하나를 먹어도 오랫동안 살살 녹이며 아주 아껴 먹었다.

『카메라는 어디에 있어?』

해루의 물음에 그레트헨은 어깨를 으쓱하며 가볍게 대답

했다.

『호텔에.』

『어느 호텔?』

『그랑디움 호텔 803호.』

초콜릿에 기분이 좋아졌는지, 여자는 순순히 답을 해 왔다. 그것도 꼭 유주 같았다. 아무리 기분 나쁜 일이 있어도 초콜릿 하나면 모두 해결되는 아이였으니까.

『좋아. 하나만 더 물을게. 이 사진 말이야. 뭐 떠오르는 거 없어?』

해루는 점점 더 커지는 확신을 가지고 지갑에서 사진을 꺼냈다. 차 선생이 건네주었던 유주의 사진이었다. 검은 머리에 검은 눈을 가진 진짜 유주의 사진.

사진을 보기 무섭게, 그레트헨은 미친 듯이 소리를 질렀다. 아니 비명을 지르며 길길이 날뛰기 시작했다. 이유는 알 수 없었다.

『치워! 저리 치워! 더러워! 더럽다고!』

그레트헨은 소리를 지르며 날뛰다 못해, 마침내 눈물까지 펑펑 쏟았다.

그 모습이 너무도 이상해 해루는 계속 물었다. 혹시 뭔가 기억이 나는 게 아닐까. 그래서 고통스러운 게 아닐까 하는 생각이 들어서였다.

『산딸기 좋아하지? 아카시아꽃도.』

『도치찌개는 어때? 너 그거 되게 좋아했잖아. 문어도.』

『산에는 지금 찔레꽃이 한창일 거야. 그거 따먹으러 다니던 거 기억나?』

해루는 생각나는 대로 계속 말을 꺼냈다. 어떻게 붉은 머리에 붉은 눈이 되었는지는 몰라도, 유주였다. 분명 유주였다. 차 선생이 기억마저 지운 것 같았지만, 그래도 분명 유주였다.

『무슨 소리를 하는지 모르겠어! 죽어 버려! 죽어 버리라고!』

그레트헨은 결국 저주의 말을 뱉으며 초콜릿을 내팽개치고 말았다. 그 모습에 가슴이 철렁해 해루는 다급히 외치고 말았다.

『유주야! 나 해루야, 네 언니 해루.』

『죽어! 죽어 버려! 최고의 진주는 나야! 그러니까 넌 죽어 버려!』

그레트헨은 계속 미친 듯이 소리를 쳤다. 언니라는 말은 안중에도 없는 것 같았다.

결국 해루는 씁쓸함을 감추며 감옥을 나오고 말았다.

이제 어떻게 해야 할까. 유주가 목숨을 잃기를 바라지는 않았다. 하지만 이미 마룡들에게 깊이 영혼을 빼앗겨, 드라클보다 훨씬 더 위험한 존재가 되어 있었다.

유주가 죽는다. 세상에서 사라진다. 도무지 어떻게 해야 할지 알 수 없었다.

❋

황궁 정원의 꽃향기가 따사롭게 밀려들었다. 북해와 다르게 온화한 바람이 불고, 사시사철 꽃이 피고 지는 황궁은 대서양 한가운데에 있었다.

지슈카는 황제인 테오도라와 마주 앉아 있었다. 그녀가 다급히 그를 찾는 바람에, 횰에게 해루를 맡겨 두고 황궁을 찾은 터였다.

테오도라는 급하게 그를 부른 것치고는 상당히 여유 있는 모습을 보였다. 차를 따르고 다과를 내어 주며 용건을 계속 미루고 있었다.

「무슨 일로 저를 부르셨습니까, 폐하.」

지슈카의 물음에 황제는 해련차를 따라 주며 지그시 웃었다.

「그대가 하도 황궁을 찾지 않으니 일을 핑계로 부른 것이 아닌가.」

「따로 볼일이 없으시면 이만 가겠습니다. 북궁의 일도 많이 밀려 있어서…….」

지슈카는 차를 한 모금 마신 뒤 불편한 심기를 넌지시 내비쳤다.

테오도라는 그제야 슬그머니 용건을 털어놓았다.

「그것 참 성질도 급하긴. 천신제 말이네. 이제 채 이레밖에 남지 않았잖은가.」

「예. 그 일이라면 대신관이 잘 준비하고 있습니다.」

천제에 대해선 별로 듣고 싶지 않았다. 하여 지슈카는 황제에게서 잠시 눈을 떼고 정원을 나는 새들을 바라보았다. 해루를 꼭 닮은 것만 같은 작은 새들이 푸드득 숲을 날아가고 있었다.

「그대도 준비를 해야 하지 않겠는가. 반려의 선택 말이네.」

기다렸다는 듯 들려온 황제의 말에 지슈카는 정원을 배회하던 시선을 이내 그녀에게로 돌렸다.

「마음의 준비는 하고 있습니다. 선택은 어차피 당일에 하는 것이 아닙니까.」

「혹여 그대가 반려의 선택을 거부할까 우려되어 불렀네. 만약 그리된다면 큰 낭패가 아니던가.」

「심려 마십시오. 반드시 선택을 할 것이니.」

지슈카는 진중히 고개를 끄덕이며 미소를 지었다.

이미 필요한 준비는 모두 마쳐 두었다. 선택은 가장 마지막 순간에 할 것이었다. 결계를 쳐서 불러들인 해루와 맹약을 맺고, 하늘에 부부의 연을 맺었음을 고하는 일.

그리 어려울 것도 없었다. 용계의 충격은 크겠지만, 이미 해루와 그는 합일을 한 상황이었다. 그리고 세상에 두 마음을 품는 용은 없었다.

「그대의 의중이 그렇다니 참으로 다행한 일이네.」

테오도라는 그의 답이 흡족한 듯 온화한 미소를 지었다.

지슈카는 차를 한 모금 더 마신 뒤 그대로 자리에서 일어섰다.

「용건이 끝나셨으면 저는 이만 가 보겠습니다.」

그의 말에 황제는 조금 당혹스러운 표정을 지었다. 그러더니 이내 그를 만류하며 다정한 미소를 머금었다.

「아직 안 끝났네. 온 김에 마리엘을 보고 가게. 해련 정원에 대해 할 말이 있다 하네. 그대가 없는 동안 그 아이가 그 정원에 정성을 좀 쏟았나. 얼마나 애지중지했는지 보면 알 것이네.」

이 이야기였나. 어릴 적부터 그를 유난히도 따랐던 황제의 딸이었다. 반려의 선택에 대한 이야기를 꺼낸 이유가 따로 있었던 모양이었다. 지슈카는 가만히 고개를 저었다.

「일이 바쁩니다.」

「지금 황제의 청을 무시하는 것인가.」

「그것이 아니라…….」

「400년을 기다린 아이네. 이제 얼굴 한 번쯤은 보여 줘도 괜찮지 않은가.」

딸이 걸려 있어서일까. 황제는 평소답지 않은 고집을 부렸다.

지슈카는 확실하게 못을 박아 두기로 결심했다. 반려를 선택하지 않았다면 모를까, 여지를 주어서는 안 될 것 같았기 때문이다.

「저는 마리엘에게 마음을 준 적이 없습니다. 기다리라 한 적은 더더욱 없고요. 해련 정원에도 더 이상의 미련은 없습니다.」

「하여간 냉랭하긴. 하면 천신제 때 보고 놀라지나 말게. 마리엘이 얼마나 눈부시게 성장했는지. 보자마자 이마를 맞대고 싶게 될 지도 모르지.」

「선택은 천신제 때 하겠다 말씀드렸습니다. 더 할 말이 없으시면 이만 가 보겠습니다.」

그는 그대로 뒤돌아 황궁을 나왔다. 작은 새들이 *째째째째* 소리를 내며 그의 뒤를 따랐다.

북궁으로 돌아가는 그의 걸음이 무거웠다. 생각보다 반려 선택의 문제가 복잡해질 듯싶었다.

＊

훌이 호텔에 잠입해서 찾아다 준 폴라로이드 카메라는 기대했던 것과 달랐다. 오래전 그녀가 상품으로 받았던 것과는 다른 최신 기종이었기 때문이다.

하지만 카메라가 그녀가 준 것이든 아니든 상관없었다. 그레트헨이 유주라는 사실은 이미 명백했으니까.

"훌. 한 번 더 그레트헨을 만나고 싶어요. 물어볼 것이 있어요."

해루는 훌에게 사정을 했다. 하지만 훌은 당연하게 고개를 저었다.

"안 됩니다. 꼭 한 번이라고 하지 않았습니까."

"카메라를 가져다주고 싶어요. 마음에 걸리는 말도 있고요."

그녀는 훌의 옷깃을 붙들고 간곡하게 부탁을 했다. 결국 훌은 그녀의 청을 이기지 못하고 딱 한 번이라는 단서를 달았다. 그리고 다시 감옥으로 데려가 주었다.

해루는 카메라를 유주에게 건네주었다. 7년이 지난 지금까지도 그녀와의 약속을 잊지 않고 영국 사진을 찍고 있는 유주였다. 기억마저 잃어버렸음에도 불구하고. 그 모습이 못내 짠했다.

『진주라고 했었지, 그레트헨. 네 진짜 이름도 진주가 맞아.』

그녀는 카메라를 소중히 품에 안는 그레트헨, 아니 유주를 바라보며 차근히 말해 주었다.

"네 원래 이름은 유주야. 진주라는 뜻이지."

"……유주. 진주."

그레트헨은 또렷한 한국어 발음으로 그렇게 대답해 왔다. 분명 한국어를 기억하고 있는 듯했다.

그녀는 붉은 눈에 의아함을 담으며 얼굴을 잠시 찡그렸다. 그리고 중요한 무언가를 알려 주듯 한 마디를 더 덧붙였다.

"진주. 용이 사랑하는 최고의 존재."

"용?"

"나디르는 용이야. 나를 아주 사랑하는 용. 엄청난 마법을 쓰는 신성한 존재지. 곧 나를 구하러 올 거야."

유주는 꿈을 꾸는 듯한 얼굴로 아이처럼 말해 왔다. 마룽들을 신성한 존재로 착각하고 있는 듯했다.

"유주야, 그 남자는 용이 아니야. 마룽이지."

해루는 단호하게 현실을 말해 주었다. 유주가 의아한 듯 눈을 치떴다.

"마룽?"

"그래, 마룽. 흑주술로 사람들을 죽이고 세상을 파괴해. 너도 이용당하고 있는 거라고."

"말도 안 돼. 나디르는 수많은 사람을 구해 줬다고. 나도 그렇고."

유주의 말투는 7년 전이나 지금이나 달라진 것이 없었다. 아니, 더 아이처럼 변했다고 해야 할까. 마치 무언가에 홀려 있는 듯했다.

해루는 그녀가 놓치고 있는 것을 확실하게 짚어 주었다.

"사람을 구한다고? 그럼 너와 나디르가 나를 죽이려고 했던 건 뭐지? 진짜 신성한 용들은 따로 있어. 나디르는 그들을 죽이려는 존재야."

"나디르는 너를 죽이려 한 적이 없어. 나디르는……. 나디르는……."

"나디르의 본체를 본 적 있어? 아마도 시커먼 박쥐 날개에 섬뜩한 검은 몸을 하고 있겠지. 그런 게 마룡이야. 그날 너도 봤을 거 아냐. 그런 존재들이 호수에서 잔뜩 튀어나온 거."

"나디르는 나를 사랑해!"

유주의 붉은 눈에 섬뜩한 기운이 돌았다. 카메라를 품에 꼭 안은 채, 또다시 미친 듯이 날뛰기 시작했다. 더 이상은 그 무엇도 들을 생각이 없는 듯했다.

해루는 그런 그녀를 바라보며 이야기를 계속했다. 최소한 유주가 잘못된 세뇌에서 벗어나려는 노력이라도 하길 바랐다.

"나디르는 너도 죽일지 몰라. 이용가치가 떨어지면 말이야. 그러니까 그 남자한테서 벗어나야 돼."

"기억해 내. 너는 원래 검은 눈동자를 가진 동양인이야. 어떻게 붉은 눈이 되었는지 기억이 안나?"

"나는 네 언니야. 7년 동안 너를 찾아다녔어. 7년 전에 나디르가 거짓말로 너를 데려가서 잠적했다고. 그 남자가 기억도 다 지워 버린 거야. 기억을 해 봐, 기억을!"

미친 듯이 몸부림치는 그레트헨의 주위에 붉은 빛이 떠돌고 있었다. 결계가 쳐져 있어 붉은 에너지가 아무런 영향을 미치지는 못했지만, 해루에게 그날의 기억을 떠올리게 하기에는 충분했다.

그레트헨이 붉은 에너지로 공격해 왔을 때의 기억, 쓰러졌던 그녀가 칼로 찔러오던 섬뜩한 기억.

'진주는…… 진주를 알아보는 법이니까.'

왜 그 말이 떠올랐을까.

해루는 문득 자신의 이름도 진주라는 사실을 떠올렸다. 그리고 그레트헨은 진주는 진주를 알아본다고 했었다. 그것이 무슨 의미인지 알 수 없었다.

"해루."

갑자기 뒤에서 그녀를 부르는 지슈카의 목소리가 들렸다. 벌써 황궁에서 돌아온 모양이었다.

언제나 안심이 되는 그 목소리. 애정을 가득 담은 그의 목소리.

해루는 얼른 뒤돌아 그의 품에 안겼다. 잠깐 보지 못한 것뿐인데, 아주 오래 떨어져 있었던 듯한 기분이 들었다.

"이만 가지. 그대가 더 이상 저 여자의 영향을 받는 걸 원치 않는다."

"……네."

해루는 가만히 고개를 끄덕이며 그가 이끄는 대로 순순히 따랐다. 더 이상 이곳에 있어 봤자 도움이 되지 않는다는 걸 잘 알았다. 그녀에게도, 유주에게도.

"나디르에게도 물어볼 것이 남았나?"

감옥을 다 나왔을 무렵, 지슈카가 물었다.

"……유주를 본래대로 되돌릴 방법. 그걸 물어보고 싶어요."

해루는 잠시 생각하다 속내를 털어놓았다. 가슴이 몹시 쓰라려 왔고, 그 무엇도 그에게 숨기고 싶지 않아서였다.

"진작에 물어봤다. 놈은 그 어떤 정보도 털어놓을 생각이

127

없어 보였고. 금방이라도 재로 날아갈 걸 알면서도 말이지."

"네."

"그래도 만나 보겠나. 그대의 부탁이 있어 여직 살려 둔 것이니."

해루는 이를 악물며 고개를 끄덕였다.

"꼭 만나야겠어요. 진주가 무엇인지, 왜 유주를 저렇게 만들었는지 물어보기라도 해야겠으니까."

차 선생, 아니 나디르는 푸른빛이 가득한 감옥에 갇혀 있었다. 마룡들이 가장 두려워하는 것은 푸른색의 아주 밝은 빛이라고 지슈카가 넌지시 말해 주었다.

나디르는 음흉한 미소를 지으며 그녀를 위아래로 훑어보았다. 가식적인 자상함마저 거두어 버린 냉혈한의 얼굴이었다.

"오, 해루. 드디어 왔구나. 내내 기다렸단다. 무사한지 궁금하기도 하고."

그가 제법 반가운 듯 그녀를 불렀다. 해루는 온몸이 오싹하는 것을 느끼며 주먹을 단단히 쥐었다.

하지만 나디르는 곧 말을 멈추고 숨을 헐떡일 수밖에 없었다. 지슈카가 그의 몸을 에워싼 결계를 더욱 바짝 조였기 때문이다.

"허튼 소리는 하지 마라. 질문에만 대답해."

지슈카의 말에 나디르가 한껏 질린 얼굴로 어렵사리 고개를 끄덕였다.

"진주란 게 대체 뭐죠?"

해루는 그것부터 물었다. 과연 이 남자가 순순히 털어놓을까 의문을 가지면서.

"마룡의 여의주라고나 할까. 씨앗을 심으면 인간의 심장에서 자라지."

의외로 나디르는 순순히 대답해 왔다. 아니, 마치 그녀에게 꼭 알아야 할 정보라도 전해 주는 것처럼 진중하게 말을 해 왔다.

뭔가 이상함이 느껴졌지만 해루는 계속 질문을 이어 갔다. 그녀에게도 꼭 알아야 할 정보들이었기 때문이다.

"왜 유주에게 그런 걸 심었죠?"

"유주에게만 심은 건 아니지. 숱하게 심었으나 대부분 실패했단다. 씨앗이 자라는 걸 견뎌 낼 수 있는 인간은 아주 희귀하거든."

"유주를 원래대로 되돌릴 방법은 없는 건가요?"

"물론 있지. 한데 내가 그걸 가르쳐 주리라 생각하는 건가?"

나디르는 아주 은밀한 비밀이라는 듯 의뭉스런 미소를 지으며 말했다.

해루는 마음을 단단히 먹으면서 지슈카를 쳐다보았다. 그의 위력을 잘 알고 있으리라 생각하며 나디르에게 협박조로 말했다.

"털어놓지 않으면, 이대로 재가 되어 날아가 버릴 텐데요."

"어차피 털어놓아도 이미 재가 될 몸이란다. 최상급 진주를 빼앗겼으니까."

나디르는 한숨을 내쉬며 심드렁하게 대꾸했다. 마치 목숨 따위는 벌써 포기했다는 어투였다.

"당신 위에 또 누군가 있군요. 그자가 대장인가요?"

"그렇다고 할 수 있지. 이래봬도 내가 꽤 고위직이란다. 내 위에는 주군뿐이지. 이 세상을 좌지우지할."

"세상을 좌지우지하다니, 그 진주로 대체 무엇을 하려는 건가요?"

"글쎄, 세계 정복?"

나디르는 혼잣말처럼 말을 터뜨려 놓고는 재미있다는 듯 낄낄 웃었다. 그런 다음 이제 더 할 말이 없다는 듯 입을 다물더니, 자신의 손을 들어 목을 긋는 시늉을 했다. 어서 빨리 죽여 달라는 뜻인 듯했다.

"한 가지 덧붙이자면……,"

해루가 분노로 그를 쏘아보고 있을 때, 남자가 다시 입을 열었다.

"이 금테 인간의 몸은 그저 인형에 불과해. 그리고 나는 수많은 인형을 가지고 있지."

"그게 무슨 뜻이죠?"

"다른 인형으로 갈아타면 그만이라는 얘기다. 본신은 아마 찾기가 아주 힘들걸."

그는 아주 자신에 차서 확고한 목소리로 말했다.

그리고 그와 동시에 지슈카가 움직였다. 눈앞에서 잠시 사라지는가 싶더니, 어디선가 미니어처 같은 마룡 한 마리를 소환해 순식간에 감옥으로 밀어 넣었다. 찰나에 벌어진 일이라 뭐가 어떻게 된 건지 상황을 파악하기도 힘이 들었다.

그리고 곧 끄아아악 하는 비명이 울렸다. 감옥에 갇힌 한 뼘 크기의 작은 마룡이 흉측하게 몸을 비틀며 푸른빛에 격렬히 타들어 가고 있었다.

그와 함께 금테 안경의 남자가 허수아비처럼 픽 옆으로 쓰러졌다. 그리고 다시는 일어나지 못했다.

"게임 끝. 잘했다, 해루."

남자의 시신을 재로 날려 버린 지슈카가 말했다. 해루는 급박한 상황에 들이켰던 숨을 그제야 내쉬며 겨우 물었다.

"뭐가 어떻게 된 거죠?"

"놈의 본신을 제거했다. 어떻게 해도 찾을 수가 없었는데, 그대와 대화하는 동안 반응이 왔지."

"아아."

"그대의 역할이 컸다."

지슈카가 싱긋 웃으며 그녀의 어깨를 툭툭 두드려 주었다. 그리고 그제야 상황에 대한 설명을 해 주었다.

마룡들은 여의주가 없기에 천룡들처럼 인간 형체의 분신을 가질 수 없는 모양이었다. 그래서 흑주술을 이용해 인간의 몸에 스미는 방식을 쓰는 거라고 알려 주었다.

한 인간의 숨이 다하면 미리 주술을 걸어 둔 다른 인간의 몸으로 옮겨 갈 수도 있었다. 마룡의 본신을 처치해야 온전히 제거할 수 있는데, 그동안 본신을 찾지 못해 애를 먹은 모양이었다.

「전하!」

그의 수하 하나가 갑자기 뛰어 들어온 것은 그때였다. 표정으로 보아 뭔가 좋지 않은 소식을 들고 온 듯했다.

그리고 예감은 틀리지 않았다.

「붉은 눈의 여자가 사라졌습니다!」

다급한 목소리로 들려온 그의 말은 그랬다. 무겁게 술렁이는 불길한 기운이 감옥 안을 뒤덮고 있었다.

지슈카는 즉시 해루를 데리고 그레트헨이 갇혀 있던 곳으로 공간을 옮겼다. 하지만 그 수하의 말처럼 이미 그녀의 모습은 사라지고 없었다.

「지키던 군사의 말로는 일순 검은 연기가 번쩍했는데, 그게 사라짐과 동시에 여자도 사라졌다고 합니다. 결계가 뚫린 모양입니다.」

근위대원 하나가 보고를 하는 동안, 지슈카는 용안을 펼쳐서 그레트헨을 데려갔을 마룡의 흔적을 찾았다. 하지만 이미 늦었는지, 느껴지는 마룡의 기운은 없었다.

「감옥의 결계는 웬만한 영력으로는 뚫을 수도 없는데, 어찌된 영문인지 모르겠습니다.」

「영문은 있다.」

지슈카의 말에 감옥 안에 모여 있던 군사들의 시선이 그에게로 향했다.

「마룡이 자신들만이 여의주를 얻었다는 정보가 있다. 놈들은 그걸 진주라 부르고 있지. 그 위력이 생각보다 대단한 모양이다.」

지슈카는 그렇게 말하며 감옥 안을 한 바퀴 빙 둘러보았다. 놀란 기색 하나 없이 무표정한 얼굴이었다.

하지만 주위에 있던 군사들은 모두 크게 놀라서 눈을 휘둥그렇게 뜨고 말았다.

「마룡이 여의주라니요, 전하.」

「마룡이 무슨 수로 그걸 얻었답니까.」

「그것까진 알지 못한다. 인간의 몸에 씨앗을 심어서 키워 낸다는 정보다.」

지슈카의 말에 군사들 사이에서 술렁임이 크게 일었다. 지슈카가 손짓으로 저지시키자, 술렁임은 단번에 침묵으로 뒤바뀌었다. 그리고 이내 팽팽한 긴장이 흐르기 시작했다.

「이 일에 대해선 함구하도록 한다. 결계는 내가 직접 보완하겠다.」

지슈카는 그 일에 대해선 더 말하지 않았다. 책임을 추궁하지도 않았다. 다만 군사 하나를 불러서 한 가지를 물었을 뿐이었다.

「벨라, 새로운 추적사 개발은 어찌 되고 있는가.」

「열흘 내로 1차 완성물이 나올 거라 합니다.」

군복 차림의 여자 하나가 바로 대답을 내놓았다. 푸르스름한 금발에 녹색 눈을 가진 앳된 얼굴의 여자였다.

「시일을 앞당기라고 전하라.」

「예, 전하.」

해루는 그 모든 상황을 묵묵히 지켜보며 머릿속을 정리해 보았다.

유주가 탈출을 했다. 정황으로 보아, 이곳의 결계를 뚫을 정도로 굉장한 영력을 지닌 마룡이 데려간 것이 분명했다.

북해용궁의 지하 감옥은 용계에서 가장 강력한 감옥이라고 들었다. 그런 곳까지 침투해서 데려갈 정도라면 유주가 그만큼 마룡들에게 중요한 존재라는 뜻도 되었다. 그도 그럴 것이 그들에겐 여의주와 같은 존재 아니던가.

진주는 진주를 알아본다.

유주는 그렇게 말을 했었다. 그것은 그녀 또한 그런 존재라는 뜻이었다.

자신의 몸에서 나오는 붉은 빛이 무엇인지, 어떻게 그런 막강한 에너지를 낼 수 있었는지, 해루는 이제야 이해할 것 같은 기분이 들었다.

차 선생은 그녀가 실패작이라고 했지만, 정황으로 본다면 그녀는 실패작이 아니라 유주를 넘어선 성공작일 가능성이 훨씬 높았다. 다만 그것이 좋은 의미의 성공작이 아니라 최악의 성공작이라는 것이 문제일 뿐.

충격은 몹시 컸다. 붉은 빛이 비칠 때마다 마룡과 연관된 것 같아서 불길한 기분이 들었던 것은 사실이었다.

하지만 마룡의 여의주라니. 그것은 생각보다 훨씬 깊고 엄청난 연관이었다.

❈

그레트헨은 어둠 속에서 눈을 떴다.

침대에 누운 채로 멍하니 천장을 바라보다 문득 공기가 따뜻하다는 것을 느꼈다.

주위를 둘러보니 북해용궁의 차가운 그 지하 감옥이 아니었다. 온기가 맴도는 어딘가의 아늑한 침실이었다.

그리고 보니 누군가가 그녀를 그곳에서 공간이동 시켜 줬던 게 기억났다. 검은 연기에 휩싸여 있어서 얼굴도 그 무엇도 보지 못했지만, 그녀를 탈출시켜 준 것으로 보아 한편이라는 것만은 확실했다.

나디르가 보낸 존재인 걸까.

나디르는 늘 세상을 구할 거라고 했었다. 이 세계에선 고통으로 죽어 가는 사람들이 너무 많다며. 모두가 영원히 살아가는 세상이 올 거라고도 했었다. 그녀는 그런 그의 특별한 진주였다.

문득 문밖에서 희미한 소리가 들렸다. 여러 사람이 모여서 떠드는 소리 같았다.

혹 나디르가 있을까 하여 그레트헨은 조심스럽게 침대에서 내려와 문을 열었다. 그러다 남자들에게 둘러싸여 있는 벌거벗은 여자 둘을 발견하고는 깜짝 놀라 조용히 문을 닫았다.

커다란 탁자 위에 올려진 여자들은 마치 시체처럼 의식 하나 없이 누워 있는 듯했다.

『주군께 바칠 제물이다. 조심스럽게 다뤄.』

바깥에서 들려온 말은 그랬다. 험악하게 들리는 목소리에 저들이 과연 같은 편이 맞는지 의심스럽게 느껴졌다. 나디르는 저런 식으로 말한 적이 없는데.

나도 제물이 되는 건 아닐까. 도망을 가야 할까.

하지만 금방이라도 나디르가 올지 몰랐다. 그래서 도망을 갈 수도 없었다.

그레트헨은 문을 아주 조금 열었다. 그리고 바깥의 상황을 몰래 지켜보기로 했다.

희미하게 불이 밝혀진 거실에 남자 넷이 서 있었다. 그들 중 둘은 무슨 수술이라도 하는 것처럼 수술복을 입고 메스를 들고 있었다. 둘은 의식 없는 여자들의 몸을 주무르며 자위를 하고 있었는데, 그 모습이 몹시 끔찍했다.

『얼른 하고 끝내. 삽입은 금물인 거 명심하고.』

『제물이 오염되면 다 같이 죽음인 거 알지? 바로 사형이야.』

『바로크는 이래서 좋다니까. 최소한 맘껏 더듬어 볼 수는 있 잖아?』

『그렇지. 피도 좀 축내도 되고. 』

자위를 하던 남자 둘이 어디론가 부연 액체를 뿜어냈다. 그 러자 수술복을 입은 남자들이 여자들의 몸에 무언가를 뿌리고 닦아 내었다. 성분이 뭔지는 몰라도 굉장히 우아한 향기가 방 안까지 밀려들었다.

그 다음에 이어진 장면에 그레트헨은 눈을 꽉 감고 말았다.

여자들의 몸에 메스가 그어지고 있었다. 가슴 정 가운데, 심 장이 있는 부위. 의식이 없는 것 같았는데도, 한 여자의 몸은 칼이 그어지는 순간 부르르 떨렸다.

다시 눈을 떴을 땐 수술복을 입은 남자들은 여자들의 가슴 을 가르고 심장을 꺼내고 있었다. 그리고 심장을 헤집으며 또 다시 무언가를 하는 것 같았다.

한 남자가 수술 장갑을 낀 손 위로 심장을 툭툭 털자, 검은 연기로 둘러싸인 무언가가 심장에서 툭 떨어져 내렸다. 약간 타원형을 띤 듯한 물체, 아니 물체라기보다는 환영幻影처럼 보 이는 에너지체였다.

『바로크다!』

남자 하나가 그렇게 외치며 그 물체에 부적을 붙였다. 익히 보아온 펜타스컬 문양이 새겨진 부적이었다. 그러자, 검은 연 기가 우수수 빠져나가며, 물체의 정체가 드러났다.

아주 연한 핑크빛의 조금은 찌그러진 타원형의 에너지체.

환영처럼 보이는 그것은 마치 진주 같았다. 페일핑크의 찌그러진 진주.

그 순간 그레트헨은 저도 모르게 비명이 나올 것 같아 이를 꽉 물어야 했다.

바로크.

그들이 말한 바로크가 무엇인지 알 것 같았기 때문이다. 바로크란 말은 본래 '찌그러진 진주'란 뜻의 포르투갈어에서 왔다. 그러니 저 여자들은 온전한 진주가 되지 못한 존재들이란 뜻이었다.

온전한 진주가 되지 못하면 제물이 된다. 분명 저 여자들을 주군께 바칠 제물이라고 했으니, 연관지어 보면 그런 뜻이 되었다.

저들이 말한 주군이 나디르가 그토록 칭송하던 그 주군이 맞을까.

그레트헨은 의문이 들었다. 과연 저 존재들이 나디르와 관련이 있는 사람들일까.

생각은 더 이어지지 못했다. 남자 하나가 이쪽을 쳐다보고 있는 것 같았기 때문이다.

그레트헨은 얼른 침대로 돌아와 자는 척을 했다. 그리고 열린 문틈으로 바깥의 기척에 귀 기울이며 신경을 계속 곤두세웠다.

『저 여자야? 세인트드래곤의 진주라는 게.』

누군가가 그렇게 말했다. 아마도 그녀를 두고 하는 말인 듯했다. 세인트드래곤이 뭔지는 몰라도 최고의 진주를 뜻하는 거겠지.

『그래. 굉장하지. 그런데 하나가 더 있다는데.』

『그 엄청난 게 두 개나 된다고? 하나는 주군의 것이고, 그럼 나머지 하나는 누구 차지가 될까?』

『당연히 나디르겠지. 감옥에서 살아서 나온다면 말이야.』

『아니, 의외의 복병이 있을 지도 모르지. 가브리엘이 계속 노리고 있다잖아.』

『가브리엘 그놈은 처결 처분이 무색하게 잘도 피해 다니고 있군.』

『여튼 우리 차례까지는 오지도 않을 테니 신경들 꺼. 우리는 바로크나 받으면 감지덕지 아닌가.』

『혹시 또 알아? 굉장한 공을 세워서 우량 진주를 받게 될지.』

『큭큭. 피나 마셔. 헛꿈들 꾸지 말고.』

대화는 거기서 끝이 났다. 들리는 목소리도 더 이상 없었다. 하지만 더욱 짙어지기 시작한 피 냄새가 그들이 무엇을 하고 있는지 적나라하게 알려 주고 있었다.

나디르도 피를 사랑했지만, 저런 식은 아니었다. 나디르에게 피를 바친 여자들은 의식을 잃긴 했지만, 며칠 뒤면 더욱 건강한 모습으로 다시 나타났다.

물론 그 여자들은 진짜 진주였다. 바로크 따위의 찌그러진 진주가 아니라.

나디르. 나디르. 나디르.

그레트헨은 주문처럼 그 이름을 외우고 또 외웠다. 그 끔찍한 감옥에서 탈출한 것은 기뻤지만, 나디르가 오지 않는 한 더욱 끔찍한 일들이 계속될 것만 같았다.

＊

해루는 밤이 늦도록 작업에 열중하고 있었다.

팀원들 전부가 젠투어의 업그레이드 작업으로 바쁘게 일하고 있었다. 휴가 기간이었던 2주 동안 젠투어에 대한 호응이 전 세계적으로 열렬했고, 그런 만큼 유저들의 반응도 즉각적이어서 벌써 업그레이드 요청이 꽤 많이 들어와 있었기 때문이다.

팀장인 마틴의 공석은 부사장이 메우고 있었다. 이상한 것은 아직도 마틴의 부고 소식이 들려오지 않고 있다는 점이었다.

마틴은 여전히 집안일로 작업에 참여하지 못하는 것으로 되어 있었으며, 가족들에게 따로 연락이 왔다거나 하는 말도 들려오지 않았다.

[유니, 언제 한국으로 돌아가?]

한창 작업 코드를 훑어보고 있을 때, 팀원인 스벤이 메신저로 물어 왔다.

해루는 잠시 생각하다 적당한 응답을 했다.

[아직 모르겠어. 다음 주까진 프라하에 있을 것 같은데.]

[잘됐네. 비엔나에서 가든파티 하려고 하는데 안 올래? 날짜가 모레야.]

[가든파티?]

의외의 제안에 해루는 대수롭지 않게 되물었다.

[응. 부사장이 별장을 빌려줄 수 있다고 해서. 풀장도 있는 대저택이래.]

[비엔나는 너무 먼데.]

한가롭게 파티 참석이나 하고 있을 여유는 없었다. 그래서 적당한 핑계를 댔다. 버스로 4시간이면 가는 거리였지만 굳이 그렇게 해서까지 가고 싶지는 않았다.

[동유럽에 머물고 있는 직원들끼리 한 번 뭉치기로 했다고. 루마니아랑 폴란드에 있는 애들도 온다고 했고. 준비는 다 됐으니까 너는 몸만 오면 돼.]

스벤은 그녀가 꼭 참석하기를 바라는지 설득을 계속했다.

[시간이 없을 것 같아. 프라하까지 같이 온 일행도 있고.]

[그러지 말고 와. 마틴도 온다던데.]

마틴이라니.

뜻밖의 이름에 해루는 자판을 치려던 손을 우뚝 멈췄다. 그녀가 알기로 회사에 마틴이라 불리는 직원은 꼭 하나밖에 없었다.

[마틴? 우리 팀장?]

[그래. 그 마틴.]

스벤의 답이 믿을 수가 없어서 해루는 다시 한번 물었다.

[집에 일이 있어서 회사 일도 못 하고 있는 거 아니었어?]

[맞아. 근데 곧 복귀할 예정이래.]

해루는 메신저를 켜 둔 채로 멍하니 화면을 쳐다보고 있었다. 도저히 믿어지지 않아서 볼을 꼬집어 보기도 했다.

마틴이 복귀한다니. 바로 그녀의 눈앞에서 재가 되어 사라진 존재가 아니던가.

해루는 결국 가든파티에 참석하겠다는 응답을 하고 말았다. 반드시 확인을 해야 할 것 같았기 때문이다. 진짜 마틴인지 아닌지. 마룽들의 장난이 개입된 것은 아닌지.

그녀는 결국 더 이상 일에 집중하지 못했다. 스벤이 보내 준 주소를 폰에 저장해 두고는 메신저의 대화를 보고 또 보았다.

"해루."

문득 뒤에서 지슈카의 목소리가 들린 것은 그때였다.

언제나처럼 그녀를 향한 미소를 머금은 채로, 손에는 장미 꽃 한 송이를 들고 있었다.

해루는 그의 모습이 눈에 들어오기 무섭게 얼른 달려가 품에 안겼다.

바로 오늘 아침에 헤어졌는데도 하루 종일 그가 보고 싶었다. 마치 그 마음을 알기라도 한 것처럼 이렇게 찾아와 주었다.

한결같이 자상한 모습을 보여주는 그에게서 그녀를 경계하는 모습은 털끝만큼도 없었다. 유주뿐 아니라 그녀 또한 마룽의 여의주임을 그가 눈치채지 못했을 리 없는 데도.

"일이 많이 바쁜가."

열렬한 키스로 화답한 그가 눈을 빛내며 물었다. 아무래도 오늘밤도 혼자 자게 두고 싶지 않은 듯했다.

"아뇨. 오늘 작업은 거의 끝났어요."

해루는 얼른 얘기하며 노트북을 덮었다. 종일 일했으니 이제는 휴식을 취해도 될 시간이었다.

"그것 참 마음에 드는 대답이군."

그는 그렇게 말하며 바로 입술을 겹쳐 왔다. 그녀의 입술을 열어 거칠게 혀를 밀어 넣으며 온몸으로 욕망을 표현해 왔다.

"보고 싶었다."

"저도 보고 싶었어요. 하루 종일요."

짙게 흐르기 시작한 연용류가, 폭풍처럼 입안을 휘젓는 그의 혀가, 허벅지에 느껴지는 그의 욕망이, 모두가 그의 사랑을 느끼게 해 주었다.

"윤해루? 너 뭐……."

등 뒤에서 갑자기 당황한 륜의 목소리가 들리자, 지슈카는 바로 공간을 옮겼다. 형형색색의 장미 넝쿨로 꾸며진 그들의 신방으로였다.

그리고 다음 순간 또다시 신방을 다른 공간으로 옮겨 버렸다.

어디선가 파도 소리가 들려오는 듯했다. 짙은 장미 향기 사이로 싱그러운 바다 내음도 밀려들었다. 찬란한 빛깔의 연용류에 온기 어린 바닷바람도 섞여 들었다.

오늘은 신방을 통째로 이름 모를 바닷가로 옮겨 온 모양이었다.

숨 쉴 틈도 주지 않고 이어지는 격렬한 키스 사이사이에, 지슈카는 찬찬히 할 일을 했다. 티셔츠가 머리 위로 벗겨져 떨어지고, 브래지어도 가슴에서 사라져 버렸다. 어느 샌가 몸 아래쪽에도 남은 옷이 없었다.

해루는 그의 손길이 스칠 때마다 몸을 떨었다. 연용류로 예민해진 몸은 그의 손이 닿기만 해도 전류가 이는 듯 움찔거렸다.

뒤얽힌 혀의 마찰이 더욱 짙은 욕망을 불러 일으켰고, 부풀어 오른 가슴은 그의 손안에서 제 형태를 잃고 이지러졌다.

짙은 키스를 퍼붓던 그의 입술이 잠시 떨어지는가 싶더니 그녀의 귓바퀴로 향했다. 가슴을 애무하는 손길은 그대로 둔 채였다.

귓불을 머금고 혀로 쓸어내리는 깃털 같은 감촉과, 가슴 끝의 정점을 잡아당기고 비트는 거친 손의 자극이 동시에 일었다. 해루는 밀려드는 커다란 쾌감에 어찌할 바를 몰라 그의 목을 감은 팔에 더욱 힘을 주었다.

"아아⋯⋯."

해루의 입에서 신음이 터져 나오기 무섭게, 그는 그대로 입술을 내려 가슴 끝을 베어 물었다. 한쪽 가슴을 혀로 굴리고 거칠게 비비며 허벅지 사이로 손을 밀어 넣었다. 이미 따뜻하게 젖어 내린 그곳을 커다란 손바닥으로 뒤덮으며 섬세하게 마찰을 해 왔다.

"⋯⋯지슈카, 나 할 얘기가⋯⋯ 있는데요."

그의 손가락이 갈라진 틈을 부드럽게 쓸어 올리기 시작하자, 해루는 밀려드는 쾌감에 이를 악물며 어렵사리 입을 열었다.

이대로 끝까지 가 버리면 그대로 잠들어 버릴게 뻔했기에, 잊어버리기 전에 미리 얘기해 두어야 했다.

"⋯⋯나중에."

들려온 답은 한참 늦었고 목소리는 탁하게 가라앉아 있었다.

해루는 더 말을 꺼낼 수가 없었다. 그가 부드러운 살을 가르고 정점을 문지르기 시작하자, 머릿속이 하얗게 비어 버려서 아무런 생각도 들지 않았기 때문이다.

어느 순간 섬세한 손가락이 그녀의 안으로 밀려들었다. 부드럽게 문지르다 거칠게 휘젓는 그 움직임에, 해루는 어찌할 바를 모르고 허리를 휘었다. 커다란 쾌감의 소용돌이가 온몸을 휩쓸고 지나가는 것 같았다.

여성을 헤집는 손의 움직임을 멈추지 않은 채, 그는 가슴을 흡입하던 입술을 점점 아래로 내렸다. 옆구리를 지나고 배꼽을 지나 더 아래로 아래로. 그의 입술이 아래로 내려올수록 쾌감은 점점 더 커졌다.

하지만 그가 다리 사이로 얼굴을 파묻자, 해루는 너무 놀란 나머지 경악을 하며 다리를 오므렸다. 몇 번이나 관계를 가졌지만 이런 일은 전에 없었기 때문이다.

"지, 지슈카……."

그는 당황 가득한 그녀의 목소리를 슬며시 무시했다. 굳게 닫힌 다리를 부드럽게 문지르며 허벅지 사이를 조심스레 열었다. 그리고 검은 숲 아래의 보드라운 살갗에 천천히 입술을 가져다 댔다.

"하윽……."

당혹은 순식간에 쾌락으로 뒤바뀌었다. 해루는 신음을 흘리는 것 외에 아무것도 할 수 없었다. 온몸을 훑고 지나는 전율이 너무도 강렬해서 그 입술을 피할 수도 없었다.

그의 혀가 갈라진 틈을 헤치며 여린 살을 훑고 문지르자, 그 강렬한 마찰이 주는 쾌감에 해루는 허리를 휘며 바르르 몸을 떨었다. 그리고 그가 마침내 그가 여성 전체를 강렬하게 흡입하던 순간, 그 쾌감을 견디지 못하고 비명을 지르고 말았다.

"하악……."

그와 관계를 가질 때마다 매번 느꼈던 배 속에서 폭죽이 팡

하고 터지는 듯한 야릇한 느낌. 뭉근하게 뭉쳤던 그 무언가가 온몸으로 일시에 터져 나가며 엄청난 전율을 몰고 오는 쾌락의 느낌.

그 느낌이 짙게 밀려들며 아래가 온통 젖어 들었다. 해루는 어찌할 바를 모르고 그저 자신의 눈을 가려 버렸다.

"괜찮은가."

짓궂게 들리는 그의 목소리에 해루는 그저 고개만 끄덕였다. 벼락같은 쾌감이 훑고 지나간 뒤라 온 몸이 축 늘어져 무어라 말을 하기도 힘들었다.

지슈카는 그 순간을 놓치지 않고 자신을 그녀의 안으로 밀어 넣었다. 천천히, 부드럽게 시작해서 뿌리 끝까지 아주 깊숙이.

그는 천천히 뒤로 물러났다 다시 강하게 안으로 들어왔다. 그녀의 안을 온통 그 자신으로 채우며 해일처럼 밀고 들어왔다 나가기를 반복했다.

그럴 때마다 해루는 활처럼 허리를 휘었다. 계속해서 터져 나오는 신음을 참을 수도 없었다.

날렵한 허리가 유려하게 움직일 때마다, 몸 안에서 그의 분신이 묵직한 존재감을 드러내며 꿈틀거렸다.

단단한 남성이 그녀의 몸 안을 샅샅이 휘젓고, 허리를 쳐 올리는 그의 몸짓이 점점 격렬해졌다. 그와 함께 온몸을 흐르는 쾌락도 절정을 향해 가고 있었다.

그는 점점 더 야수처럼 사납게 휘몰아쳤다. 광폭하게 그녀의 안을 휘저으며 극치의 쾌감을 불러 일으켰다. 이윽고 해루는 비명 같은 탄성을 토해 내며 몸을 크게 뒤로 젖혔다.

찬연한 빛이 아득하게 터지는 것 같았다. 그도 곧 절정을 맞이했다. 그녀의 위에 올라탄 아름다운 몸이 가느다랗게 떨리면서, 따뜻한 기운이 몸 안에 길게 쏟아져 내렸다.

그리고 태풍이 지나간 뒤의 고요 같은 평화로운 침묵이 둘 사이에 조용히 흘렀다. 지슈카는 늘 그랬듯 짧은 키스를 더한 뒤, 그녀를 품에 안고 누워서 팔베개를 해 주었다.

"……지슈카."

그녀는 쏟아지는 잠을 혼신을 다해 쫓으며 그를 불렀다.

"그래."

"나…… 할 말이 있어요."

해루는 잠을 쫓기 위해 눈을 억지로 부릅뜨며 말을 건넸다. 그리고 그에게 한 가지 제안을 했다. 장미 그늘 아래의 맹약은 그녀에게도 유효한 것이고, 그녀 또한 그를 지킬 의무가 있다는 것을 되새기면서.

그는 그녀의 제안에 찬성하지 않았다. 대신 그녀의 생각을 막으려는 듯 또다시 온몸을 고혹적인 키스로 채우기에 바빴다. 그것은 99퍼센트의 효력을 가지고 있어서 해루는 더 이상의 생각을 하지 못했다.

다만 한 가지만큼은 분명했다. 이제야 비로소 자신이 해야 할 일이 무엇인지 알 것 같았다.

❋

비엔나의 하늘에 노을이 짙어 가고 있었다.

해가 저물어가는 이른 저녁, 정원에선 가든파티가 한창이었다. 한쪽에선 소시지와 고기를 굽고, 다른 쪽에선 테이블 사이를 오가며 맥주와 와인을 즐기는 자유로운 파티였다.

부사장의 별장은 비엔나의 외곽에 위치한 호화 저택이었다. 고전적인 르네상스풍의 저택에 너른 정원과 풀장까지 갖춰진 아름다운 곳이었다. 저택 뒤편은 짙푸른 숲으로 둘러싸여 있어서 더욱 운치를 더했다.

보기만 해도 입이 쩍 벌어질 정도로 굉장한 집이었지만 해루는 그다지 감흥을 느끼지 못했다. 온 신경이 온통 마틴에게 쏠려 있어서 풍경은 눈에 잘 들어오지 않았기 때문이다.

마틴과 똑같이 생긴 그 남자는 정말로 마틴처럼 텍사스 어투를 구사하고 마틴처럼 걸걸하게 맥주를 마셨다. 마틴처럼 투박하게 사람들을 대하고, 그처럼 시원하게 웃어 젖혔다.

하지만 무언가가 미묘하게 달랐다. 손짓이나 몸짓이 어색했고, 무엇보다 대화의 주요 주제인 앱 개발이라든가 최신 소프트웨어에 대한 이야기 같은 것엔 거의 끼어들지 않았다.

『여어, 유니!』

때문에 맥주 캔을 든 그가 그녀를 부르며 반갑게 다가왔을 땐 속으로 당혹을 감추지 않을 수 없었다. 분명 그녀를 모른 척하리라고 생각했었기 때문이다.

『오랜만이에요, 마틴.』

해루는 그를 향해 태연하게 말을 건넸다. 어떻게 생각해도 마룡임이 분명했지만, 그들은 그녀를 위협할 순 있어도 해칠 수 없을 터였다. 만약에라도 그녀가 죽는다면 그토록 중요한 그들의 진주도 사라지는 셈이 될 테니까.

『집안일은 잘 해결됐나요?』

그녀의 질문에 그가 애매모호하게 고개를 끄덕였다.

『그럭저럭. 유니는 어때. 얼굴이 좋아 보이는데 그새 애인이라도 생긴 거야?』

그가 마틴의 목소리로 물었다. 해루는 그녀의 손으로 제거한 진짜 마틴이 생각나 마음이 편치 못했다. 그래서 손에 든 와인 잔으로 시선을 내리며 조용히 대답했다.

『사생활엔 관심 없는 사람인 줄 알았는데요.』

『유니에겐 언제나 관심이 많지.』

껄껄 웃으며 태평하게 대꾸한 그가 또다시 물었다.

『나디르는 어떻게 됐는지 알려 줄 수 있어?』

마룽임을 대놓고 드러내는 직접적인 질문이었다. 해루는 그 뻔뻔함에 잠시 기가 질렸다. 하지만 이내 표정을 갈무리하며 적당한 답을 골랐다.

『잘 있죠, 아주 잘.』

그녀의 말에 남자가 픽 웃었다. 그리고는 미간을 찡그리며 고개를 절레절레 저었다.

『그것 참 좋지 않은 소식이군.』

『왜죠? 잘 있으면 기뻐해야 하는 것 아니던가요. 꽤 고위직이라고 하던데.』

『사이가 좋지 않아서.』

남자는 쿡쿡 웃으며 대꾸해 왔다. 농담이 아니라 진심으로 나디르에게 무슨 일이 생겼기를 바라고 있는 듯했다.

이건 무슨 뜻일까. 혹 마룽들 사이에서도 분열이 있는 것일까.

더 알아야 할 것이 있는 것 같았지만 남자는 더 말할 생각이 없어 보였다.

『여긴 왜 온 거죠?』

그녀의 물음에 남자가 의뭉스런 미소를 지었다. 그리고 이내 날카로운 눈을 하며 낮은 목소리로 말했다.

『글쎄. 네 진주가 궁금해서? 피를 좀 나눠 주면 더 좋고.』

『내가 꺼져 버리라고 한다면요.』

호기롭게 흘러나온 그녀의 말에 그가 주위를 둘러보며 어깨를 으쓱했다.

『여기 이 사람들이 모두 무사하지 못하겠지.』

『나한테 바라는 게 뭔가요.』

『여기는 좀 그렇고 조용한 데로 가서 얘기하지.』

남자는 그렇게 말하며 먼저 앞장을 섰다. 저택의 뒤쪽에 위치한 가문비나무 숲으로였다.

해루는 그의 뒤를 따르며 몸에서 흐르기 시작한 붉은 빛을 확인해 보았다. 그녀의 의지로 빛을 내보내고, 그녀의 의지대로 거둬들인다.

이미 다루는 데 익숙해진 빛이니, 행여 이 남자와 맞붙는다 해도 아주 승산이 없을 것 같지는 않았다.

『그레트헨.』

그레트헨은 자신을 부르는 목소리에 눈을 떴다. 또다시 깜빡 잠이 든 모양이었다.

어제 그 남자들이 다녀간 뒤부터 몸이 이상했다. 아니, 그

우아한 향기를 맡고 나서부터였을까.

미약에 취한 것처럼 의식은 몽롱했고, 몸은 나른했다. 몸을 움직이기도 힘들어 계속 잠들었다 깨기를 반복했다.

아무도 없는 귓가에선 계속 환청 같은 게 들렸고, 잠에서 깨어 보면 몸이 야릇하게 달아올라 있었다. 아래가 축축하게 젖어 있기도 하고, 저도 모르게 스스로의 몸을 매만지기도 했다.

『그레트헨.』

목소리가 계속 그녀를 불렀다. 낮고 아름다운 남자의 목소리였지만 나디르의 목소리는 아니었다. 하지만 그녀의 몸은 목소리가 들릴 때마다 계속해서 달아올랐다.

어느 순간 몽롱한 시야에 검은 연기 같은 게 보였다. 어디서 왔는지 모를 검은 연기는 순식간에 사람의 형체를 하더니, 어느새 진짜 사람으로 변모해 있었다.

아주 잘생긴 남자였다. 검은 머리에 푸른 눈을 한 커다란 남자.

『준비가 아주 잘 되었구나.』

남자는 그렇게 말하며 그녀의 벗은 가슴을 야릇하게 매만졌다. 분명 옷을 벗은 기억이 없는데 어느새 몸 전체가 나신이 되어 있었다.

『나디르.』

그녀는 두려운 마음에 나디르를 찾았다. 하지만 몸은 이미 남자의 손길에 흥분하고 있었다. 한 번도 남자를 겪어 본 적이 없는 몸임에도 불구하고.

『쉿. 괜찮아, 그레트헨. 아주 기분이 좋을 거다. 최고의 쾌락을 선사해 주지.』

그녀의 몸을 타고 오른 남자가 가슴 끝을 희롱하며 말했다. 그리고 이내 부드럽게 입술을 겹쳐 왔다. 솜털처럼 간지러운 입맞춤이었다. 더 격렬했으면 하는 갈증을 불러일으키는.

남자는 그녀의 마음을 읽은 듯 좀 더 짙은 키스를 해 왔다. 혀를 내밀어 그녀의 입술을 부드럽게 쓸기도 하고, 깊게 밀어 넣어 마음껏 유영하기도 했다.

남자의 손은 깊어지는 키스와 함께 더욱 그녀를 애달게 하고 있었다. 가슴 끝을 빠르게 비비고 거칠게 잡아당기기도 하면서 그녀를 차츰 흥분시켰다.

양 가슴을 하나로 움켜쥐고 현란하게 주물럭거리기도 했다. 마침내 그가 꼭지를 손가락 사이에 끼고 튕겨 내기를 반복하자 그레트헨은 신음을 토해 내고 말았다.

그리고 그의 손이 이미 흥건히 젖어 있는 다리 사이로 밀려 들었다. 누구의 손도 닿지 않은 꽃잎을 벌리고 정점의 구슬을 거칠게 굴리기 시작했다.

한참이나 남자의 손이 그녀의 아래를 자극하자, 그 미칠 것 같은 쾌감에 그레트헨은 교성을 질렀다. 그리고 어느 순간 안에서 무언가가 툭 터져 내렸다. 농익은 봉숭아 꽃씨가 터지듯 온몸에 전율이 퍼져 나가며 짜릿한 쾌감이 크게 일었다.

몽롱하던 의식이 쾌감에 취해 아득해졌을 무렵, 남자는 그레트헨의 몸을 뒤집었다. 복숭아처럼 뽀얀 엉덩이를 양손에 움켜쥔 채 부드럽게 분신을 밀어 넣었다. 그리고 천천히 움직이기 시작했다.

마치 짐승이 교미하는 것 같은 수치스러운 자세였지만 그레트헨은 쾌락에 취해서 부끄러움도 그 무엇도 느끼지 못했다.

그녀의 안을 왕복하는 남자의 움직임이 점점 **빨라졌다**. 그레트헨은 그 움직임을 이기지 못하고 물결처럼 이리저리 흔들렸다. 남자가 주는 쾌락에 무슨 일이 어떻게 일어나고 있는지도 잘 알 수 없었다. 그리고 마침내 그녀가 절정에 달했을 때, 그레트헨은 그 엄청난 쾌감을 이기지 못하고 기절하고 말았다.

남자가 손에서 메스를 꺼내 든 것은 그때였다. 차갑고 날카로운 은색 금속이 희미한 조명 속에서 번득였다.

남자는 부드러운 미소를 지으며 그녀의 손목에 메스를 가져다 댔다. 곧 진한 피 냄새가 비릿한 방안을 가득 메우기 시작했다.

※

벌써 날이 캄캄하게 어두워져 있었다. 마틴의 모습을 한 남자는 끊임없이 계속 걸었다. 부사장의 저택에서 멀어져 숲속 아주 깊은 곳까지.

그가 걸음을 멈춘 곳은 어둡고 음침한 어느 작은 호숫가였다. 적당한 바위 하나에 걸터앉으며 그제야 입을 열었다.

『피를 좀 줘. 그럼 알고 싶은 것을 얘기해 주지.』

남자가 갈증이 크게 이는 얼굴로 해루를 바라보며 말했다.

『내가 왜?』

해루는 기막힌 얼굴로 쏘아붙였다.

『저 사람들이 다 죽어 버리길 바래?』

남자가 협박조로 다시 말했다. 하지만 해루는 해볼 테면 해보라는 듯 코웃음을 쳤다.

『죽이지 못할 걸 알아. 당신이 탐내는 건 나잖아?』

『다 죽이고 너를 가지면 그만이지.』

남자도 히죽 웃으며 응수를 해 왔다.

『당신은 누구지?』

해루의 물음에 남자는 어깨를 한 번 으쓱했다. 그리고 태평하게 말을 해 왔다.

『가브리엘. 일종의 반란군이라고 해 두지. 신변만 보장된다면 천룡 측에 협조할 용의도 있어. 아, 물론 네 피를 제공해 주는 것도 포함이야.』

『당신이 쓸 만한 정보를 제공한다면 생각해 보지.』

『어떤 게 쓸 만한 정보인데?』

『마룡이 진주를 만드는 걸 알고 있어. 그 씨앗은 무얼 뜻하는 거지?』

그녀의 질문에 남자는 무얼 원하는지 알겠다는 듯 고개를 끄덕였다. 그리고 진실인지 거짓인지 모를 말을 찬찬히 읊어 주었다.

『천룡의 여의주를 조각내서 작게 만들어. 그다음에 거기에 흑주술을 잔뜩 걸지. 어떤 주술인지는 아무도 몰라, 주군만 빼고. 여튼 그게 진주를 만드는 씨앗이야.』

『어떻게 마룡이 천룡의 여의주를 만져도 아무렇지 않을 수가 있어?』

의아해하는 그녀의 말에 남자는 잠시 킬킬 웃었다. 대단한 사실을 말해 주듯 팔까지 치켜 올리며 현란한 제스처를 했다.

『성역. 그 대단한 성역이 여전히 마룡의 영향권하에 있어. 신성한 호수의 물이 모든 걸 가능하게 하지. 보이지 않는 통로로 아지트들과 연결돼 있고.』

성역이라. 모르긴 몰라도 굉장히 중요한 정보 같았다. 해루는 고개를 끄덕이며 질문을 계속했다.

『좋아. 그럼 어떤 진주가 최상급이 되는 거지?』

『세인트드래곤의 여의주로 만들어진 진주. 세인트드래곤이 용계 최강이거든. 뭣보다 씨앗이 좋아야 좋은 진주가 나오는 거니까. 아, 물론 밭도 중요해. 그 씨앗을 수백만 개나 뿌렸는데 진주로 살아남은 건 고작 두 개뿐이니까. 나머지 인간들은 아기 때 다 죽었지.』

『잠깐. 세인트드래곤이라니.』

세인트드래곤은 분명 지슈카의 성이었다. 그래서 그냥 흘려 넘겨지지 않았다. 그가 강력한 천룡이라는 건 알았지만 용계 최강인 것까지는 알지 못했기에 해루는 조금 놀랐다.

『400년 전에 주군께서 세인트드래곤의 여의주 하나를 확보했지. 전투에서 아주 조져 버렸거든. 여튼 네 피가 그래서 특별한 거야. 살아남은 두 개의 진주 중 하나니까.』

남자는 자랑스러운 얼굴로 말했다. 하지만 주군이란 단어를 쓸 때마다 미묘하게 표정이 일그러지는 걸 해루는 놓치지 않았다. 이 자는 자기 입으로 반란군이라고 했었다. 그러니 주군이란 자와는 적대적인 편에 서있는 것이 분명했다.

『그 주군인지 뭔지는 진주로 무엇을 하려는 건데?』

『진주를 가지면 전에 없던 엄청난 마력이 생기지. 특별한 진주를 가질수록 더더욱.』

그것은 대충 예상했던 바였다. 능력을 강화시켜 준다는 것.

그런데 의문점이 하나 있었다. 해루는 도무지 이해할 수 없었던 그것을 남자에게 물었다.

『진주는 사람이잖아. 그걸 어떻게 가진다는 거지? 수하로 둔다는 건가?』

『아니. 몸에서 꺼내야 제대로 쓸 수가 있지.』

남자가 의뭉스러운 미소를 머금으며 말했다. 뭔가가 이상했다. 진주를 몸에서 꺼낸다라.

『심장에 있다며.』

그녀가 의아하게 묻자, 남자는 대수롭지 않은 듯 대꾸했다.

『그러니까 꺼내야 된다고.』

『어떻게?』

『이렇게.』

남자는 말과 동시에 검은 안개로 흩어지며 모습을 감췄다. 이내 검은 안개가 다시 하나로 모여들더니, 금세 마룡의 형체를 갖췄다. 검은 날개에 시커먼 몸통을 가진 익숙한 그 모습으로.

그리고 바로 붉은 불길을 뿜어내며 공격을 해 오기 시작했다. 그와 함께 해루의 몸에서도 붉은 기운이 피어올랐다. 이전보다 더욱 붉어진 검붉은 핏빛의 붉은 에너지였다.

그자는 이전에 보았던 마룡들과는 많이 달랐다. 불길뿐 아니라 폭발력이 대단한 붉은 에너지도 마구 뿜어내고 있었으며, 그 위력 또한 막강했다.

진주를 가지면 마력도 강해진다고 했었지. 그럼 이자는 진주를 가진 자일까.

생각할 겨를 같은 건 없었다. 광폭한 붉은 에너지가 숲을 강렬하게 휩쓸고 있었다. 그와 함께 수백의 마룡들이 여기저기서 날아오르기 시작했다.

해루는 붉은 에너지로 장벽을 형성하며 해일처럼 휘몰아치는 그들의 에너지를 방어했다. 그러면서 계획대로 지슈카를 불렀다. 그녀가 어젯밤 그에게 했던 제안의 첫 단계였다.

지슈카는 폭풍우와 함께 나타났다. 그리고 미쳐 날뛰는 마룡들을 간단히 폭풍으로 휩쓸어 버렸다.

해루는 다음 날에도, 다다음 날에도 같은 일을 했다. 그녀에게로 접근해 오는 마룡들을 불러들여 지슈카와 함께 퇴치해 버렸다. 승리는 그렇게 계속될 것만 같았다. 마룡의 왕이라는 셰이곤을 제거할 때까지.

「무, 무어라!」

테오도라는 하킴의 보고를 받다가 경악을 하고 말았다. 그러다 자신의 목소리가 컸음을 깨닫고 얼른 목소리를 낮추었다.

「그것이 틀림없더냐.」

「예, 폐하. 틀림없이 인간 여자였습니다.」

하킴은 비블리체 성을 지키는 군사로 그녀가 비밀리에 매수한 자였다. 도통 속을 알 수 없는 지슈카의 동태를 살피기 위해서였다.

「그 인간 여자가 마룡의 독에 중독되었는데, 북왕 전하께서 합일로 해독을 진행하셨다 합니다.」

하킴은 행여 누가 들을까 목소리를 죽이며 은밀히 보고해 왔다.

인간 여자. 마룡의 독. 합일.

충격적인 단어들에 테오도라의 얼굴은 점점 창백해져 갔다.

「합일이라니! 인간에게 그게 가능한 일이기나 하던가.」

「그 여자가 아주 희귀한 체질인 듯합니다. 한 번으로 다 해독되지 않아 여러 번 진행하신 걸로 압니다.」

테오도라는 생각지도 못한 소식에 머리를 감싸 쥐고 말았다. 가뜩이나 이름 모를 병이 도져서 의식이 깜빡깜빡하는 요즘이었다. 거기에 더해진 북왕의 소식은 그녀를 혼절하기 직전까지 몰고 가고 있었다.

「하면 벌써 반려로서의 맹약을 맺었다는 뜻이겠군. 북왕이 어떤 존재인데 제 위치를 모르고 인간을!」

테오도라는 분을 이기지 못해 탁자를 내리치고 말았다. 그 바람에 찻잔이 기울어 우아한 향기를 피워 올리던 해련차가 엎질러지고 말았다.

지슈카가 이래서는 안 되었다. 단 하나 남은 세인트드래곤의 핏줄을 후사도 없이 하찮은 인간에게 빼앗길 수는 없었다. 더더구나 지금은 북왕이 그런 데 한눈이나 팔도록 놔둘 수가 없는 시기였다.

「어찌할까요, 폐하.」

하킴이 난감하게 물었다.

「방법은 하나밖에 없지 않겠느냐. 이대로 천신제까지 간다면 북왕은 필시 그 맹약을 기정사실화하려 들 것이다.」

테오도라는 목소리에 단단히 힘을 주며 표정을 굳혔다. 북왕의 충격은 크겠지만 들키지만 않으면 될 일. 필시 나중에는 그녀에게 감사를 표할 수밖에 없게 되리라.

「일단은 마리엘을 보내 두어야겠다. 그 아이를 본다면 충분히 마음이 바뀔 지도 모르지. 인간 여자 따위는 상대도 안 될 정도로 뛰어나고 아름다운 아이가 아니더냐.」

「쉽지 않으실 걸로 압니다. 이미 온통 마음을 빼앗기셔서…….」

현실적인 조언을 하던 하킴은 불길이 이는 듯한 테오도라의 눈을 마주하자 말끝을 흐리고 말았다.

「그대는 조용히 그대의 일을 하라. 일은 내가 알아서 진행시킬 것이니.」

「예. 폐하.」

대화는 그렇게 끝이 났다.

하킴은 조용히 황궁을 나와 비밀리에 다시 비블리체 성으로 향했다. 일이 생각보다 커질 것 같아 좋지 않은 기분이 들고 있었다.

해루는 구름 위를 날고 있었다. 꿈이나 비유가 아닌, 정말로 현실에서 구름을 타고 날고 있었다.

인간의 발길이 닿지 않은 울창한 숲과 폭포, 흰 눈으로 뒤덮인 광대한 산맥과 호수, 거대한 암벽으로 둘러싸인 광활한 강과 산, 에메랄드빛 바다의 무인도와 그곳을 점령한 각양각색의 새들, 어디서 시작되어 어디서 끝나는지 알 수 없는 아름다운 무지개.

그 모든 풍경이 하늘 위에서 까마득히 내려다보였다. 그녀가 흥미를 보일 때면 지슈카는 언제든 구름을 낮추어 풍경을 자세히 살펴볼 수 있도록 해 주었다.

지슈카는 이 특별한 구름 여행을 허니문이라고 이름 붙였다. 제대로 된 허니문은 천신제가 끝난 뒤 용계를 돌아보는 것으로 하자고 말해 주면서.

"또 보고 싶은 곳이 있나?"

한참을 돌아보고도 더 구경시켜 주고 싶은지, 지슈카가 또다시 물었다.

이미 보고 싶은 곳은 충분히 보았기에, 해루는 한참을 생각해야 했다. 그러다 문득 한 곳이 떠올랐다.

"아……. 활화산이요. 위험해서 그냥은 못 가 볼 것 같거든요."

그녀의 대답에 그는 사랑스럽다는 듯 빙그레 웃었다. 그리고 그 즉시 구름의 방향을 바꿔서 잘 알려지지 않은 활화산으로 향했다.

폭발하는 화산은 멀리서 보기만 해도 무시무시했다. 시뻘건 용암과 불꽃이 수백 미터 높이까지 뿜어져 나왔으며, 섭씨 수천 도의 수증기와 유독 가스, 쉴 새 없이 날아드는 화산탄과 화산재 같은 것들로 접근조차 힘들어 보였다.

하지만 결계로 지켜지는 몸은 굉장한 보호력을 가지고 있었다. 용암에 손을 대어도 데지 않았고, 화산탄을 맞아도 아무렇지 않았다. 엄청난 열기에도 끄떡없어서 그토록 궁금했던 화산을 위험부담 하나 없이 샅샅이 돌아볼 수 있었다.

해루는 꿈보다 더 꿈같은 현실을 마주하며 새삼 그가 얼마나 엄청난 존재인지를 깨닫고 있었다.

그래서 가끔씩 찾아드는 악몽이 더욱더 두렵게 느껴졌다. 푸른 용이 마룡들의 그물에 걸려서 추락하는 그 악몽이.

의식을 잃었을 때 꾸었던 그 꿈은 한 번으로 끝나지 않았다. 벌써 네 번이나 반복되었고, 갈수록 더욱 선명해지고 있었다. 그럴수록 그녀의 불안도 커져만 갔다.

"그런데요, 지슈카."

해루는 조심스럽게 그에게 말을 꺼냈다. 오늘은 꼭 말을 해야 할 것만 같았다. 혹시라도 예지몽 같은 거라면 그가 알아야 대처를 할 수 있을 테니까.

"무언가, 해루."

그가 부드러운 눈으로 그녀를 바라보며 지그시 웃었다. 금방이라도 연용류가 흐르게 만들 것 같은 짙은 빛깔의 푸른 눈동자였다.

해루는 그 눈빛에 빠져들 것만 같은 마음을 다잡으며 얼른 말을 꺼냈다.

"예전에 꾸었던 꿈이 아무래도 마음에 걸려서요. 계속 또 꾸고 있거든요."

"어떤 꿈이지?"

"……7각별의 푸른 용이 추락하는 꿈."

어렵사리 입술을 뗀 그녀는 괜스레 그의 얼굴을 보기가 미안해 고개를 푹 숙여 버렸다.

"내가 추락을 한다? 어떻게?"

지슈카는 그녀의 머리를 쓸어주며 지그시 웃었다. 꿈은 그저 꿈일 뿐이라는 듯 그녀를 위로하는 손길이었다. 하지만 해루는 그 꿈이 그렇게 간단히 넘겨지지가 않았다.

"……마룡들과의 전투가 크게 벌어졌어요. 다른 천룡들은 다 전멸하다시피 했고, 결국 마지막에 아름다운 푸른 용 하나가 혼자 남았는데……. 머리 위에 7각별이 회전하는 푸른 용이었어요."

"음. 혼자라."

"네. 마지막엔 혼자였어요."

해루가 잠시 말을 멈추자, 그가 곁을 날아가는 새를 좇으며 짐짓 궁금한 듯 물었다.

"그리고 어떻게 되었지?"

"마룡들 수십만 마리가 붉은 불길을 모아서 아주 광대한 그물을 만들었어요. 결국 푸른 용이 그 그물에 걸려서 엄청난 공격을 받게 되고요."

"그물이라. 참신한 발상이군."

그는 마치 남 얘기를 하듯 태평하게 품평을 했다.

"네. 그렇긴 한데요. 그러다 그만 푸른 용이 부상을 크게 입고 추락을 해요. 뒷부분은 보지 못했지만 아마도 생명이……."

"위태로웠을 거란 이야기겠지."

그는 태연한 얼굴로 뒷말을 마무리 지었다.

"네."

대답을 하면서도 해루는 그가 너무 대수롭지 않게 생각하는 것 같아 속이 상했다. 그래서 자못 심각한 얼굴로 당부에 당부를 했다.

"그러니까 조심 또 조심하세요. 아무래도 예지몽 같다고요."

"그러지. 그대를 벌써부터 과부로 만들 수는 없는 노릇이니까."

그는 장난스럽게 웃으며 고개를 끄덕였다. 그러다 무언가가 마음에 걸리는 듯 갑자기 미간을 좁혔다.

"……그런데 혹 7각별이 있었던 곳이 머리 위라고 했었나."

"네. 천사들의 링처럼 머리 위를 빙글빙글 돌았어요."

그녀는 꿈속 용의 모습을 떠올리며 손가락으로 7각별이 맴돌던 위치를 그려 주었다.

"……하면 내가 아니다."

그렇게 말하는 지슈카의 표정이 다소 어두웠다. 목소리도 왠지 깊게 가라앉아 있었다.

"나의 7각별은 그대의 이마에 있지 않은가."

"네?"

"상징은 여러 개 지닐 수 있는 것이 아니다. 꼭 하나밖에 지닐 수 없는 상징을 나는 그대에게 주었지. 하니 그 용은 내가 아니란 뜻이다."

그토록 중요한 것을 받았는지 알지 못했다. 하나밖에 가질 수 없다니.

해루는 갑자기 가슴이 철렁하는 기분이 들었다. 그가 심어 준 7각의 별이 그저 부부로서의 애정을 넘어선 깊고 무거운 심장의 무게 같았다.

"그럼 아무래도 그저 꿈일 뿐인가 봐요."

해루는 그렇게 말하며 무거운 마음을 덜어 버리려고 애썼다. 하지만 이번에는 지슈카가 고개를 저었다.

"아니, 마음에 걸리는 것이 있다. 그대의 몸에 심겨진 여의주 씨앗이 세인트드래곤의 것이라 하지 않았던가."

"네. 가브리엘이 그렇게 얘기했어요. 400년 전에 얻었다고."

"하면 그자의 말이 진실일 수도 있겠군. 그대가 그런 꿈을 꾼 것을 보면 말이지."

지슈카의 말은 예상을 넘어선 것이었다. 그 마룡의 말과 그녀의 꿈이 무슨 연관이 있다는 걸까.

"어떻게 그걸 알죠?"

"형님 두 분이 400년 전에 사망하셨다. 마룡들과의 전투에서 돌아오지 못하셨지. 어쩌면 그 꿈은 여의주에 새겨진 형님의 기억일 지도 모른다."

"아아……."

해루는 그제야 비로소 그의 얼굴이 어두웠던 이유를 알 것 같았다. 그 꿈이 그렇게 반복되었던 이유 또한. 그녀에게 심겨진 여의주 씨앗이 그의 형님들에게서 온 것일 수 있다는 이야기였다.

가슴 아픈 이야기였다. 하지만 그와 동시에 의미심장하게 느껴지기도 했다. 아무리 극악한 흑주술로 점철이 되었다 해도, 그녀에게 심어진 여의주 조각은 천룡의 기억을 간직하고 있다는 의미였으니까.

"그대의 진주는 여러 의미에서 귀한 것이군."

지슈카가 그녀의 가슴께에 손을 대며 말했다. 심장 부근, 마룡의 진주가 숨 쉬고 있을 그곳에.

그리고 그 말은 해루에게 커다란 위안이 되어 주었다. 그녀의 심장에 있는 것이 마룡의 진주가 아닌 본디는 천룡의 여의주라고, 그렇게 생각하고 싶었으니까.

"그건 그렇고, 훑어본 풍경 중에 특별히 더 마음에 드는 풍경이 있었나."

그녀의 침묵이 길어지자, 지슈카가 굳은 얼굴을 풀며 부드럽게 물어 왔다. 형님에 대한 이야기는 더 꺼내고 싶지 않은 듯했다.

해루는 그저 웃었다. 화제를 돌리고 싶은 그의 마음을 이해하며 열심히 풍경들을 떠올려 보았다.

"다 좋았는데, 그중에서도 폭포가 제일 좋았어요. 열대우림에 둘러싸인 엄청난 폭포요."

해루의 대답에 지슈카도 웃으며 고개를 끄덕였다. 구름의 방향을 바꾸며 기다렸다는 듯 말해 왔다.

"오늘의 신방은 그곳으로 하지."

그의 제안은 몹시 근사했다. 하지만 해루는 쉽게 동의하기가 힘들었다. 그와 보낸 시간이 너무 길어져서 작업을 거의 못 했기 때문이었다.

"어……. 그게요……. 오늘은 일이 많이 밀려서 힘들 것 같아요."

미안한 얼굴로 흘러나온 그녀의 말에, 그가 먼 산을 쳐다보며 지나가는 투로 말했다.

"아쉽게 됐군. 폭포가 아주 근사하던데."

"……네. 아쉽지만 다음에……."

해루는 아쉽게 고개를 끄덕이며 그렇게 말끝을 흐렸다.

하지만 이미 흐르기 시작한 무지갯빛 연용류가 그녀의 마음이 다른 곳에 있음을 여실히 말해 주고 있었다.

"한데 이건 무엇이지? 그대의 마음은 다른 말을 하고 있는 것 같은데."

지슈카가 장난스러운 얼굴로 연용류를 휘휘 저었다. 미미하게 시작된 연용류는 갈수록 짙어지고 더욱 찬란해지고 있었다.

결국 해루는 발개진 얼굴로 속내를 털어놓을 수밖에 없었다.

"그럼 한 번만 할까요? 짧게."

"그럼 오늘은 한 번으로 끝내지. 짧게가 가능할지는 모르겠지만."

지슈카가 장난스러운 얼굴로 응수했다. 그리고 구름으로 날아가는 시간도 아까운지, 곧바로 구름째 폭포로 공간 이동을 시켜 버렸다.

그들은 폭포가 흐르는 구름 위에서 관계를 가졌다. 구름에 떠서 차가운 물줄기를 맞으며 서로를 받아들이고 하나가 되었다. 아름다운 허니문의 밤이었다.

✻

검푸른 바다는 광대하고 깊었다. 물속으로 새어드 는 빛살이 유려한 무늬를 만들어 내고 있었다.

이시스는 황해의 깊은 바다 속, 옛 황궁의 폐허 속에 있었다. 태평양의 먼 끝자락, 지금은 한국이라 불리는 작은 반도 주변의 특별한 바다. 그곳에 인간의 눈에는 보이지 않는 옛 황궁의 잔재가 고스란히 남아 있었다. 인간들은 동해라 부르는 짙푸른 바다였다.

1만 년 전의 전쟁으로 인한 시공의 뒤틀림, 해저 화산의 육중한 폭발과 거대한 대륙의 침강. 그 모든 것이 옛 황궁의 몰락을 가져오고 말았지만, 그 찬란했던 영화의 흔적만큼은 여전히 사라지지 않고 있었다.

「이쪽이 맞습니까. 아직도 동굴은 보이지 않습니다만.」

화산 부근의 폐허를 탐색하던 하벨이 물어왔다.

「아무래도 시공의 뒤틀림으로 인해 위치가 많이 바뀐 모양입니다.」

이시스가 난감하게 말했다. 쉽게 찾을 수 있을 거라 생각지는 않았지만 난관은 생각보다 훨씬 첩첩이 쌓여 있었다.

「이제 어쩌죠. 며칠 동안 이 근방은 모두 샅샅이 뒤졌잖습니까.」

초조하게 들리는 하벨의 말에, 이시스는 침착하게 상황을 말해 주었다.

「고대 서판에는 천신의 에너지가 담겨 있다고 들었습니다. 이미 많이 퇴색되어 쉽게 느껴지지는 않을 것이나, 제 신력으로 어떻게든 찾아볼 수 있을 겁니다. 수색 반경을 조금 넓혀 보도록 하죠.」

「예. 지금으로선 어떻든 신관님의 신력에 의존할 수밖에 없으니.」

하벨은 한숨을 내쉬며 수긍했다. 그리고 다른 군사들과 함께 다시 수색에 박차를 가하기 시작했다.

이시스는 잠시 물 밖으로 나와서 태양의 에너지를 살펴보았다. 성스러운 하지까지 앞으로 닷새, 태양빛은 점점 그 강도를 더해 가고 있었다.

지슈카에겐 말하지 못한 사실이지만, 그때까지 서판을 찾지 못하면 아마도 이 모든 노력이 물거품이 되고 말 것이었다.

그녀는 밀려드는 우려를 잠재우며 또다시 바닷속으로 깊이 가라앉았다. 온 신력을 동원해 어딘가에서 흘러나올 서판의 에너지에 기감을 곤두세웠다.

하지만 느껴지는 하늘의 뜻은 아직 없었다. 바다는 여전히 넓고 깊고 광대했으며, 그들은 너무도 미미한 존재였다.

❋

늦은 밤, 해루는 스벤과 함께 맥주펍의 야외 테이블에 있었다. 비엔나에서 프라하로 넘어온 스벤을 환영하기 위한 조촐한 술자리였다.

스벤은 일과 함께 동유럽 투어를 병행하고 있었는데, 체코를 한 바퀴 돌고는 헝가리로 넘어갈 계획이라고 했다.

시원하게 펼쳐진 사각 파라솔과 낡은 목재로 만들어진 테이블, 인근에서 바이올린을 연주하는 거리의 악사가 유럽의 운치를 한껏 느끼게 해 주었다.

둘은 맥주를 시켜 놓고 스비치코바와 꼴레뇨를 곁들였다. 엔지니어들의 대화가 늘 그렇듯 이야기의 주제는 프로그래밍에 대한 것을 벗어나지 못했다.

가끔씩 회사 직원들 이야기, 여행 다녀온 곳의 이야기 등등의 주제가 양념으로 간간이 등장할 뿐이었다.

『근데 유니. 그 댓글 봤어?』

한창 자신이 개발한 소프트웨어에 대해 떠들던 스벤이 문득 다른 얘기를 꺼냈다.

『무슨 댓글?』

『그거, 젠의 목소리를 들을 때마다 오르가즘을 느낀다는 글.』

젠투어의 사용자 게시판에 대한 이야기였다. 새 서버로 교체한 뒤에 젠의 목소리가 한층 업그레이드되었는데, 그 목소리를 칭찬하는 글들이 사용자 게시판에 무수히 올라오고 있었다.

『아. 리플 엄청 달렸던 그 베스트 체험기? 리플이 천 개도 넘었던데. 그중 2/3는 나도 그렇다는 리플이고.』

해루는 고개를 끄덕이며 대수롭지 않게 말했다. 그녀도 잘 아는 글이었기 때문이다. 그 글은 젠의 목소리를 칭찬하다 못해 온갖 자극적인 단어들을 동원하고 있었다. 보통 그런 글들은 무시되기 마련인데, 그토록 리플이 많이 달리는 것은 굉장히 이례적인 일이어서 유독 기억하고 있었다.

그런데 스벤이 주위를 잠시 두리번거리더니, 그녀의 앞으로 머리를 들이밀며 속삭이듯 말해 왔다.

『맞아. 근데 그거 나도 그렇거든. 막 뿜어져 나올 것 같고.』

갑작스러운 그의 말에 해루는 살짝 당황했다. 무어라 대답해야 할지도 알 수 없었다.

『아…… . 젠의 목소리가 근사하긴 하지만 그건 좀 과장된 거 아니야?』

『아니, 진짜라니까. 이것 참, 보여 줄 수도 없고.』

적당히 얼버무리려는 그녀의 말에 스벤은 동의하지 않았다. 갑자기 정색을 하며 맥주잔을 쾅 하고 내려놓았다.

해루는 기막힌 마음에 그 맥주잔에 자신의 맥주잔을 가볍게 부딪치며 한마디 했다.

『헛소리 하지 말고 맥주나 마셔. 듣는 내가 다 민망하다.』

『헛소리 아니라니까, 진짜.』

『됐고. 다른 얘기나 해. 네 오르가즘 얘기는 정말이지 듣고 싶지 않으니까.』

해루는 결국 스벤의 말을 끊고 말았다. 그렇지 않았다면 스벤은 계속 더 이야기할 기세였으니까.

둘은 말없이 맥주만 마셨다. 그러다 조금 시무룩해 있던 스벤이 또다시 뭔가 생각났다는 듯 느닷없이 말을 꺼냈다.

『아. 근데 마틴은 갑자기 행방불명이라는데?』

이번에도 역시 듣고 싶지 않은 이야기였다. 해루는 너무 놀라 맥주를 마시다 콜록거렸지만 얼른 표정을 가다듬었다.

『무슨 행방불명? 파티에도 왔었잖아.』

『그러니까. 나 경찰 조사도 받았어. 부사장도 그렇고. 마틴이 파티 다녀간 다음부터 사라졌다고 해서.』

스벤은 아주 심각한 얼굴로 자초지종을 말해 주었다. 해루는 얼른 시선을 맥주로 내리며 적당한 말로 대꾸했다.

『그러고 보니 파티 중간부터 안 보였던 것 같기도 해. 무슨 일이 있는 건가?』

『뭔 일이야 있겠어? 원래 말도 없이 훌쩍 떠나고 그런 스타일이잖아. 그래서 자유로운 우리 회사를 선택한 거고. 가족들이 오버하는 거겠지.』

스벤은 자기 나름대로 상황을 이해하고 있는 것 같았다. 해루도 동의하듯 얼른 고개를 끄덕였다.

『그렇다면 다행이지만 말야.』

『근데 왜 이렇게 졸리지? 너무 간만에 술을 먹었나. 아님 체코 맥주가 독한 건가.』

스벤이 하품을 크게 하며 눈을 비볐다. 해루도 갑자기 머리가 핑 도는 것을 느끼며 고개를 끄덕였다.

『나도 좀 취하는 것 같아. 고작 맥주 몇 잔인데.』

『응. 나 화장실 좀 다녀올게.』

『그래.』

스벤은 펍 안으로 들어가 화장실을 찾아갔고, 혼자 남은 해루는 테이블에 잠깐 엎드려 있었다. 산들산들 불어드는 바람과 곁에서 울리는 바이올린의 선율, 얼얼한 취기가 기분 좋은 잠을 선사해 주고 있었다.

해루는 그렇게 깜빡 잠이 들었다. 마치 공중에 붕 떠서 어딘가로 옮겨지는 듯한 기분을 느끼며. 이만 스벤과 헤어져서 숙소로 돌아가야 한다는 생각이 들었지만, 도저히 눈을 뜨고 싶지가 않았다.

다시 눈을 떴을 땐 사방이 온통 금빛의 안개로 뒤덮여 있었다. 그리고 장소도 뒤바뀌어 있었다.

스벤과 맥주를 마시던 펍이 아닌 어딘가의 울창한 숲이었다. 이름 모를 드높은 나무들이 가득한 아름다운 숲.

지슈카가 옮겨 온 것일까.

음산한 분위기는 들지 않았기에 해루는 그렇게 생각했다. 아니, 음산하기는커녕 아주 밝고 고결한 분위기가 가득한 숲이었다. 황금빛으로 빛나는 안개가 더욱더 그런 느낌을 주었다.

"지슈카."

해루는 안개 속 어딘가에 지슈카가 있을 거라 생각하며 그를 불렀다.

하지만 그는 모습을 드러내지 않았다. 단번에 나타나줄 줄 알았기에 조금 아쉬웠지만 해루는 약속대로 두 번을 더 불렀다.

"지슈카. ……지슈카."

무언가 이상했다. 세 번을 불렀는데도 지슈카는 나타나지 않았다.

해루는 무언가 잘못되었음을 직감했다. 이런 적은 지금까지 단 한 번도 없었기에 좋지 않은 예감이 들었다. 가뜩이나 여러 잔 마신 맥주에 취기가 올라 있어 의식마저 몽롱했다.

숲 어딘가에서 번득이는 무언가가 날아온 것은 그때였다.

해루는 반사적으로 아슬아슬하게 몸을 피했다.

그것은 그녀의 어깨를 스쳐서 건너편 나무에 날아가 박혔다. 금빛 안개에 가려서 잘은 보이지 않았지만 검이나 표창 같은 금속제의 무기라는 것만은 확실해 보였다.

마룡들의 장난인 걸까.

해루는 몸에서 붉은 빛을 피워 올리며 생각했다. 다행히 붉은 에너지는 그녀의 뜻대로 불러들일 수 있었고, 의식으로 형태를 그리자 파도처럼 일렁이며 그녀의 의지를 따라 움직였다.

그녀는 무기가 날아온 쪽으로 붉은 에너지를 강렬하게 쏘아 보냈다. 그러자 곧 얼굴에 복면을 한 남자 셋이 모습을 드러내었다.

그들은 그녀의 주위를 에워싸며 바로 공격해 오기 시작했다. 표창이 쉴 새 없이 날아들었고, 현란하게 움직이는 검이 목전까지 여러 번 다가들기를 반복했다.

해루는 붉은 에너지로 단단히 장벽을 세우며 또다시 지슈카를 불렀다. 하지만 여전히 그는 나타나지 않았다. 무언가가 크게 잘못된 모양이었다.

해루는 결국 그들을 혼자서 상대하기로 결심했다. 지난밤에 보았던 활화산을 떠올리며 붉은 에너지를 한껏 끌어 모았다. 폭발하듯 위로 솟구쳐 올린 뒤 사방으로 해일처럼 밀어 보냈다.

남자들은 에너지를 견뎌 내지 못하고 잠시 주춤하는 듯했다. 하지만 이내 또다시 무수한 표창이 날아들었다. 그것은 해루가 날려 보낸 붉은 불꽃에 모두 녹아서 사그라졌다.

그리고 해루가 붉은 불길의 강력한 토네이도를 만들었을 때, 남자 하나가 손에서 불꽃을 피워 올리기 시작했다. 그것을 본 순간, 해루는 자신의 눈을 의심하고 말았다.

푸른빛.

남자가 피워 올린 불꽃은 분명 천룡임을 뜻하는 푸른 빛깔의 불꽃이었다.

이후의 싸움은 밀고 밀리는 광폭한 에너지 싸움이 되었다. 해루는 자신의 주변에 광대한 크기의 붉은 물결을 형성해 밀어 보냈고, 그들의 푸른 에너지는 그것을 해일처럼 밀고 들어왔다.

폭탄이 터지듯 그녀의 붉은 물결을 터뜨리며 빠르게 그녀를 향해 접근해 왔다.

해루는 붉은 물결의 소용돌이를 폭풍처럼 밀어 보내 남자 하나를 쓰러뜨렸다. 에너지의 열기를 더해 가며 붉은 용암류를 만들어 냈고, 그것은 남자들의 무기를 깡그리 녹여 버렸다.

천룡임이 분명한 남자들은 용암류에도 타들어 가지 않았다. 대신 크게 휘청거리며 사그라져 가는 푸른 불꽃을 쏘아 대기에 바빴다.

해루는 마지막 남은 힘을 모두 모아서 주위에 붉은 전자기장을 형성해 냈다. 그리고 온힘을 다해 사방으로 있는 힘껏 전자기파를 쏘아 보냈다.

다행히 붉은 불꽃을 내뿜으며 번개처럼 타들어 가는 전자기파는 강력한 위력으로 그들을 일거에 쓰러뜨렸다.

남자들은 결국 그녀의 에너지를 견뎌 내지 못했다. 의식을 잃고 쓰러진 채 다시는 일어나지 못했다.

해루 또한 몽롱한 의식에 힘을 너무 많이 쏟은 탓에 더 이상의 여력이 없었다. 에너지를 감당하기 힘든 몸은 서 있기조차 힘들었고, 의식 또한 점점 희미해져 가고 있었다.

그녀의 몸에 제어되지 않는 붉은 불길이 휘감아 돌기 시작한 것은 그때였다. 이전과는 다른 검붉은 핏빛의 불길이 가시덩굴 같은 모양을 이루며 그녀의 몸을 광대하게 휘감아 돌았다.

그리고 순식간에 원치 않는 거대한 폭발을 이뤘다. 그것은 사방으로 강렬하게 퍼져 나가며 주위의 모든 것을 태워 버렸다.

그 모든 순간에 해루는 손가락 하나 까딱할 수 없었다. 온몸을 관통하는 에너지가 너무도 강렬해, 금방이라도 까무룩 의식을 잃어버릴 것 같았다.

이후에 눈에 들어온 것은 재가 되어 버린 사람의 형체 세 개와 검게 변해 버린 인근의 숲이었다. 황금빛 안개마저 타들어 가 이제는 희미한 흔적밖에 보이지 않았다.

해루는 모든 힘이 소진된 것을 느끼며 바닥에 천천히 쓰러졌다. 가물가물해져 가는 의식을 다잡으려 애쓰며 지슈카를 부르고 또 불렀다.

마지막으로 느껴진 것은 정체 모를 검은 연기였다. 자신의 귓가에 스산한 검은 연기가 스미는 것을 느끼며 해루는 의식을 잃고 말았다.

✳

"해루!"

지슈카는 해루가 있던 맥주펍의 테이블을 돌며 미친 듯이 해루를 찾았다. 그녀의 의식이 차단되던 찰나의 순간, 이상함을 느껴 바로 공간이동을 해 온 터였다.

하지만 아무리 주위를 돌아봐도 해루의 모습은 보이지 않았다. 용안을 아무리 펼쳐 봐도 미미한 흔적조차 느껴지지 않았다. 그녀와 함께 술을 마시던 동료 하나만 비틀거리며 테이블에 다가와 앉을 뿐이었다.

마룡들의 짓일까.

지슈카는 독을 의심하며 해루가 마시던 술잔에 남은 맥주를 유심히 살폈다.

술에서 독기는 느껴지지 않았다. 대신 마취제의 기운과 함께 미미한 금빛 가루가 떠다니고 있었다. 인간의 눈으로는 보이지 않을 미세한 가루.

설마…….

그는 자신의 눈을 의심하지 않을 수 없었다. 용계와 마족을 통틀어 이런 금빛 가루를 사용하는 일족은 딱 한 가문밖에 없었기 때문이다. 황제와 마리엘이 속한 썬드래곤.

방어력으로는 용계 최고인 황제라면 그의 용안을 차단할 방어막까지 충분히 만들 수 있었다. 그녀의 금빛 안개는 마룡들의 독기마저 중화시켜 낼 정도로 강력했으니까.

그런데 황제가 왜.

벌써 해루의 존재를 알아차린 것일까. 만약 그렇다 해도 황제가 해루에게 해를 끼치려고 할 이유까지는 없었다. 아무리 그의 인간 반려가 마음에 들지 않는다 해도.

황제의 의도가 우려스러웠으나 더 생각할 여유 같은 건 없었다. 그가 지체하는 동안 해루가 무슨 변을 당하고 있을지 몰랐으니까.

지슈카는 지체 없이 황궁으로 공간을 옮겼다.

그리고 그가 황제에게 쳐들어가기도 전에 마주한 것은 검게 타들어 가기 시작한 황궁 숲이었다. 숲의 가운데에서 붉은 에너지가 거세게 폭발하면서 강력하게 타들어 가고 있었다.

"지슈카."

해루는 그의 이름을 부르며 눈을 떴다.

주위에 금빛 안개는 없었다. 그녀를 공격해 오던 푸른빛의 남자들도, 검게 타들어 간 숲도 무엇 하나 보이지 않았다.

그녀가 누워 있는 곳은 비블리체 성의 방이었다. 장미 넝쿨로 꾸며진 아름다운 그들의 신방.

그리고 그가 내려다보고 있었다. 그토록 애타게 불러도 나타나지 않던 지슈카가 눈앞에 있었다.

악몽을 꾼 모양이었다. 스벤과의 만남도, 금빛 안개 속의 일들도 다 꿈만 같았다. 그도 그럴 것이 천룡들이 그녀를 공격해 올 이유가 없었으니까.

"해루."

지슈카가 굳은 얼굴로 그녀를 내려다보며 **뺨**을 쓸어 주었다. 이마에 배인 땀을 닦아 주며 머리에 입술을 가져다 댔다.

"악몽을 꾸었나 봐요."

해루는 그렇게 말하며 천천히 일어나 앉았다. 눈앞에 있는 그의 존재를 확인하며 그의 팔을 꼭 잡았다.

"금빛 안개가 낀 숲속에 있었는데, 아무리 불러도 지슈카가 오지 않았어요."

정말로 말도 안 되는 꿈이라고 생각하며 해루는 든든한 그의 팔에 기댔다. 하지만 지슈카는 말이 없었다. 그녀를 꼭 안아 주기만 할 뿐 그녀의 말에 호응도 그 무엇도 하지 않았다.

"게다가 저를 공격한 존재들이 있었는데, 글쎄 천룡인 척 푸른빛을 쏘아 대지 뭐예요. 그런데 결국 제가 이겼어요. 다 타 버리고 재만 남았죠."

"……그랬군."

지슈카는 무거운 얼굴로 그저 고개만 끄덕였다. 그녀를 안은 팔에 더욱 힘을 주며 으스러져라 꼭 끌어안았다.

"……미안하다, 해루."

"뭐가요?"

"듣지 못해서. 지켜 주지 못해서."

해루는 잠시 그의 말뜻을 이해하지 못했다. 그러다 그것이 꿈이 아닌 실제였음을 깨닫고는 너무 놀라 입을 틀어막았다. 충격이 너무 컸는지 속이 크게 울렁거렸기 때문이다.

176

"그럼 정말로 천룡들이 저를 공격했다는 건가요? 대체 왜……."

"그대가 나의 반려가 되는 걸 견제하는 이들이 있는 듯하다."

"그래서 결국 저를……. 그럼 그 금빛 안개는 뭐였죠?"

"일종의 방어막 같은 거다. 모든 것을 차단시키지. 그래서 그대의 목소리를 듣지 못했던 거다. 의식의 연결도 끊겨 버렸고."

해루는 대충 상황을 이해했다. 지슈카가 그토록 굳은 얼굴로 그녀를 바라보고 있었던 이유도.

그녀가 제거한 세 존재는 정말로 천룡이었다. 그들을 태워 없앨 생각까지는 없었지만, 붉은 에너지가 저절로 움직여서 그렇게 했다.

"순간, 붉은 에너지를 제어할 수 없었어요. 붉은 기운이 저절로 움직여서 숲을 태우고, 그 남자들을……."

해루는 더 말하지 못하고 고개를 푹 숙였다. 의도는 없었다 해도 그들을 죽게 만든 것은 그녀 자신이었으니까.

지슈카는 가만히 고개를 저었다.

"천만다행한 일이다. 그러지 않았다면 그대의 목숨이 위태로웠을 것이니. 그대는 방어를 했을 뿐이다."

지슈카는 그렇게 말하며 그녀를 안은 팔에 더욱 힘을 주었다. 그리고 깊고 곧은 눈으로 그녀를 바라보며 한마디를 덧붙였다.

"만약에라도 그대에게 무슨 일이 생겼다면 내가 제거했을 것이다. 그 배후가 황제이든 그 누구든."

그렇게 말하는 그의 눈은 차갑고 냉혹했다. 그녀 외의 일에 관한 한 그는 늘 그랬다.

"황제를 만나고 오겠다. 천신제 때까지는 이곳을 떠나지 마라, 해루. 무슨 일이 생길지 모르니."

그녀의 입술에 키스하며 그가 말했다. 해루는 가만히 고개를 끄덕이며 애정 어린 키스를 되돌렸다.

지슈카는 곧 방을 나갔다.

방안에 혼자 남은 해루는 속이 계속 좋지 않아서 욕실로 향했다. 아직까지 남아 있는 술의 취기와 아까의 일에 대한 충격 때문인 것 같았다.

얼굴에 물을 끼얹던 그녀는 문득 뭔가가 이상함을 깨닫고 욕실의 거울을 다시 보았다.

눈동자에 붉은 기운이 돌고 있는 것 같았다. 머리끝도 이상하게 붉은 빛이 도는 것이 섬뜩하게 느껴졌다.

그리고 검은 연기. 희미한 의식 속에서 귓가에 스며들었던 검은 연기가 기억났다.

해루는 거울을 보는 것이 두려워 욕실을 뛰쳐나오고 말았다. 자신도 모르는 무언가가 자신의 몸에서 일어나고 있는 듯했다. 분명 마룡과 관련된 무언가였다.

『아아…….』

흐릿한 조명 아래서 새하얀 여자의 나신이 물결처럼 흔들리고 있었다.

그레트헨은 남자의 몸 아래에 깔려서 연신 신음을 흘렸다.

며칠 낮 며칠 밤이 흘렀는지 몰랐다. 푸른 눈의 남자는 시시때
때로 찾아왔고, 그때마다 그녀에게 크나큰 쾌락을 안겨 주었
다.

『잊지 마라. 네 주군은 나라는 걸.』

남자는 관계를 가질 때마다 강조했다. 매번 그녀의 피를 마
시는 것도 잊지 않았다.

그가 다녀갈 때마다 그녀가 가진 붉은빛은 점점 더 짙어져
갔다. 선홍색에서 진홍색으로, 이제는 짙은 핏빛이 되어 있
었다. 그런 만큼 그녀가 가진 에너지의 힘도 더욱 커져만 갔
다.

그레트헨은 점차 자신감을 되찾고 있었다. 해루에게 받은
만큼 복수해 줄 날이 머지않았으니까. 진정으로 최고의 진주가
누구인지 보여 줄 수 있을 테니까.

『아흑…….』

남자의 성기가 강하게 짓쳐들어오고 있었다. 뇌가 녹아내릴
듯한 쾌락 속에서 그레트헨은 나디르를 떠올렸다. 그녀와 관계
를 맺는 남자가 나디르라고, 그렇게 상상하며 죄책감을 견뎌
내려 애썼다.

주군이든 아니든 이 남자와의 성관계는 그녀의 능력을 한층
강화시켜 주고 있었다. 하니 곧 나디르를 구해 올 수 있게 될
날이 올 것이었다. 비록 몸은 이 남자에게 주었을지언정 그녀
의 진주는 나디르의 것이었으니까.

방 안이 온통 찔꺽거리는 소리로 가득 찼다. 남자의 움직임
이 점점 빨라지고 있었다.

어느 순간 머릿속이 번쩍거리며 점멸을 했고, 몸이 바짝 경

직되며 아래가 바르르 떨렸다. 그와 함께 질척한 무언가가 아래에서 크게 터졌다.

남자는 사정을 하지 않았다. 그대로 움직임을 멈춘 채, 그녀의 안에서 그의 몸을 빼냈다.

그리고 담배를 한 대 꺼내 물더니 가슴 아픈 눈으로 그녀를 바라보았다.

그레트헨은 쾌락의 여진을 온몸으로 느끼며 의아한 눈으로 그를 쳐다보았다. 이전의 관계에선 이런 적이 한 번도 없었기 때문이다.

『……나디르가 제거되었다.』

남자가 고저 없이 쏟아 낸 한 마디에 그레트헨은 모든 쾌감을 단번에 잊었다. 세상이 그대로 멈추어 버린 것만 같았다.

『어…… 어떻게…….』

『북궁의 감옥에서 빼내 오지 못했다.』

『누, 누가…….』

『북왕. 그리고 해루.』

그레트헨은 미친 듯이 몸을 떨었다. 그녀의 몸에서 거대한 붉은 빛이 분노로 작열하듯 커다랗게 타오르고 있었다.

『복수를 할 기회를 주지, 그레트헨.』

여유롭게 담배를 한 모금 빤 남자가 말했다.

『……좋아요. 언제, 어떻게 하면 되죠?』

그녀의 물음에 남자가 날카롭게 웃었다.

『사흘 뒤 성스러운 하지夏至, 그날이 디데이다. 나머지는 그때 알려 주지.』

＊

황제는 황궁 숲을 앞에 둔 채 망연자실해 있었다.

해루가 일으킨 폭발이 얼마나 강력했는지, 숲은 절반 가까이 타들어가고 없었다.

「왜 그리하셨습니까.」

지슈카는 황제에게로 다가서며 단도직입적으로 물었다. 황제가 해루를 황궁 숲으로 납치해 살해하려 한 것이 명백했기 때문이다.

「그대가 모르는 것이 있네.」

황제는 이제껏 본 적 없는 날카로운 눈을 하고 말했다.

어릴 적 어머니를 여읜 지슈카에게 학문 스승이었던 황제는 어머니와도 같은 존재였었다. 아버지였던 황제를 도와 국정을 돌보는 대재상이기도 했다. 때문에 엄격하기는 했어도 날선 모습은 한 번도 보인 적 없었던 그녀였다.

「제 반려가 될 여인을 납치해서 살해하려 하셨습니다. 황제께서 가지신 특별한 능력을 동원해서 말이죠. 제가 무얼 더 알아야 합니까.」

지슈카는 온몸으로 치솟는 분노를 누르며 냉정하게 말했다. 그의 말에 황제의 얼굴이 몹시 어두워졌다.

「그 여자는 그저 인간이 아니야.」

황제가 그를 똑바로 쳐다보며 말했다. 지슈카 역시 그 시선을 똑바로 받으며 고개를 끄덕였다.

「알고 있습니다. 특별한 능력을 지닌 인간이지요.」

잠시 침묵을 지키던 황제가 숲을 빙 둘러보더니 무겁게 입을 열었다.

「……푸른 태양의 시간이라고 혹시 들어보았는가.」

「금시초문입니다.」

지슈카 역시 검게 타 버린 숲을 바라보며 말을 받았다.

「내가 어렸을 적, 선선대 신관이 은밀히 알려 준 것이 있네. 미래를 보는 능력이 있는 분이었지.」

선선대 신관이라면 이시스의 할머니였다. 탁월한 신력을 지녔었다는.

지슈카가 침묵을 지키자, 황제는 타 버린 나무의 가지를 꺾어 버리며 무겁게 말을 이었다.

「이 즈음, 마룡의 피를 가진 인간이 나타날 거라 하였네. 붉은빛을 몸에 지닌 불길한 인간. 그리고 태양이 힘을 잃게 될 거라 하였지.」

「태양이 힘을 잃다니, 그게 무슨 뜻입니까.」

「지금의 붉은빛이 아닌 푸른빛이 될 거라 하였네. 그때가 오면 이미 늦은 것이라고도 하였지. 막을 수 있는 존재가 있다면 오직 세인트드래곤 뿐일 거라고 하였네. 그게 그 신관이 내게 남긴 은밀한 유언이었지.」

지슈카는 굳은 얼굴로 고개를 끄덕였다. 그리고 하늘에 곧게 떠 있는 태양을 바라보며 현실을 명확히 짚어 주었다.

「태양은 여전히 붉은 빛입니다. 해루는 불길한 인간이 아니라, 정식으로 제 반려가 될 존재이고요.」

「지슈카.」

「하니, 황제께서 염려하시는 일은 일어나지 않을 것입니다. 예언은 해석하기 나름이고, 미래는 바뀌기 마련이니까요.」

지슈카는 단호하게 말을 맺었다.

하지만 황제는 물러서지 않았다. 몹시도 간절한 얼굴을 하고서 그를 설득하려 애썼다.

「그 신관이 남긴 말이 더 있네. 그때가 되면 세인트드래곤은 단 하나뿐일 거라고. 그러니 반드시 잘 지키라고. 무슨 일이 있어도 후사를 남겨야 한다고. 그리 말했었다네.」

「그 신관의 바람일 뿐이겠지요. 반려의 선택도, 후사의 선택도 제 의지입니다. 누가 관여할 문제가 아니지 않습니까.」

「그분이 예언을 전해 준 게 벌써 2만 년 전이네. 그때만 해도 그대의 가문이 크게 융성해 수십의 세인트드래곤이 존재할 때였는데 그런 예언을 한 것이야. 그래도 그분의 예언을 무시하겠나.」

지슈카는 묵묵히 황제의 말을 듣고 있었다. 그리고 그녀를 향해 무표정하게 물었다.

「그 대단한 신관이 1만 년 전의 전쟁은 예언을 하였습니까?」

「그 일은 내가 듣지 못하였네.」

「마룡들에게 성역을 빼앗길 거라는 예언은요?」

황제는 어두운 얼굴로 고개를 저었다.

「그 역시 내가 알아야 할 일은 아니었던가 보네. 듣지 못하였으니. 그 신관은 내가 황제가 될 걸 알고 있었어. 그러니 황제로서 내가 해야 할 일만 은밀히 알려 준 것이네. 다른 천기는 누설해 보았자 내가 감당할 수 있는 일이 아니었으니.」

「하면 저도 제게 필요한 예언만 듣겠습니다. 제가 의탁하는 신관은 따로 있으니까요.」

지슈카는 그렇게 못을 박았다. 황제의 표정이 크게 가라앉앉지만 개의치 않았다.

「천신제는 예정대로 진행될 것입니다. 제 반려의 선택 또한 마찬가지입니다.」

「지금 나와 척을 지겠다는 건가?」

「필요하다면 그렇게라도 하겠습니다. 제 반려의 선택은 제 의지이니까요.」

황제는 답이 없었다. 망연자실한 얼굴로 그를 바라다보고만 있을 뿐이었다.

검게 타 버린 숲에서 새들이 날았다. 희미하게 흩날리는 금빛 안개가 우울하게 그들을 감싸고 있었다.

「그럼 천신제 때 뵙겠습니다.」

지슈카는 황제에게 정중히 인사를 남겼다. 그리고 그길로 돌아서서 황궁 숲을 나왔다. 짙고 긴 태양의 그림자가 붉게 작열하고 있었다.

10. 천신제

신성한 하지를 하루 앞둔 저녁이었다. 지슈카는 북궁의 지하 감옥에 있었다.

「가브리엘.」

그는 감옥 안에 지친 얼굴로 널브러져 있는 붉은 눈의 마룡을 불렀다. 자신을 일종의 반란군이라고 하던 이자는 제법 신뢰성 있는 정보를 풀어내고 있었기에 아직까지 살려 두고 있는 터였다.

셰이곤이 명령을 내리는 방법, 놈이 스며들었던 인간체들, 소소한 근거지들까지 드문드문 털어놓으며, 이자가 바란 건 꼭 하나였다. 해루의 피 한 방울.

「마지막으로 보았다던 셰이곤의 모습이 이자가 맞나.」

지슈카는 검은 머리에 푸른 눈을 한 남자의 몽타주를 들어 보이며 그에게 물었다.

「대충 비슷하군. 하지만 소용없을 거야. 찾더라도 바로 다른 몸으로 갈아탈 걸.」

「이자가 죽지 않았는데도 갈아탄다?」

「그쯤은 되어야 마룡왕이지. 주군은 연기 형태로 움직여. 흑주술을 걸어 놓은 인간들한테는 언제든 연기처럼 스며들 수 있지. 그러니 실체는 아무도 모르는 거야. 본신을 본 자들은 더더욱 없고. 아무리 고위직 마스터들이라 해도 말이야.」

가브리엘은 속이 시원하다는 듯 술술 털어놓았다. 이미 마룡왕에게 쫓겨 다니느라 많이 지쳐 있어서 도망 다니는 것도 지긋지긋하다고 했다.

「좋아. 그럼 그레트헨을 원래대로 되돌릴 방법은?」

「둘 중 하나지. 셰이곤을 제거하거나, 심장에 걸린 흑주술을 제거하거나.」

가브리엘은 매번 그렇듯 뻔한 답을 내놓았다. 그리고 매번 묻던 것을 다시 물었다.

「그나저나 해루의 피는 언제 줄 거야?」

「셰이곤을 잡고 나면.」

「안 주겠다는 얘기로 들리는데.」

「여기서 바로 죽는 것보단 낫잖아. 그런 기대라도 있는 게.」

매번 이어지는 대화가 또다시 반복되고 있었다.

지슈카는 가브리엘을 옭죄는 결계를 강화해 둔 채 감옥을 나왔다. 그리고 즉시 카린을 불러 셰이곤의 인간체로 추정되는 남자의 몽타주를 건넸다. 검은 머리에 푸른 눈을 가진 미남형의 젊은 남자였다.

＊

쨍그랑.

손에 들었던 컵이 요란한 소리를 내며 떨어져 깨졌다. 해루는 잠시 이상했던 오른손을 다시 움직여 보며 깨진 컵의 파편들을 치웠다.

방금 전 그것은 뭐였을까. 붉은 빛이 언뜻 비치기 무섭게 손에 힘이 턱 풀리는 느낌이었다. 그러는 바람에 컵을 놓쳐 깨뜨리고 말았다.

기분 탓일까. 금빛 안개에서의 그 밤 이후로, 몸이 제대로 제어가 안 되는 것 같은 느낌이 들고 있었다.

그녀는 불안함을 달래며 다시 노트북 앞에 앉았다. 그러다 화면 너머로 보이는 거울에 제 얼굴이 비치자, 얼른 시선을 피하고 말았다.

눈동자에 나타난 붉은 기운은 여전히 사라지지 않았다. 아니, 그 면적을 더욱더 넓혀 가며 검은 눈동자를 잠식해 가고 있었다.

붉어지기 시작한 머리끝도 점점 그 영역이 확산되고 있었으며, 산삼농사로 가무잡잡하게 그을렸던 피부도 어느새 희디흰 빛을 띠고 있었다.

해루는 유주를 떠올렸다. 이런 식이라면 머지않아 자신도 유주처럼 변할 것만 같았다. 붉은 머리에 붉은 눈, 창백한 피부를 가진 서양인 여자처럼.

외모만 변한다면 다행이겠지만, 불행히도 그것은 그녀의 심장에 깃든 흑주술의 영향력이 강해진다는 뜻과도 같았다. 의지로 제어되지 않았던 붉은 기운, 숲과 천룡들을 태워 버렸던 그것이 그 불길한 앞날을 말해 주고 있었다.

이대로 지슈카의 곁에 있어도 괜찮은 걸까.

지슈카에게 미끼 역할을 제안했을 때만 해도 이렇게까지 되리라고는 생각지 못했다. 그녀가 최고의 진주라면 반드시 마룡왕인 셰이곤이 접근해 올 거라 생각했었고, 그자만 제거한다면 마룡의 절멸도 시간문제라고 여겼었다.

하지만 상황이 달라지고 있었다. 셰이곤은 여전히 모습을 드러내지 않고 있었고, 이대로라면 오히려 그녀는 지슈카에게 해를 끼칠 존재가 되고 말 것이었다.

그럼에도 불구하고 그의 곁을 떠날 수는 없었다. 만약 지슈카가 없는 사이, 셰이곤이 그녀에게 접근해 진주를 가지게 된다면 그땐 상황이 걷잡을 수 없이 나빠질 것 같았기 때문이다.

게다가 그녀는 셰이곤의 정체를 알지 못하는 상태에서 그를 유인할 수 있는 거의 유일무이한 존재였다. 결국 이러지도 저러지도 못한 채 시간만 속절없이 흐르고 있었다.

띠리리링.

메일이 도착했음을 알리는 알림음에 해루는 다시 노트북으로 시선을 돌렸다. 팀의 중요한 이야기는 주로 메신저를 통해 이루어지기에, 그저 청구서나 광고 같은 잡다한 메일일 거라고 생각하면서. 그러다 제목을 확인하기 무섭게 그대로 우뚝 굳어지고 말았다.

[언니, 나 유주야.]

도착한 메일의 제목은 그랬다. 해루는 눈을 몇 번이나 깜빡거리며 확인하고 또 확인했다.

7년이나 아무 연락이 없었던 유주의 메일이었다. 그래서 도무지 믿어지지 않았다.

어쩌면 기억이 돌아온 걸까. 그녀를 찾고 있는 걸까.

황급히 메일을 여는 손이 떨렸다. 붉은 눈의 그레트헨이 떠오르고, 미친 듯이 그녀를 노려보던 붉은 눈동자가 떠올랐다. 하지만 유주는 유주였다. 여전히 유주였다.

[언니. 그동안 미안했어. 아무것도 모르고 언니를 공격하고 죽이려고까지 했었지.]

메일은 그렇게 시작했다. 그레트헨이 아닌 정말로 유주로서 보낸 메일이었다.

[나 기억이 조금씩 돌아오고 있는 것 같아. 그래서 너무 미안하고 무서워. 무시무시한 존재들한테 조종당하고 있어서.

나 좀 도와줘, 언니. 탈출해서 언니한테 가고 싶어. 철저하게 감시당하고 있어서 이 메일도 겨우 보내는 거야. 오늘밤 클럽 마르가리타에서 공연이 있어. 그때 볼 수 있었으면 좋겠어.

사랑해, 언니. 언제나 사랑했어. 보고 싶어, 아주 많이.]

급하게 쓴 듯 짤막한 메일엔 사진이 한 장 첨부되어 있었다.

폴라로이드 카메라를 찍은 사진이었는데, 그녀가 예전에 유주에게 주었던 그 카메라가 분명했다. 확대해 보니, '제 3회 고교생 UCC대회 우수상'이라고 새겨진 글자까지 또렷이 보였다.

해루는 메일을 읽고 또 읽었다. 유주에 대한 걱정과 염려가 다시금 꼬리에 꼬리를 물고 있었다.

유주를 도울 수 있을 것이다. 그리고 잘하면 셰이곤의 꼬리도 잡을 수 있을 터였다. 북궁의 감옥에서 유주를 빼내 간 마룡은 차 선생보다 훨씬 강력한 존재였다. 그러니 어쩌면 셰이곤이 직접 움직였을지도 몰랐다.

"해루."

문득 그녀를 부르는 목소리에 해루는 자연스레 뒤를 돌았다. 지슈카가 방 안으로 들어서고 있었다. 손에는 작은 함을 들고, 팔에는 옷을 한 벌 걸친 채였다.

"내일 입을 신부복이다. 그대가 입은 모습을 미리 보고 싶은데."

그가 눈부시게 웃으며 옷을 건네주었다. 새하얗고 하늘하늘한 천에 금빛 실로 무늬가 수놓아진 아름다운 옷이었다. 마치 선녀들의 옷이 이런 게 아닐까 싶을 정도로 몽환적인 느낌이 들기도 했다.

"와. 너무 아름다워요. 정식으로 지슈카의 반려가 된다는 게 실감나는 것 같아요."

해루는 기꺼운 마음으로 옷을 받아 들었다. 그리고 편하게 걸쳤던 티셔츠와 청바지를 벗고 바로 신부복으로 갈아입었다.

지슈카는 손에 들었던 작은 함을 열고서 갖가지 머리 장식을 꺼냈다. 그리고 푸른 진주로 만들어진 장식을 직접 그녀의 머리에 꽂아주고 매만져 주었다.

화려한 예복에 치장까지 하고 나니 정말로 신부가 된 기분이 들었다.

그러고 보니 지슈카도 그녀와 같은 디자인의 옷을 입고 있었다. 새하얀 천에 금빛 실로 용무늬가 수놓아진 신랑의 예복이었다.

둘은 예복을 입은 채로 나란히 거울 앞에 섰다. 서로가 서로를 눈에 담으며 정식으로 부부의 연을 맺을 그 시간을 고대하고 또 고대했다. 그 벅찬 시간까지 이제 하루밖에 남지 않았지만, 너무 애타게 기다려서인지 그마저도 몹시 길게 느껴졌다.

"……그런데요, 지슈카. 할 말이 있어요."

해루는 당연한 듯 뺨에 키스해 오는 그에게 조심스레 말을 꺼냈다. 예복까지 차려입은 상황에 좀 어울리지 않는 것 같았지만 말할 기회를 놓치고 싶지 않았다.

"그래. 무슨 얘기지?"

"이번엔 어쩌면 셰이곤을 잡을 수 있을 것도 같아요."

희망에 찬 그녀의 말에 지슈카가 눈을 가늘게 떴다.

"어떻게 잡는다는 건가."

"유주에게 메일이 왔어요. 어떻게 된 일인지는 모르겠지만, 기억을 되찾은 것 같아요. 마룡들에게서 탈출하고 싶어 해요."

"함정일 수도 있겠지."

"함정은 이전에도 많았죠. 그런데 이번엔 좀 다르잖아요. 유주 뒤에 반드시 셰이곤이 있을 거라고요. 게다가 유주도 우리 편이 되어 줄 거고요."

"그 여자는 너무 믿지 않는 게 좋겠다."

그의 반응은 그다지 좋지 못했다. 특히 유주에 관한 것에는 더더욱 경계를 보였다. 그녀를 독에 중독시켜 죽음 직전까지 몰고 간 전적이 있으니 당연한 일인지도 몰랐다.

"제 동생이에요, 지슈카. 그전의 일들은 모두 기억을 잃어서 그런 거고요. 저를 좀 믿어 주세요."

"늘 그대를 믿었다. 그런 만큼 늘 불안했지. 행여 그대를 잃을까."

지슈카가 그녀의 머리에 키스하며 굳은 목소리로 말했다. 그 마음이 몹시도 깊게 느껴져 해루는 잠시 말을 잇지 못했다.

하지만 그녀가 그런 일로 움츠러든다면 셰이곤을 잡을 기회도 그만큼 줄어드는 거나 마찬가지였다.

"호랑이 굴에 들어가야 호랑이를 잡는 거잖아요. 더구나 실체도 없는 호랑이인데. 이건 황금 같은 기회라고요."

해루는 그에게 유주의 이메일을 보여 주며 간곡하게 말했다.

지슈카는 더 이상 그녀를 만류하지 않았다. 대신 그도 함께 가겠다며 만반의 준비를 하겠다고 말해 주었다.

"좋다. 그럼 데이트인 셈으로 하지."

"네. 좋아요, 데이트."

해루는 기꺼운 마음으로 얼른 옷을 갈아입고 준비를 했다.

불안한 마음이 없는 것은 아니었다. 유주에 대한 의심 역시 마찬가지였다.

하지만 유주가 기억을 되찾았을 가능성에 희망을 걸고 싶었다. 잘만 된다면 셰이곤을 제거하고 진짜 유주를 되찾아 올 수 있다. 그렇게 생각하니 암울했던 상황에 한 줄기 빛이 비쳐 드는 것 같았다.

❋

「폐하, 여기 계셨습니까.」

델키온은 황궁 숲에 쓰러져 있는 황제를 발견하고는 얼른 주위를 물렸다.

요즘 들어 의식을 잃는 일이 잦아지고 있는 황제였다. 장소를 불문하고 갑자기 픽 쓰러지는 바람에 주위의 신하들이 당황한 적이 한두 번이 아니었다.

황궁의 명의란 명의는 총동원했지만, 그 누구도 병증을 제대로 진단해내지 못하고 있는 것이 더 문제였다.

「……델키온, 그대인가.」

「예, 폐하. 침소로 가시지요.」

「나이는 속일 수 없는가 보네. 슬슬 후계 준비를 해야 할 때가 되었어.」

「아무래도 그리하셔야 할 듯싶습니다. 이대로는 집무에마저 차질이 생길 것 같으니 말입니다.」

델키온은 대재상이 아닌 벗으로서의 충고를 하며 황제를 부축해 일으켰다. 그리고 이내 게이트를 만들어 황제를 침소로 옮겼다.

침소에선 황제의 딸인 마리엘이 초조하게 서성이고 있었다. 황제의 의식이 끊기는 바람에 여기저기 찾아다니느라 많이 지친 눈치였다.

「어머니. 괜찮으세요?」

황제를 침대에 눕히기 무섭게 마리엘이 다가오며 물었다. 짙은 금발에 신비로운 보랏빛 눈동자를 가진 그녀는 용계 최고의 미인으로 손꼽히고 있었다. 거기에 높은 학식과 치유 능력까지 갖추어 많은 백성들의 선망을 받고 있었다.

「잠깐 어지러웠을 뿐이다, 애야.」

황제는 힘없는 미소를 지으며 마리엘의 손을 꼭 쥐었다.

「탕약을 달여 놨어요. 매번 약을 거르시니 더욱 힘들어지시는 것 같아서.」

「그래. 잘 먹으마, 아가.」

마리엘은 황제가 탕약을 마시는 모습을 찬찬히 지켜보고 있었다. 그러다 문득 생각난 듯 지나가는 것처럼 물었다.

「그런데 지슈카 오라버니 말이에요. ……인간 여자를 반려로 삼는다는 말이 정말인가요?」

황제는 몹시 놀란 듯 다 마시지도 않은 탕약 그릇을 그대로 내려놓았다.

「뭐라고? 그 얘기를 어디서 들은 거니?」

「궁녀들끼리 은밀히 얘기하는 걸 들었어요.」

황제는 크게 당황하고 있었지만 이내 표정을 갈무리했다. 그리고 침착한 얼굴로 가만히 마리엘을 타일렀다.

「애초에 지슈카는 네 짝이 아니었는지도 모르겠다. 그렇게 너를 따르는 남자들이 많았는데 지슈카만은 달랐지. 한 번도 네게 마음을 준 적이 없었잖니.」

마리엘은 황제의 말을 조용히 듣고 있었다. 하지만 수긍하지는 않았다. 미모만큼이나 고고한 성품을 가진 황녀이기에 자존심도 그만큼 강했다.

「아직 기회는 있어요, 어머니. 북왕이 인간 여자를 반려로 두는 걸 백성들이 용납할 리가 없잖아요. 맹약이 성사되지 않으면 모든 게 물거품이 될 테죠.」

「얘야, 무슨 생각을 하고 있는 거니.」

「그냥 그렇다고 말씀을 드리는 거예요. 무엇 한 번 못 해 보고 이대로 물러나기엔, 오빠만 바라보고 살아온 세월이 너무 억울하니까.」

마리엘은 물러서지 않았다. 차라리 다른 여룡이라면 그래도 포기가 되었을는지 모른다. 고작 인간 여자라는 것이 그녀의 자존심을 더욱 건드린 듯했다.

「아서라, 얘야. 지슈카는 마음을 돌리지 않을 거다. 그러기엔 이미 너무 멀리 가 있어.」

「마지막까지 마음을 돌리지 않으면 그때 가서 포기해도 늦지 않아요.」

「하지만 얘야. 반려의 선택은 누가 강요할 수 있는 것이 아니지 않니.」

「그것은 같은 천룡이었을 때의 얘기죠. 어떻게 감히 인간 여자 따위가 용의 반려를…….」

끝이 날 것 같지 않은 대화가 꼬리에 꼬리를 물고 이어졌다.

델키온은 모녀의 대화를 묵묵히 지켜보며 걱정을 삼켰다.

황제가 원인 모를 병을 앓기 시작하면서부터, 아니 지슈카가 인간 여자를 반려로 둘 생각인 걸 알게 되면서부터 모든 것이 어딘지 조금씩 어긋나고 있는 것 같았다.

＊

클럽 마르가리타는 화재가 나기 이전과 조금 달라져 있었다. 리모델링을 새로 한 까닭에 조명이며 좌석 배치가 모두 바뀌어 있었고, 일하는 직원들도 달라진 듯했다.

하지만 직원들 중 몇몇이 유독 특이한 붉은 머리에 붉은 눈을 하고 있다는 것만은 이전과 같았다. 그땐 그것이 의미하는 것이 무엇인지 몰라서 눈에 잘 들어오지 않았다.

하지만 오늘 다시 보니 확연히 드러났다. 눈에 들어오는 붉은 눈의 여자 직원만 벌써 다섯이었다. 그들 모두가 아마도 마룡의 진주일 터였다.

"긴장을 풀어라 해루, 내가 곁에 있으니. 그대는 그저 즐기면 된다."

지슈카가 그녀의 어깨에 팔을 감으며 말했다. 해루는 긴장을 감추며 희미하게 웃었다. 마르가리타가 담긴 칵테일 잔을 들어 올리며 알겠다는 듯 고개를 끄덕였다.

오늘의 그는 멋들어진 슈트 차림을 하고 있었다. 이목을 끄는 특별한 눈동자를 가리기 위해 낀 검은빛의 컬러렌즈는 하얀 피부를 더욱 돋보이게 해 주었고, 단단한 근육을 휘감은 슈트 라인은 그를 더욱 남성적이고 관능적으로 보이게 했다.

그녀 또한 약식의 디너드레스 차림을 했다. 정말로 데이트를 나온 것 같은 기분이었다.

공연은 저녁부터 밤늦게까지 길게 이어졌다. 하지만 아무리 무대를 지켜보아도 유주의 모습은 보이지 않았다. 어쩌면 그녀를 감시하고 있다던 이들에게 붙들려 공연에 나오지 못하고 있는 걸지도 몰랐다.

해루는 길어지는 공연에 지슈카의 어깨에 기대어 잠시 잠이 들었다. 그러다 익숙한 멜로디가 흘러나오자 깜짝 놀라 선잠에서 깨고 말았다.

버터플라이.

그리고 당연한 일이겠지만, 무대 위의 바이올린 연주석엔 그토록 기다렸던 유주가 등장해 있었다.

아름답게 이어지는 현란한 연주를 관객들은 소리 하나 없이 집중해서 지켜보았다. 해루 또한 침을 꿀꺽 삼키며 눈도 떼지 않고 유주의 모습을 눈에 담았다.

연주가 끝난 뒤 관객들은 어김없이 '그레트헨'을 연호하며 커다란 박수갈채를 보냈다.

유주 또한 예전처럼 관객들의 환호에 환한 웃음으로 응답하며 객석까지 내려와 인사를 건넸다.

그리고 미리 눈에 담았던 듯, 빠르게 관객들 사이를 지나며 그녀와 지슈카가 앉아 있는 곳까지 다가왔다. 그리고 바닥에서 무언가를 주워 올리는 듯 허리를 굽혔다가 다시 일어섰다.

『손님, 이걸 떨어뜨리신 것 같은데요.』

눈웃음을 지으며 유주가 해루에게 건네 온 것은 한 장의 사진이었다. 어떤 남자를 찍은 것이 분명한 폴라로이드 사진.

그리고 아무 일 없었다는 듯 환호에 응답하며 다시 무대로 올라갔다. 다시 연주가 시작되고 '험한 세상 다리가 되어'의 바이올린 선율이 아름답게 울려 퍼졌다.

해루는 조심스레 사진을 살펴보았다. 사진에 찍힌 남자의 얼굴이 어딘지 낯이 익은 기분이 들었다. 검은 머리에 파란 눈동자를 가진 미남형의 젊은 남자.

"그 남자가 맞는 것 같아요. 가브리엘이 알려 주었던 몽타주."

해루의 속삭임에 지슈카는 알고 있었다는 듯 미세하게 고개

를 끄덕였다. 셰이곤이 스며들었다는 인간체의 몽타주와 같은
남자였다.

혹시나 해서 사진을 뒤집어 보자, 유주의 메시지가 한글로
또박또박 적혀 있었다.

「나를 북궁의 감옥에서 데리고 나온 존재가 이 남자야.
자기를 주군이라고 부르랬어. 아마도 마룡왕인 것 같아.
나는 내일까지만 여기서 공연할 거야. 나를 데려갈 방법을 찾아 줘.」

"어떻게 하죠?"

해루가 조심스럽게 묻자, 지슈카는 주위를 살피며 조용히
의식으로 답을 주었다.

「그레트헨은 홀이 북궁의 감옥으로 데려갈 것이다.」

"감옥이라뇨."

「안전하다고 판단되기 전까지는 그대 곁에 둘 수가 없다.」

"……네. 할 수 없죠."

해루는 어쩔 수 없이 수긍했다. 지슈카의 판단이 맞았다. 완
전히 유주를 믿을 수 있을 때까지는 사소한 것 하나라도 경계
하는 것이 맞았다.

우울한 마음에 한숨을 내쉬는 그녀의 어깨를 지슈카가 가만
히 끌어안았다. 그리고 모든 것을 잊게 만드는 눈부신 미소를
지으며 그녀의 뺨에 키스를 했다.

"그대는 그저 즐기면 된다고 하지 않았나. 데이트의 밤이다."

"네."

해루는 기꺼이 호응하며 그의 뺨에 키스를 되돌렸다. 그러

다 뭔가 이상한 기분이 들어 그의 어깨 너머를 살폈다.

"……그런데요, 지슈카."

눈에 걸리는 누군가가 보인 것은 건너편의 테이블에서였다. 해루는 지슈카의 귓가에 대고 다급히 속삭였다.

"그 남자예요. 사진 속의 파란 눈."

객석 건너편에 앉아 있는 남자는 분명 그 남자였다. 셰이곤으로 추정되는 그 남자.

찰나의 순간 지슈카가 움직였다. 그와 동시에 희미한 푸른 빛이 마르가리타의 공간을 가득 메웠다. 관객들은 모르는 무거운 긴장이 공기 중을 팽팽하게 떠돌고 있었다.

지슈카는 보이지 않는 결계로 푸른 눈의 남자를 휘감으며 하늘로 공간을 옮겼다.

결계에 갇힌 남자는 이내 스스로의 형체를 해체했다. 인간의 몸이었던 형체가 일시에 검은 연기로 변하며 결계 안을 흩날려 떠돌았다. 하지만 검은 연기의 그 어떤 부분도 결계를 빠져나가지는 못했다.

검은 연기는 곧 지슈카를 공격해 오기 시작했다. 온몸을 휘감고 조여 오며 치명적인 독기를 뿜어냈다. 만약 순간적으로 방어막을 치지 않았더라면 꼼짝없이 당했을 강력한 독이었다.

검은 연기의 공격은 그것으로 그치지 않았다. 급격히 연기가 뭉쳐지더니 금세 수백 개의 검은 표창으로 변하며 일시에 날아들었다. 지슈카가 방어막에 박혀 들었던 그것들을 폭발시키자, 다시 검은 연기로 흩어지며 독기를 내뿜었다.

연기의 공격은 계속되었다. 표창에서 장검으로 창으로 모양을 바꿔 가며 날카로운 공격을 계속 해 왔다. 지슈카가 쳐 둔 방어막 또한 검은 연기의 독기에 계속 타들어 가고 있었다.

지슈카는 타들어 가는 방어막을 연신 복구해 가며 재빨리 손에서 푸른 불꽃을 피워 올렸다. 그것은 푸른빛의 강력한 전자기파가 되어 결계의 벽에 내쏘아졌다.

곧 전자기파로 형성된 수천의 번개가 결계 안을 내리치고, 이는 공기 중의 수증기를 응결시켜 비를 내렸다.

그리고 결계 안을 떠도는 검은 연기에 빠르게 빗방울이 스미기 시작했다. 검은 연기가 빗방울을 피해 미친 듯이 움직이자, 지슈카는 숨은 차원으로 공간을 연결해 그곳의 물을 더 불러들였다.

곧 결계 안의 공간이 물과 비로 가득 차 출렁이기 시작했다. 결국 검은 연기는 더 피할 곳을 찾지 못하고 물과 비에 녹아내리고 말았다.

지슈카는 검게 물든 물과 비를 찰나에 결빙시켜 버렸다. 물과 함께 얼어붙은 검은 연기의 형체에 불꽃을 날려서 일거에 먼지로 부숴 버렸다.

그러고도 성에 차지 않아서, 결계 안에 수많은 결계를 만들어 먼지로 흩어져 버린 놈의 흔적들을 낱낱이 분리해 놓았다.

싸움은 어렵지 않게 끝났다. 다만 놈의 본신을 불러들이지 못했다는 것, 그것이 문제였다.

검은 연기의 반응을 아무리 살펴도 본신과의 연결고리를 찾을 수가 없었다. 하니 놈은 언제고 또다시 모습을 드러낼 수 있을 터였다.

한데 연기로 인간의 몸을 만든다라.

지슈카는 생각지도 못했던 놈의 능력에 감탄을 금치 못했다. 저것이 마룡이 가진 진주의 힘일까.

가브리엘은 셰이곤이 여러 번 진주를 바꿨다고 했었다. 더 나은 진주로 바꿀 때마다 능력이 더욱 강해졌다고 했었지. 혹여라도 놈이 최고의 진주를 가지게 된다면 어떤 능력까지 지니게 될지 알 수 없는 일이었다.

삐이이— 삐이—

해루는 클럽의 화재경보기를 눌렀다. 혹시 모를 싸움에 대비해, 마룡이나 진주가 아닌 일반인들을 대피시키기 위함이었다.

사람들은 즉시 두 갈래로 나뉘었다. 비상구를 찾아 달리는 사람들과 그렇지 않은 존재들. 그리고 얼마 지나지 않아 남은 이들의 시선이 해루에게로 쏠렸다.

드라클의 표식은 없으니 마룡들이 분명할 터였다. 그런데 이상하게도 그 숫자가 많지 않았다. 기껏해야 열댓 명 정도.

이윽고 휼과 카린이 군사들과 함께 모습을 드러내었다. 그리고 클럽에 남은 마룡들을 대적하기 시작했다.

해루는 그 모든 상황에서 그레트헨의 움직임을 놓치지 않았다. 감시를 받고 있다는 것이 정말인 듯 연주자들과 함께 보통의 인간인 척 피신을 했다. 하지만 곧 휼이 그들을 뒤쫓았고, 얼마 지나지 않아 그레트헨을 확보하는 데 성공했다.

클럽에 남은 마룡과 진주들은 금세 군사들에 의해서 깡그리 재가 되었다. 싸움은 길지 않게 끝났다. 예상 밖으로 싱거운 싸움에 허탈해하는 군사들마저 있었다.

어딘지 찜찜함이 남는 싸움이라고 모두가 생각했다. 하지만 더 모습을 드러내는 마룡도 없었고, 목표였던 그레트헨도 확보했다. 그래서 문제 삼는 이들은 없었다.

지슈카는 곧 클럽으로 돌아왔다. 이미 정리된 상황을 보고받으며 해루에게로 다가갔다.

"어떻게 됐어요?"

그가 어깨를 감싸기 무섭게 해루가 물었다. 걱정 가득한 표정으로 묻는 사랑스러운 그 얼굴에 그는 키스로 화답하며 잘 끝났다는 언질을 주었다.

"본신은 찾지 못했다. 하나 인간체는 제거했으니 한동안은 힘을 쓰기 힘들 것이다."

신뢰 가득한 까만 눈동자에 안도의 빛이 차오르고 있었다.

그 모습이 지나치게 어여뻐, 그는 그길로 해루를 그곳에서 데리고 나오고 말았다. 그리고 바로 신방으로 공간을 이동해 버렸다.

드레스를 입은 그 모습을 보았을 때부터, 아니 신부복을 입은 그 모습을 보았을 때부터, 그의 머릿속엔 그저 해루를 침대에 눕히고 싶은 생각 하나뿐이었으니까.

"뒷일을 처리해야 하는 것 아니에요?"

갑작스레 공간을 옮긴 것에 당황했는지, 해루가 눈을 동그랗게 뜨며 물었다. 하지만 이미 흐르기 시작한 연용류는 그녀 또한 그를 원하고 있다는 사실을 분명히 해 주었다.

"나머지는 홀이 알아서 처리할 것이다. 필요하다면 전음을 보내올 테고. 데이트의 마무리는 제대로 해야 하지 않겠는가."

그는 그렇게 답하며 그녀의 입술을 키스로 막았다.

드레스의 지퍼를 내리는 손길이 분주했다. 여인의 몸을 탐하는 입술도 갈급했다.

그는 금세 해루의 옷을 모두 벗겨 버리고 나신으로 만들었다. 부끄러움에 엎드려버린 그녀의 등을 어루만지며 목덜미에 뜨겁게 입을 맞추었다.

찬란한 무지갯빛 사이에 반듯하게 드러난 등은 눈부시리만큼 희고 매끄러웠다. 목덜미에 돋아난 미세한 솜털이 빛을 받아 투명하게 빛났다.

그는 천천히 입술을 내렸다. 열망 어린 입술이 척추를 따라 내려올 때마다 그녀는 파르르 몸을 떨었다. 등을 어루만지던 손을 아래로 밀어 넣어 젖가슴을 어루만지자, 해루가 신음을 터뜨리며 허리를 휘었다.

그는 가느다란 몸을 뒤에서 더욱 바짝 끌어안았다. 손안에 꼭 들어오는 봉긋한 가슴을 거칠게 움켜쥐며 손가락으로 희롱했다. 정점의 돌기를 잡아당겼다가 손바닥으로 굴리기도 하고, 손톱 끝을 세워 자극하기도 했다.

그럴 때마다 그녀의 가슴은 점점 더 부풀었으며, 더한 자극을 원하는 것처럼 가슴 끝의 정점은 점점 더 꼿꼿하고 딱딱해졌다.

"아아…… 지슈카……."

그녀의 입에서 그의 이름을 부르는 달뜬 목소리가 흘러나오자, 그는 입술을 더 아래로 내렸다. 잘록한 허리선을 따라서 아래로, 더 아래로.

그의 입술이 동그란 엉덩이를 핥아 내리자, 해루는 자지러지는 비명을 지르며 허리를 휘었다. 그 모습이 너무도 어여뻐,

그는 양손으로 엉덩이를 움켜잡으며 아래로 혀를 움직였다.

"하웃……."

해루는 몹시 당황했는지, 뭐라 말을 하지도 못하고 이불을 움켜쥐며 신음만 삼켰다. 그는 흡족한 기분으로 혀끝을 세웠다. 이미 흠뻑 젖어 있는 다리 사이를 혀끝으로 문지르며 그녀를 더욱 흥분하도록 만들었다.

그가 엎드려 있는 그녀를 반듯이 돌려 눕혔을 때, 해루는 얼굴이 발갛게 상기되어 눈을 둘 곳을 찾지 못했다. 새하얗게 빛나는 가느다란 몸과 그를 향해 봉긋하게 솟은 아담한 가슴, 그의 애무에 상기된 분홍빛의 돌기가 모두 여신처럼 그를 유혹하고 있었다.

이성을 그대로 날려 버리는 그 모습에 지슈카는 불끈대는 남자의 욕망을 자제하느라 무던히 애를 써야 했다. 이성을 잃고 날뛰는 욕망대로 미친 듯이 행동했다간 그녀가 단번에 부서져 내릴 테니까.

그는 단단하게 혀를 세워 그녀의 입안 깊숙이 밀어 넣었다. 그녀의 혀를 갈급하게 탐하며 맹렬히 빨아 당겼다.

그녀가 품 안에서 조금이라도 떨어질 세라 허리를 끌어안은 팔에 단단히 힘을 주었다. 해루의 허리는 활처럼 휘어지고 봉긋한 가슴은 그의 가슴에 짓눌려 터질 듯 이지러졌다.

그는 욕망을 감추지 않은 채 맞닿은 해루의 몸을 거침없이 비볐다. 그녀의 입에서 신음이 터져 나오고, 그의 등을 어루만지던 손이 어찌할 바를 모르고 어깨를 움켜잡을 때까지.

그녀가 그를 어루만질 때마다 온몸의 근육이 요동을 쳤다. 용맥이 거침없이 꿈틀대며 욕망을 부추겨 대고 있었다.

그는 그녀의 아래로 손을 내렸다. 배꼽을 지나 수줍은 숲을 헤치며 미끄러지듯 들어가자, 해루가 부끄러움을 참지 못하고 다리를 모았다.

지슈카는 가만히 힘을 주어 그녀의 다리를 벌렸다. 몰아치는 흥분을 누르며, 뜨겁고 촉촉한 그 부분에 손바닥을 덮었다. 천천히 돌리기 시작하자 보드라운 속살이 그의 손안에서 이지러지며 아우성을 쳤다.

그는 손끝에 힘을 실으며 움직임을 더욱 빨리했다. 해루의 흥분이 고스란히 느껴지는 이 순간이 좋았다.

애액으로 젖은 그곳에 손가락을 밀어 넣자, 해루는 온몸을 파르르 떨며 그의 등을 있는 힘껏 움켜쥐었다. 부끄러운 듯 두 다리를 모았으나 그의 손을 밀어내지는 못했다.

그는 그녀의 안에서 천천히 손가락을 움직였다. 여린 살갗을 휘저으며 속도를 높였다가 간질이듯 천천히 움직이기도 했다.

"하웃. 지, 지슈카……."

흥분에 달뜬 해루의 얼굴이 달빛에 말갛게 빛났다. 초점을 잃은 까만 두 눈도, 숨을 할딱이며 도톰하게 벌어진 입술도 한없이 유혹적이었다. 지슈카는 그런 그녀의 모습을 샅샅이 눈에 담다 그녀의 귓불을 잘근잘근 씹었다.

목덜미에 짙게 입 맞추며 그녀의 몸 안에 묻은 손가락의 움직임을 더욱 빨리했다. 그의 손가락이 휘몰아치듯 그녀의 안을 휘젓자, 어느 순간 그녀의 안에서 달콤한 샘이 향긋하게 터지는 것이 느껴졌다.

"아악……."

더는 견디지 못한 해루가 비명을 내지르며 몸을 길게 떨었다. 지슈카는 그제야 그의 옷을 벗고서 그녀의 두 다리 사이에 자리를 잡았다.

그가 한참을 매만졌던 비밀스러운 속살이 그를 유혹하듯 파르르 떨리고 있었다. 참고 참았던 남자의 욕망이 해일처럼 그를 덮쳐오고 있었다.

지슈카는 더 참지 못하고 그녀의 안으로 그의 몸을 천천히 밀어 넣었다. 쾌락이 휩쓸고 간 해루의 몸은 맥없이 풀려 있었다. 그러다 그가 밀고 들어가자 움찔움찔 떨리기 시작했다.

마침내 그가 허리를 움직이기 시작하자, 해루의 몸이 가녀린 물결처럼 흔들렸다. 참고 참았던 그의 욕정은 그녀의 안에서 점점 더 불끈대며 크기를 키웠고, 그는 점점 더 격정적으로 움직이기 시작했다.

그녀와의 사이에 한 치의 틈도 용납하고 싶지 않았다. 그래서 그녀의 엉덩이를 움켜쥐며 힘껏 끌어당겨 안았다. 빈틈없이 맞물린 두 몸이 하나처럼 흔들리자, 해루가 날씬한 두 다리로 그의 허리를 휘감으며 매달렸다.

그의 움직임과 함께 그녀의 엉덩이도 매끄럽게 흔들렸다. 이 모든 순간이 사랑스러웠다.

어느덧 그의 움직임이 폭풍처럼 휘몰아치기 시작했다. 숨결도 한층 거칠어졌다. 해루는 고개를 뒤로 한껏 젖힌 채 그를 받아들였다. 작게 할딱이는 밭은 숨결이, 참지 못해 터져 나오는 작은 신음이, 쾌감으로 떨리는 가느다란 몸의 경련이 모두가 그를 흥분케 했다.

그는 그녀의 입술에 짙게 키스하며 그녀의 안에 길게 파정을 했다. 검은 눈동자에 번져든 붉은 빛을 아련하게 눈에 담으며.

"무슨 일이 있어도 너를 지켜 주겠다, 해루."

금세 그의 품에서 잠이 들어 버린 그녀의 귓가에 그가 나직이 속삭였다. 반드시 마룡의 영향력하에서 벗어나게 해 주겠다고 다짐하면서.

뎅뎅뎅.

자정을 알리는 시계 소리가 울리고 있었다.

드디어 하지였다. 그들이 정식으로 하늘에 부부가 되었음을 고할 시간이 코앞으로 다가오고 있었다.

❀

이시스가 하벨을 통해 지슈카에게 전언을 보내온 것은 새벽 3시쯤이었다.

급하게 당도한 하벨은 격식을 차리는 것조차 잊은 채 바쁘게 보고를 해 왔다. 드디어 성역을 복원할 방법, 신성한 호수의 탁기를 제거할 방법을 찾았다는 것이었다.

「여의주 다섯 개를 호수에 담가야 한다고 하옵니다.」

하벨은 지슈카가 모습을 드러내기 무섭게 그렇게 보고해 왔다.

하지만 지슈카는 큰 감흥을 얻지 못했다. 그의 보고가 그리 특별할 것 없는 것이, 여의주를 호수에 담그는 방법은 이미 오래 전에 시도해 본 것이었기 때문이다.

「이미 수십 개나 되는 여의주를 신성한 호수에 담갔다. 하나 아직껏 아무런 차도도 없지 않았던가.」

그의 말에 하벨이 고개를 끄덕이며 다시 말을 이었다.

「예. 소신도 알고 있습니다. 한데, 그것은 모두 망자들의 여의주가 아니었습니까. 망자들의 여의주는 용력이 거의 소진되어 효험이 없다 하옵니다.」

「하면 어떤 여의주가 필요하다는 건가.」

「현존하는 가장 강력한 여의주, 4해 용왕과 황제 폐하의 여의주가 필요하다는 전언입니다.」

하벨의 말에 곁을 지키던 근위대원들 사이에서 술렁임이 일었다. 현실적으로 가능은 하겠지만 무리수에 가까운 일이었기 때문이다.

「하면 용왕들과 황제 폐하의 여의주를 본신에서 떼어 놓아야 한다는 말인가. 그리하면 용력이 현저히 약해질 텐데.」

지슈카의 우려에 하벨이 다시 이시스의 말을 전했다.

「그렇기는 합니다. 하오나 1주일이면 신성한 호수의 성력이 회복될 것이니, 그 기간 동안만 그리하시면 된다 하였습니다.」

「알겠다. 마침 천신제에 모두 참가할 터이니, 황제 폐하께 말씀드려 보겠다.」

일단 황제만 동의하면 큰 문제는 없을 터였다.

한데 과연 황제가 동의를 할까. 여의주가 없는 용은 이무기나 마찬가지였다. 용력을 제대로 쓸 수 없는 것은 물론, 공간 이동 같은 소소한 일들에서조차 불편을 겪어야 했다.

그리고 만에 하나 그 1주일 사이에 마룡들이 공격을 해 오기라도 한다면. 천룡 측은 최강의 전력이 없는 채로 전투를 치러야 한다는 얘기가 되었다.

지슈카는 여러 가지 우려를 삭이며 하벨에게 더 전할 말은 없는지 물었다.

「있습니다. 그 다섯 개의 여의주를 신성한 호수에 담근 뒤, 반드시 잊힌 고대의 언어로 하늘에 정화를 요청해야 한다고 하였습니다.」

하벨은 그렇게 말을 전했다.

「잊힌 언어라. 그 내용이 구체적으로 어떤 것인가.」

「지금 이시스 신관께서 해독 중이십니다. 천신제 전까지 직접 가지고 오겠다 하였습니다.」

지슈카는 차근히 고개를 끄덕였다. 그리고 하벨에게 다시 명을 내렸다.

「그리 알고 있겠다. 그대는 다시 가서 이시스를 지키라. 만약 신관에게 무슨 일이 생긴다면 모든 게 허사가 될 터이니.」

「예, 전하. 그리하겠나이다.」

하벨은 곧 군사 몇을 더 데리고 황해로 떠났다. 푸르게 여명이 밝아오는 새벽, 강렬한 빛을 머금은 하지의 태양이 떠오르고 있었다.

＊

천신제가 열리는 북궁은 하루 종일 분주했다.

성역의 곳곳에 수천 개의 깃발이 서고 솟대가 솟았다. 새 나무가 자라기 시작한 성역의 숲은 용력으로 피워 올린 꽃으로 치장되었고, 신성한 호수엔 빛으로 만든 연꽃 수백만 송이가 떠다니고 있었다.

신성한 호수의 외곽엔 신탁을 받기 위한 크리스탈 장벽이 동서남북 4방향으로 높게 세워졌다. 그리고 그 가운데에 피라

미드 형태로 만들어진 제단이 설치되었다.

천신제는 1년의 꼭 절반, 하지의 해가 저물어 갈 무렵에 시작되어 자정이 되기 전에 끝난다. 이후의 3일 밤 3일 낮은 백성들 전체가 함께 모여 즐기는 축제의 기간이었다.

이때에 연분이 맺어지는 용들도 많아서 젊은 용들이라면 거의가 천신제 기간을 학수고대하고는 했다.

천신제가 한참 진행되어 가던 깊은 밤, 해루는 신부복을 차려입고 머리 장식과 패물로 치장한 채 모든 단장을 마쳤다. 그리고 북궁의 지슈카의 침소에 앉아서 그가 그녀를 부를 때를 기다리고 있었다.

침소의 크리스탈 벽면에선 지슈카가 그녀를 위해 준비해 준 영상이 흘러나오고 있었다. 천신제가 진행되는 것을 볼 수 있도록 성역의 모든 풍경들이 크리스탈 벽면에 비치고 있었다. 그가 배치해 준 근위대원인 벨라가 용족의 언어를 한국말로 번역해 주기도 했다.

천신제에 참석한 용족의 백성들은 족히 수십만 명은 되어 보였다. 모두가 용족답게 고귀하고 아름답고 신비로워 보였다.

"저분이 대신관이십니다. 하늘에서 내리는 신탁을 받는 의식입니다."

벨라가 제단에 무릎을 꿇고 한참을 앉아 있는 육중한 덩치의 남자를 가리키며 말했다.

백성들 모두가 조용히 그를 지켜보고 있었고, 대신관은 하늘을 향해 두 팔을 벌린 채 미동도 없이 앉아 있었다.

대신관은 그러고도 한참이 더 지난 후에야 자리에서 일어서서 하늘을 향해 세 번 절을 했다.

단검으로 자신의 손가락을 베어 피를 제단에 흩뿌리더니, 다른 손에 푸른 불꽃을 피워 올려 흩뿌렸던 피를 모두 재로 태워 버렸다. 그러자 제단의 주변에 핏빛과 푸른빛이 섞인 빛깔의 동그란 경계가 생겼다. 희미한 자줏빛의 경계였다.

"신탁이 내렸답니다."

대신관이 말하기 시작하자, 벨라가 바로 통역을 해 주었다.

모두가 엄숙한 얼굴로 대신관을 지켜보고 있었고, 그는 하늘의 뜻을 전하는 존재답게 아주 진중하고도 엄격한 얼굴로 말을 이어 가고 있었다.

"곧 마룡의 시간이 오게 된답니다. 용계에 피바람이 불게 될 거라 하고요. 원인은 마룡의 피를 가진 인간 때문이라네요. 몸에서 붉은 빛을 뿜어내는 것으로 그 불길한 존재를 알아낼 수 있답니다."

"아……."

생각지도 못했던 불길한 말들에 해루는 뭐라 할 말을 찾지 못하고 말았다.

마룡의 시간이라니. 그리고 그것이 붉은 빛을 뿜어내는 존재 때문이라니.

해루는 충격에 휩싸여서 어찌할 바를 몰랐지만, 그녀에 대해서 잘 알지 못하는 벨라는 그저 성실히 통역해 주기에 바빴다.

"그리고 태양에 문제가 생길 거라 합니다. 곧 지금의 붉은빛이 아닌 푸른빛이 될 것인데, 그때가 되면 지구 전체가 위험할 거라네요. 막을 수 있는 존재가 있다면 오직 세인트드래곤뿐이라고, 하니 반드시 세인트드래곤을 지켜야 한다고 합니다. 반드시 후사를 남겨야 한다고."

"아………그렇군요."

해루는 창백해진 얼굴로 간신히 고개를 끄덕였다. 무어라 할 말이 없었다. 그 누구도 아닌 자신 때문에 그런 엄청난 일들이 벌어질 거라니 끔찍하기 짝이 없는 말들이었다.

벨라는 그런 그녀를 흘끗 보더니, 나름의 해석을 하며 그녀를 위로했다.

"아. 지구 전체가 위험하다는 말에 놀라셨습니까? 불길하긴 하지만 신탁은 신탁일 뿐이에요. 대신관의 신탁은 절반의 확률입니다. 맞는 것도 있고 틀린 것도 있어요. 하지만 백성들은 아무래도 대신관을 신뢰하기 마련이죠."

화면 속의 대신관은 또다시 하늘을 향해 세 번 절을 하고 있었다. 그러자 자줏빛의 경계가 시리지는 것이, 신탁이 끝난 모양이었다.

백성들 사이에선 엄숙함과 함께 술렁임이 일고 있었다.

해루는 거울에 비친 자신의 모습을 보며 갈등하지 않을 수 없었다. 어느새 눈동자는 검은 부분보다 붉은 부분의 면적이 더 커져 있었고, 머리는 거의 절반 이상이 붉게 물들어 있었다. 피부는 유리처럼 창백해져 있어 1년 내내 햇빛을 보지 못하고 사는 사람 같았다.

"곧 북왕 전하의 반려 선택의 시간을 가지겠답니다. 신탁에 따라 훌륭한 혈통의 후계를 얻을 수 있는 여룡이면 더욱 좋겠다고 하네요."

벨라가 대신관의 말을 통역해 주고 있었다. 하지만 해루는 그 무엇도 귀에 들어오지 않았다. 이대로 지슈카의 반려가 되는 의식을 감행하는 것이 맞을지 크게 갈등이 일고 있었다.

마룡의 피. 붉은 빛. 불길한 존재.

「해루.」

의식 속에서 지슈카의 목소리가 울렸다. 하지만 해루는 바로 대답하지 못했다.

「준비가 되었나. 곧 그대를 부를 것이다.」

「해루.」

해루는 결국 답을 할 수가 없었다. 몸에서 붉은 빛이 피어오르고 있었기 때문이다.

의도치 않은 붉은 빛. 제어되지 않는 붉은 빛. 짙은 핏빛의 그 기운이 몸 전체를 불길하게 휘감아 돌고 있었다.

「해루. 무슨 일이지?」

계속해서 그녀를 부르는 목소리에 해루는 저도 모르게 뒷걸음질을 쳤다. 붉은 빛은 아무리 애를 써도 사라지지 않았고, 가시넝쿨 형태로 타오르는 불길은 몸을 옭죄는 사슬처럼 그녀를 더욱 칭칭 휘감아오고 있었다.

「해루.」

"……지슈카, 지금은 안 되겠어요."

해루는 밀려드는 두려움을 누르며 억지로 목소리를 내었다. 공간 이동 같은 거라도 할 수 있었다면, 아니 최소한 이 방에서 나갈 수만 있었다면 바로 도망을 쳐 버렸을 것이다.

제어할 수 없는 이 빛이 지난번처럼 숲을 다 태울 정도로 강력하게 번져 간다면 일은 걷잡을 수 없이 커질 테니까.

하지만 그녀는 그 무엇도 하지 못한 채 황망하게 서 있었다.

크리스탈 벽면에선 그의 반려가 되기를 원하는 여룡들이 아름다움을 한껏 뽐내며 그가 앉아 있는 옥좌 곁으로 다가들고 있었다. 모두가 고결하고 드높은 존재들로 보여서 스스로가 더욱 초라해지고 있었다.

「무엇 때문에 안 되겠다는 건가.」

지슈카의 목소리가 계속 울려 오고 있었다. 해루는 한참을 망설이다 어쩔 수 없이 사실대로 털어놓았다.

"……제게서 흘러나오는 붉은 빛. 아무리 애를 써도 제어가 되지 않아요. 지슈카의 반려가 되는 건 아무래도…….'

해루는 더 이상 말을 할 수가 없었다. 갑자기 나타난 지슈카가 광대한 푸른빛으로 그녀의 온몸을 온통 휘감았기 때문이다. 그녀에게서 흘러나오던 붉은빛은 지슈카의 빛에 가려 미미한 흔적조차 보이지 않았다.

"제어할 수 없는 그 빛이 나의 빛보다 강하리라고 생각하는가."

지슈카가 담담한 목소리로 물었다. 표정 하나 없는 굳은 얼굴이었다.

"……아뇨."

해루는 크게 고개를 저었다. 그 붉은빛이 얼마나 큰 에너지를 지녔든, 지슈카가 곁에 있다면 반드시 막아 줄 거란 확신이 있었기 때문이다.

"하지만 대신관의 신탁을 들었어요. 붉은 빛을 내는 인간이 불길한 존재라는 것."

"그런 신탁은 무시해도 된다. 대신관은 그리 신력이 뛰어난 자가 아니니."

푸른빛 속에서 그가 말했다. 냉정하고 단호한 목소리였다.

하지만 해루는 그렇게 받아들일 수가 없었다.

"지슈카에게 그렇게까지 짐이 되고 싶지는 않아요. 이미 인간인 것만도 엄청난 짐인데, 용계에 피바람을 몰고 올 불길한 존재라니……."

가라앉지 않는 붉은빛을 바라보며 해루는 그렇게 말할 수밖에 없었다. 다른 것도 아니고 가장 강한 용들의 왕, 그 반려가 걸린 문제였다. 그 어떤 용도 그런 존재를 왕의 반려로 받아들일 수는 없을 터였다.

하지만 지슈카는 물러서지 않았다. 그녀의 어깨를 감싸 안은 채, 무거운 목소리로 말을 이었다.

"알고 있는가. 그대가 아니었더라면 나는 이미 7년 전에 죽은 목숨이다. 세인트드래곤은 그때에 벌써 혈통이 끊겼을 테지. 하니 그대는 불길한 존재가 아니야. 분명 특별한 존재다."

"지슈카는 어떻게 그렇게 확신하는 거죠? 내가 무슨 일을 벌이게 될지 두렵지도 않냐고요. 붉은 눈, 붉은 머리. 마룡이 탐내는 진주. 그게 어떤 파국을 몰고 올지 걱정이 안 되냐고요."

결국 해루는 목소리를 높이고 말았다. 물러서지 않는 그가 답답해서, 그 애정이 너무도 깊고 아파서.

"내가 반드시 막을 테니까. 다시는 걱정 하나 하지 않도록, 그대에게서 마룡의 영향력을 완전히 뿌리뽑아 줄 테니까."

지슈카는 표정 하나 흔들림이 없었다. 무엇 하나 듣지 않겠다는 듯, 그녀의 몸을 가뿐히 안아 들면서 성역으로 이동할 채비를 했다.

"지슈카. 나는……."

"그것이 다인가. 주저하는 이유가."

"……네."

마지못해 흘러나온 그녀의 대답에 그가 미소를 지었다. 그리고 그녀를 양팔에 안아 든 채로 이내 공간을 이동해 버렸다. 그를 기다리는 수만의 용들이 가득한 성역으로였다.

푸른 에너지의 바람이 성역을 가득 메웠다. 그와 함께 성역은 크게 술렁이기 시작했다. 어느 순간 모습을 감췄던 지슈카가 웬 인간 여자 하나를 팔에 안고서 다시 나타났기 때문이었다.

그가 발하는 위용 찬 푸른빛이 성역 전체를 광대하게 휘감으며 널리 퍼져나가고 있었다.

검붉은 눈동자에 검붉은 머리를 한 인간 여자는 몸에서 붉은 빛을 내뿜으며 그의 팔 안에 창백하게 안겨 있었다. 새하얀 예복에 푸른 진주로 치장한 여자는 누가 보아도 혼례를 올릴 신부임이 명백해 보였다.

「전하! 어찌 이런 경거망동을 하시옵니까!」

대신관 뭄세스가 경악에 찬 얼굴로 외쳤다.

지슈카는 태연한 얼굴로 백성들을 향해 말했다.

「천신제의 밤에 반려를 선택하겠다고 하지 않았나. 이 여인이 내 반려가 될 존재다.」

「이, 인간 여자가 아닙니까.」

「용을 선택하겠다고는 하지 않았다. 반려가 될 존재를 선택하겠다고 했지.」

「어, 어찌 북왕께서 이러실 수가…….」

「북왕! 대체 어찌 이러시오!」

황제까지 뭄세스를 거들고 나서자, 백성들 사이에서 반대의 말들이 크게 터져 나왔다. 모여 있던 백성들은 너나 할 것 없이 이 충격을 감추지 못하고 있었다.

「세인트드래곤의 혈통을 잇는 일입니다. 북왕께선 지금 사해의 백성 모두를 기만하고 계십니다.」

고고한 목소리로 나선 사람은 황녀인 마리엘이었다. 모두의 추앙을 받는 그녀였기에, 백성들의 술렁임은 차츰 가라앉았다. 그녀가 북왕의 반려가 되기를 바라는 원하는 백성들도 많았기에, 무슨 말이라도 해서 북왕을 설득시켜 주기를 간절히 바라는 마음들이었다.

「인간 여자를 반려로 선택함으로 인해서, 용계는 세인트드래곤이라는 크나큰 전력을 잃게 됩니다. 마룡들과의 전투가 아직 끝나지도 않았습니다. 셰이곤은 물론, 수호주의 행방 또한 여전히 묘연하지요. 만에 하나라도 북왕께서 후사를 가지지 못한 채 세상을 떠나신다면 용계의 평화는 그날로 끝이 되어 버릴지도 모를 일입니다.」

백성들의 환호가 크게 일었다. 마리엘은 그러한 호응에 힘입어 한 발 더 나아갔다. 지슈카의 품에 안긴 해루를 가리키며 차분히 목소리를 높였다.

「게다가 모두 보셨습니까. 이 여자의 몸에서 나오는 붉은 빛을 말입니다. 이러한 붉은 빛은 마룡의 색이지요. 짙은 핏빛의 붉은색 말입니다. 그러니 신탁에서 말한 불길한 존재란 이 여자를 두고 하는 말이 아니었을까요?」

백성들 모두가 숨죽이며 마리엘의 말을 들었다. 뭄세스는 하늘을 향해 두 손을 꼭 모은 채, 간절히 기도하는 모양새를 취하고 있었다.

「예. 북왕께선 마음껏 혼례를 치르십시오. 하나 신탁은 거역할 수 없는 하늘의 뜻입니다. 곧 마룡의 시간이 오게 되고, 용계에 피바람이 불게 되겠지요. 고작 이 여자 하나 때문에요. 그 죄를 어찌 감당하려고 이러십니까.」

마리엘은 지슈카에게로 화살을 돌리며 질책을 했다. 황녀로서의 모양새가 다소 구겨지고 있었지만 그조차 신경 쓰지 않았다. 오로지 지슈카의 선택을 막겠다는 데에만 혈안이 되어 있었다.

지슈카는 그런 그녀를 냉랭하게 쏘아보았다. 붉은빛을 막기 위해 안간힘을 쓰고 있는 해루를 내려다보고는, 그녀를 안은 팔에 더욱 힘을 주며 변함없는 진실을 말해 주었다.

「황녀께선 지금 고작이라 하였습니까. 7년 전, 내 목숨을 구한 귀하고 귀한 여인입니다. 이 여인이 아니었다면 세인트드래곤의 혈통은 벌써 그때 끊겼겠지요.」

「북왕 전하의 생명을 구한 것은 감사한 일이나, 그것이 이 여자가 불길하지 않다는 걸 입증해 주지는 않습니다.」

마리엘은 물러서지 않았다. 더러운 것이라도 보듯 해루를 바라보며 자신의 뜻을 관철하려 들었다.

지슈카는 성역에 모인 백성들을 빙 둘러보았다. 그리고 왕으로서의 위엄을 내보이며 마리엘을 향해 말했다.

「그것은 내가 반드시 입증해 보이지요. 해루가 불길한 존재가 아닌 특별한 존재라는 걸.」

「어떻게 말입니까.」

「셰이곤을 처단하고 마룡을 절멸시킬 열쇠가 되어 줄 것입니다. 나의 반려가 말이지요. 게다가.」

지슈카는 잠시 말을 끊고 하늘을 향해 기도하고 있는 뭄세스를 쳐다보았다.

「뭄세스가 받은 신탁이 모두 들어맞았던 적이 단 한 번이라도 있었습니까.」

「그, 그것은…….」

「1만 년 전의 전쟁 때, 뭄세스는 용들의 승리를 예언했습니다. 1천 년 후에는 곧 성역을 회복할 것이라 장담했지요. 그런데 과연 그랬습니까. 그것이 내가 아는 뭄세스의 신탁입니다. 중요한 일에선 모두 어긋났지요.」

그의 말에 하늘을 향해 손을 모으고 있던 뭄세스가 당혹 가득한 얼굴로 그들을 바라보았다.

「지금 전하께오선 제 신탁을 의심하시는 겁니까. 7일 낮 7일 밤을 금식하고, 삿된 것들을 멀리하여 정갈히 받은 하늘의 성스러운 뜻입니다. 제 신탁이 만약 어긋난다면 그것은 용들이 하늘의 계율을 범하여…….」

「제가 받은 신탁은 다르옵니다.」

그때 깔끔하고 단정한 젊은 여자의 목소리 하나가 끼어들었다.

방금 전까지도 아무도 없던 자리에 홀연히 나타난 그녀는 성스러운 흰빛에 아득하게 감싸여 있었다. 이시스였다.

갑작스럽게 등장한 그녀를 백성들은 놀란 눈길로 쳐다보고 있었다.

「다녀왔습니다, 북왕 전하.」

이시스는 천천히 자리를 옮겨 지슈카의 곁으로 다가오며 인사를 건넸다. 그리고 황제에게 예를 갖춰 절한 뒤 그에게 보고를 해 왔다.

「성역을 복원할 옛 언어의 해독을 모두 마쳤습니다. 그리고 옛 황궁터에서 우연히 신탁을 받게 되었지요. 이것이 그 증표입니다.」

그녀의 손목엔 팔찌처럼 손목을 감으며 가느다랗게 회전하는 자주색의 빛이 희미하게 빛나고 있었다.

나이 지긋한 백성들 사이에서 탄성이 터져 나오고 있었다. 전통적으로 하늘의 뜻을 받은 이에게 나타난다는 신탁의 표식이었다. 그리고 최근 2만 년간 그들은 그 표식을 구경해 본 적이 없었다. 그것이 이시스에게 나타난 것이었다.

「이시스! 견습 신관 주제에 네가 감히!」

분에 못 이긴 뭄세스가 이시스에게 다가서며 그녀를 밀쳤다. 가느다란 몸이 잠시 휘청했지만, 이시스는 개의치 않고 계속 말을 이었다.

「제가 받은 신탁에선, 태양이 빛을 잃은 흑암의 밤이 올 거라 하였습니다. 그때 핏빛의 여인 하나가 낙룡들을 살리게 될 거라 하였지요.」

「핏빛의 여인이 낙룡을 구한다는 게 무슨 뜻인가.」

「그것까진 저도 알지 못합니다.」

지슈카가 물었으나, 이시스는 자세한 대답을 피했다. 대신 다급한 목소리로 은밀히 전음을 보내왔다.

「전하, 어서 결계를 치십시오. 시간이 없습니다. 자정이 오기 전에 혼례를 마치셔야 합니다. 신탁을 받은 자의 자격으로 제가 주재하겠습니다.」

지슈카는 달을 보며 시간을 확인했다. 벌써 자정이 얼마 남지 않은 시간이었다.

지슈카는 바로 투명한 결계를 쳤다. 온 백성이 볼 수 있도록 투명한 장막을 만들어 그 안에 이시스와 해루를 내려놓았다.

이시스는 바로 정화수와 합환주를 불러들여 혼인의 채비를 갖췄다. 그리고 곧바로 의식을 시작했다.

「삼가 하늘에 고하노니, 성스러운 부부의 연을 맺게 하여 주소서.」

혼례를 시작하는 이시스의 말이 시작되기 무섭게, 해루의 몸에서 붉은빛이 요동을 쳤다. 제어되지 않는 붉은빛은 지슈카를 향해 날카로운 가시로 공격해 들어가며 그의 몸을 파고들려 애썼다.

해루는 의지에 의지를 더해 가며 붉은빛을 다잡기 위해 애를 썼지만 모두 소용이 없었다.

다행히 지슈카의 푸른빛은 그 붉은빛을 밀어내고 감쌀 만큼 강하고 거대했다. 붉은빛이 수십 개의 날카로운 창처럼 밀고 들어가면, 지슈카의 푸른빛이 파도처럼 밀고 들어오는 형국이었다.

식이 계속 되는 동안 결계 안에선 밀고 밀리는 빛의 싸움이 계속되고 있었다.

「해루. 붉은빛은 내가 제어할 테니, 그대는 다른 생각을 하라.」

의식 속에서 자상한 지슈카의 말이 울렸다.

"무슨……."

「그토록 고대했던 혼례의 날이 아닌가. 좋은 생각만 해도 모자란 날이다.」

"아아······."

「싸움은 내가 할 테니, 그대는 사랑만 생각하면 된다. 내가 그대를 안을 때 어떤 느낌이었는지, 내가 그대에게 키스할 때 그대는 어떠했는지, 내가 그대를 품을 때 그대는 어찌하였는지······.」

그렇게 말해 주는 지슈카의 눈빛이 더없이 자상하고 따사로웠다. 넘치도록 아름다웠다.

머릿속에 울리는 지슈카의 목소리를 들으며 해루는 생각하고 또 생각했다. 아니 생각할 필요조차 없었다. 애쓰지 않아도 모든 것이 흘러넘치듯 자연스레 떠올랐으니까.

그의 키스는 다정하면서도 격렬했으며, 관계를 가질 때는 더없이 열정적으로 그녀를 탐했으며, 세상 가장 귀한 존재처럼 그녀를 아끼고 지켜주었다.

그녀가 아는 지슈카는, 그녀가 느끼는 지슈카는······.

'그대에게 준 것이 정녕 머리핀뿐이라고 생각하는가.'

'그 모든 게 내 마음이었다. 그대가 통째로 가져가 버린.'

'내가 반드시 막을 테니까. 다시는 걱정 하나 하지 않도록, 그대에게서 마룡의 영향력을 완전히 뿌리 뽑아 줄 테니까.'

유리 다루듯 섬세하게 그녀를 매만지던 손길, 뜨겁게 입술을 파고들던 격렬한 키스, 북해를 닮은 깊고 푸른 눈동자와 유려한 미소······.

그에 대한 사랑이 차고도 넘쳐, 생각이 꼬리에 꼬리를 물고 이어지던 순간이었다.

어느 순간, 붉은빛과 푸른빛의 기 싸움이 계속 되던 투명한 결계 안에 또 다른 빛이 비치기 시작했다.

찬란하고 찬란한 무지개의 빛. 연을 맺는 용들 사이에서만 흐른다는 찬연한 그 빛. 희미하게 시작된 연용류가 어느새 결계 안에 가득 흘러들고 있었다.

그와 함께 격렬하게 기 싸움을 펼치던 두 색깔의 빛이 뒤섞이기 시작했다. 해루의 붉은빛과 지슈카의 푸른빛이 차츰 하나로 뒤섞이며 선명한 보랏빛으로 요동치고 있었다.

결계 안은 세 가지 빛이 맹렬히 뒤섞여 독특한 빛깔로 가득차고 있었다. 짙은 보랏빛에 연용류의 무지갯빛 반짝임이 더해진 환상적인 보라색, 신비로움을 넘어서 찬탄을 자아내는 경이로운 보라색이었다.

웅성거리며 지켜보던 백성들 사이에 잠시 고요가 일었다. 모두를 압도하는 그 빛깔에 그 누구도 입을 열지 못하고 있었다. 용들조차 흔히 볼 수 없는 장엄한 광경이었기 때문이다.

그때 나이 많은 노룡 하나가 문득 떠오른 듯 외쳤다.

"저것은 수호주의 빛깔이 아닌가!"

오래전에 사라진 수호주를 기억하는 노룡이었다. 누군가가 동의하는 듯했고, 누군가는 감탄을 하기에 바빴다. 하지만 더 이상 이 혼례에 반기를 드는 이들은 없었다.

그리고 혼례가 열리는 투명한 결계 주위로 형형색색의 장미가 자라나기 시작했다. 노란색, 핑크색, 산호색, 붉은색······ 수많은 장미들이 순식간에 결계를 에워싸며 거대한 군락을 이루었다.

'전통적으로, 중요한 맹약은 반드시 장미 그늘 아래서 맺는다고 하지.'

해루는 오롯이 그녀만을 눈에 담고 있는 지슈카를 바라보며 저도 모르게 흘러나온 눈물을 훔쳤다. 결계 안은 여전히 무지갯빛이 뒤섞인 찬연한 보랏빛이 요동치고 있었으며, 둘은 격렬한 에너지의 흐름 속에서 서로에게 시선을 고정하고 있었다.

"나, 지슈카 세인트드래곤은 평생 오직 그대만을 마음에 담고 사랑할 것을 하늘에 맹세한다. 혼신을 다해 그대를 보호하고 지킬 것이며, 반려로서 할 수 있는 그 모든 것을 다할 것이다."

"나, 윤해루는 평생 오직 지슈카만을 마음에 담고 사랑할 것을 하늘에 맹세합니다. 혼신을 다해 당신을 보호하고 지킬 것이며, 반려로서 할 수 있는 그 모든 것을 다하겠습니다."

둘은 정화수를 불러들여 피로 맹약을 맺었으며, 합환주를 나눠 마시고 하늘에 부부가 되었음을 정식으로 고했다.

결계 안에서 모든 의식이 끝났을 무렵, 백성들은 더 이상 북왕의 혼례에 대해 문제 삼지 못했다. 아니, 문제 삼는 이들은 많았지만 크게 영향을 미치지 못했다.

모두가 수호주의 빛깔을 띠었던 경이로운 보랏빛과 형형색색의 장미들, 반려가 된 인간 여자를 안고 당당히 침소로 돌아가던 북왕의 모습만을 기억했다.

천신제의 막은 그렇게 내렸다. 아니, 그렇게 내렸다고 모두들 생각했다. 그리고 3일 밤 3일 낮의 축제가 시작되었다.

11. 흑암의 밤

「그것이 무슨 말인가. 용왕들의 여의주를 신성한 호수에 담가야 한다니.」

황제가 이시스를 향해 묻고 있었다.

「1주일간입니다. 호수의 정화를 위해 더 나은 방법은 없습니다.」

이시스는 공손하나 단호한 어투로 황제에게 답을 주었다.

「그 1주일 동안 여의주가 마룡들의 탁기로 다 망가져 버리는 건 아닌가.」

「신성한 호수가 정화된다면, 그 힘으로 반드시 여의주의 영력도 회복될 것입니다. 아니, 이전보다 더욱 효력이 강해질지도 모르지요.」

천신제가 끝난 축제의 밤, 북궁의 귀빈실에선 4해 용왕과 황제가 모여 앉아 의논을 하고 있었다. 이시스가 제시한 신성한

225

호수의 정화 방법에 대한 내용이었다.

대신관 뭄세스도 곁에 있었지만 그는 이 일에 대해 어떤 의견도 내놓지 않고 있었다.

「혹 기억의 서판을 알고 계십니까.」

생각지도 못한 이시스의 말에 황제가 눈을 가늘게 떴다. 용들의 잊힌 역사가 새겨져 있다는 태고의 서판, 이시스는 수만 년 전에 소실되어 아무도 그 내용을 알지 못한다는 그 서판에 대해서 말하고 있었다.

「들어는 보았네.」

「그 조각의 일부를 찾았습니다.」

이시스는 손에 푸른 불꽃을 피워 올려 손바닥 크기의 에메랄드 조각 하나를 불러들였다. 태고의 언어로 새겨진 그 서판의 조각을 그녀는 공손히 황제에게 바쳤다.

황제는 놀란 눈으로 에메랄드 조각을 보고 또 보았다. 수만 년 동안 그 어떤 용도 찾지 못했던 서판의 조각이었기 때문이다. 물론 거대하고 거대하다는 전체의 서판은 아니었지만, 그 일부 조각을 찾은 것만으로도 크나큰 성과였다.

「정녕 이것이 그 서판의 일부란 말인가.」

황제가 믿을 수 없다는 표정으로 묻자, 이시스가 침착하게 대답했다.

「예. 제게 내려진 신탁의 증표, 손목의 자줏빛 띠가 이 서판의 조각으로 저를 이끌었나이다. 그렇지 않았더라면 결코 찾아내지 못했을 겁니다.」

「무어라 새겨진 건가.」

「태초의 용신인 티아마트의 말씀 같습니다. 호수가 성스러움을 띠길 원한다면, 가장 귀하고 가장 강력한 다섯을 일곱 날 동안 호수에 바치라 하였습니다. 그리고 신성한 호수의 이름이 바로 '티아마트의 진주'이지요. 아마도 가장 강력한 여의주 다섯을 호수에 바치라는 의미일 것입니다.」

이시스의 설명이 끝나고도 황제는 침묵을 지켰다. 한참을 생각하는 듯하더니, 그녀를 향해 엄혹한 목소리로 물었다.

「만일 그대의 해석이 틀렸다면 어찌할 텐가.」

「제 여의주를 내놓겠습니다. 신력은 물론 기본적인 용력조차 박탈되겠지요.」

이시스는 한 치의 망설임도 없이 대답했다.

고개를 끄덕인 황제가 다시 뭄세스에게 물었다.

「대신관은 어찌 생각하는가.」

「이시스의 말에 일리가 있는 듯하옵니다.」

뭄세스는 이시스를 향해 날 선 시선을 보냈지만 그녀의 의견을 반박하고 나서지는 않았다. 신탁의 표식을 지닌 그녀의 말에 토를 달 배짱까지는 없었기 때문이다. 후일 일이 잘못되더라도 자신이 책임질 일은 없기 때문이기도 하였다.

「좋네. 하면 그리해 보도록 하지. 어차피 7년이나 뾰족한 수가 없었던 상황이 아닌가.」

황제가 마침내 고개를 끄덕이며 이시스의 제안을 수락하자, 긴장 가득했던 귀빈실의 공기가 조금 풀어지는 듯했다.

「예. 마침 축제의 밤이니 백성들이 보는 앞에서 성대히 행사를 치를 수 있을 것입니다.」

「대신관은 지금 바로 행사를 준비하라.」

「예, 폐하. 그리하겠나이다.」

뭄세스가 기다렸다는 듯 말했다. 비록 서판을 찾아온 것은 이시스였지만, 행사를 주관하는 것은 대신관인 그의 몫이었기 때문이다.

축제의 분위기가 한껏 달아오른 새벽, 성역에선 더욱 성대한 행사가 열려서 축제의 기운을 한층 무르익게 하고 있었다. 가장 강력한 여의주를 신성한 호수에 담그는 행사였다.

4대 용왕과 황제의 여의주를 직접 볼 수 있는 기회가 왔다는 것에 백성들은 크게 환호하고 있었다.

서해 용왕과 동해 용왕이 먼저 본신의 여의주를 소환했다. 찬란한 푸른빛을 뿜는 거대한 구체가 숨은 공간을 나와 호수 위로 떠오르자, 여기저기서 탄성이 크게 일었다. 두 용왕의 여의주만으로도 벌써 북해빙성을 넘어 멀리 너른 바다까지 광대한 푸른빛이 번져 가고 있었다.

남해 용왕의 여의주는 밝은 하늘빛에 가까운 푸른색이었으며, 황제의 여의주는 옅은 금빛이 도는 짙은 푸른색이었다. 두 여의주가 소환되자, 청금빛의 하늘이 보이지 않을 정도로 광활한 푸른빛이 세상을 온통 가득 메웠다.

마지막으로 소환된 것은 세인트드래곤의 여의주였다. 북해를 닮아 얼음처럼 차가운 푸른빛을 띤 여의주는 수천수만의 번개를 일으키며 소환되었다. 지슈카의 여의주는 먼저 소환되었던 네 개의 여의주를 모두 뒤덮을 정도로 창대한 푸른빛을 발하고 있었다.

의식은 다섯 개의 여의주를 차례로 호수에 넣는 것으로 시작되었다. 장엄하게 울리는 음악 속에서 용왕들의 여의주가 먼저 호수에 담가졌다.

그리고 마지막으로 황제의 여의주가 호수 속으로 들어가자, 신성한 호수는 거대한 푸른빛으로 가득 차 검붉은 물빛이 제대로 드러나지도 않았다.

만약 이시스의 해석대로만 된다면 일주일 안에 신성한 호수의 탁기가 모두 제거되고 본래의 물빛인 무지갯빛을 되찾을 지도 모를 일이었다.

여의주가 모두 호수에 담기자, 이시스는 서판에 새겨진 태고의 언어를 읽으며 하늘에 간청하는 기도를 올렸다. 북소리가 점점 세차지고, 깃발을 흔드는 기수의 손놀림도 점점 빨라졌다.

의식이 정점을 향해 가고 있었다. 그에 따라 물 위에 떠 있던 여의주들이 차츰 물 아래로 침잠해 들어가기 시작했다.

여의주들이 마룡들의 탁기를 빨아들이며 점점 아래로 가라앉자, 푸른빛은 점차 그 자취를 감추어 갔다. 마지막으로 모든 여의주가 호수의 밑바닥까지 가라앉았을 땐 푸른빛이 흔적도 없이 사라져 버렸다. 그리고 호수는 다시 마룡의 탁기로 가득한 검붉은 빛으로 가득 찼다.

지켜보던 백성들은 이제 환호 대신 하늘에 간곡한 기도를 올렸다. 앞으로 일주일. 그 안에 신성한 호수가 다시 본래의 성력을 되찾기를 간절히 기원할 뿐이었다.

✸

해루는 평범한 백성의 옷을 입은 지슈카와 축제의 현장을 돌아다니고 있었다. 중요한 일들을 모두 마친 지슈카가 이제는 축제를 즐기자고 말해 주었기 때문이다.

둘은 춤을 추는 백성들 사이에서 함께 춤을 추기도 하고, 곳곳에 차려진 만찬 테이블에서 이런저런 음식들을 맛보기도 했다. 진귀한 물건들을 판매하는 좌판에서 작은 장신구를 구매하기도 했다.

둘 모두 평범한 차림이었지만, 둘을 몰라보는 이들은 없었다. 검붉은 눈에 검붉은 머리를 한 인간 여자와 사해의 백성이라면 누구나 추앙하는 북왕이었다.

어느 곳을 가더라도 눈에 띌 수밖에 없었다. 하지만 지슈카도 해루도 전혀 개의치 않았다. 그런 것까지 신경 쓰기엔 서로에게 눈길을 두기만도 바빴기 때문이다.

"그런데 여의주를 몸에서 떼어 놔도 괜찮은 거예요?"

거리를 걷던 해루가 문득 생각나서 물었다. 지슈카는 싱긋 웃으며 고개를 저었다.

"괜찮지 않다."

"그죠. 만약에 누가 공격이라도 해 오면 어떻게 되는 거예요? 예를 들어 마룡 같은."

"다치는 수밖에 없지."

당연한 듯 흘러나온 지슈카의 말에 해루는 눈을 동그랗게 떴다. 여의주를 내어놓는 일이 그렇게까지 위험한 일인 줄 알지 못했기 때문이다.

"정말이요?"

"전부 정말은 아니다. 인간체는 다칠 수 있지만, 본신은 다르지. 본신을 소환하면 웬만한 마룡들은 대적할 수 있다."

"아아."

"하지만 인간체가 훼손된다면 본신의 타격도 크지. 그러니 누군가가 반드시 인간체를 지켜 줘야 문제가 생기지 않는다."

"그렇군요."

해루는 그제야 상황을 이해하고 고개를 끄덕였다.

"만약에 본신으로 싸워야 할 일이 생긴다면, 해루."

빙그레 웃으며 그녀의 뺨을 잡아당기던 그가 말했다.

"네."

"내 인간체는 그대에게 맡기겠다. 반드시 지켜 주도록."

"휼이 아니고요?"

"물론 휼이 알아서 하겠지. 하나 내 목숨은 그대의 몫이란 뜻이다."

지슈카는 그렇게 말해 왔다.

무겁고 무거운 말이었다. 물론 짧은 일주일 새에 무슨 큰일이 벌어지리라고 생각하는 것은 아니었지만. 정식으로 부부가 되었으니 당연한 말인지도 몰랐다.

"한데 그대는 춤을 더 배워야겠어."

지슈카가 걱정스레 쳐다보는 그녀의 등을 감싸 안으며 장난스럽게 웃었다. 그리고 한창 춤판이 벌어지고 있은 모닥불가로 그녀를 이끌었다.

용들의 춤은 굉장히 유연하고 부드러웠는데, 뻣뻣한 몸치인 그녀로서는 그 움직임을 따라가기가 몹시 힘이 들었다. 하지만 지슈카는 그녀가 춤추는 걸 아주 좋아하는 것 같았다. 함께 춤을 추는 내내 입가에서 미소를 거두지 않았다.

그레트헨은 인상을 찌푸리며 감옥 밖에서 자신을 지키고 있는 군사들을 살피고 있었다.

바깥에선 축제의 소음이 한창이었다. 현란한 음악과 천룡들의 웃음소리, 술잔이 부딪치는 소리며 북해의 바람소리까지, 들려오는 모든 소리가 신경을 긁었다.

「준비는 되었나, 그레트헨.」

머릿속에서 셰이곤의 목소리가 울렸다. 자신을 주군이라고 부르라던 그 존재는 검은 연기의 형태로 그녀의 심장에 스며서 명령을 내리고 있었다.

어떻게 해서 그렇게 되었는지는 알지 못했다. 공연 전에 의식을 잃었다가 깨어나 보니 은색 머리에 잿빛 눈을 한 미남자가 눈앞에 있었고, 자신이 지난번과 같은 주군이라고 했다.

남자는 그 능력을 보여 주듯 검은 연기 형태로 몸을 해체했으며, 검은 연기가 다시 은발의 남자로 변모하기도 했다.

남자는 그녀가 천룡들에게 잡혀 올 계획이었던 것까지 상세히 알고 있었다. 그리고 검은 연기 형태로 자연스레 그녀의 심장에 스몄다. 그러니 모습은 좀 달라졌어도 분명 주군이 맞았다.

셰이곤.

이름을 묻는 그녀에게 그가 답한 이름은 그랬다. 마룡의 왕다운 격조 있는 이름이라고 그녀는 생각했다.

마룡이니 천룡이니 했던 건 해루의 말이 맞았다. 하지만 그런 건 이제 더 이상 중요치 않았다. 그녀는 이미 이 매혹적인 주군의 존재에 깊이 빠져 있었고, 셰이곤 없이는 살아갈 수조차 없게 되었다. 게다가 해루와 지슈카는 나디르의 원수였다.

「지금이다, 그레트헨.」

머릿속에서 또다시 셰이곤의 목소리가 울렸다. 그와 함께 심장에 격렬한 통증이 느껴지기 시작했다.

"우욱!"

그레트헨은 심장이 울컥거리는 것을 느끼며 발작을 일으켰다. 가슴을 미친 듯이 움켜쥐며 피를 토했다. 뭉클한 핏덩이가 바닥에 쏟아졌고, 셰이곤이 깃든 검은 연기가 그 속에서 피어 올라 바닥에 가루로 흩어졌다.

"아악! 도와줘요! …… 나 좀 살려…… 아악!"

그녀의 비명에 군사들이 달려왔다. 하지만 누구 하나 도움 의 손길을 내미는 이는 없었다. 그도 그럴 것이 절대 그녀에게 접근하지 말라는 지슈카의 엄명이 있었기 때문이다.

"언니 좀 불러 주세요. 해루…… 해루를 불러 주세요!"

군사 하나가 어디론가 보고를 하는 듯했다. 하지만 해루는 바로 달려오지 않았다.

그레트헨은 초조함을 감추며 연기를 계속했다. 계획대로 계 속 피를 토하며 해루를 찾았다.

감옥 안의 결계는 지난번과 달랐다. 한층 강화되어 있어서 연기로 변한 주군도 빠져나갈 수가 없는 것 같았다. 대신 검은 가루로 흩어진 주군에 힘에 의해서 바닥이 조금씩 타들어 가고 있었다.

"아악! 도와줘요! 나 좀 살려 줘요!"

군사 하나가 감옥 문을 연 것은 그녀가 한참이나 피를 토하 고 나서였다. 누군가의 허락이 있었는지, 문을 열고 들어와 그 녀의 상태를 확인했다.

셰이곤은 그 틈을 놓치지 않았다. 문이 열리자 결계에 그만큼의 틈이 생겼고, 그는 검은 연기 형태로 그 틈을 빠져나갔다. 찰나의 시간을 이용해 그레트헨을 공간이동 시키는 것도 잊지 않았다.

검은 연기로 떠다니던 셰이곤은 성역의 가장자리에 자리를 잡고 결계를 쳤다. 축제가 열리는 곳의 반대편, 아직 복원이 되지 않아 여전히 어둡고 음산한 곳이었다.

예상했던 대로 감시망은 한층 느슨해져 있었다. 축제의 분위기에 취해서 이곳까지 경계를 하는 군사들은 없었다. 눈에 보이는 몇몇은 술과 음식을 즐기며 한껏 유흥에 들떠 있었다. 강력한 결계의 힘을 믿고 있으니 당연한 일일 터였다.

그레트헨은 의식을 잃은 채 바위에 기대 앉아 있었다. 무슨 일이 일어날지도 모르는 채, 그의 미혹에 취해서 헤어날 줄을 모르는 여자였다.

그는 연기로 흩어졌던 몸을 다시 인간의 형체로 모았다. 은색의 머리에 잿빛 눈을 한 키 큰 미남자였다.

셰이곤은 그레트헨의 심장에 천천히 손을 밀어 넣었다. 1000년에 한 번 있는 신성한 하지의 밤, 드디어 두 번째로 특별한 진주가 완성되었다.

물론 가장 특별한 진주는 해루였지만, 지슈카가 곁에서 버티고 있는 바람에 아직 손에 넣기는 무리수가 너무 컸다.

그는 심장 깊숙한 곳을 더듬어 진주가 자리한 곳을 찾았다. 그레트헨은 의식을 잃은 상태에서도 고통을 느끼는지 몸을 움찔거렸다.

마침내 손끝에 동그란 진주의 형태가 느껴지자, 셰이곤은 천천히 그것을 손에 쥐고 그레트헨의 심장에서 빼내었다. 흑주술로 뒤덮인 그것은 아직 검은 연기로 뒤덮여 있었다.

그런데 그가 몇마디 주술을 외우며 손을 가져다 대자 짙은 핏빛으로 변모했다.

형체는 있지만 액체도 기체도 아닌 몽환적인 물질. 인간의 기술로는 어떤 장비를 동원해도 알아볼 수 없는 에너지적인 물질. 그것이 그들의 진주였다.

셰이곤은 특별한 핏빛의 진주를 자신의 심장으로 밀어 넣었다. 그리고 이전까지 쓰고 있던 진주를 빼내서 그레트헨의 심장에 넣어 주었다. 제법 쓸 만하지만 막강하지는 못한 진주. 그레트헨에게로 간 그 진주는 이제 다른 수하의 차지가 될 터였다.

「바욘.」

그는 축제에 미리 잠입시켜 둔 그의 수하 하나를 전음으로 불렀다. 바욘은 나디르의 곁에 두어 놈을 감시하도록 했던 그의 충복이었다. 펄피셔들의 우두머리인 나디르는 언제고 최고의 진주를 빼돌릴 수 있는 위치에 있는 자였으니까.

비록 나디르는 잃었지만 바욘과 진주들은 여전히 그의 손에 있었다. 셰이곤은 그것으로 나디르의 공을 치하하며 그의 죽음을 애도했다.

「예. 주군.」

「상황이 어찌 돼 가고 있나.」

「용왕들이 여의주를 모두 호수에 넣었습니다. 황제까지도요.」

「그것 참 기대치 않은 희소식이군.」

「그만큼 우리를 얕본 것이 아니겠습니까.」

「속단은 금물이다, 바욘. 들키지 않도록 계속 경계를 강화하라.」

「예, 주군.」

셰이곤은 바욘의 말을 들으며 주위의 동태를 살폈다. 검은 연기로 다시 모습을 변모하고는 성역의 바닥을 이리저리 흘러 다니며 군사들을 하나하나 훑어보았다.

그러다 눈에 들어오는 장면이 있어 움직임을 멈췄다.

「하벨. 북왕 전하께서는 어디 계시는가?」

누군가가 군사 하나를 붙들고 다급히 묻고 있었다.

북왕.

원하던 단어가 들리자, 셰이곤은 재빨리 검은 연기 형태로 그자에게 스몄다. 하벨이라 불린 그 군사에게로였다.

질 높은 진주를 가진 마룡들이 얻을 수 있는 가장 큰 힘은 이것이었다. 인간을 넘어서 천룡에게까지 스며들 수 있다는 것. 놈들의 심장을 장악해 마룡의 기운을 감춘 채 천룡을 마음 대로 움직일 수 있다는 것.

그리고 그렇게 축제에 잠입한 수하들이 벌써 수십이었다.

❀

"와아!"

깊어가는 새벽, 북해빙성의 하늘에선 축제의 불꽃놀이가 한 창이었다.

해루는 하늘을 수놓는 형형색색의 불꽃을 바라보며 탄성을
감추지 못했다.

수많은 용들이 손에서 저마다의 불꽃을 피워 올려 하늘을
향해 날려 보내고 있었다. 본래의 푸른빛에 약료를 섞어서 노
란 불꽃을 만들기도 하고, 녹색이나 핑크빛의 불꽃을 쏘아보내
기도 했다.

다채로운 빛깔의 불꽃이 조화롭게 뒤섞여 하늘을 수놓는 장
면은 정말이지 장관이었다.

"그대도 해볼 텐가."

지슈카가 투명한 약료를 건네며 지그시 웃었다.

해루는 고개를 끄덕이며 약료를 받아 들었다. 손에서 붉은
불꽃을 피워 올린 뒤 조심스레 약료를 섞어 보았다. 그러자 불
꽃의 색이 금세 보랏빛으로 변했다.

"와아. 색이 막 변하네요."

"불꽃놀이의 백미지."

"너무 아름다워요."

신비로운 빛깔에 탄성을 흘리며 그녀는 하늘을 향해 보랏빛
불꽃을 쏘아 보냈다. 용들이 올려 보낸 수많은 불꽃들에 뒤섞
여 그녀의 불꽃도 아름답게 빛을 발했다.

해루는 신이 나서 계속 불꽃을 쏘아 올렸다. 본래 그녀의 불
꽃색인 붉은빛의 불꽃도 마음껏 날려 보냈다.

지슈카는 그런 그녀의 모습을 지켜보며 미소를 감추지 못했
다. 급박하게 돌아가는 상황과 상관없이, 해루가 마음껏 기뻐
하는 모습이 보기 좋았다.

귓가에선 내내 훌의 전음이 전해져 오고 있었다. 그레트헨

237

을 가둬둔 지하 감옥의 상황을 전해 오는 내용이었다.

「감옥에서 검은 연기가 빠져 나갔답니다.」

「셰이곤일 가능성이 높겠군. 연기의 행방은.」

「아직 찾지 못하였습니다.」

지슈카는 홀의 보고를 받고 잠시 생각에 잠겼다.

예상치 못한 상황은 아니었다. 아니, 그렇게 의도한 상황이기도 했다. 그레트헨이 의도적으로 유주의 기억을 되찾은 척접근해 온 거라면, 필시 셰이곤이 관여해 있을 거라고 생각했으니까.

그런데 바로 그에게 직접적인 공격을 감행해 올 거라는 예상과 달리, 셰이곤은 아직까지 아무런 움직임을 보이지 않고있었다. 하면 그 검은 연기는 대체 어디로 갔을까.

「그레트헨은 어찌 되었나.」

「성역에서 의식을 잃은 채 발견됐습니다. 다시 감옥에 가둬두었습니다.」

하면 셰이곤이 그레트헨을 버렸다는 뜻인가. 그녀의 심장에있다던 진주는 어찌 되었을까.

「외상은 없던가.」

「겉으로 드러난 상처는 없었습니다.」

「알겠다. 계속 경계를 늦추지 말라.」

「예, 전하.」

"지슈카, 다들 탈을 쓰고 있어요. 저건 뭐죠?"

즐겁게 들려오는 해루의 목소리에 지슈카는 다시 미소를 머금었다. 불꽃을 날려 보내던 용들이 하나둘 씩 품에서 탈을 꺼내 쓰고 있었다.

"반려를 고르는 의식이다. 누구인지 모르는 상태에서 에너지의 끌림을 확인하겠다는 거지."

"와. 그렇게 맺어지기도 하는 건가요?"

"물론. 축제에서 맺어지는 커플은 대신관이 혼례를 주관해 주는 게 전통이다."

해루는 탈을 쓴 채로 빙 둘러서 춤을 추기 시작한 용들을 바라보며 환하게 웃었다.

축제의 새벽이 한껏 깊어 가고 있었다. 근 400년 만에 즐겨 보는 축제다운 축제라고 지슈카는 생각했다. 이대로 아무 일이 없이 지나간다면.

「북왕 전하.」

탈을 쓴 남자 하나가 접근해 온 것은 반려를 고르는 춤사위가 한창 무르익었을 때였다.

남자는 지슈카를 향해 공손히 절을 하며 무언가를 내밀었다. 황금정과라 불리는 진귀한 과일이 담긴 바구니였다. 황금정과는 황궁이 있는 해변에서만 나는 과일로, 진상품 중에서도 최고로 치는 과일이기도 했다.

「황제께서 보내신 것입니다. 혼인 예물이라 하셨습니다.」

남자는 그렇게 말하며 읍을 하고는 조용히 왔던 길을 되돌아갔다. 종종걸음으로 재빨리 움직여 춤을 추는 용들 사이에 섞여 들었다.

황제가 화해를 청하는 것일까.

무언가가 마음에 걸려서 지슈카는 눈을 가늘게 떴다.

그토록 혼례를 반대했던 황제였다. 하지만 부부의 연이 맺어진 마당이니 마음을 풀어 주고 싶었을 수도 있었다.

하나 평소 황제의 성품이라면 직접적으로 얼굴을 맞대고 화해를 청할 일이지, 과일 같은 것으로 에둘러 의사를 표현하는 것은 도무지 황제답지 않았다.

그런데 해루가 불쑥 그의 팔을 잡았다.

"그거 이상해요, 지슈카."

해루는 그의 손을 바구니에서 떼어놓으며 말했다.

"뭐가 말인가."

"검은빛이요. 방금 그 남자, 손에서 희미하게 검은빛이 비쳤어요. 느낌이 좋지 않아요."

해루의 말에 지슈카는 과일바구니를 그대로 바닥에 던져 버렸다.

검은빛이라니.

해루의 눈에 보인 것을 그가 보지 못했다. 여의주를 내놓은 까닭에 영력이 희미해져 있는 모양이었다.

"휼, 그대도 보았는가."

뒤에 서있던 휼에게 묻자, 휼은 고개를 저었다.

"소신은 보지 못했습니다."

"그토록 재빨리 사라진 것이 이상하다. 그 남자를 찾을 수 있겠는가."

"예. 복식과 탈 모양을 기억합니다."

휼은 그렇게 대답하고는 재빨리 반려의 춤을 추는 무리들 사이로 모습을 감췄다.

지슈카는 품에서 추적사를 꺼내서 내동댕이쳐진 과일에 뿌려 보았다. 아나나 다를까, 투명했던 추적사는 금세 검은빛으로 색이 변했다. 마룡들의 마기가 깃든 과일이라는 뜻이었다.

"해루. 이 과일에서도 검은빛이 보였는가."

"네."

해루가 고개를 끄덕이자 지슈카는 잠시 생각에 잠겼다. 그리고 그가 내린 결론을 조용히 말해 주었다.

"아무래도 그대의 눈에 마룡들의 마기가 보이는 모양이다. 이는 용력을 지닌 천룡들도 볼 수 없는 것이다."

"아……."

"마룡들이 괜히 그대를 탐내는 게 아니겠지. 그것이 아마도 진주의 능력이 아니겠는가."

지슈카는 그렇게 말하며 머릿속을 맴도는 불길함을 정리해 보았다.

해루가 마기를 볼 수 있는 것은 천만다행한 일이었다. 그런데 천룡의 손에서 마룡의 것으로 추정되는 검은빛이 비쳤다라.

그것이 의미하는 것은 분명 최악의 상황이었다. 천룡들 사이에까지 마룡의 세력이 뻗쳐있을 거라는 불길한 상황.

지슈카는 내동댕이쳤던 과일을 천천히 다시 바구니에 담았다. 그리고 표정을 갈무리하며 훌이 그 남자를 다시 데려오기를 기다렸다.

훌은 금세 그 남자를 다시 찾아 그의 앞으로 데리고 왔다. 눈썰미며 기억력이 누구보다 뛰어난 훌이었다.

「그대는 어디의 누구인가.」

지슈카가 묻자 남자가 성실히 대답해 왔다.

「황궁에서 일하는 테솔이라고 합니다.」

「탈을 벗어 볼 수 있겠는가.」

「예. 전하.」

남자는 스스럼없이 탈을 벗었다. 그리고 다소 의아한 얼굴로 그를 쳐다보았다.

지슈카는 자상한 미소를 지으며 다시 말을 건넸다.

「진귀한 과일을 가져다주었으니, 그대에게도 하나 주려고 다시 불렀다. 하나 먹어 보도록 하라.」

아니나 다를까, 남자의 얼굴에 당혹이 크게 일었다. 그가 내미는 과일을 받아 쥐긴 했지만 차마 입으로 가져갈 생각은 하지 않았다.

「해루. 저자에게서 여전히 검은빛이 보이는가.」

지슈카는 해루의 의식 속으로 음성을 보냈다.

"네. 지금은 머리 위를 맴돌고 있어요."

「그대가 처리할 수 있겠는가.」

"잘 모르겠어요. 한 번 태워 볼게요."

해루는 손에서 자그마한 붉은 불꽃을 피워 올렸다. 그리고 가뿐히 남자의 머리 위를 향해 날려 보냈다.

남자가 검을 들고 달려든 것은 그 순간이었다. 눈동자에 시커먼 독기를 드러내며 지슈카를 찌르려고 들었다. 물론 곁을 지키는 휼에 의해서 간단히 저지되었다. 바로 팔이 꺾이고 꿇어앉혀져 움직일 수 없는 상태가 되었다.

「해루, 검은빛은 어찌 되었지?」

지슈카는 눈 하나 깜짝하지 않고 다시 물었다.

"머리 위에 있던 건 불꽃에 타들어 갔어요. 그런데 손에 또 있어요."

지슈카는 휼을 향해 전음을 보냈다.

「훗. 저자에게 깃든 마룡의 본신이 혹 느껴지는가.」

「아뇨. 연결이 찾아지지 않습니다.」

"해루. 계속 불꽃을 날려 보내라. 홀이 본신을 감지할 수 있을 때까지."

해루가 굳은 얼굴로 고개를 끄덕였다. 그리고 계속해서 남자를 향해 불꽃을 날려 보냈다.

마침내 홀이 남자에 깃든 마룡의 본신을 소환해 내는 데 성공한 것은 그녀가 아홉 번째 불꽃을 날려 보냈을 때였다. 미니어처 형태로 축소시킨 작은 마룡 하나가 남자의 가슴을 꿰뚫고 소환되어 나왔다. 홀은 그 마룡을 단숨에 불꽃으로 태워 버렸다.

「저, 전하! 대체 무슨 일이 있었던 겁니까.」

그제야 가슴에서 피를 잔뜩 흘리며 남자가 외쳤다. 마룡의 본신이 꿰뚫고 나온 자리에서 피가 뚝뚝 흘러내렸다.

남자는 방금 전까지의 일들을 하나도 기억하지 못하는 모양새였다.

지슈카는 군사 하나를 불러서 남자를 의무실로 데려다 주도록 일렀다. 그리고 홀에게 급히 명령을 내렸다.

「홀, 근위대를 총동원해 축제에 참가한 모든 이들에게 추적사를 뿌려라. 이곳에 마룡들이 잠입해 있다. 그 숫자가 얼마인지 모를 일이다.」

「예, 전하.」

지슈카는 그렇게 명령을 내려두고 생각에 잠겼다.

마룡들의 직접적인 공격엔 언제고 대응할 준비가 되어 있었다. 7년 전 신성한 호수를 통해 마룡들이 대거 침입해 왔던 이후로, 북해빙성엔 그를 대비한 트랩이 촘촘히 설치되어 있었기 때문이다.

하지만 아군 내에 적들이 침투해 있다면 그것은 이야기가 달랐다. 아무래도 보다 치밀한 대비책이 필요할 것 같았다.

마침내 지하 감옥에서 날카로운 검은 빛줄기가 치솟아 오른 것은 막 동이 터오기 시작할 무렵이었다.

감옥에서 솟아오른 검은빛은 북해빙성의 청금색 하늘에 거대한 펜타스컬을 그렸다. 오각별에 짐승뼈가 새겨진 스산한 무늬는 하늘에 새겨지기 무섭게 빠르게 회전을 했다. 그리고 하늘에 거대한 게이트가 열리기 시작했다.

「마룡의 표식이다!」

제일 먼저 펜타스컬을 발견한 누군가가 외쳤다.

그와 함께 게이트를 통해서 마룡들이 연이어 튀어나왔다. 까마귀 떼처럼 금세 하늘을 까맣게 메우기 시작한 그들은 수만 혹은 수십만은 될 법한 막대한 숫자였다.

성역을 지키던 군사들이 백성들을 피신시키며 바로 막아 나섰고, 축제를 즐기던 황제와 4해 용왕들 역시 곧바로 대응해 나섰다.

지슈카는 군사들에게 지시를 내려서 하늘에 설치해 둔 트랩을 발동시켰다. 눈에 보이지 않는 촘촘한 격자망에 번개의 에너지를 축적해 두어서, 걸리는 즉시 타들어 가도록 만든 강력한 트랩이었다.

같은 방식의 트랩이 신성한 호수 주위에도 걸려 있었다. 7년 전 놈들이 습격해 왔던 통로가 호수 속에 있었기 때문이다.

아니나 다를까, 초기에 침입해 온 마룡들은 트랩을 보지 못하고 모두 걸려서 타들어 갔다. 놈들의 불길로 트랩을 뚫어 보려 애를 썼지만, 그 정도로 뚫릴 트랩이 아니었다. 이전에 대적했던 쌍두룡 정도의 마력을 가진 놈들이라면 또 모를까.

지슈카는 유유히 놈들의 공격을 구경했다. 긴장을 유지하던 황제와 다른 용왕들도 안심한 듯 굳었던 표정을 풀어 가고 있었다.

하늘의 게이트에서 세 마리의 쌍두룡이 등장한 것은 그즈음이었다. 수천 마리쯤 되는 마룡들이 트랩에 걸려서 먼지가 되어 흩어졌을 즈음.

놈들은 굉장한 화력으로 불을 뿜었고, 붉은 불길을 광대하게 퍼뜨려 트랩을 태워 나갔다. 그리고 마침내 트랩에 작은 틈이 생기자 그것을 놓치지 않고 마룡들을 밀어 넣었다. 일거에 수십 마리씩 밀려들기 시작하더니 그 숫자는 점점 늘어났다.

상황은 차츰 나빠져 갔다.

좋지 못한 상황에 가장 먼저 움직인 것은 황제였다. 금빛을 띤 푸른 용이 하늘에 떠오르면서 희미한 금빛 안개를 내뿜기 시작했다. 마룡의 독을 중화하는 금빛 안개가 흘러들자, 그것을 방어막 삼아 군사들이 움직이기 시작했다.

그리고 지슈카가 날았다. 지슈카의 본신은 얼음 같은 푸른 빛으로 형형하게 빛나는 창대한 용이었다.

그는 작열하는 번개를 동반하며 빛의 속도로 움직이고 있었다. 그가 내뿜는 광활한 푸른빛 아래에서 마룡들이 떨어져 내렸고, 번개를 내리칠 때마다 마룡들이 몇 마리씩 먼지가 되어 흩어졌다.

하지만 황제의 금빛 안개도, 지슈카의 번개도 평소보다 화력이 백분지 일밖에 되지 못했다. 다른 용왕들의 힘도 마찬가지였다. 여의주를 가지지 못한 탓이었다.

설령 호수에 담근 여의주를 건져 내더라도 지금은 쓸 수가 없었다. 정화의 주문으로 인해 마룡들의 탁기에 묶여 있어서 효력을 내기가 불가능했다.

군사들은 혼신을 다해 싸우기 시작했다. 궁수대는 푸른 전류로 휘감은 화살을 맹렬히 쏟아부었고, 용력을 실은 불꽃들이 사방에서 해일처럼 밀려나갔다.

수백의 용들이 합세해 만든 거대한 전자기 필드는 번개처럼 퍼져 나가 놈들을 일거에 태워 버렸다.

해루는 흏과 함께 의식이 없는 지슈카의 인간체를 지키고 나섰다. 그의 의식이 본신으로 옮겨 가면서 인간체의 몸은 잠들어 있는 것이나 마찬가지가 되었기 때문이다. 그리고 근위대원 전체가 그들을 겹겹이 결계로 에워싸고 지슈카의 인간체를 보호하고 있었다.

하지만 마룡들이 집중해서 노리는 건 4해 용왕과 황제의 인간체의 몸이었다. 불길을 뿜어 대며 계속해서 날아들었고, 수백 마리가 떼로 그물을 형성해 공격해 오기도 했다.

더욱 무서운 것은 아군 속의 적이었다. 언제 어느 때 누가 갑자기 검을 치켜들고 공격해 올지 알 수 없었다. 때문에 근위대는 같은 편의 천룡들조차 경계해 나서야 했다.

「전하의 몸을 궁 안으로 피신시키는 것이 좋겠다.」

싸움이 한층 격렬해지자, 흏이 그렇게 말하며 불꽃을 피워 게이트를 그렸다. 바깥에서 버티는 것보다는 궁 안이 안전하리라 믿었기 때문이다.

율을 비롯한 근위대 절반은 지슈카의 본신을 호위하며 바깥에 남고, 절반은 해루와 함께 그의 인간체를 호위하며 궁 안으로 이동했다. 아름다웠던 축제의 밤이 흑암의 밤으로 돌변하고 있었다.

해루는 침소에 지슈카의 몸을 누인 채 싸움이 끝나기를 초조하게 기다리고 있었다. 깊이 잠든 듯 의식 없이 누워 있는 그의 모습은 평소와 다름없이 눈부시고 아름다웠다.

싸움은 또다시 해가 지고 깊은 밤이 될 때까지 계속되었다. 중간중간 율이 전령을 보내 상황을 알려 주었고, 곁을 지키는 벨라가 내내 통역을 하며 그녀의 기운을 북돋아 주었다.

하지만 싸움에 큰 진전은 없는 듯했다. 마롱들이 끊임없이 새로운 게이트를 열어 가며 계속해서 밀려들었기 때문이다. 해치워도 해치워도 계속 밀려들어서 끝이 보이지 않는다고 했다.

근위대원 하나가 급하게 침소로 들어온 것은 싸움이 한창 진행되던 한밤중이었다. 벨라가 통역해 준 그의 말은 율이 그녀를 찾는다는 소식이었다.

"전하께서 큰 부상을 입으셨답니다!"

남자의 말을 듣던 벨라가 놀란 목소리로 크게 외쳤다.

해루는 너무 놀라 자리에서 벌떡 일어났다. 막 바깥으로 달려 나가려다가 문득 이상한 기분이 들었다. 남자의 얼굴에 검은빛이 비친 것 같았기 때문이다.

해루는 남자를 경계하며 재빨리 붉은 불꽃을 피워 올려 장벽을 형성했다. 그리고 습관처럼 그 이름을 불렀다.

"지슈카."

그러나 의식 속에 들려오는 응답은 없었다. 여의주를 내어 놓아 본신과는 연결이 되지 않는 모양이었다.

벨라는 영문도 모른 채 해루의 행동에 몹시 당황하고 있었다.

"벨라. 저 근위대원의 몸속에 마룡이 깃들었어요."

벨라는 믿어야 할지 말아야 할지 모르겠다는 얼굴로 쳐다보고만 있었다. 그도 그럴 것이, 근위대는 지슈카가 가장 신뢰하는 최정예 군대였다. 그 속에까지 마룡이 깃들었다는 걸 받아들이기 힘든 듯했다.

"같이 싸우지 않을 거면 비켜 줘요. 거기 있다간 당신까지 다칠 지도 모르니까."

벨라는 고개를 끄덕임과 동시에 남자에게 추적사를 뿌렸다. 색이 검게 변하는 것을 확인하기 무섭게 손에서 푸른 불꽃을 피워 올렸다.

하지만 벨라는 남자를 공격할 의지까지는 가지지 못한 듯했다. 오랫동안 함께 일해 온 가까운 동료였으니까.

벨라가 망설이는 사이, 남자가 손에서 푸른 불꽃을 피워 올렸다.

"벨라, 흉을 불러 줘요!"

벨라가 들었는지 못 들었는지는 알지 못했다. 하지만 확인할 겨를 같은 건 없었다. 남자가 바로 공격을 해 왔기 때문이다. 해루는 지슈카의 몸을 뒤에 둔 채로 붉은빛의 장벽을 남자에게로 강력하게 밀어 보냈다.

남자는 흔들리지 않았다. 푸른빛으로 그녀의 장벽을 받아

내면서 순식간에 그녀의 붉은빛을 밀어내었다.

해루는 몸을 휘감아 도는 붉은 불길을 만들어 냈다. 토네이도처럼 맹렬히 몰아치는 붉은 에너지는 그녀의 장기였으니까. 그녀는 붉은 에너지로 강력한 토네이도를 만들어 남자의 몸을 향해 격렬히 폭발시켰다.

남자는 잠시 휘청했으나 쓰러지지는 않았다. 대신 어딘가로 도움을 청하는 듯했다.

곧 근위대원 셋이 그녀를 향해 몰려왔다. 모두가 얼굴에 검은빛을 띤 이들이었다.

해루는 지슈카의 번개를 떠올리며 온몸의 붉은 에너지를 한껏 끌어 올렸다. 그리고 주위에 번개처럼 타들어 가는 광폭한 전자기장을 형성해 냈다. 온힘을 다해 사방으로 있는 힘껏 전자기파를 쏘아 보냈다.

남자들은 서로의 푸른 에너지를 모아서 거대한 그물망을 형성해 내며 그녀의 에너지를 막아 냈다. 아니, 반동을 이용해 그녀에게로 커다란 에너지를 되돌려 보냈다.

생각지 못했던 강력한 공격에 해루는 크게 휘청하고 말았다. 다시 에너지를 모아 보려 했지만 몸이 제대로 말을 듣지 않았다.

몸에서 계속 붉은 불길이 휘감아 돌고 있었으나 남자들에게로 쏘아지지가 않았다. 마치 무언가가 그녀의 에너지를 붙들고 놓아주지 않는 느낌이었다.

남자들의 공격은 계속되었다. 푸른 에너지가 해일처럼 밀고 들어와 그녀의 붉은 불길을 할퀴고 갔다.

마침내 남자들의 푸른빛이 거대한 폭발을 이루자, 해루는 그 자리에 쓰러져 손가락 하나 까딱할 수 없었다. 금방이라도 까무룩 의식을 잃어버릴 것 같았다.

"휼!"

"벨라! 휼을!"

그녀는 계속 휼을 불렀으나, 어디서도 휼의 도움은 오지 않았다. 다른 근위대원들의 도움도 없었다.

그제야 그녀는 벨라를 의심하기 시작했다. 흐릿해져 가는 의식 속에서 벨라의 얼굴에 언뜻 검은빛이 비치기 시작한 것 같았다.

해루는 있는 힘을 다해서 정신을 차리려고 애썼다. 여기서 그녀가 무너지면 지슈카도 위험에 처하게 된다. 근위대까지 무너진 마당에, 지금 그의 인간체를 지킬 유일한 존재는 그녀뿐이었다.

'마롱이 보낸 것이든 아니든, 붉은 빛이 그대에게 왔다면 그것은 분명 그대의 것이다. 하니 분명 그대의 의지대로 움직일 수 있을 것이다.'

그대의 의지대로.

그대의 의지대로.

그녀는 지슈카의 목소리를 의지 삼아 어떻게든 일어나려 악착같이 기를 썼다. 입술에서 피가 나도록 이를 악물었다.

'싸움은 내가 할 테니, 그대는 사랑만 생각하면 된다.'

'내 인간체는 그대에게 맡기겠다. 반드시 지켜 주도록.'

'내 목숨은 그대의 몫이란 뜻이다.'

이마에서 엄청나게 뜨거운 기운이 느껴진 것은 그 순간이었다. 맹렬히 회전하는 작은 태양처럼 이마에서 무언가가 강렬히 타들어 가고 있었다.

그것은 곧 정체를 드러냈다.

푸르고 푸른 빛줄기가 핵이 폭발하듯 강력한 에너지를 내뿜으며 이마에서 터져 나왔다. 시리도록 푸르른 그 빛에 가려서 남자들도 벨라도 더 이상 보이지 않았다.

그녀의 이마에서 터져 나온 푸른 에너지는 북궁을 넘어서 북해빙성을 모두 뒤덮을 정도로 광대하고 강력했다.

초신성이 터지듯 강렬하고 웅대한 사파이어 빛. 현실 너머에 존재하는 듯한 찬란한 그 빛이 오래도록 그녀를 휘감아 돌았다.

해루는 한참이 지나서야 겨우 정신을 차렸다. 그리고 지슈카의 몸을 있는 힘껏 끌어안고 난 뒤에야 그 빛의 정체를 깨달을 수 있었다.

그녀의 이마에 심겨져 있다는 7각의 별.

지슈카가 새겨 준 보호의 맹약.

세인트드래곤의 별이었다.

성역에선 치열한 전투가 한창이었다.

처음엔 셋이었던 쌍두룡은 어느새 수십으로 늘어났다. 작은 틈으로 벌어졌던 트랩도 그 훼손 부위가 점점 커져서 새어 들어오는 마룡의 숫자도 대량화되고 있었다.

트랩을 복구하려는 군사들과 치고 들어오는 마룡들의 싸움이 치열하게 이어졌으나, 결국 트랩의 훼손 부위는 더욱 크게 벌어지고 말았다. 그리고 그 틈을 이용해 어느 순간 쌍두룡들이 성역 안으로 날아들기 시작했다.

성역의 하늘은 아수라장이 되었다. 트랩을 찢고 들어온 수십의 쌍두룡들과 푸른용들의 싸움이 치열하게 이어지고 있었으며, 제거해도 끊임없이 밀려드는 수십만의 마룡들과 수천의 천룡의 군사들이 밀고 밀리는 싸움을 계속하고 있었다.

붉은 불길과 푸른빛이 뒤얽히고, 쓰러지는 군사들의 피와 제거되는 마룡들의 먼지가 처절하게 뒤섞였다.

격렬한 에너지의 충돌이 땅을 흔들고 하늘을 뒤흔들었다. 피를 말리는 싸움이 날이 새고 또다시 밤이 깊도록 계속되었다.

지슈카의 푸른 용은 열댓의 쌍두룡을 상대로 날카로운 맹수처럼 움직였다. 날개로 푸른 에너지를 휘감아 방어막을 형성하며, 날카로운 발톱을 세워 용맹하게 적들을 찢어발겼다.

번개와 전자기장의 위력이 현저히 약해진 이상, 싸움은 육탄전으로 갈 수밖에 없었다. 창대한 푸른 용은 비호처럼 움직였으며, 쌍두룡들은 그를 에워싸고 계속해서 불길을 뿜어내긴 했으나 기세 좋게 근접해 오지는 못했다.

하지만 싸움이 길어질수록 불리해지는 건 천룡 측이었다. 마룡들은 숫자로 승부하려는 듯 끊임없이 밀려들었고, 여의주가 없는 용왕들은 갈수록 기력이 소진되어 기세가 현저히 떨어져 가고 있었다.

무엇보다 큰 것은 황제의 금빛 안개가 위력을 다하여 더 이상 마룡들의 독기를 중화해 내지 못하고 있다는 점이었다. 계속해서 쌍두룡들을 제거해 내고 있는 존재는 지슈카 하나뿐이었다.

군사들이 목숨을 걸고 용맹하게 싸우고는 있었지만 이대로라면 마룡 측에 점령당하는 건 시간문제인 듯했다.

왕궁 쪽에서 거대한 푸른빛이 터져 나온 것은 그 즈음이었다. 서해 용왕이 쌍두룡들의 불길에 큰 부상을 입어 추락하고, 황제의 금빛 안개가 거의 소진되어 갈 무렵. 수백의 군사들이 마룡들의 독기에 희생되어 생사를 넘나들 무렵.

갑작스레 터져 나온 웅혼한 푸른빛은 성역을 넘어 광대한 북해빙성을 온통 휘감았고, 폭발하듯 터져 나와 북해 전역으로 퍼져 나갔다. 마룡들의 불길을 일거에 태워 버리고, 천룡들의 힘을 최고치로 높여 놓을 만큼 엄청난 에너지였다.

폭발하듯 터져 나온 그 에너지는 광대한 하늘에 7각의 별을 그리며 마룡들의 게이트를 그대로 폭파해 버렸다.

지슈카는 그 순간을 놓치지 않았다. 웅대한 푸른빛의 에너지를 온몸으로 흡수해 광대한 번개를 형성해 냈다. 그것을 하늘로 내쏘아 막대한 양의 구름을 형성했으며, 그것은 수천의 낙뢰를 동반한 거대한 폭풍우가 되었다.

비는 용들의 가장 강력한 무기였다. 황제의 금빛 안개는 빗물에 녹아내려 마룡들의 독기를 제거해 내기 시작했다.

군사들은 비를 이용해 일사천리로 적들을 공격해 냈다. 폭우를 결빙시켜 마룡들에게 내쏘았으며, 빗줄기를 얼려서 폭포 같은 장벽을 만들어 놈들을 밀어 버리기도 했다.

거대한 전자기파는 빗속에서 더욱 빛을 발했다. 적들을 휘감는 가시넝쿨처럼 일거에 번져가 마룡들을 태워 버렸다.

몰아치는 폭우 속에서도 7각의 별은 하늘에서 사라지지 않았다. 광활하게 아래를 비추며 끊임없이 천룡들에게 에너지를 공급해 주고 있었다.

전투는 그러고도 이틀을 더 지속되었다. 마룡들의 숫자가 워낙 많았기 때문이다. 하지만 이미 승기를 쥐기 시작한 천룡들에게 더 이상의 장벽은 없었다.

마침내 폭우가 그치고 하늘이 맑아지던 날, 전투는 천룡들의 일방적인 승리로 끝났다. 대승이었다.

❊

"해루."

의식 없이 누워 있던 지슈카에게서 목소리가 들렸다.

해루는 얼른 달려가 그의 몸을 감싸 안았다. 보석 같은 푸른 눈동자가 눈부시게 그녀를 향해 있었다. 바깥의 폭우 또한 어느새 그쳐 있었다.

"괜찮은 거예요?"

조심스레 묻는 목소리가 떨렸다. 그의 얼굴을 매만지는 손길 또한.

"그래."

그가 가만히 그녀의 손을 잡아 내리며 깊이 그녀를 끌어안았다.

"싸움은요."

"잘 끝났다."

그가 부드럽게 답하며 그녀의 이마에 키스해 왔다.

해루는 저도 모르게 차오르는 눈물을 닦으며 그의 몸을 꽉 끌어안았다. 그를 잃을까 봐 얼마나 조마조마했는지, 타는 듯 조여들었던 가슴이 이제야 조금 풀어지는 것 같았다.

"그대가 잘해 주었다."

그녀의 등을 따스하게 다독이며 그가 말했다.

"한 것도 없는 걸요."

"가장 중요한 걸 해 주지 않았는가."

"지슈카를 지키는 건 당연한 일이고요."

결연하게 흘러나온 그녀의 말에 그가 가만히 미소를 지었다.

"휼에게 들었다. 7각의 별도 보았고. 근위대원들에게까지 마기가 뻗쳐 있었다지."

"……네. 깃들었던 마룡들을 제거해서 지금은 다들 원래대로 돌아왔어요."

휼에게 연락이 닿기까지 얼마나 고전을 했는지 몰랐다. 다행히 그가 때맞춰 전령을 보내왔기에 망정이지, 하마터면 왕궁을 지키던 근위대원 전체가 마룡들에게 감염되어 버렸을지도 모를 일이었다.

만약에 지슈카가 새겨 준 세인트드래곤의 별이 없었다면 어떻게 되었을지, 생각만 해도 아찔했다.

"그대가 힘겨운 싸움을 했겠군."

"아뇨. 지슈카의 별이 저를 지켜 줬어요. 혼인의 맹약 그대로."

"그랬군. 그것이 그런 식으로 작동할 줄은 나도 알지 못했다. 그저 그대를 보호할 에너지를 가득 넣어 뒀을 뿐."

둘은 서로를 깊게 끌어안았다. 안아도 안아도 부족했다. 맞닿은 체온도, 뜨거운 입맞춤도, 모두가 부족했다. 둘은 서로의 온기를 느끼고 또 느꼈다. 서로가 서로를 잃을 뻔했던 그 순간을 되새기면서.

전투의 끝은 평화였다. 고요의 밤이 깊어 가고 있었다.

격렬한 전투가 휩쓸고 간 성역은 엉망이 되어 있었다. 사흘 밤낮을 마룡들을 상대해야 했던 용왕들과 군사들도 모두 지쳐 있었다. 힘겹게 찾아온 평화에 휴식이 필요하기도 하였다.

피신해 있던 백성들은 삼삼오오 다시 성역으로 모여들었다. 전투가 끝난 성역을 복구해야 하기도 했지만, 세인트드래곤의 별을 띄웠다는 북왕의 신부에 대한 궁금증이 더욱 컸다.

전투가 극도로 수세에 몰렸을 무렵, 그녀가 띄운 별이 굉장한 빛을 발하면서 천룡의 군사들을 구했다는 소문이 이미 파다했기 때문이다.

또한 검붉은 머리에 검붉은 눈을 한 그 여자가 마룡들의 마기를 알아보는 특별한 능력도 가지고 있다고 했다.

드문드문 다시 모여들기 시작한 백성들은 어느새 수천이 되었고, 곧 수만이 될 기세였다. 모두가 북왕의 신부에 대해 궁금해하고 있었다.

해루는 지슈카의 곁을 따라다니며 성역 복구를 지시하는 그의 모습을 지켜보고 있었다. 지슈카가 놓아주려고 하지 않는 것도 있었지만, 그의 곁을 맴도는 이들에게 검은빛이 깃들지 않았는지 감시하기 위해서이기도 했다.

「저한테선 마기가 보이지 않습니까?」

드문드문 다가와 말을 건네는 이들은 어김없이 그런 것을 물었다. 자신도 모르는 새에 마룡이 몸에 깃든다는 소문이 퍼져 있었기에 확인받고 싶어 하는 이들이 많았다.

개중에는 정말로 마룡이 깃든 이들도 있었다. 해루가 붉은 불꽃을 날려 보내고 휼이 마룡의 본신을 소환해 처리할 때는 모두가 혼비백산해서 지켜보기도 했다.

"왕비님."

근위대원 하나가 급히 다가와 해루를 부른 것은 그녀가 수많은 백성들에게 둘러싸여 그들의 마기를 살펴주고 있을 때였다.

해루는 지슈카의 팔을 꼭 쥐며 경계의 눈길을 보냈다. 하지만 군사에게서 느껴지는 검은빛이나 마기 같은 것은 없었다.

"감옥에서 전갈이 왔습니다. 그레트헨이 죽어 가고 있답니다. 피를 토하며 왕비님을 찾는다고요."

군사의 말은 뜻밖이었다. 전투가 있었던 며칠간 유주를 잊고 있었던 것에 미안한 마음이 들기도 했다.

"아……."

해루는 어찌해야 할지 몰라서 지슈카의 얼굴을 살폈다. 유주를 보고 싶은 마음은 굴뚝같았지만 그가 어떻게 생각할지 몰라서였다.

"얼굴쯤은 보여 줘도 좋겠지."

지슈카는 그녀의 마음을 이해한다는 듯 고개를 끄덕였다. 그리고 곧 휼을 불러 그녀를 감옥에 데려다 주도록 했다.

유주는 창백한 얼굴로 감옥 안에 누워 있었다. 얼마나 피를 토했는지 이불은 핏물로 흥건하게 젖어 있었고, 붉은 눈동자는 초점을 잃어 생기 하나 없었다.

"유주야."

해루의 목소리에 유주가 고개를 틀어 그녀를 쳐다보았다. 온몸을 고통스럽게 떨면서 애원하듯 말해왔다.

"……언니. 나 좀 여기서 빼내 줘. ……부탁이야. 어차피 내 능력으론 …… 쿨럭. 언니를 어떻게 하지도 못할 거잖아."

"……그건 힘들겠어. 네가 마음 한 번 잘못 먹으면 이곳 사람들한테 큰 피해가 생길 테니까."

마음이 몹시 아팠지만 해루는 그렇게 말할 수밖에 없었다. 유주를 데리고 나왔다가 혹 무슨 일이 생기기라도 하면 백성들이 큰 피해를 입을 터였다.

유주가 이해한다는 듯 힘없이 웃었다. 아련한 눈으로 옛 추억을 털어놓았다.

"기억나? …… 우리 산딸기 따먹으러 다니던 거. …… 쿨럭. ……멧돼지 때문에 다치기도 했었지."

"그럼. 기억나고말고. 네 귀밑의 상처도 그것 때문에 생긴 거잖아."

"언니가 해 준…… 감자전이 먹고 싶어. 도치찌개도."

"그래. 다 나으면 해 줄게. 집에 가서 꼭."

"찔레꽃도 보고 싶어. ……치자꽃이랑 지긋지긋한 산삼밭까지 모두 다."

"그래."

"그때가 참 좋았었는데."

유주가 힘없이 말하며 입을 가렸다. 그리고 가슴을 움켜쥐며 또다시 피를 토했다.

해루는 안타까움을 어쩌지 못하고 발만 동동 굴렀다.

"내가 반드시 되돌려 줄게. 그때처럼 건강하게."

"어떻게?"

"네 심장에 걸린 흑주술만 풀리면 원래대로 돌아올 수 있을 거야. 그러니까 포기하지 마. 악착같이 버텨 내라고."

해 줄 수 있는 말은 그런 것이 전부였다. 반드시 셰이곤을 제거해서 유주를 원래대로 되돌려 놓겠다고.

"언니. 내 원래 모습 보여 줬던 사진 있잖아.…… 그게 보고 싶어. …… 쿨럭. 내가 원래는 어떤 사람이었는지 알고 싶어."

문득 유주가 말해 왔다. 정말로 본래대로 돌아가고 싶은 듯 간절함이 담긴 눈빛이었다.

"지금은 가지고 있지 않아. 나중에 가져다줄게."

"……나중에 언제. 나 죽고 나면?"

유주의 목소리는 서늘하기도 하고 애틋하기도 했다. 그래서 도저히 외면할 수가 없었다.

해루는 잠시 망설였다. 하지만 사진 정도는 보여 줘도 괜찮을 것 같았다.

"휼. 사진 좀 가져다줄래요? 침소에 있어요. 창가 선반의 책들 사이에."

해루는 휼에게 부탁을 했다. 그러면 금세 찾아다 줄 거라 생각하면서.

휼은 고개를 끄덕이고 곧 모습을 감췄다.

군사 하나가 곁으로 다가온 것은 그때였다. 비블리체 성에서부터 보아 온 익히 낯익은 얼굴, 하벨이었다.

그의 얼굴을 확인한 순간, 해루는 왜인지 몸을 움직일 수가 없었다. 목소리조차 나오지 않았다. 그 눈동자에서 쏟아져 나오는 무언가가 그녀의 몸을 꽉 붙들고 있는 것 같았다.

"읍……"

목소리를 내려던 순간 숨이 막혔다. 그리고 의식이 잠깐 깜빡했다. 아니, 잠깐 깜빡했다고 생각했다. 그런데 다음 순간 공간이 뒤바뀌어 있었다.

북궁의 지하 감옥이 아닌 낯설디낯선 곳. 공주풍으로 휘황찬란하게 꾸며진 어딘가의 침실이었다.

'여긴 어디……'

말을 하고 싶었지만 목소리가 나오지 않았다. 지슈카를 부르려 해도 불러지지 않았다. 의식 속에서 들려오는 그의 목소리도 없었다.

그리고 곁으로 시커멓게 검은 연기가 사뿐히 내려앉았다. 그것은 금세 사람의 형체를 이루어 커다란 남자로 뒤바뀌었다. 은색의 머리에 잿빛 눈동자를 가진 키가 큰 남자. 아름다운 미남자였다.

12. 혼돈의 궤적 속에서

"드디어 이렇게 그대를 곁에 두게 되는군. 과정은 조금 복잡했지만 말이야."

은발의 남자가 탁자 위의 향초에 불을 붙이며 말했다. 남자의 잿빛 눈에 불빛이 어리어 더욱 위험하게 빛났다.

해루는 무어라 말을 하고 싶었지만 목소리가 나오지 않았다. 자리를 박차고 나가려고 해도 몸이 움직여지지가 않았다. 보이지 않는 올가미에 꽁꽁 묶여 있는 것처럼 손가락 하나 까딱할 수 없었다.

"걱정할 것 없어. 그대가 원하지 않는 한 그 무엇도 하지 않을 테니."

남자는 여유롭게 말을 하고는 탁자 위에 놓여 있던 와인 잔에 술을 한 잔 따랐다. 싱긋 웃으며 와인을 한 모금 입에 머금고는 기다란 손가락을 들어 그녀의 뺨을 가볍게 쓸었다.

"그대는 나의 귀한 진주니까 말이지."

갑자기 들려온 진주라는 말에 등줄기를 따라서 소름이 훅 끼쳤다.

떠오르는 것은 꼭 하나였다.

셰이곤.

이자가 그토록 지슈카가 찾아 헤매던 마룡왕인 걸까.

"맞아. 내가 그토록 그대가 찾기를 원하던 그 존재지."

은발의 남자, 셰이곤은 그녀의 마음을 읽기라도 한 것처럼 말했다.

그리고는 느른한 눈길로 해루를 바라보며 가만히 턱짓을 했다. 그와 함께 그녀의 몸이 가볍게 떠밀리더니, 침대로 털썩 주저앉혀졌다.

해루는 잠시 두려움에 사로잡혔다. 자신의 몸이 스스로가 아닌 다른 존재에 의해 움직여진다는 사실이 몹시도 끔찍하게 느껴졌다.

탁자 위의 향초에선 은은한 향기가 흘러나왔다. 향의 이름은 알 수 없지만 굉장히 고고하고 우아한 향기가 났다.

"아. 미안. 이제는 말을 해도 되는데 내가 미처 신경을 못 썼군."

남자는 선심이라도 쓰듯 그녀의 목에 손가락을 가져다 대고 부드럽게 쓰다듬었다. 소름 끼치는 그 손길에 해루는 눈을 꽉 감아 버렸다.

"참고로 지슈카는 불러 봐야 소용없어. 이곳의 결계는 그런 천룡 따위가 뚫을 수 있는 게 아니니까."

남자의 손길은 경고를 남기고 나서야 떨어져 나갔다. 해루는 그제야 감았던 눈을 뜨고서 그를 노려보았다.

"유주에게 대체 무슨 짓을 한 거죠?"

"쾌락을 주었지. 능력도 주었고."

남자가 여유롭게 웃으며 말했다.

"무슨 능력이요. 사람을 파괴하는 능력?"

"그런 식으로 생각하면 곤란해. 그대의 능력 또한 같은 종류가 아닌가. 그것이 누구에게서 나왔다고 생각하는 거지?"

"원한 적 없는 능력이에요. 유주도, 나도."

향초의 향기가 짙어지고 있었다. 해루는 어지럼증을 느꼈다. 몸에서 제어할 수 없는 붉은 빛이 또다시 흘러나오고 있었다. 그것은 그녀의 온몸을 휘감아 더욱 노곤하게 만들고 있었다.

"나한테서 무얼 원하는 건가요?"

"알지 않나. 그대 심장의 진주. 아니, 그대의 존재 자체라고 해야 할까."

"그것으로 대체 무얼 하려는 거죠?"

"내 능력의 한계를 시험해 보려는 거지."

그렇게 말하는 남자의 눈길은 그저 나른하고 무감했다. 동시에 오만하고도 위험한 빛을 띠고 있었다.

"뭐라고요? 시험? 그걸 위해서 그 많은 생명들을 희생시켰다는 건가요?"

"무슨 일이든 언제나 희생은 따르는 법이지."

해루가 격분해서 외쳤지만 남자의 대답은 그저 태평했다. 와인잔을 빙빙 돌리는 손길은 느긋했으며, 움직임은 귀족들이 무료한 시간을 보내듯 그저 여유롭기만 했다.

타들어 가는 향초를 무감히 바라보던 남자가 문득 그녀를 쳐다보았다. 빙그레 웃는 그 얼굴에 소름이 끼쳤다.

"잠시 쉬는 게 좋겠다, 해루. 진주의 주인이 누구인지 잊지 말도록."

"내 주인은 나예요. 당신은 수많은 생명을 파괴한 파괴자일 뿐."

독기 어린 그녀의 말에 남자가 부드럽게 웃었다. 그녀의 뺨을 매만지며 머리카락을 귀 뒤로 쓸어 넘겼다.

"그래서 더더욱 그대가 마음에 드는군."

남자는 그녀의 몸을 안아들어 침대에 눕혔다. 다정한 연인을 흉내 내듯 이불까지 꼼꼼하게 덮어 주고는 그녀를 향해 알아들을 수 없는 몇 마디를 흘려보냈다.

그러기 무섭게 잠이 쏟아져 내렸다. 호랑이 굴에 들어가도 정신만 차리면 산다고, 해루는 의지에 의지를 다잡으며 애를 썼다. 하지만 아무리 정신을 차리려고 해도 차려지지가 않았다.

"지슈카. ……지슈카. 지슈카."

멀어져 가는 의식 속에서 해루는 애타게 지슈카를 불렀다. 아마도 미친 듯이 그녀를 찾고 있겠지. 그 성격에 어쩌면 유주를 그대로 베어 버렸을지도 몰랐다.

"지슈카. ……지슈카. 지슈카."

정말로 결계가 목소리를 막아 버렸는지 눈앞에 지슈카는 나타나지 않았다. 의식이 점점 멀어져 가고 있었다. 얼마 지나지 않아 해루는 그대로 의식을 잃어버렸다. 깊고도 깊은 흑암의 밤이었다.

"감옥에서 그대로 사라져 버렸다고? 휼, 그대는 대체 무엇을 했는가!"

지슈카는 휼을 상대로 크게 고함을 쳤다. 좀처럼 화를 내는 법이 없는 왕이었기에 휼은 더더욱 면목이 없었다.

사해 최고의 결계를 자랑하는 북궁의 지하 감옥이었다. 그레트헨과 해루 사이엔 그 어떤 직접적인 접촉도 없었다. 그런데도 그가 사진을 찾으러 갔던 그 짧은 시간에 해루가 사라져 버렸다.

감옥을 감시하던 크리스탈에 저장된 화면에는 그저 하벨을 바라보는 그녀의 모습만 마지막으로 남아 있을 뿐이었다.

설상가상으로 하벨은 근 며칠 동안의 일을 전혀 기억하지 못하고 있었다. 전투가 일어났던 것도, 자신이 지하 감옥에 있었던 것도.

지슈카는 어떻게든 해루와 의식의 연결을 회복해 보려고 애를 썼다. 하지만 여의주를 가지고 있지 않아서인지 어디서도 해루의 의식의 흔적을 발견할 수 없었다.

지슈카는 마지막 해루의 모습이 남아 있는 크리스탈의 저장 화면을 돌려보고 또 돌려보았다. 미세한 검은 연기의 잔상이 해루에게로 스미고 있는 것이 보였다.

"휼! 즉시 모든 군사들을 풀어 해루의 행방을 찾아라."

명령을 내리는 그의 얼굴이 깊은 어둠으로 침잠하고 있었다. 해루를 그렇게 감옥으로 보냈던 걸 후회하고 또 후회했다. 아니, 애초에 미끼가 되겠다고 나선 걸 말리지 못했던 사실이 더욱 후회되었다.

※

해루는 혼몽한 의식 속에서 눈을 떴다. 특이한 향이 흐르는 방안의 공기는 탁했고, 온통 열기로 후덥지근했다. 아직 잠이 덜 깼는지, 몸 주변의 공기가 푸른 물결 같은 것을 이루며 흐르는 것처럼 보였다. 아니, 몸이 온통 푸른 물속에 잠겨 있는 듯한 기분이 들었다.

"지……"

해루는 습관처럼 누군가를 부르려다 입을 닫았다. 누구를 부르려고 했던 건지 잘 기억이 나지 않았기 때문이다.

"깼어?"

문득 곁에서 륜의 목소리가 들렸다. 그가 침대 옆에 서있었다. 해루는 졸린 눈을 비비며 그를 돌아보았다.

"응. 근데 공기가 왜 이렇게 탁해?"

"간밤에 네가 춥다고 해서 온도 잔뜩 올렸잖아. 얼른 일어나. 조식 먹게."

륜은 그렇게 말하며 창가로 다가가 커튼을 활짝 열어젖혔다.

창밖엔 동화 속에나 나올 법한 광대하고 아름다운 호수가 펼쳐져 있었다. 자욱하게 피어오르는 물안개 너머로 거대한 산이 보이고, 호숫가에는 동화 속에나 나올 법한 예쁘고 아기자기한 집들이 그림처럼 자리하고 있었다.

"여기는 어디야, 륜?"

무척이나 아름다운 풍경이었지만 무언가 이상했다. 숙소를 언제 옮겼는지 잘 기억이 나지 않았다. 풍경도 도무지 프라하

같지 않아서 해루는 의아하게 물었다.

"할슈타트. 오스트리아의 호수 마을. 네가 와보고 싶어 했잖아. 어제 부랴부랴 짐 싸 갖고 나와 놓고선."

륜이 눈썹을 치켜 올리며 말했다. 그래놓고 웬 딴 소리냐며 질책하는 듯한 표정이었다.

정말로 그랬던가. 해루는 이상한 마음에 머리만 벅벅 긁었다. 륜이 저렇게 말하니 모두 사실일 텐데, 그 어느 것도 제대로 기억나는 것은 없었다.

"얼른 일어나. 호텔 조식 곧 끝나. 빨리 먹으러 가자."

륜이 이불을 개켜 놓으며 말했다.

해루는 세수를 하려고 욕실로 향하다 무언가 마음에 걸려 멈칫했다. 호텔이라니, 그런 데 묵을 여유가 있었던가. 늘 인터넷을 뒤져서 최저가 숙소만 고집하던 륜이었는데.

"근데 호텔이라니, 륜? 그런데 되게 싫어했잖아. 노친네들이나 가는 거라며."

"이제 슬슬 노친네가 되어 가나 보지. 빨리 세수나 해. 얼른 나가게."

륜은 평소처럼 시니컬하게 대꾸하며 그녀의 어깨를 툭 쳤다.

해루는 고개를 끄덕이며 얼른 욕실로 들어섰다. 그러다 거울에 비친 제 모습을 확인하고 깜짝 놀라 까무라칠 뻔했다. 자신의 머리며 눈동자가 온통 새빨갰기 때문이다.

"륜! 륜! 나 지금 너무 이상해. 륜도 봤어?"

해루가 머리를 감싸 쥐며 충격에 휩싸여 있자, 륜이 욕실 문을 열며 물었다.

"무얼?"

"나 온통 새빨간 거, 륜도 봤냐고! 머리도 빨갛고 눈도 빨갛고!"

해루는 거울을 보고 또 보며 펄쩍펄쩍 뛰었다. 하지만 륜은 대수롭지 않게 말했다.

"그거, 병 때문에 그래."

"무슨 병? 이런 괴상한 병도 있어?"

"있으니까 네가 걸렸지. 너, 그 병 때문에 거의 죽다 살아났어. 그래서 아마 기억도 조금씩 오락가락하는 것 같고."

륜이 따뜻하게 말하며 그녀를 꼭 감싸 안았다. 그리고 이마에 짙게 입을 맞췄다.

"륜! 지금 뭐 하는 거야?"

화들짝 놀라 뒤로 물러나는 그녀에게, 륜이 미간을 찌푸리며 말했다.

"우리, 사귀고 있었잖아. 설마 그것도 기억 안 나는 거야? 잠자리도 같이 한 사이인데."

"사, 사귀고 있었다고? 언제부터?"

"프라하에 도착하면서부터."

륜이 그렇게 말하며 그녀의 어깨에 자연스레 팔을 둘렀다.

그러고 보니, 그녀가 잠들었던 침대는 더블침대였다. 베개도 두 개가 나란히 놓여 있었다.

해루는 믿을 수 없는 현실에 볼을 꼬집어 보았다. 륜의 말을 들으면 들을수록 머리가 이상해지는 것 같았다. 하지만 현실이 이런 만큼 믿지 않을 수도 없었다.

기억에도 없는 어느 샌가 륜과 사귀고 있었고, 이름도 생소한 오스트리아의 할슈타트로 왔으며, 머리와 눈이 빨개지는 병에까지 걸렸다. 귀신이 곡할 노릇이었다.

해루는 핸드폰을 찾아 들고 륜과 함께 엘리베이터를 탔다. 병 때문에 며칠이나 일도 못해서인지, 핸드폰의 메신저에는 팀원들이 보낸 메시지가 수백 통이나 쌓여 있었다.

해루는 꿈에서 깨어난 기분으로 일상에 적응하려 애썼다. 하지만 무언가가 크게 잘못 되어 있는 듯한 기분을 떨칠 수가 없었다.

※

용왕들의 여의주를 호수에 담근 지 일주일 째, 신성한 호수는 정말로 맑은 물빛을 되찾았다. 바닥까지 보이는 투명한 물빛에, 백성들 모두가 찬탄을 자아내기에 여념이 없었다.

하지만 본래의 물빛이라는 무지갯빛은 돌지 않았다. 워낙에 마룡들의 탁기가 강해서인지 그렇게까지 복원되기는 힘든 모양이었다.

여의주를 건져 올리는 의식에는 백성들 수만이 참여해서 구경하였다. 황제와 용왕들은 본신을 소환해 여의주를 되찾아 갔고, 웅대한 푸른빛이 북해 전역을 감쌌다.

이후에는 전투 때문에 못다 마친 축제가 다시 재개되었지만, 북왕은 여의주를 되찾기 무섭게 모습을 감춰 버렸다. 행방이 묘연한 그의 신부를 찾으러 갔을 거라고 모두가 생각했다.

지슈카는 북해를 넘어 모든 바다와 모든 대륙에 군사들을 풀어 해루를 찾았다. 용안을 펼쳐서 모든 대륙과 모든 바다를 샅샅이 훑었다. 그런데도 해루의 흔적을 어디서도 찾을 수 없었다.

가브리엘을 아무리 고문해 봐도 셰이곤의 행적을 찾을 방도는 모른다고 했다.

그레트헨 또한 셰이곤에 대해서는 아는 것이 거의 없는 듯했다. 목에 칼을 가져다 댔던 그 순간에도 은색 머리에 잿빛 눈을 한 남자로 변모했다는 것만 겨우 털어놓았을 뿐이었다.

그런데 문득 떠오른 이름 하나가 있었다.

륜.

해루에 대해 누구보다 잘 알고 있을 존재.

「카린. 륜은 어찌 되었지?」

지슈카는 프라하에 있는 카린에게 전음을 보내 물었다.

「헌터들과 함께 움직이고 있습니다.」

「즉시 륜을 만나고 싶다.」

그의 요청에 카린은 금세 륜을 데리고 그의 앞에 나타났다.

"륜. 혹 인간 세계의 방식으로 해루의 행적을 찾을 수 있겠는가."

지슈카는 다짜고짜 륜에게 물었다. 륜은 상황을 이해한 듯 바로 대답을 해 왔다.

"핸드폰의 위치 찾기로 연결이 되어 있긴 한데 무용지물이다. 프라하 숙소에서 움직이지 않는 걸로 나와. 핸드폰 통화 내역은 자체가 없고."

"다른 방법은?"

"해루의 인터넷 접속 기록을 살펴보는 방법이 있지. 메일이

270

든 메신저든. 근데 그게 다 그쪽 회사 서버인데 해킹이 만만치가 않아. 듣도 보도 못한 방식의 양자컴퓨터거든. 그쪽 부사장이 내로라하는 천재라."

"부사장?"

"해루한테 관심이 많았었지. 아. 그러고 보니 그놈도 좀 수상해. 클럽 마르가리타 초청장을 줘서 드라클들 마주치게 한 것도 그놈이고. 부사장의 별장에서 파티를 했을 때는 마룡들이 쳐들어왔지."

그 파티는 그도 기억하고 있었다. 가브리엘을 잡아들였던 그때 그 별장이었다.

지슈카는 인사도 없이 즉시 비엔나로 이동했다. 일말의 가능성이라도 있는 한 모든 곳을 뒤져볼 생각이었다.

✽

"륜, 그런데 우리는 어떻게 사귀게 된 거야? 나는 아무리 륜을 봐도 가슴이 안 뛰어. 설레지도 않고."

해루는 한참 작업을 하다 륜에게 물었다. 다른 건 그렇다 쳐도 륜과 사귀기로 했다는 게 도무지 받아들여지지 않았기 때문이다. 게다가 잠자리까지 함께했다니.

"내가 고백을 했잖아. 네가 받아들였고. 반지도 나눠 끼었는데 정말 기억이 안 나?"

반지. 그러고 보니 손가락에 못 보던 반지가 끼워져 있었다. 푸른 진주가 박힌 아름다운 반지였다. 마치 혼인 예물 같은 세련된 반지.

륜의 것은 디자인이 조금 달랐다. 진주가 박혀 있지는 않았지만 한 세트라는 느낌이 드는 반지였다.

"해루."

륜이 곁으로 다가와 앉으며 입술에 가볍게 입맞춤을 해 왔다. 해루는 너무 놀라 비명을 지를 뻔했다. 륜이 갑자기 그러는 것이 몹시 징그럽게 느껴져서 저도 모르게 입술을 문질러 닦았다.

륜은 너무나도 좋은 사람이었지만, 좋은 오빠이자 든든한 보호자 같은 존재였다. 결코 이런 식은 아니었다. 그런 륜과 덜컥 이런 사이가 되었다니 기쁨보다는 두려움이 엄습해 왔다.

"아직도 그렇게 어색해하면 어쩌냐. 자, 이거."

륜이 피식 웃으며 무언가를 건네 왔다. 누군가가 찍힌 사진 한 장이었다.

해루는 무심결에 사진을 받아 쥐다가 깜짝 놀라고 말았다. 7년 전과는 조금 달라졌지만 유주의 사진이 분명했기 때문이다.

예전에도 예쁘긴 했지만 어른이 된 유주는 훨씬 더 아름다웠다. 선명한 눈매와 오뚝한 코, 도톰한 입술을 가진 아주 미인이 되어 있었다.

"륜, 이 사진……. 정말로 우리 유주야?"

"그래. 유주의 행방을 찾은 것 같다고 했잖아."

갑작스러운 륜의 말에 해루는 믿어지지가 않아서 멍한 얼굴을 하고 말았다. 드디어 유주를 찾았다니, 만날 수 있다니, 벅찬 기대로 가슴이 쿵쿵 뛰었다. 그리운 마음에 눈물마저 핑 돌고 있었다.

"어, 어디서? ……어떻게?"

빨리 대답을 듣고 싶어서 다급히 물었지만, 륜의 표정은 좋지 않았다. 평소의 그답지 않게 머뭇거리더니 한참이 지나서야 답을 내놓았다.

"웬 이상한 놈한테 붙들려 있는 것 같더라고."

"이상한 놈이라니? 차 선생님은 어쩌고."

"그놈이 차 선생도 어떻게 한 모양이야."

해루는 가슴이 철렁 내려앉았다. 불길한 느낌이 엄습해 오기도 했다. 혹 유주가 조폭 같은 사람한테 붙들려 있는 건 아닐까. 그래서 오랫동안 연락도 못하고 그랬던 게 아닐까.

"유주가 너한테 보낸 메일에서 도움을 청했었잖아."

"메일?"

해루는 다급히 이메일을 열었다. 메일함을 죽 훑어보니 정말로 유주에게서 온 메일이 있었다.

[언니, 나 유주야.]

메일의 제목은 그랬다. 해루는 눈을 몇 번이나 깜빡거리며 확인하고 또 확인했다. 언제 이런 메일을 받았을까. 도무지 기억에 없었다.

[언니. 그동안 미안했어. 아무것도 모르고 언니를 공격하고 죽이려고까지 했었지.

나 기억이 조금씩 돌아오고 있는 것 같아. 그래서 너무 미안하고 무서워. 무시무시한 존재들한테 조종당하고 있어서.

나 좀 도와줘, 언니. 탈출해서 언니한테 가고 싶어. 철저하게 감시당하고 있어서 이 메일도 겨우 보내는 거야.

오늘밤 클럽 마르가리타에서 공연이 있어. 그때 볼 수 있었으면 좋겠어.

사랑해, 언니. 언제나 사랑했어. 보고 싶어, 아주 많이.]

무시무시한 존재들한테 조종을 당하다니. 해루는 몹시 걱정이 되었다. 유주가 처한 상황이 생각보다 많이 좋지 않은 것 같았다.

"륜, 그 이상한 놈이라는 사람이 누군데. 혹시 조폭 같은 존재야?"

다급히 묻는 그녀의 질문에 륜이 무심한 목소리로 짧게 대답해 왔다.

"지슈카."

왠지 가슴이 철렁하는 것 같아서 해루는 잠시 숨을 몰아쉬었다. 어딘지 익숙하게 들리는 단어 같기도 했다.

"……지슈카."

"그래. 그놈 이름이 그래. 이렇게 생겼고."

륜은 몽타주 비슷한 것을 하나 보여 주었다. 겉으로는 눈이 부시도록 신비롭게 생긴 사람이었다. 과연 현실 속에 존재하는 것이 맞을까 싶을 만큼. 전혀 그렇게 악독한 사람처럼 보이지 않았다.

"이놈을 해치워야 유주를 데려올 수 있어."

"해치우다니. 경찰에 넘기거나 하겠다는 거야?"

"뭐, 여러 가지 방법이 있겠지."

륜, 아니 륜의 형태를 한 셰이곤은 피식 웃으며 몽타주를 도로 품안에 집어넣었다.

최고의 진주를 얻기 위해서는 제련이 필요하다. 섹스만큼 효율적인 제련은 없었다.

하나 해루에겐 겹겹이 걸려 있는 것이 너무 많았다. 지슈카 놈이 대체 무얼 해 놓았는지, 미혼향도 소용이 없었고, 진주를 꺼내기 위해서 심장에 손을 넣을 수조차 없었다. 고작해야 피를 뽑아 마시는 것 정도가 할 수 있는 것의 전부였다.

하여 선택한 방법이 가짜 연인 행세였다. 륜이라면 가장 자연스러운 관계가 될 테니까. 해루 스스로가 몸을 연다면 그 무엇도 장벽이 될 수 없을 테니까.

할슈타트는 아름다운 곳이었다. 자욱하게 낀 물안개 속의 풍경은 몽환적인 요정의 나라를 연상케 했고, 아기자기하게 꾸며진 마을은 흡사 동화책 속에 들어와 있는 기분을 느끼게 했다.

하지만 해루는 머릿속이 복잡해 별다른 감흥을 느끼지 못했다.

"륜, 클럽 마르가리타는 어디에 있는 거야?"

점심을 먹다 말고 해루가 물었다. 유주가 이상한 곳에 잡혀 있는 마당에, 이런 데서 여유나 부릴 때가 아니란 생각이 컸기 때문이다.

"프라하."

륜이 건조하게 대답했다.

"그럼 유주를 만나려면 프라하로 가야 하잖아."

"너는 휴식이 필요해. 많이 아팠다고 했잖아."

륜은 무심히 대꾸하며 식탁 위의 체리 하나를 집어 들었다. 입안에 넣는가 싶더니 곧 깔끔하게 씨를 뱉어 냈다.

해루는 그런 륜의 모습을 유심히 눈에 담았다. 무언가 큰 괴리감이 느껴졌기 때문이다.

평소의 륜이라면 그녀보다도 앞장서서 프라하로 향했을 것이다. 그녀에게 휴식이 필요하다면 혼자서라도 먼저 유주를 찾아오겠다고 나서 주었을 륜이었다. 무언가 계속 륜 답지 않았다.

"륜, 그 남자 몽타주 있잖아. ……지슈카."

아침부터 마음에 걸려 있었던 그 남자가 궁금해, 해루는 륜에게 말을 꺼냈다.

그런데 그 이름을 부르는데 가슴이 이상하게 뻐근해 왔다. 해루는 잠시 말을 멈췄다. 심장 어딘가가 묵직하게 내려앉는 기분이었다.

"몽타주 좀 다시 한번 보여줘. 확인 좀 하게."

그녀의 요청에 륜은 고개를 저었다.

"너무 신경 쓰지 마. 내가 알아서 할 테니까. 애인 앞에 두고 다른 남자 찾는 거, 결례인 건 알아?"

"그 남자 얼굴을 잘 익혀 둬야지. 나타나면 단번에 알아볼 수 있도록."

"됐어. 너는 내 생각이나 해."

륜은 그렇게 말하며 마뜩잖은 듯 미간을 구겼다. 일이 잘 안 풀릴 때 주로 짓는 표정이었다. 의뢰받은 일이 잘 안 되어 가고 있는 모양이었다.

해루는 반쯤 먹던 음식을 바라보다 포크를 내려놓았다. 더 먹고 싶은 생각이 없어서였다.

어쩐 일인지 머릿속은 유주보다 몽타주의 그 남자 생각으로 가득했다. 사실은 다시 보지 않아도 그 얼굴이 또렷이 기억났다. 그 기억이 맞는지 확인하고 싶었을 뿐이다.

몽타주는 흑백으로 그려져 있었지만 그 남자의 눈 색깔까지 알 것 같았다. 얼음처럼 차가운 바다를 닮은 푸른색. 왠지 그런 빛깔일 것 같은 생각이 들었다. 귀족적인 얼굴에 신비로움 가득한 강렬한 인상이었다.

그 남자가 정말로 유주를 잡아 둔 걸까. 정말로 그렇게 무시무시한 존재인 걸까.

생각에 빠져 있는 사이 륜이 식사를 마치고 자리에서 일어섰다. 그리고 밖으로 나오기 무섭게 포켓에서 담배를 꺼내 들었다.

륜이 담배를 피웠던가.

해루는 그에게서 멀찍이 떨어지며 그 모습을 의아하게 눈에 담았다. 어릴 적 집에 불이 났었다던가. 그런 이유로 연기가 나는 그 어떤 것도 즐기지 않는 륜이었다. 심지어 환상적인 불꽃놀이조차도. 그런데 그런 륜이 담배라니.

생각해 보면 체리도 이상하게 먹었다. 한 주먹씩 입에 털어넣고 씨까지 꼭꼭 씹어 먹던 평소와 달리, 하나씩 하나씩 씨를 뱉어 내며 곱상하게 먹었다.

"륜."

해루는 가만히 륜을 불렀다. 륜이 싱긋 웃으며 그녀를 돌아

보았다.

"어. 왜."

"전에 H은행 해킹했던 거 있잖아. 륜이 메인 서버까지 다운시켜서 그쪽 보안팀 엄청 당황했던 거."

해루는 갑자기 떠오른 것이 생각나 륜에게 물어보았다.

"어. 그랬지."

"그때 같이 작업했다던 사람 기억나? 성이 박 씨였던 것 같은데."

"글쎄. 잠깐 협업한 거라 기억이 잘 안 나."

"아아."

해루는 아쉽다는 듯 고개를 끄덕였다. 륜에게 어울리지 않는 담배 연기가 짙게 흩날려 왔다.

"그 사람은 갑자기 왜?"

"그냥. 생각나서. 카린한테 소개해 주고 싶었거든."

"카린?"

"어. 우리 집 산삼 단골손님. 륜도 봤던 것 같은데."

"그랬던가. 기억이 잘 안 나는데."

륜이 나른한 얼굴로 여유롭게 웃었다. 해루는 의아한 얼굴로 고개를 갸웃했다.

"륜답지 않네. 기억력의 제왕이 잊어버린 게 왜 그렇게 많아?"

"나이가 있잖아. 나도 예전 같지 않다고."

륜이 어깨를 으쓱하며 담배를 껐다. 불똥을 날리며 꽁초를 쓰레기통에 넣는 모습이 무척이나 낯설었다.

해루는 륜의 생김생김을 꼼꼼히 다시 눈에 담았다. 분명 륜이었다. 그녀가 7년을 알아 온 누구보다 든든한 존재. 그런데 계속해서 찾아드는 위화감을 도저히 떨칠 수가 없었다.

"있지, 륜. 미안한데 우리 사귀는 거 도로 무르면 안 될까?"

저도 모르게 흘러나온 말이었다. 부담이 너무 커서 생각 없이 흘러나온 말.

그런데 륜이 몹시 굳은 얼굴을 했다. 한 번도 본 적 없는 매섭고 날카로운 눈이었다. 곧 무언가 위험천만한 일이라도 벌일 것 같았다.

"무르다니."

"륜이 어색해서 도저히 안 되겠어."

사실 진짜 이유는 좀 더 깊은 곳에 있었지만 차마 말을 할 수가 없었다. 말을 꺼내는 순간 륜이 그녀를 어떻게 해 버릴 것만 같은 위험이 다분히 느껴졌기 때문이다.

륜은 은행에서 들어오는 해킹의 의뢰는 절대 받지 않는다. 그 일에 뛰어들었던 초창기에 은행의 의뢰를 받았다가 큰 사고가 나는 바람에 징크스가 생겼다고 했다.

게다가 륜은 홀로 독야청청 스타일이라 누구와 함께 작업하는 일은 절대 없었다.

그러니까 이 남자는 륜이지만 륜이 아니었다. 어떻게 된 건지는 모르지만 절대 륜이 아니었다.

"네가 지금 상태가 안 좋아서 그래. 좀 더 지나면 괜찮아질 거야."

륜이 걱정스럽다는 듯 표정을 풀었다. 그리고 그녀를 품에 꽉 끌어안았다. 머리 위로 애틋하게 입을 맞추고, 손으로는 연인처럼 다정하게 등을 쓰다듬었다. 그런데 편하지가 않았다.

꼭 덫에 걸린 짐승처럼 두렵고 갑갑하기만 했다.

둘은 연인처럼 손을 맞잡은 채, 집들 사이로 난 좁은 골목길을 걸었다. 담쟁이 넝쿨이 우거진 삼각지붕의 그림 같은 집들이 보이고, 테라스마다 장식된 제라늄과 아기자기하게 장식된 화분들이 보였다. 마치 연인들을 위해 만들어진 환상 속의 마을처럼 보이기도 했다.

"아······."

천천히 마을을 걷던 해루가 걸음을 멈춘 곳은 장미 넝쿨이 한 가득 우거진 어느 집 정원 앞에서였다. 노란색과 주홍색, 붉은색의 장미들이 어우러진 그 풍경에 숨이 턱 막히는 것만 같았다.

"왜 그래?"

륜이 뭐 볼 게 있냐는 듯한 얼굴로 물었다. 해루는 장미에서 눈을 떼지 못한 채 한참 만에 입을 열었다.

"······장미가 너무 아름다워서."

"장미가 다 똑같지 뭐 별거 있나."

륜은 평소처럼 시니컬한 어투로 말했다.

하지만 해루는 조화롭게 어우러진 아름다운 장미들을 보고 또 보았다. 무언가 꼭 기억해 내야 할 게 있는 것 같은데 도무지 기억이 나지 않았다. 심장에 돌이라도 얹힌 것처럼 가슴이 무겁게 내려앉았다.

"이만 숙소로 돌아가자. 일할 거 많이 남았다며."

륜이 그녀의 어깨를 감싸며 부드럽게 말했다. 해루는 고개를 끄덕이며 천천히 뒤돌아섰다. 걸음을 옮기면서도 미련이 남아 장미 넝쿨을 보고 또 보았다.

가슴이 커다랗게 뻥 뚫린 것만 같았다. 잊지 말아야 할 커다란 무언가가 기억에서 통째로 사라져 버린 기분이었다.

지슈카는 노기아스의 별장에 있었다. 드넓은 저택을 샅샅이 훑어가며 해루의 흔적을 찾았다. 하지만 아무런 소용도 없었다.

수십 개의 방은 모두가 비어 있었으며, 느껴지는 인적이라고는 집 관리를 위해 고용된 관리인과 그 가족들뿐이었다. 저택 뒤의 너른 숲속까지 빠짐없이 살폈으나 해루와의 연결고리는 어디서도 찾지 못했다.

그는 잘 가꾸어진 정원을 잠시 배회했다. 파티가 있던 날 해루가 찾았던 그 정원이었다. 동료들과 함께 웃고 떠들던 그 모습을 내내 지켜보았던 그 정원.

마틴의 형상을 한 가브리엘과 숲속으로 옮겨 갈 때는 위험천만한 상황에 그답지 않게 죽도록 가슴을 졸이기도 했었다.

정원을 돌아보던 그의 눈길에 무언가가 잡혔다. 오래도록 가꾸어 아름답게 모양이 잡힌 우아한 장미 넝쿨이었다. 그는 그 자리에 우뚝 멈춰 선 채로 더 걸음을 옮기지 못했다.

해루를 위해서 숱한 장미들을 피워 올렸다. 그 장미 아래서 그는 온 마음을 다해서 맹세했었다. 그토록 간절한 마음이었건만 그는 결국 지켜 내지 못했다. 자괴감이 크게 일고 있었다.

그는 쓰라려 오는 가슴을 누른 채 무겁게 발길을 돌렸다. 장미넝쿨 아래서 환하게 웃던 해루의 모습이 바위처럼 무겁게 가슴을 짓눌러 왔다.

「해루.」

수천 번을 부르고 또 불렀을 그 이름을 그는 또다시 되뇌었다. 웃을 때면 햇살이 부서지듯 환한 반짝임이 일던 까만 눈동자를 떠올리고 또 떠올렸다. 그렇게 해루를 부르면서 수천 번은 실패했을 의식의 연결을 또다시 시도하려고 애썼다.

「해루.」

의식 속에서 무언가가 언뜻 느껴진 것은 그 순간이었다.

"……장미가 너무 아름다워서."

그것은 환상이었을까. 해루의 목소리가 잠시 잡혔다가 이내 사라졌다. 너무도 찰나의 순간이라 마치 꿈결처럼 느껴지기도 했다.

하지만 지슈카는 그 순간을 놓치지 않았다. 분명 오스트리아의 중부 어디쯤이었다. 그는 이내 공간을 옮겼다. 고통으로 굳었던 심장이 인간들의 그것처럼 격하게 뛰어 대고 있었다.

해루는 새벽까지 노트북을 붙들고 작업을 손에서 놓지 않았다. 륜과 함께 잠드는 순간을 최대한 늦추고 싶어서였다.

"안 잘 거야?"

륜이 탁자 위의 향초에 불을 붙이며 말했다. 초에선 아주 고상하고 우아한 향기가 났다. 하지만 아로마 향기가 긴장을 풀어 주어서인지 자꾸 졸음이 쏟아져 내렸다.

"초는 좀 안 켜면 안 돼? 륜과 향초라니 어울리지 않아."

해루가 웃으며 에둘러 말했지만 륜은 초를 끄지 않았다. 외려 와인 잔을 가져다 탁자에 놓더니 룸서비스를 불러 와인까지 주문을 했다.

"우리 사귄 지 꼭 한 달째 되는 날이야. 오늘 같은 날은 기념을 해 줘야지."

"벌써 한 달이나 되었다고?"

"그래. 사흘째 되던 날 첫 키스를 했고, 일주일째에 첫 관계를 가졌지."

관계. 그 말이 자꾸 가슴을 짓눌러 해루는 계속 딴청을 피웠다. 물밀듯이 쏟아지는 잠을 밀어내는 것도 더 이상 힘이 들었다.

"나 잠깐 나가서 산책 좀 하고 올게."

생각다 못해 꺼낸 말에 륜이 바로 제동을 걸고 나섰다.

"이 새벽에? 와인 마시고 같이 나가. 아무리 평화로워 보이는 마을이라지만 새벽엔 위험할 수 있다고."

"그래, 그럼. 딱 한 잔만."

해루는 마지못해 동의하며 와인 잔을 받아 들었다. 자줏빛을 띠는 와인은 색이 짙었고 어딘지 독특한 향기가 났다.

한 모금 또 한 모금. 와인을 억지로 입에 밀어 넣을 때마다 졸음은 점점 더 심해졌다. 결국 해루는 반쯤 비우던 잔을 내려놓고 자리에서 벌떡 일어섰다.

"륜. 나 좀 나갔다 올게. 너무 졸려. 작업이 엄청 밀려서 벌써 잠들면 안 되는데."

점퍼를 집어 들며 말하자, 륜도 함께 일어났다.

"같이 나가."

짧게 입 맞추는 륜의 입술에서 와인 향이 났다. 그 순간 해루는 크게 어지럼증을 느꼈다.

"괜찮아?"

륜이 어깨에 팔을 두르며 슬그머니 손을 내렸다. 그 손이 가슴께에 닿을 듯하자, 해루는 얼른 떨어져서 앞서 걸었다. 문을 밀고 나와서 재빨리 엘리베이터의 버튼을 눌렀다.

륜은 바로 뒤쫓아 왔다. 엘리베이터의 문이 열리고, 사각의 공간엔 둘뿐이었다. 엘리베이터가 내려가는 짧고도 긴 시간 동안, 그는 결국 해루를 끌어안고 거칠게 그녀의 입술을 열었다.

갑자기 푸른빛의 물결이 이는 듯한 기분이 든 것은 그때였다. 엘리베이터의 좁은 공간에 공기가 물결치는 듯하더니, 정체를 알 수 없는 푸른빛이 어디선가 터져 나왔다.

뭔가 이상한 기분이 들었는지 다행히 륜은 곧 물러났다. 난데없이 이마가 간지러운 것을 느끼며, 해루는 눈을 꾹 감아 버렸다. 엘리베이터의 문이 열리는 시간은 길고도 길었다.

새벽의 거리엔 사람들이 없었다. 호수의 물안개로 축축한 거리를 둘은 천천히 걸어 다녔다. 아기자기한 가로등이 켜진 거리는 아름다웠지만, 좁은 골목이 많은 탓에 으슥한 곳도 제법 되었다.

륜은 자꾸만 으슥한 쪽으로 그녀를 이끌었다. 해루는 그런 그의 눈길을 피해 가로등이 밝은 곳 위주로 걸어 다녔다.

눈앞에 사람들이 보인 것은 한참을 그렇게 걸어 다녔을 때였다. 와인으로 인한 취기가 조금 가셨을 무렵.

해루는 반가운 마음에 사람들이 움직이는 쪽으로 걸음을 옮겼다. 그래야 륜이 딴청을 못 부릴 것 같아서였다.

그러다 우뚝 걸음을 멈춰 서고 말았다. 그곳에 모여든 사람들에게서 이상한 문양이 보였기 때문이다. 거꾸로 뒤집어진 오각별에 짐승의 머리뼈가 결합된 특이한 문양.

머리에 있는 사람도 있었고 가슴이나 목에 있는 사람도 있었다. 붉은색의 문양이 있는 사람도 있었고 검은색의 문양이 보이는 사람도 있었다.

그것이 무엇인지는 잘 생각이 나지 않았다. 하지만 분명 그것을 알고 있는 듯한 기분이 들었다. 굉장히 위험한 표식이라는 것도.

해루는 천천히 뒤로 물러나며 륜에게 말했다.

"륜. 피해야 돼. 저 사람들 이상해."

륜은 알고 있었다는 듯 고개를 끄덕였다. 그리고 주머니에서 총을 빼들며 그녀에게 재빨리 외쳤다.

"위험한 놈들이야! 내가 상대할게. 너는 뒤로 물러나 있어."

그와 함께 사람들이 그녀를 향해 죽일 듯 달려들기 시작했다. 해루는 어찌할 바를 모르고 륜의 등 뒤로 몸을 피했다. 그와 동시에 희미한 소리가 들렸다.

푸슉. 푸슉.

그리고 눈앞에서 사람들이 쓰러지기 시작했다. 보통 사람처럼 보이던 그들은 륜이 총을 쏘기 무섭게 검은 숯처럼 변했다.

언젠가도 이런 광경을 본 적이 있는 것 같았다. 해루는 기억을 떠올려 보려 애썼다. 하지만 아무리 기를 써도 떠오르는 것은 없었다. 대신 자신의 몸 주위에 붉은 불길이 휘감아 도는 것만 느껴질 뿐이었다.

붉은 불길……?

불길은 뜨겁지 않았다. 짙은 붉은색의 빛이 불길 모양으로 타오르고 있을 뿐이었다. 그런데 그것이 어떻게, 어째서 자신의 몸에서 타오르고 있는 건지 이해가 되지 않았다. 아니, 이해를 하기도 전에 벌써 붉은 빛이 거대한 기둥을 이루고 있었다.

그녀를 향해 달려드는 사람들을 밀어내야겠다고 생각한 순간, 불길이 제멋대로 움직였다. 붉은 빛은 거대하게 폭발하며 사방팔방으로 거칠게 밀려나갔다. 그리고 주위에 있던 사람들을 모두 검은 숯덩이로 만들어 버렸다.

해루는 너무 놀라 비명을 지르며 눈을 가려 버렸다. 그리고 한참이 지나서야 손을 내리고 주변을 둘러볼 수 있었다.

"해루. 그게 네 진짜 능력이다."

검게 타버린 숯 더미 사이에서 륜이 말했다.

"이, 이게 다 뭐야? 이 사람들은?"

드라클. 전설 속의 드라큘라 같은 존재들이지. 사람들의 피를 빨면서 사는 존재. 너는 그런 존재들을 물리칠 능력을 타고났고."

"뭐, 뭐라고? 그런 말도 안 되는……."

해루는 그렇게 말하면서도 륜의 말을 무시할 수가 없었다. 그런 무시무시한 존재들을 알고 있는 것만 같은 기분이 들었기 때문이다.

"지슈카는 저런 놈들을 부리는 우두머리야. 반드시 제거해야 하지."

지슈카.

또 그 이름이었다. 가슴을 철렁 내려앉게 만드는 그 이름.

무슨 감정인지 모르게 심장이 멎을 것만 같게 만드는 그 이름.

"륜은 어떻게 그런 걸 다 알아?"

"오랫동안 놈을 상대로 싸워 왔으니까."

륜은 그렇게 말하며 손가락 두 개를 부딪쳐 딱 소리를 냈다. 그러자 숯처럼 쌓여 있던 드라클의 시신들이 일순간에 재가 되어 흩어져 버렸다.

"이만 들어가자, 해루."

멍하게 서 있는 그녀를 향해 륜이 말했다. 해루는 가만히 고개를 끄덕였다. 그러다 어디선가 장미 향기가 흘러드는 것 같아 시선을 돌렸다.

아까의 그 집이었다. 장미 넝쿨이 한 가득 우거진 정원이 있던 집. 노란색과 주홍색, 붉은색의 장미들이 조화롭게 어우러져 가로등에 밝게 빛났다.

그 순간 륜이 그녀의 팔을 잡았다. 그리고 순식간에 공간이 바뀌어 버렸다. 장미 넝쿨이 우거진 그 집은 온데간데없고, 다시 호텔 방이었다.

"륜, 이건 뭐……."

놀라서 그에게 말하다 해루는 뭔가를 떠올리고 입을 다물었다.

그 짧은 한순간 무언가를 본 것 같았다. 장미 넝쿨과 호텔 방의 사이, 상반된 두 공간 사이의 그 어느 쯤에서.

몽타주의 그 남자였다.

이름을 생각할 때마다 심장이 철렁 내려앉게 만드는 그 남자. 유주를 가둬 두고 있다는 그 남자. 드라클을 부린다는 무시무시한 그 남자.

아마도 보석 같은 푸른 눈을 가졌을 그 남자가 그곳에 있었다.

그것은 아주 짧은 한순간이었다. 륜의 모습을 한 남자와 해루는 일순간에 사라졌다.

지슈카는 용안을 펼쳐 그들의 궤적을 좇았다. 추적이 빠르게 이어졌지만 이 근처 어느 곳에선가 차단되었다. 더 이상의 흔적은 따라잡을 수 없었다.

'해루.'

메아리처럼 울려 오는 자신의 목소리만 해루가 곁에 없다는 사실을 아프게 상기시켜 줄 뿐이었다.

지슈카는 할슈타트 전역에 광대한 결계를 쳤다. 해루가 이 근방에 있는 것은 분명할 터, 셰이곤이 어딘가로 이동한다면 분명 감지해 낼 수 있으리라 생각했기 때문이다.

그런데 륜이라니.

원하는 어떤 모습으로든 변모할 수 있을 셰이곤이었다. 그런데 왜 하필 륜이었을까.

어떤 형태로든 놈이 해루를 속이고 있는 것이 분명했다. 그렇지 않다면 해루가 그토록 신뢰하는 존재의 모습을 할 이유가 없을 테니까.

지슈카는 해루가 서 있던 자리로 다가가 그 흔적을 살폈다. 장미 정원이 있는 집 건너편에서 희미하게 흩날리는 잿가루가 보였다. 손가락으로 문질러 보니 드라클이 타 버린 재의 흔적이 분명했다. 근처엔 은제 탄환이 박힌 나무들도 보였다.

아무래도 륜의 모습을 한 셰이곤이 헌터의 흉내까지 내고 있는 듯했다. 놈이 노리는 것이 대체 무엇이기에.

「훗. 동원할 수 있는 군사들을 모두 할슈타트로 불러들여라.」

그는 휼에게 전음을 남겨 두고 추적을 강화했다. 이 지역의 바닥까지 샅샅이 뒤져서라도 해루를 찾아내고 말 것이었다.

"진주라고 해."

붉은 불길에 대해서 설명해 주던 륜이 힘주어 말했다.

해루는 잠자코 그의 설명을 듣고 있었다.

륜의 말로는 그녀의 심장에 있는 그 진주라는 것이 드라클을 물리칠 수 있는 힘을 준다고 했다. 진주가 제대로 힘을 가지게 되면 핵을 능가할 정도로 엄청난 에너지를 다룰 수 있게 되는데, 아까의 그 불길은 애들 장난에 불과할 정도가 될 거라고 했다.

"진주의 굉장한 힘을 보고 싶지 않아?"

와인을 한 모금 머금은 륜이 유혹하듯 물었다.

해루는 가만히 고개를 저었다. 진주니 힘이니 그저 다 이상하게만 들렸다.

"륜. 나는 그저 유주를 찾고 싶을 뿐이야."

"유주를 잡고 있는 것이 그 드라클들이라고. 놈들을 다 물리쳐야 유주를 데려오지. 그러기 위해서 힘이 필요하다고. 놈들을 한방에 날려 버릴 막대한 힘이."

호기롭게 말하는 륜은 평소의 륜과 전혀 달랐다. 륜은 시니컬하기는 해도 철저하고 신중한 사람이었으며, 비합리적인 일이나 말은 일절 하지 않는 사람이었다. 그런데 그런 륜이 이상한 힘 타령이나 하고 있다니.

"나한테 정말 그런 힘이 잠재되어 있다는 거야?"

"그래. 제련은 좀 필요하지만."

"그 제련이란 게 뭔데?"

"섹스."

불편한 정적이 길게 흘렀다. 륜의 눈은 웃지 않았다. 농담이 아니란 뜻이었다.

"뭐, 뭐라고?"

해루는 놀란 나머지 한 박자 늦게야 반응을 보였다.

륜은 전혀 신경 쓰지 않았다. 위험한 웃음을 머금으며 계속 말을 이었다.

"내 에너지가 섞여야 네 진주가 제대로 힘을 얻는 거라고. 기억 안 나? 너도 그래서 동의했잖아. 관계 가지는 거."

"륜은 대체 어떤 사람인데? 왜 륜의 에너지가 섞여야 하지?"

"내가 네게 엄청난 에너지를 넣어 줄 수 있으니까."

륜의 말은 갈수록 현실과 동떨어져 가고 있었다. 해루는 고개를 저으며 단호하게 말했다.

"됐어. 경찰에 신고부터 해야겠어. 유주를 데려오려면."

"인간 세상의 룰로 정말 유주를 데려올 수 있을 거라 생각해?"

륜이 굳은 얼굴로 웃었다. 눈동자에 나른한 빛이 비치더니 이내 날카로움으로 돌변했다.

그가 그녀를 쳐다보자 일순 섬뜩함이 일었다. 왠지 모르게 손가락 하나 까딱할 수가 없었다.

"마음만 먹으면 언제든지 널 가질 수 있어. 그렇게 하지 않는 건 네 의지를 존중해서야."

방 안의 공기가 점점 더 탁해져 가고 있었다. 향초의 향기도 더욱 짙어져 갔다. 해루는 결국 졸음을 이기지 못하고 잠이 들었다. 꿈속 어디선가 장미 향기가 아련하게 흘러들고 있는 것 같았다.

❋

「해루.」

해루는 누군가의 목소리를 들으며 잠에서 깼다. 누구인지, 어디서 들려오는지도 알 수 없는 혼몽한 목소리.

방 안의 공기는 극도로 탁하고 어찔했다. 향초의 향이 독할 정도로 가득해서 숨쉬기조차 힘이 들었다.

얼마나 자다가 깨기를 반복했는지 알 수 없었다. 날짜가 어떻게 되어 가는지조차도. 눈을 뜬 어느 때는 밤이었고 어느 때는 낮이었다.

하지만 그 모든 순간에 해루는 침대에서 일어나지 못하고 다시 잠이 들었다. 정신이 몽롱하고 몸도 나른해서 움직일 수가 없었기 때문이다.

"……륜."

해루는 억지로 몸을 일으키며 곁을 지키고 있을 륜을 찾았다. 하지만 어쩐 일인지 륜의 모습은 보이지 않았다.

그녀는 침대에서 내려와 냉장고의 문을 열었다. 찬물을 한 컵 마시고 나니 조금 살 것 같았다.

창문을 열어 환기를 시키고, 탁자의 향초를 불어서 껐다. 그러는 동안에도 륜은 모습을 드러내지 않았다.

'나가야겠다.'

불현듯 그런 생각이 들었다. 이만큼이나마 움직일 수 있을 때. 천만다행한 기회처럼 륜이 곁에 없을 때.

륜은 이미 그녀가 아는 륜이 아니었고, 그녀가 의식을 잃다시피 있었던 며칠 동안 무슨 일을 벌였는지도 알 수 없었다.

해루는 탁자에 두었던 가방과 노트북을 챙겨 들었다. 점퍼를 챙겨들고 막 나가려고 했을 때 몸이 멈췄다. 아니, 보이지 않는 올가미에 묶인 것처럼 옴짝달싹을 할 수가 없었다.

"어디 가려고?"

뒤에서 들려온 것은 륜의 목소리였다. 밖에 나갔다 왔는지 손에는 맥주 캔이 담긴 봉투를 들고 있었다.

"……프라하. 유주 찾으러 가야지."

해루는 턱끝을 꼿꼿이 세우며 그렇게 말했다. 더 이상 륜에게 휘둘리고 싶지 않아서였다.

"좋아. 네가 원하면 프라하로 가야지."

륜이 다가와 그녀의 팔을 잡았다.

다음 순간 보인 것은 정말로 프라하 올드타운의 화약탑이었다. 공간이 순식간에 뒤바뀌어 버린 것처럼.

그리고 다음 순간 다시 주위는 호텔 방이 되었다.

"륜. 지금 대체 뭐 하는 거야?"

"원하면 얼마든지 필요한 곳으로 바로 갈 수 있다는 얘기야. 네 진주가 힘을 얻으면."

예의 또 그 진주 타령이었다. 륜은 그녀가 그와 관계를 가지기 전에는 이곳에서 내보내 줄 생각이 없는 것 같았다. 마치 륜이라는 감옥에 옴짝달싹할 수 없이 갇혀 버린 기분이었다.

"이젠 도저히 안 되겠어. 시간이 없거든. 약간의 타격은 감수하고서라도 너를 안을 수밖에."

륜이 그녀를 벽 쪽으로 밀어붙이며 말했다. 가방이 떨어지고 노트북이 떨어져 파삭 소리를 냈다.

"륜! 이러지 마. 륜은 이런 사람 아니잖아!"

륜은 듣고 있지 않았다. 그녀의 양팔을 꽉 잡은 채, 입술을 강제로 벌리고 혀를 밀어 넣었다. 뜨끈한 타액이 끔찍하게 느껴져, 해루는 그의 입술을 꽉 깨물어 버리고 말았다. 사타구니를 발로 차고 그에게서 빠져나와 문밖으로 뛰쳐나왔다.

그런데 아무리 복도를 달려도 엘리베이터가 보이지 않았다. 아니, 복도가 끝도 없이 이어져 아무리 달려도 끝나지 않을 것만 같았다.

그리고 금세 어디선가 나타난 륜이 앞을 막았다. 미친 듯이 발악하는 그녀를 가뿐히 안아 들고서, 순식간에 공간을 이동해 호텔 방의 침대에 던져 버렸다.

"당신 대체 누구야! 륜을 대체 어떻게 만든 거냐고!"

륜은, 아니 륜의 모습을 한 남자는 대답하지 않았다. 침대에 나동그라진 그녀를 완력으로 누른 채 블라우스의 단추를 잡아 뜯었다. 해루는 침을 뱉고 남자를 발로 차며 온몸으로 저항했다. 꿈쩍도 않는 바위 같은 몸 아래 깔려서 격하게 울부짖었다.

"지슈카!"

저도 모르게 그 이름이 터져 나온 것은 그때였다. 왜인지조차도 알 수 없었다.

「해루.」

그리고 누군가가 그녀를 부르는 목소리가 들렸다. 귓가에 들려오는 것이 아니라 심장에 울리는 듯한 목소리. 묵직하게 가라앉은 낮은 목소리.

앞섶이 열린 블라우스 사이로 차가운 바람이 새어들었다. 해루는 도움을 청하듯 미친 듯이 주위를 두리번거렸다. 하지만 륜과 단둘이인 호텔 방에 다른 누군가가 있을 리 만무했다.

지슈카는 점점 수색 범위를 좁혀 가고 있었다. 행여 셰이곤이 눈치챘다간 해루에게 무슨 일이 생길지 몰랐기에 은밀히 움직이느라 시간이 제법 걸렸다.

결계에서 낯선 움직임이 감지된 것은 며칠이나 할슈타트를 누비고 다닌 뒤였다. 누군가가 공간 이동을 시도한 흔적이 결계에서 감지되었다.

움직임이 발생한 곳은 커다란 호수 한가운데였다. 청록빛의 물 외에는 아무것도 보이지 않는 호수 한가운데.

그곳에 해루를 가둔 무언가가 있을 터였다.

지슈카는 결계로 천룡의 흔적을 모두 감춘 채 호수로 이동해 가기 시작했다.

"지슈카!"

그 순간 문득 다급히 그를 부르는 해루의 목소리가 들렸다.

「해루.」

애타게 그녀를 부르는 그의 목소리에 힘이 실렸다. 죽음처럼 침잠했던 가슴에 한 줄기 희망의 바람이 새어 들고 있었다.

파란 나비 한 마리가 창가에 날아와 앉은 것은 륜이 완력으로 그녀를 밀어붙이고 있을 때였다.

저항도 소용없이 치마가 들어 올려지고, 그의 손이 열린 블라우스 안으로 들어와 브래지어에 감싸인 가슴에 닿았을 무렵. 푸르른 공기의 물결이 그녀를 감싸며 륜이 잠시 주춤했을 무렵.

팔랑이며 날아든 파란 나비는 금세 사람의 형체로 변모했다. 그녀의 위에 올라탄 륜의 어깨 너머로 남자가 보였다. 검푸른 머리에 차갑고 푸른 눈동자를 가진 커다란 남자였다.

"륜!"

해루는 자신을 범하려는데 여념이 없는 륜을 불렀다. 그와 동시에 푸른 눈동자의 남자가 륜을 들어 단숨에 바닥에 내리쳐 버렸다. 귀족적인 분위기의 아름다운 미남자, 몽타주의 그 남자였다.

"지슈……."

해루는 남자를 부르려다 입을 닫았다. 유주를 잡아 두고 있다는 그 남자, 드라클을 부린다는 그 남자. 그 남자가 어떻게 이곳까지 왔는지는 모르겠지만 분명 적이었다.

그것을 깨닫기 무섭게 그녀의 몸에서 불길이 돋았다. 짙은 핏빛의 시뻘건 불길. 붉은 에너지를 가득 담은 그것이 사방으로 빠르게 번져 가기 시작했다.

침대에서 내려선 해루는 붉은 에너지를 회오리처럼 감아 올려 남자에게로 쏘아 보냈다. 어떻게 그것이 가능한지는 알 수 없었지만 거의 본능처럼 그렇게 되었다.

남자는 그토록 강력하다는 그녀의 에너지를 방어하기는커

녕, 그녀에게 눈길조차 주지 않았다. 오로지 륜에게 주먹질을 하고 패대기치는 데만 여념이 없었다. 그리고 어느 순간 륜이 자취를 감춰 버렸다.

"해루."

남자가 그녀를 부르며 한 발 다가왔다.

"오지 마!"

해루는 붉은 빛의 에너지를 한껏 끌어 모아 강력하게 폭발시켰다. 바닥이 진동하고 온갖 물건들이 떨어져 내렸지만 남자는 꿈쩍도 하지 않았다. 표정 없는 얼굴로 그 자리에 서 있더니, 한 발 한 발 그녀에게 다가오기 시작했다.

그녀는 온 힘을 다해 붉은 빛을 쏘아 보내고 또 쏘아 보냈다. 하지만 모두 소용없었다. 그녀의 코앞까지 다가온 남자는 두어 걸음 정도를 사이에 두고 발을 멈췄다. 그리고 손에서 조용히 푸른빛을 쏘아 올렸다.

그의 손에서 만들어진 것은 장미였다. 방 안 가득 뻗어 나가기 시작한 형형색색의 장미.

그녀가 붉은 불길을 뿜어내기에 여념이 없는 사이, 장미 넝쿨이 온 방 안을 가득 채웠다. 태워도 태워도 끝이 없을 것처럼 장미는 자라나고 또 자라났다.

"맹약을 지키러 왔다, 해루."

맹약. 장미.

해루는 그 자리에 우뚝 멈춰 서고 말았다. 떠올려야 할 것이 있는 것 같은데 생각이 나지 않았다. 머릿속이 하얗게 텅 비어 버려서 아무런 생각도 할 수 없었다.

그녀가 주춤하는 사이, 남자가 다가와 그녀를 불쑥 끌어안앉다. 륜이 안았을 때와는 판이하게 다른 안도감, 심장의 떨림.

해루는 몹시도 낯선 느낌에 두려움이 일었다. 하지만 벗어나야겠다는 느낌은 들지 않았다.

분명 적인데. 유주를 가둬 두고 있다는 나쁜 자인데.

그렇게 생각하면서도 몸이 움직여지지 않았다. 알 수 없는 눈물만 속절없이 계속해서 흘러내렸다.

자취를 감췄던 륜이 모습을 드러낸 것은 바로 그 순간이었다. 남자의 등 뒤에서 나타난 륜은 한순간에 검은 연기로 흩어져 버렸다.

그리고 연기는 다시 순식간에 창처럼 뾰족한 형태를 취했다. 금방이라도 무언가를 꿰뚫을 듯 날카로운 창이었다.

"피해요!"

위험을 감지한 해루가 남자를 밀치며 외쳤다. 적이든 뭐든 이 남자가 다치는 것을 원치 않았다.

하지만 그 순간은 이미 늦은 뒤였다. 크게 꿰뚫린 남자의 가슴에서 피가 뚝뚝 떨어져 내리고 있었다.

"지슈카!"

해루는 휘청하는 남자의 몸을 꽉 끌어안았다. 가슴에서 흘러내리는 피가 옷섶을 온통 적시고 있었다. 그 피를 확인한 순간 심장이 고통으로 터져 나가는 것만 같았다.

왜. 대체 왜.

하얗게 멈춰 버린 듯한 시간 속에서 남자의 미려한 얼굴이 창백하게 일그러졌다.

검은 연기는 마치 그것을 조롱이라도 하듯 주위를 꿈틀꿈틀 흘러 다니고 있었다.

검은 연기.

륜이 아닌 다른 존재. 사람이 아닌 존재.

시커먼 그것의 정체를 떠올린 순간 머릿속에서 부옇게 무언가가 스쳐 지났다. 떠오를 듯 떠오르지 않는 희미한 기억들이었다. 귓가로 스미던 검은 연기. 제어할 수 없었던 붉은색 불꽃. 그리고 장미의 맹세.

'나, 윤해루는…… 혼신을 다해 당신을 보호하고 지킬 것이며, 반려로서 할 수 있는 그 모든 것을 다하겠습니다.'

혼신을 다해 당신을 보호하고 지킬 것이며…… 지킬 것이며…… 지킬 것이며……

'전통적으로, 중요한 맹약은 반드시 장미 그늘 아래서 맺는다고 하지.'

'싸움은 내가 할 테니, 그대는 사랑만 생각하면 된다.'

'그대는 불길한 존재가 아니야. 분명 특별한 존재다.'

'내가 반드시 막을 테니까. 다시는 걱정 하나 하지 않도록, 그대에게서 마룡의 영향력을 완전히 뿌리뽑아 줄 테니까.'

"아악! 아아아악!"

걷잡을 수 없이 밀려드는 기억에, 해루는 목이 터져라 비명을 질렀다.

대체 무슨 짓을 한 걸까. 지슈카에게. 이 고결한 존재에게.

그토록 소중한 반려에게.

비명을 지르는 그녀를 끌어안으며 지슈카가 손에서 푸른 불꽃을 피워 올렸다.

"괜찮다, ······해루."

아니, 전혀 괜찮지가 않았다. 그는 고통 속에서 쓰러지기 일보 직전이었으며, 해루의 속에선 이미 들끓기 시작한 뜨거운 불꽃이 맹렬히 타오르고 있었다.

해루는 끓어오르는 분노를 주체하지 못하고 온몸의 불꽃이란 불꽃은 다 끌어 모았다. 그리고 검은 연기를 향해 폭발하듯 있는 힘껏 날려 보냈다.

보이지 않는 힘이 그녀를 묶고 있었지만 더 이상 움직임을 제어하지는 못했다. 이마에서 회오리치는 푸른 빛, 지슈카의 별이 맹렬하게 회전하며 그녀의 불꽃에 힘을 더하고 있었다.

눈부시게 작열하는 붉은 빛에 검은 연기의 꼬리가 타들어갔다. 연기는 다시 사람의 형체를 취하려 했지만, 그전에 또다시 해루의 붉은 빛이 태풍을 내뿜듯 커다랗게 작열하며 내쏘아졌다.

해루의 눈에서 붉은 불꽃이 번득이고 또 번득였다. 온몸을 휘감는 붉은 불길을 해일처럼 밀어 보내고 또 밀어 보냈다. 태풍처럼, 회오리처럼, 거대하게 몰아치는 번개처럼.

"잘했다, 해루."

지슈카의 목소리가 들려온 것은 그녀가 그렇게 정신없이 한참을 몰아치던 순간이었다.

그와 동시에 호텔 방의 형체가 사라지며 광활한 호수가 드러났다. 그들은 그 위의 밤하늘에 떠 있었다. 호텔은 셰이곤이 마력으로 세운 가상의 공간이었고, 그곳에 틈이 생긴 것이 분명했다.

"훌!"

지슈카의 외침과 동시에 훌이 나타났고, 그는 자연스레 해루를 넘겨받았다.

그리고 광대한 밤하늘에 보여진 것은 커다란 깃털 날개를 가진 거대한 검은 용이었다. 마룡의 박쥐 같은 날개가 아닌, 분명 천룡의 형태를 가진 검은 용.

머리 위에는 장년의 용들에게만 자라는 뿔이 곧게 돋아 있었으며, 기다란 수염을 흩날리고 있었다.

"셰이곤의 본체다."

외치기 무섭게 지슈카가 날았다. 손에는 푸른빛으로 타오르는 아름다운 검을 쥔 채로.

해루가 불꽃으로 셰이곤을 몰아붙이는 사이, 지슈카가 본신과의 연결을 찾아내 셰이곤을 소환해 낸 것이었다.

해루는 훌이 만들어 낸 결계 속에서 지슈카의 싸움을 초조하게 지켜보았다. 그가 움직임을 더할 때마다 가슴에서 붉은 핏방울이 주르륵 떨어져 내렸다.

셰이곤의 본신은 지슈카의 그것보다 더욱 거대했다. 머리 위에선 7각의 검은 별이 빛나고 있었다. 7각의 별은 분명 세인트드래곤의 상징이었다. 대체 어찌 된 영문인 걸까.

궁금해할 겨를 따윈 없었다. 지슈카가 혼신을 다해 싸우고 있었기 때문이다.

검은 용은 시커먼 연기와 함께 광대한 붉은 불꽃을 내뿜었다. 호수를 다 덮을 것만 같은 거대한 날개로 공중을 휘저으며 지슈카를 맹렬하게 공격해 왔다.

지슈카는 온몸으로 거대한 푸른빛을 피워 올렸다. 그가 소환한 수천의 번개가 하늘을 찢을 듯 우람하게 내리쳤다. 구름 하나 없던 하늘에선 벼락같은 폭풍우가 쏟아져 내리기 시작했다.

거대한 검은 용은 금세 빗물에 흠뻑 젖어 버렸다. 하지만 그가 만들어 내는 붉은 불꽃은 빗속에서 더욱 위력을 더하며 강렬하게 내뿜어졌다.

불꽃은 수백의 창과 검의 형태를 하며 지슈카에게 날아들었고, 지슈카는 날렵하게 몸을 움직여 그것들을 피했다.

그리고 마침내 지슈카는 셰이곤의 몸 위에 올라타는 데 성공했다. 광대한 푸른 불꽃을 피워 올려 비에 젖은 검은 용의 날개를 그대로 얼려 버렸다. 날개를 성검으로 길게 베고 지나며 놈의 기선을 제압했다.

셰이곤의 불꽃은 지슈카의 다친 가슴을 집중적으로 향했다. 맹렬한 속도로 불길을 뿜어내며 지슈카를 태우려고 들었다. 하지만 지슈카가 그의 몸 위에 타고 있는 이상, 더 이상의 파괴적인 공격은 불가능했다.

유리한 고지를 점한 건 지슈카였다. 그는 하늘을 내리찍는 수천의 번개를 하나로 모아 광대한 전자기파를 형성해 냈다. 검으로 베고 지난 놈의 날개에 전자기파를 일거에 쏟아 부었다.

곧 검은 용의 한쪽 날개가 타는 듯이 절단되었다. 셰이곤의 울부짖음이 길게 울리고, 그가 추락하는가 싶었다. 하지만 곧 놈은 금세 자취를 감추었다.

지슈카는 맹렬히 놈의 뒤를 쫓았다. 순간순간 공간 이동을 하는 셰이곤의 자취를 따라 몇 번이고 공간을 옮겼다. 하지만 어느 순간 놈의 결계에 막혀서 더는 뒤를 따라잡을 수 없었다.

그는 셰이곤에게 큰 부상을 안긴 것만으로도 큰 성과라고 생각하며 아쉽게 싸움을 접었다. 가슴의 상처가 더욱 벌어져 더 이상의 싸움이 무리인 탓도 있었다.

"지슈카!"

그가 호수로 되돌아오기 무섭게 해루가 그를 끌어안았다. 새파랗게 질린 얼굴로 그의 등을 감싸고 또 감쌌다.

"괜찮다, 해루."

그 말을 끝으로 그제야 그는 고통스럽던 정신을 놓았다. 길고 지난한 싸움이었다.

❋

지슈카의 상처는 몹시도 깊었다. 마룡의 독에 꿰뚫린 데다 부상을 입고도 전투를 강행한 탓에 상처가 더욱 깊어진 것이다. 그는 사흘 동안 지독한 신열에 기절했다 깨어나기를 여러 번 반복했다고 했다.

휼은 그 사흘 동안 해루를 병실에 들여보내 주지조차 않았다. 지슈카가 허락하지 않았다는 것이었다. 고통스러워하는 모습을 그녀에게 보이고 싶지 않다는 이유였다.

처음이었다. 그를 만난 이래로 그가 그녀를 거부한 것은. 그래서 해루는 더욱 초조하게 그가 회복되기만을 기다릴 수밖에 없었다.

"전하께서 찾으십니다."

훌은 그 사흘이 지난 밤 늦게야 그녀에게 말을 건넸다.

병실로 들어서서 죽은 듯이 드러누운 그를 보자, 해루의 눈에선 그만 참을 수 없는 눈물이 터져 나왔다. 눈앞에 누운 지슈카의 얼굴은 다시 일어나지 못할 것처럼 창백했다.

그 모든 게 자신의 탓이라고 생각하니 더욱 설움이 북받쳐 올랐다. 만약 그녀가 셰이곤에게 속아서 그를 공격하거나 하지 않았더라면 그가 그렇게 당하는 일은 없었을 테니까.

"지슈카."

해루는 손을 뻗어 그의 뺨을 만졌다. 하지만 그는 아무런 반응도 보이지 않았다. 그녀는 고개를 숙여 그의 이마에 입을 맞췄다. 굳게 닫힌 눈가와 뺨에도 입을 맞췄다. 그래도 그는 눈을 뜨지 않았다.

그녀는 입술을 내려 마르고 갈라진 그의 입술에 포갰다. 불규칙한 숨결이 불안하게 입가에 와 닿았다.

그제야 그가 눈을 떴다. 팔을 뻗어 그녀의 손을 끌어당기며 곁에 앉혔다.

"미안해요. 정말 미안해요. 내가 셰이곤에게 속아서……."

"그대의 잘못이 아니다. 놈이 그대의 기억을 지운 거겠지."

"아무리 그래도 내가 어떻게 지슈카를 잊을 수 있었는지 모르겠어요."

"결국은 기억하지 않았는가. 그대 덕분에 셰이곤의 본신도 찾았고. 그대의 공이 컸다."

그가 그녀의 뺨을 매만지며 말했다.

얼굴을 더듬던 손이 아래로 향했다. 목을 쓸고 어깨를 쓸고 가슴께를 어루만졌다. 허리를 매만지고 허벅지를 쓸어내리던 그가 말했다.

"소독."

해루는 그의 얼굴을 똑바로 보지 못하고 눈을 내리깔고 말았다. 끔찍했던 그 일을 그가 모두 보았다고 생각하니 더욱 몸서리가 쳐졌다.

"놈과 있었던 그대의 기억을 모두 지워 버리고 싶다. 그대가 원한다면 말이다."

"······아뇨. 똑똑히 기억하고 싶어요. 제대로 갚아 줄 때까지."

해루의 말에 그가 그녀의 팔을 당겨 옆에 눕혔다. 그 작은 움직임에서도 고통이 읽혔다.

"해루. 말하지 않았나. 싸움은 내 몫이라고. 그대는 사랑만 생각하면 된다."

맞닿은 그의 손이 뜨거웠다. 해루는 그의 몸을 감싸 안으며 그 뺨에 입을 맞췄다. 땀에 젖은 머리를 매만지고 이마를 쓰다듬었다.

"아뇨. 나도 싸울 거예요. 지슈카를 지키고 싶어요. 다시는 그렇게 다치지 않도록."

"든든하군."

창백한 얼굴에 미소가 서렸다. 이내 장난스러운 얼굴을 한 그가 농담처럼 말을 던졌다.

"한데 그보다는 사랑을 받고 싶은데. 그대를 안고 마음껏 탐하고 싶다. 떨어져 있던 시간이 너무 길었어."

"지금은 몸이······."

"그대를 품을 정도는 된다."

말과 동시에 그의 입술이 그녀에게 닿았다. 이윽고 그녀의 혀가 그의 입술 안으로 삼켜졌다. 혀 놀림이 점점 농밀해지더니 그가 해루의 옷깃을 잡아채며 더욱 가까이로 끌어당겼다.

"지슈카, 지금은……."

"쉿."

해루가 그를 밀어내려 했지만 이미 그는 그녀의 목덜미에 입술을 파묻은 뒤였다.

해루는 얼른 그를 피했다. 하지만 마음을 숨길 수도 없게 하는 연용류가 벌써 찬란한 무지갯빛을 내뿜으며 흐르기 시작하고 있었다.

"사랑한다, 해루. 행여 그대를 잃을까 얼마나 노심초사했었는지."

"사랑해요, 지슈카. 사랑해요."

그는 대답 대신 해루의 블라우스의 단추를 열기 시작했다. 옷자락이 다 열리자 브래지어 안으로 손을 집어넣어 그녀의 가슴을 받쳐 들었다.

"그자의 손이 닿는 것을 본 순간 죽이고 싶었지."

그의 뜨거운 손바닥이 서늘한 젖무덤을 덮었다. 그녀의 가슴 끝이 단단해지기 시작했다. 지슈카의 손은 깃털처럼 섬세하게 움직였다. 허리를 매만지고 허벅지 사이로 부드럽게 미끄러졌다. 위로하는 속삭임 같은 간절한 애무였다.

해루는 그의 입술에 짙게 키스하며 지슈카의 손길을 받아들였다. 벌어진 그의 옷자락 사이로 그날의 흔적이 보였다. 상처 입은 그의 가슴엔 하얀 천이 두텁게 감겨 있었다.

해루는 조심스럽게 그의 가슴을 매만졌다. 그녀의 몸을 던져서라도 다시는 그에게 이런 상처를 입게 하지 않으리라 다짐하면서.

천천히 그녀의 옷을 모두 벗겨 낸 그가 조심스레 그녀의 몸을 이끌어 그의 위로 앉혔다. 그리고 이미 딱딱하게 굳어져 있는 남성을 그녀의 아래에 부드럽게 비볐다.

해루는 그의 뜻을 알아듣고 수줍게 그에게로 몸을 내렸다. 몸 깊숙이까지 들어오는 그의 것을 받아들이며 조심스럽게 움직이기 시작했다.

위에서 내려다보는 그의 얼굴은 창백했으나 여전히 고결했고, 그녀에 대한 욕망을 듬뿍 담고 있었다. 이채를 띤 푸른 눈동자가 더할 나위 없이 짙었다.

그리고 어느 순간 그녀의 허리에 그의 손이 닿았다. 위로 들었다 내리는 그의 손길에 해루는 하마터면 비명을 지를 뻔했다. 그가 너무도 깊은 곳까지 닿아 왔기 때문이다. 갑작스레 등줄기를 타고 오르는 전율에 저도 모르게 아래가 크게 조여들었다.

그의 손이 속도를 높여 가며 움직일 때마다 마찰은 더욱 빠르고 강렬해졌다. 눈부신 쾌락 속에서 그대로 부서져 내릴 것만 같았다.

함께 절정을 맞고 그의 위로 무너져 내리면서 해루는 비로소 안도감을 느꼈다.

창밖의 청금빛 하늘에서 북해의 하얀 눈이 흩날리고 있었다. 그토록 돌아오고 싶었던 그의 옆자리, 지슈카가 곁에 있었다.

13. 푸른 태양의 시간

무더위가 시작된 7월, 해루는 다시 일상으로 돌아왔다. 프라하에 머물면서 밀렸던 작업을 재개하고, 가끔 카린을 통해 북해빙성으로 유주를 만나러 갔다.

지슈카와 함께 북해빙성을 돌면서 백성들 사이에 마기가 스며들지 않았는지 살펴 주기도 했다.

지슈카는 매일 저녁 그녀를 찾아왔다. 유명 관광 명소를 함께 다니면서 그에게 옛 역사를 듣기도 했으며, 오페라 극장이나 마리오네트 공방 같은 곳에서 평범한 사람들처럼 데이트를 즐기기도 했다. 평화로운 나날들이었다.

"이제 한국으로 돌아갈까 봐요."

마리오네트 인형극을 관람하고 난 뒤, 저녁을 먹으며 해루가 말했다.

예전으로 되돌리지는 못했지만 어쨌든 유주도 찾았고, 프라하의 드라클들도 거의 처리되었다. 셰이곤의 행방은 여전히 묘연했지만, 마룡들이 다시 나타나는 일은 아직까지 없었다. 그러니 이제는 집으로 돌아가도 될 것 같았다. 곰씨 아저씨가 애타게 기다리고 있을 그곳으로.

"조금 더 있다 가면 어떻겠는가. 한국은 아직 안전하지 않다. 셰이곤의 행방도 아직 찾지 못했고."

지슈카가 걱정을 드러내며 만류했다.

"아저씨가 기다리고 계실 거예요. 산삼밭도 엉망이 되어 있을 거고요."

"산삼밭은 공간을 이동해 잠깐 다녀와도 되지 않는가."

그가 의아한 얼굴을 하며 당연한 듯 말했다.

"그게 아니라 잡초도 뽑아야 하고 일할 게 많아요. 인간 세상의 작물들은 모두 직접 돌보고 가꾸어 줘야 한단 말이에요."

해루의 항의 아닌 항의에 그는 적정한 선에서 타협을 제안했다.

"그럼 사흘만 더 있다. 프라하엔 보여 주고 싶은 곳이 아직 많다."

"네. 사흘만."

해루는 고개를 끄덕이며 빙긋 웃었다. 낭만적인 이 도시가 주는 꿈에서 아직은 깨고 싶지 않기도 했다.

저녁 식사가 끝나자, 둘은 손을 잡은 채로 말라스트라나 거리를 걸었다. 르네상스풍의 장식적인 건물들이 동화처럼 자리한 이곳은 황금빛으로 밝혀진 조명만으로도 몽환적인 분위기를 선사했다. 워낙 풍경으로 유명한 곳이었기에 스냅사진 촬영에 여념이 없는 신혼부부들을 여럿 마주치기도 했다.

밤에는 프라하의 여느 젊은이들처럼 맥주를 사 들고 레트나 공원에 들러서 데이트를 즐겼다. 키스하는 커플들 사이에 섞여서 자연스레 키스를 나누기도 했다.

자정이 넘은 시간엔 입장시간이 지나 아무도 없는 페트르진 전망대로 공간을 이동해 둘만의 야경을 감상하기도 했다. 모두가 꿈같은 시간들이었다.

"궁으로 들어올 생각은 없는가, 해루. 북궁엔 왕비가 필요하다."

길게 이어졌던 데이트를 마치고 비블리체 성으로 돌아오는 길이었다. 손을 맞잡던 지슈카가 문득 물었다.

"궁이요?"

"그대가 종일 내 곁에 머물렀으면 좋겠다. 한순간도 빠짐없이."

그가 미소를 지으며 말했다. 그의 푸른 눈은 몹시도 진지했으며, 그녀를 향한 애정이 듬뿍 담겨 있었다.

그와 매 순간을 함께하는 것은 해루도 간절히 바라는 일이었다. 하지만 그렇게 되면 인간 세상의 모든 것들을 포기하고 용들의 세계로 들어가야 한다. 그래서 선뜻 대답하기가 힘들었다.

"하지만 저는 하는 일도 있고……."

"그대는 나만큼 절박하지 않은 모양이군."

그녀의 망설임을 읽은 그가 대놓고 서운함을 드러냈다. 조금은 장난이 섞였지만 다분히 진심이 담긴 목소리였다.

"그런 게 아니라 저는 평범한 인간이고, 꿈에서나 그리던 용신들의 세계로 들어간다는 게 아직은 낯설어요."

솔직하게 흘러나온 그녀의 말에 지슈카가 조용히 미소를 지었다. 그녀의 뺨에 가만히 키스하며 유혹하듯 말했다.

"지금 당장을 말하는 것은 아니다. 하나 그대는 나의 왕비이니 내 곁에 있는 것이 합당하지 않겠는가."

"생각해 볼게요. 마음의 준비가 될 때까지요."

지슈카는 알겠다는 듯 고개를 끄덕이며 그녀의 손가락에 깍지를 꼈다. 다섯 손가락이 마디마디 닿아 오며 그가 곁에 있다는 안도감을 심어 주었다. 부드럽게 매만지는 손길이 금방이라도 연용류를 흐르게 할 것처럼 미묘한 전율을 주기도 했다.

그가 그녀의 세계로 들어올 수는 없었다. 그는 용들을 다스리는 왕이었고, 북해를 지키는 수호자이기도 했으니까. 하니 함께 있으려면 그녀가 그의 세계로 들어가는 수밖에 없었다.

그런데…….

해루는 문득 뭔지 모를 위화감이 느껴져 걸음을 멈추었다.

그것은 곁을 스쳐 지나는 다정해 보이는 커플에게서 흘러나오고 있었다. 눈에 보이지는 않지만 스산한 무언가가 그들에게 스며 있는 기분이었다.

개성이 강한 커플인 듯, 여자는 보랏빛으로 머리를 염색하고 있었고 남자는 녹색 머리를 하고 있었다.

『젠. 새벽까지 문 여는 피자집을 알려 줄 수 있어?』

이어폰을 낀 여자가 핸드폰을 들여다보며 묻고 있었다. 아마도 젠투어를 사용하고 있는 모양이었다. 여자는 무척이나 즐거운 듯 젠을 향해 물었고, 그녀의 팔짱을 낀 남자는 사랑 가득한 눈길로 그녀를 지켜보고 있었다.

『맥주는 어때, 젠? 그 피자집에 맥주도 있을까?』

젠에게서 응답이 왔는지 여자가 환한 얼굴로 웃었다. 남자가 궁금한 듯 여자에게 물었다.

『아직까지 문을 연 피자집이 있대?』

『응. 다음 블록에. 맥주도 먹을 수 있다 하고.』

『유용한 앱이군.』

『그러게..』

둘은 젠투어에 대한 호평을 남기며 천천히 멀어져 갔다.

"해루, 무슨 일이지?"

멈춰 선 그녀가 이상했는지 지슈카가 물었다.

"저 커플, 뭔가 이상한 기운 같은 게 느껴지는데 그게 뭔지 잘 모르겠어요."

"그러한가."

"네."

지슈카는 조용히 커플에게로 움직여 추적사를 뿌렸다. 하지만 색이 검게 변하거나 하는 일은 일어나지 않았다.

"마룡과의 연결은 감지되지 않는군."

"그렇군요. 다행이에요."

해루는 찜찜했던 기분을 떨쳐 버리며 빙그레 웃었다.

그 순간 지슈카가 그녀를 번쩍 안아 들었다.

"걸어서 성까지 가기에는 시간이 너무 걸리는군."

"오늘은 인간들처럼 다녀 보기로 했잖아요."

"이만하면 충분하지 않았는가. 그대는 어서 쉬어야 해."

어깨를 으쓱하며 말한 그가 이내 공간을 옮겼다. 그 눈에선 그녀를 향한 욕망이 짙게 타오르고 있었다.

눈앞엔 벌써 새하얀 비블리체 성이 환한 조명을 밝힌 채 모습을 드러내고 있었다. 오늘밤도 쉬기는 힘들겠다고 생각하며 해루는 환하게 웃었다. 행복한 날들이었다.

✾

창밖을 흩날리던 눈이 잠시 멈췄다. 지슈카는 북궁의 침소에서 뭄세스의 보고를 받고 있었다.

그가 검은 빛의 용에 대해 묻고 난 뒤에, 뭄세스는 신전의 기록을 모두 뒤져 북궁으로 가지고 왔다. 설마 있으리라 기대하지도 않았던 기록이었다.

「4만 년 전에 추방당한 천룡의 기록이 하나 있습니다. 금지된 사술을 썼다는 이유로 용계에서 내쫓겼다지요. 태생부터 여의주가 없이 태어나 불길한 존재로 취급받았습니다. 그 용의 몸 색깔이 검었다는 기록이 있습니다.」

그자가 셰이곤일까. 하지만 그렇게 생각하기엔 4만 년은 너무 긴 시간이었다. 보통의 용이라면 모두 수명을 다했을 만큼 기나긴 시간.

하지만 흑주술이라면 이야기가 달랐다. 그 한계가 어디까지인지는 그 누구도 모를 일이었으니까.

「흑주술을 써서 수명을 늘릴 수도 있는 것인가.」

「이론상으로는 가능하지요. 그만큼 막대한 희생 제물이 필요하겠지만 말입니다.」

「혹 그자가 어떤 혈통인지 알 수 있겠는가. 이를테면 썬드래곤이나 세인트드래곤 같은.」

지슈카의 질문에 뭄세스는 잠시 멈칫했다. 기록을 다시 훑어보더니 한참만에야 답을 내놓았다.

「그것에 대해선 나와 있지 않습니다.」

「그런 식으로 용계에서 쫓겨났다면 앙심을 품었을 수도 있겠군.」

「충분히 가능하지요. 그렇게 태어난 것이 자신의 죄는 아닐진대 말입니다.」

「그자가 썼다는 금지된 사술은 어떤 것인가.」

「인간들을 이용했다는 것 외에 더 자세한 내용은 없습니다.」

「알겠다. 이만 물러가도록 하라.」

지슈카는 뭄세스에게서 기록을 받아 들고 그를 내보냈다. 여러 정황상 추방당했다는 4만 년 전의 검은용이 셰이곤일 가능성이 높아 보였다.

셰이곤의 본신은 그에게도 다분히 충격적이었다. 마룡의 왕이 그 누구도 아닌 천룡이었다니. 그것도 머리 위에 맴돌던 7각의 별로 미루어 볼 때 용계 제일의 혈통인 세인트드래곤의 핏줄이었다. 셰이곤이 어째서 그토록 강한 존재일 수 있었는지 이제야 그 이유를 알 것 같았다.

오래전 그와 싸웠던 쌍두룡과의 대화가 문득 뇌리를 스쳐지났다.

'하면 셰이곤의 본체는 어떤 모습이지?'

'그대가 알고 있는 마룡과는 한참 다를 것…….'

'그대가 싸운 마룡들은 모두 허상. 체스판의 꼭두각시…….'

그것이 이런 뜻이었나. 그 쌍두룡은 셰이곤의 정체가 무엇인지 분명히 알고 있었다.

지슈카는 빛바랜 오래전의 기록을 살피고 또 살폈다. 셰이곤을 제거할 수 있는 힌트가 그 기록 속 어디엔가 남아있을 것 같았기 때문이다.

❋

개발팀에선 모처럼 만의 화상회의가 진행되고 있었다.

해루는 동영상 프로그램을 켜면서 몹시 긴장했다. 아직 되돌아오지 않은 눈동자는 여전히 검붉었으며, 피부 또한 지나치게 희고 창백했기 때문이다. 갑작스레 변한 외모를 팀원들에게 어떻게 설명해야 할지 알 수 없었다.

『오오! 유니!』

모니터에 팀원들의 얼굴이 가득 들어찼을 때, 가장 먼저 놀라움을 보인 것은 스벤이었다. 뒤이어 다른 팀원들도 다소간의 당황을 표했다.

『유니, 대체 어떻게 된 거야? 눈 색깔이 왜 그래. 다른 사람인 줄 알았잖아.』

『컬러렌즈야. 머리는 염색했고.』

해루는 최대한 태연을 가장하며 아무렇지 않은 듯 말했다.

『유니가 그런 화끈한 붉은색을 좋아하는지는 정말 몰랐네.』

『완전 좋아하지. 어때. 어울려?』

『검은색이 나은걸. 왠지 유니 같지 않아서.』

스벤은 그녀의 피부색까지 걸고넘어지며 불편한 관심을 계속 표했다. 덕분에 본격적인 회의가 시작되기 전까지 해루는 팀원들의 관심을 한 몸에 받아야 했다.

『자자. 회의 시작하죠.』

상황을 정리한 사람은 부사장이었다. 그는 해루의 외모에 별 관심을 두지 않은 채, 상황이 급한 듯 속전속결로 회의를 진행했다.

안건은 젠투어의 업그레이드에 관한 것이었는데, 이전에 배분되었던 작업에 더 추가할 부분을 논의하는 것이었다.

『그런데 사용자게시판 말입니다.』

팀원인 노라가 먼저 의견을 냈다.

『젠의 목소리를 오래 듣고 있으면 머리가 어지럽고 속이 울렁거린다는 말이 많던데요.』

『글쎄요, 목소리가 매력적이라는 평들이 더 많지 않습니까.』

부사장의 제동에 노라가 설명을 추가했다.

『그건 짧게 들었을 때 얘기고요. 젠투어로 여행 안내를 받으면서 다니면 하루 종일 젠과 대화를 하잖습니까. 그런 유저들은 주로 어지럽고 토할 것 같다는 평을 해 놨더라고요.』

『저도 동감이에요.』

스벤이 중간에 끼어들어 의견을 말했다.

『짧게 들으면 막 오르가즘이 느껴지고 그러는데, 오래 들으니 머리가 너무 아프더라고요. 목소리 톤을 좀 바꿔야 할 것 같아요.』

『고려해 보도록 하죠. 또 다른 의견은?』

『작동 오류가 가끔 나는 것 같더라고요. 분석 결과로는 해변에 가까이 있을 때 문제가 생기는 듯합니다.』

『구체적으로 어떤 문제죠?』

『이상한 잡음이 울려서 속을 메슥거리게 한다거나 하는.』

『그것은 프로그램상의 문제라기보다 환경적인 문제겠죠. 우리가 해결할 수 있는 것이 아닙니다. 그리고……』

『우욱!』

부사장이 계속 말을 이어 갈 때였다. 스벤의 얼굴이 갑자기 일그러지더니 그가 다급히 입을 막았다. 그리고 급하게 어디론가 달려가는 모습이 보이더니, 이내 화면에서 사라져 버렸다. 아마도 화장실로 향했을 거라고 모두가 추측했다.

해루는 그제야 화면에 보이는 팀원들의 모습에서 조금씩 이상한 기운이 느껴진다는 걸 깨달았다. 지난 밤 커플에게서 느껴졌던 알 수 없는 위화감 같은 것.

그것이 느껴지지 않는 사람은 꼭 하나였다. 부사장 노기아스.

화면에선 부사장이 태연하게 회의를 이어가고 있었다. 하지만 해루는 찜찜한 그 느낌을 떨쳐 내지 못했다. 무언가 석연치 않은 구석이 있었다. 그게 뭔지는 몰라도 젠과 관련이 있을 거라는 확신이 마음속 깊은 곳에서 서서히 자라나고 있었다.

한여름의 태양이 하얗게 작열하고 있었다. 마트에 다녀온 해루는 이마에 밴 땀을 닦으며 식탁 위에 체리를 한 바구니 꺼내놓았다.

"또 체리야?"

한창 작업에 열중하던 륜이 한 주먹 입에 넣으며 타박 아닌

타박을 했다. 그러고는 우적우적 씹어서 씨까지 다 먹었다.

"응. 한창 쌀 때잖아."

해루는 빙긋 웃으며 그런 륜의 모습을 유심히 바라보았다. 이전의 사태 이후로, 그녀는 륜이 체리를 씨까지 몽땅 먹는 모습을 보아야 안심이 되었다. 그래야 진짜 륜이었으니까.

"근데 윤해루. 너 요즘 나한테 되게 서먹하게 구는 거 알아?"

"내가 그랬어?"

해루는 저도 모르게 그의 시선을 피하며 눈을 내리깔았다. 륜이 그 일을 알게 하고 싶지 않아 비밀로 했지만 은연중에 그때의 두려움이 남아 있었나 보다.

"너 말야, 애인 생겼다고 7년이나 보살펴 준 이 오라버니를 막 외면하고. 사람이 그러는 거 아니야."

"륜. 그게 아니라⋯⋯."

"됐어. 농담인 거 몰라? 애인 생겼는데 외간 남자 신경 쓰는 게 더 이상해."

다행히 륜은 피식 웃으며 다시 작업에 열중했다.

"근데 요즘 이상한 일들이 많네."

한참 자판을 두드리던 륜이 피로한 듯 기지개를 죽 펴며 말했다.

"응? 뭐가?"

"해저 화산이 막 폭발하고, 여기저기 지진 나고. 몇 천 년을 잠잠하던 화산들이 사방에서 터지고 있다고. 백두산도 간당간당하다고 난리인데? 곧 일본에 대지진이 올 것 같다는 얘기도 막 나돌고."

그녀도 보았던 이야기들이었다. 최근에는 특히 지진이 잦아서 사망한 사람만 수만 명에 달하고 있었다. 전문가들에 따르면 지각판의 움직임이 이례적으로 활발해졌고, 그에 따라 화산활동도 격렬해지고 있다고 했다.

진짜 심각한 것은 대륙보다 눈에 보이지 않는 해저라고 했다. 심해에서 어떤 일이 벌어지고 있는지 측정도 다 되지 않는다는 것이었다.

"이참에 기상위성들이나 해킹해 볼까. 무슨 일이 벌어지고 있는지 제대로 보게."

륜이 뭔가 심상치 않은 듯 말하고 있었다.

해킹. 해루는 젠을 떠올렸다. 이상한 기운이 감돌던 회사 사람들, 그리고 젠을 사용하던 보라색 머리의 여자. 다행히 륜에게선 그런 스산한 기운이 느껴지지 않았다.

"륜. 혹시 우리 회사 서버도 해킹해 볼 수 있어?"

해루의 말에 륜이 무슨 개풀 뜯어먹는 소리냐는 얼굴을 했다.

"그거, 어떻게 생겨먹었는지도 모르는 최신식 양자컴퓨터야. 운영체제도 2중이라 한 겹 뚫고 들어가도 내부 시스템에서 막힐걸. 근데 갑자기 해킹은 왜."

"젠이 이상해. 혹시 륜은 못 느꼈어?"

"뭐가 이상한데?"

"젠의 목소리. 사용자게시판에 이상하다는 글이 잔뜩 올라와 있거든. 오르가즘을 느끼게 만든다는 얘기도 있고, 오래 들으면 어지럽고 메슥거린다는 얘기도 있고. 사람을 미치게 만든다는 얘기도 있어."

"그래?"

"이상하지 않아?"

"게시판을 한 번 봐야 알겠는 걸."

륜은 곧바로 자판을 두드려 게시판을 살펴보기 시작했다. 젠의 목소리를 사용하는 어플은 젠투어뿐 아니라 젠케어, 젠스쿨, 젠쇼핑 등 젠텔의 모든 어플이었다. 그 모든 유저들을 합하면 전 세계 수억 명은 될 것이었다.

바다가 일렁이고 있었다. 들끓어 오르고 있다는 표현이 더 맞을 것이다. 녹아내리는 빙하가 출렁이고, 파도는 이전에 비할 바 없이 드높게 치솟아 올랐다. 곳곳에서 태풍이 휘몰아쳤다.

지슈카는 북해의 변화를 보고받고 시찰을 나온 참이었다. 전령을 보내 파악한 바에 따르면 서해나 동해도 마찬가지였다. 어디선가 정체를 알 수 없는 막대한 에너지가 흘러들어 바다를 휘젓고 있었다.

「대륙에서 흘러드는 에너지입니다.」

한참이나 눈을 감고 신력을 펼치던 이시스가 말해 왔다.

「이대로라면 북해의 빙하가 모두 녹는 것도 시간문제일 것입니다.」

빙하뿐이 아니었다. 해저의 지각도 크게 흔들리고 있었다. 심해의 화산이 곳곳에서 분출하고 해류도 크게 뒤바뀌고 있었다. 벌써 지형이 변해 버린 해저도 북해에만 수십 곳이었다. 단 며칠 사이에 일어난 일들이었다.

「대륙도 마찬가지입니다. 지진이며 화산이며 피해가 막대하게 속출하고 있지요. 무언가 의도적으로 일을 벌이는 세력들이 있는 듯합니다.」

대륙의 정보를 모아 온 카린이 말했다.

「1만 년 전에도 꼭 이러했지요. 마룡들의 개입이 아닐까 합니다.」

잠잠히 듣고 있던 페르망이 끼어들었다. 총사령관인 페르망은 델키온의 밑에서 1만 년 전의 전투를 진두지휘했던 백전노장이었다.

「대륙에서 막대한 에너지를 유입시켜 해저에 낳아 둔 수십억의 알들을 깨우고 있을지 모릅니다. 인간들에게서 에너지를 빨아들이는 방식이지요. 이대로라면 그때처럼 또다시 대륙이 침강하고 마룡들의 세상이 오게 될지 모릅니다.」

지슈카는 묵묵히 그들의 이야기를 들었다.

정보를 종합해 보면 셰이곤이 본격적인 움직임을 개시하고 있는 게 분명했다. 인간들의 에너지를 이용해 대륙을 침강시키고 마룡들의 세상을 가져오는 것. 1만 년 전 그들의 승리를 세상에 다시 재현시키는 것. 아마도 그것이 목표인 듯했다.

하지만 이번엔 결코 뜻대로 되기 힘들 것이다. 지슈카는 전의를 다지며 수하들에게 지시를 내렸다. 결기를 머금은 북해의 바람이 태풍처럼 휘몰아치고 있었다.

✳

노기아스가 해루에게 저녁 식사를 제안해 온 것은 두 번의 화상회의를 거친 다음 날이었다.

그동안 젠투어의 사용자 게시판에는 무수한 항의 글들이 올라왔다. 젠투어를 사용하다 피를 토하며 쓰러졌다는 이야기, 어지럼증이 심해져 병원에 실려 갔다는 이야기 등등. 더욱 심각한 것은 그 증상들이 젠의 사용을 중단한 뒤에도 계속되고 있다는 점이었다.

하지만 사장도 부사장도 그런 글들엔 거의 신경을 쓰고 있지 않았다.

오히려 공격적인 마케팅으로 승부수를 띄우며 저변을 더욱 확대해 나가고 있었다. 그런 까닭에 젠의 사용자수는 줄어들기는커녕 나날이 늘어나고 있었다.

생각해 보면 모든 것이 이상했다. 애초에 부사장이 그녀에게 관심을 보였던 것부터. 그것은 그저 직원에 대한 관심의 수준을 넘어 있었으며, 남녀 간의 관심이라고 보기에도 무리수가 있었다.

Nogyahs.

해루는 메신저 창에 뜬 그의 이름을 한참이나 들여다보았다. 그리고 그제야 그가 그녀에게 각별한 관심을 보였던 이유를 깨닫고야 말았다.

"지슈카!"

그녀가 그를 부르기 무섭게 지슈카가 모습을 드러냈다.

"노기아스예요."

"뭐가 말인가."

"셰이곤의 진짜 인간체."

해루는 종이 위에 노기아스의 이름을 썼다. 그런 다음 그 이

321

름의 철자를 거꾸로 뒤집어 보았다.

Shaygon

　그것은 셰이곤이란 이름이 되었다. 노기아스는 대놓고 셰이곤의 이름을 사용하고 있었던 거였다. 무섭도록 자신만만한 행동이었다.

　"노기아스가 제게 저녁 식사를 제안했어요. 무슨 의도를 가진 걸까요?"

　"어떤 의도든 그대에게 해를 끼치기 위함이겠지. 식사 약속은 잡되 그대는 나가지 않는 것이 좋겠다. 내가 현장에서 놈을 상대하도록 하지."

　"아뇨. 제가 나가지 않으면 어떻게 될지 모르잖아요. 영영 그자의 행방을 찾을 수 없게 될 지도 몰라요."

　"그대가 또다시 위험에 처하는 걸 원치 않는다."

　"이번엔 다를 거예요. 더 이상 휘둘리지 않을 자신도 있고요. 무엇보다 지슈카가 곁에 있을 거잖아요."

　해루는 결국 노기아스의 메시지에 긍정적인 응답을 보냈다.

　약속은 모레 저녁 7시, 프라하 13지구의 호숫가에 있는 어느 레스토랑이었다.

　TV에선 연이어 충격적인 소식들이 터져 나왔다.

　터키와 그리스에서 커다란 지진으로 1만 명이 넘는 숫자가 사망했다는 소식이었다. 인도네시아 곳곳에선 화산 폭발에 이은 쓰나미로 3만여 명이 사망했다.

캘리포니아에서도 지진으로 2만 명이 넘는 숫자가 사망했으며, 옐로스톤도 들끓고 있었다. 하와이와 뉴질랜드에선 화산 폭발 소식이 끊임없이 이어지고 있었다.

인터넷에선 이러다가 대륙이 분할되거나 일부가 가라앉을지도 모른다는 소문이 빠르게 나돌고 있었다.

"이대로라면 정말로 대륙이 침몰할지도 모르겠는걸."

기상위성을 해킹한 륜이 어두운 얼굴로 말했다. 각국 정부에선 쉬쉬하고 있었지만 드러난 것보다 사태가 훨씬 심각하다는 이야기였다.

해루는 작업하던 손을 놓고 륜의 말에 귀를 기울였다. 무서운 이야기들이었다.

"근데 젠의 서버 말이야. 알래스카에 있다고 하지 않았어?"

기사를 몇 개 더 확인하던 륜이 문득 물었다.

해루는 새로운 데이터센터를 그곳에 구축했다던 부사장의 말을 떠올리며 고개를 끄덕였다.

"응. 거기가 데이터센터인데."

륜은 바로 고개를 저었다.

"아니. 젠의 서버는 대륙에 없어. IP가 알래스카로 뜨긴 하는데, 다 조작된 거야."

"서버가 대륙에 없다니, 그게 무슨 소리야?"

"전파가 인공위성에서 나오더라고. 진짜 서버는 거기 있다는 소리지. 게다가 전 세계적으로 공유된 인터넷 망을 쓰고 있지도 않아. 독자적인 제3의 네트워크로 연결되어 있다고."

"굉장하네."

정말로 굉장하다는 말밖에 나오지 않았다. 무슨 이유로 인공위성까지 동원해 가며 그토록 방대한 서버와 네트워크를 구축했을까.

"젠을 쓰는 사람들이 이상해졌다고 했지? 노기아스가 셰이곤의 인간체 같다 했었고."

"응."

"마력으로 사람들의 에너지를 빨아들이는 것 같아. 피 안 먹는 드라클이나 똑같은 거지."

"피 안 먹는 드라클?"

"그래. 훨씬 편리한 시스템이야. 피도 필요 없고, 일일이 흑주술을 걸어야 하는 번거로움도 없고. 손가락 하나 까딱하지 않고 어플을 이용해 수억 명의 희생제물을 부릴 수 있는 거잖아."

륜의 해석은 그랬다. 해루 또한 어림짐작으로 그러지 않을까 생각은 하고 있었다. 몹시도 무서운 일이었다.

"무섭네. 그렇게 에너지를 모아서 어디다 쓰려는 걸까."

"용도가 있겠지. 아마도 지슈카는 알지 않을까."

해루는 고개를 끄덕이며 시간을 확인했다.

오후 5시, 노기아스와 약속한 시간이 점점 다가오고 있었다.

❋

노기아스는 말끔히 슈트를 갖춰 입은 채로 레스토랑에 나타났다. 여전히 부드러운 매너에, 얼굴에는 다감한 미소를 머금은 채였다.

"저를 보자고 한 이유가 뭐죠?"

해루는 그와 마주 앉기 무섭게 말을 꺼냈다. 노기아스는 메뉴판을 밀어 주며 부드럽게 웃었다.

"우선 식사부터 하고 얘기하죠."

"이유를 알기 전에는 음식이 안 넘어갈 것 같아서요."

해루가 결연한 얼굴로 이야기하자, 그는 마지못해 대답한다는 투로 입을 열었다.

"……그레트헨. 답이 됐습니까."

"그레트헨이 왜요. 무슨 말씀을 하시려는 거죠?"

"여전히 내 영향하에 있다는 말입니다. 해루 씨가 모르고 있는 것 같아서."

그 말은 고백과도 같았다. 그 자신이 셰이곤이라는 고백. 그리고 협박이었다. 자신을 건드리면 유주 또한 무사하지 못할 거라는.

그는 이미 해루가 자신의 정체를 알고 있다는 걸 간파하고 있었다.

해루가 말이 없자, 그는 메뉴판을 들여다보며 다시 말을 꺼냈다.

"그리고 오늘은 협상을 하러 나온 겁니다. 그쪽을 지켜보고 있는 남자와."

"무슨 협상을 말씀하시는 거죠?"

그녀의 말에 그가 메뉴판에서 눈을 들었다. 그리고 아주 여유로운 목소리로 답을 해 왔다. 모르는 사람이 보면 사랑 고백이라도 하는 것처럼 달콤하고 매끄러운 목소리였다.

"나를 노리는 것은 좋습니다. 하지만 나를 제거한다 해도, 내게 걸려 있는 인간들의 목숨은 보장할 수 없죠. 최소한 수억은 이미 우리 영향권에 들어와 있으니까."

"협상이 아니라 협박을 하러 나오셨군요."

"뭐, 생각하기 나름이니까."

그가 어깨를 으쓱하며 웃었다. 부드러운 그 미소에 소름이 끼쳤다.

"그래서 젠을 만든 건가요? 이렇게 이용하기 위해서?"

"말했잖습니까. 내 능력이 어디까지인지 시험해 보고 싶었다고."

그는 아예 대놓고 자신이 세이곤임을 표명하고 있었다. 그녀가 그를 어찌하지 못하리란 걸 알고 하는 행동이었다.

"이 집은 굴라쉬가 맛있는데. 진트리니체도 괜찮아요."

그가 메뉴판을 내밀면서 싱긋 웃었다.

"저는 생각이 없어요."

"그럼 내가 알아서 주문하죠."

노기아스는 곧 손을 들어 종업원을 불렀다. 여유롭게 음식을 주문하고 그녀의 앞에 물을 따라 건네주었다.

해루는 곧 그가 왼손만을 쓰고 있다는 사실을 깨달았다. 본래는 오른손잡이였던 걸로 기억하는데. 그러고 보니 오른손의 색깔이 조금 검었다. 마치 피가 안통해서 검게 변한 듯한 색깔이었다.

지슈카에게 크게 다친 날개가 분명 오른쪽이었다. 본신이 다친 만큼 인간체에도 타격이 큰 모양이었다.

"제게 바라는 것이 뭐죠?"

해루의 질문에 그가 나른하게 웃었다. 푸른 눈에 이채를 띠며 부드럽게 말했다.

"알지 않습니까. 해루 씨의 진주. 그것만 건네주면 모든 건 없던 일로 할 수도 있어요. 그레트헨도, 인간들의 피해도."

"제게서 그것을 가져가면 더한 일을 벌이겠지요."

"너무 장담하지 말아요. 앞일은 어떻게 될지 모르는 거니까."

노기아스는 그렇게 말하며 탁자 위에 놓여 있던 해루의 물컵을 불쑥 들어 올렸다. 그리고 보란 듯이 눈앞에서 깨뜨려 버렸다.

유리컵의 파편이 튀며 해루의 손목에서 피가 흘렀다. 노기아스는 그 순간을 놓치지 않고 그녀의 손목을 잡아챘다. 찰나의 순간, 손목에 입술을 대며 피를 빨아먹었다.

본래의 용건은 이것이었나. 이런 식으로라도 그녀의 피가 필요할 정도로 부상이 심한 모양이었다.

해루는 곧 손에서 붉은 불꽃을 피워 올렸다. 그의 손을 태울 듯 타오르는 짙붉은 불길에 그가 아차 싶었다는 얼굴로 손을 놓았다. 어깨를 으쓱하며 짓는 표정엔 장난스러움이 배어 있었다.

"진주가 많이 무르익었군요. 지슈카의 덕이라고 해야 할까."

"용건이 끝났으면 저는 이만 가 보겠습니다. 부사장님."

해루는 그렇게 말하며 자리에서 일어섰다. 하지만 노기아스가 그녀의 팔목을 잡은 채 놓아주지 않았다.

"지금 움직이면 최소한 3천 명은 그 자리에서 폭파될 텐데, 그래도 괜찮습니까."

그가 부드러운 어조로 협박해 왔다.

해루는 그 자리에 멈춰 선 채로 움직일 수가 없었다. 말로만 하는 협박이 아니라 그대로 실행에 옮길 게 분명해 보였기 때문이다.

그녀는 난감한 얼굴로 주위를 둘러보았다. 건너편에서 지켜보고 있던 지슈카가 천천히 이쪽으로 향해 오고 있었다.

팽팽한 긴장 속에 침묵이 흘렀다. 지슈카는 해루의 팔목을 노기아스에게서 떼어 내며 그녀의 옆자리에 앉았다. 해루 또한 안심하라는 그의 눈빛을 알아들은 듯 그의 곁에 조용히 다시 앉았다.

"3천 명이라."

지슈카는 결계를 만들어 주위의 사람들과 공간을 분리하며 말했다. 그의 얼굴은 여전히 침착했으며 작은 흔들림 하나 보이지 않았다.

"그대를 여기서 처리하지 못한다면 그 숫자는 그 몇 십만 배로 늘어날 테지."

담담히 흘러나온 지슈카의 말에 노기아스가 느긋하게 웃었다.

"77억 인구 중에 몇 억 명 정도는 우습다 이건가."

"그 어떤 생명도 우습지 않아, 셰이곤. 심지어 그대가 희생양으로 삼는 마룡들조차도."

"직접 보고도 그런 말이 나올지 모르겠군."

노기아스는 말과 동시에 손가락을 부딪쳐 딱 소리를 냈다. 그러자 곧 발아래 대지가 우람하게 진동을 했고, 레스토랑 안의 사람들이 피를 토하며 쓰러지기 시작했다.

지슈카는 눈 하나 깜짝하지 않았다. 대신 투명한 방어막을 만들어 사람들을 보호하며 그들의 숨통을 틔어 주었다.

사람들은 혼비백산했지만 다행히 그 자리에서 목숨을 잃은 사람들은 없었다. 곧 앰뷸런스가 도착하고, 사람들은 우왕좌왕하면서도 피해가 큰 환자들을 먼저 실어 보내며 나름의 질서를 가지고 움직였다.

"이제 그대의 시대는 끝났어, 셰이곤."

지슈카는 부상 입은 그의 오른팔에 가볍게 푸른 불꽃을 날려 보냈다. 이내 노기아스의 얼굴이 일그러졌다. 여유롭던 입가에 초조함이 감돌기 시작했다.

그 순간을 놓치지 않고, 지슈카는 재빨리 결계로 노기아스를 얽어매었다. 그대로 공간을 움직여 하늘로 이동하며 푸른 불꽃을 광대하게 펼쳤다.

하지만 노기아스는 민첩하게 결계를 벗어나 자취를 감췄다. 지슈카가 빠르게 뒤쫓았지만, 계속해서 공간을 이동하며 몸을 피했다.

마침내 지슈카가 노기아스의 흔적을 따라잡았을 때, 그가 도착한 곳은 뜻밖에도 황해였다.

옛 황궁이 있던 황제의 바다, 황해.

붉게 작렬하는 태양 아래 검푸른 바다가 높게 넘실대고 있었다.

그리고 새까만 구름처럼 하늘을 가득 메운 끝이 보이지 않는 마룡 떼.

성역을 침범해 왔던 놈들보다 수백 배는 많아 보이는 마룡들이 황해의 하늘을 광활하게 날고 있었다.

지슈카는 공간을 옮겨 북해빙성으로 돌아왔다. 즉시 황제에게 전령을 띄우고 전투 준비에 나섰다.

마룡들의 번식 속도는 가히 기하급수적이었다. 놈들을 그대로 둔다면 곧 그 몇 배가 넘는 숫자가 이곳까지 침공해 올 것이었다. 무엇보다 셰이곤이 그곳에 있었다. 놈을 제거하지 못한다면 이런 상황이 수백 년 수천 년 동안 계속될 터였다.

지슈카는 곧 군사들을 이끌고 황해로 향했다. 황제에게 전언을 보냈으니 동·서·남해와 황궁에서도 빠른 시간 안에 지원군이 올 것이었다.

황해에 도착한 지슈카와 군사들은 단숨에 마룡들 사이를 가르며 일직선으로 뚫고 들어갔다. 그리고 놈들이 가장 많이 모여 있는 하늘 아래, 옛 황궁이 있던 자리에 보란 듯 진지를 구축했다. 선제공격을 통한 기선제압이었다.

천룡의 군대는 일사불란하게 움직이며 전격적인 공격을 개시했다. 푸르른 전자기필드로 무장한 은빛 함대가 힘차게 물살을 갈랐다. 그 위로 푸른 불꽃을 휘감은 궁수대가 용맹하게 날았다.

마룡들은 하늘에서 끊임없이 쏟아져 내리고, 물밑에서 끊임없이 솟아나왔다. 바다에서 솟구치는 놈들은 파도를 결빙시켜 얼려 버리고, 하늘에서 내리꽂히는 놈들은 전자기파로 일거에 태워 버렸다. 공중에서 불을 뿜는 놈들은 구름을 탄 궁수대의 몫이었다.

지슈카는 함대를 진두지휘하며 셰이곤의 흔적을 찾았다. 어떻게 해도 찾아지지 않자, 흘을 통해 해루를 불러들였다. 그녀가 가까이에 있다면 분명 접근해오리라 생각했기 때문이다.

예상은 틀리지 않았다. 놈은 수십 마리의 쌍두룡과 함께 모습을 드러냈다. 거대한 날개를 광활하게 펼치며, 사방을 향해 화산처럼 불을 뿜으며 날아들었다.

지슈카는 곧바로 본신을 소환했다. 인간체로는 그 많은 숫자의 쌍두룡을 다 감당하기 힘들 것이었기 때문이다. 인간체는 해루에게 맡겨 두고, 그는 창대한 날개를 펼치며 힘차게 하늘을 날았다. 해루에게서 흘러나오는 7각의 별빛이 강력한 수호자처럼 그를 비췄다.

푸른 용의 본신을 한 지슈카는 우아한 맹수처럼 움직이며 온몸에서 푸르른 불꽃을 피워 올렸다. 눈부시게 작렬하는 푸른 불꽃은 거대하게 폭발하는 별처럼 광활한 하늘로 퍼져 나갔다. 드넓은 창공을 푸른빛으로 가득 채우며 쌍두룡의 불길들을 태워 나갔다.

푸른 용의 불꽃은 곧 광대한 소용돌이를 그렸다. 빠르게 회전하는 소용돌이를 중심으로 수천의 번개가 모이고 또 모여들었다. 지슈카는 그 모두를 응축시켜 거대한 전자기 폭풍을 만들었다. 그리고 그를 에워싼 쌍두룡들에게 광속으로 쏘아 보냈다.

두 마리가 타들어가고 세 마리가 떨어져 내렸다. 계속 되는 싸움에서 쌍두룡들 모두가 매섭게 달려들었으나, 결국 푸른 용의 상대가 되진 못했다.

검은 용의 본신을 한 세이곤이 나선 것은 그 즈음이었다. 쌍두룡들이 거의 제거되고 마룡들이 거대한 떼죽음을 향해 가고 있을 즈음.

하늘에선 검은 용과 푸른 용의 치열한 접전이 펼쳐졌다. 검은 뿔에 검은 깃털 비늘을 가진 셰이곤과 푸른 크리스털의 우아함으로 빛나는 지슈카가 치열하게 맞붙고 있었다.

셰이곤은 검은 독기와 붉은 불꽃의 광대한 회오리를 뿜어내며 지슈카에게 달려들었다. 지슈카는 막강한 번개와 거대한 폭풍우를 불러들이며 이에 맞섰다.

쉴 새 없이 천둥번개가 치고 폭우가 휘몰아쳤다. 시뻘건 불길과 붉은 에너지파가 숨 쉴 틈도 주지 않고 공격해 왔다. 빗물에 녹아내리는 셰이곤의 독기에, 지슈카는 끊임없이 방어막을 생성해 가며 푸른 불꽃을 날려 보냈다.

지난한 싸움이 길게 이어지면서, 먼저 지친 것은 한쪽 날개가 거의 망가진 셰이곤이었다.

셰이곤의 움직임이 둔해지자, 지슈카는 바로 인간체를 소환해 성검을 꺼내 들었다. 셰이곤의 위에 올라타고 반대편 날개로 향하며 거대한 번개를 불러들였다.

셰이곤은 광대한 머리를 움직여 그에게 끊임없이 불을 뿜었다. 붉은 에너지를 회오리처럼 폭발시켜 미친 듯이 공격해 왔다.

지슈카는 민첩하게 움직였다. 소환한 번개가 셰이곤의 날개를 태우고 지나자, 놈의 목에 검을 박아 넣으며 아래로 길게 내리그었다. 핏물이 울컥 쏟아져 내렸지만 거대한 몸체에 생채기 하나 난 것에 지나지 않았다.

쏟아져 내리는 폭우 속에서 지슈카는 다시 빠르게 움직였다. 박아 넣은 검을 회전시키며 놈의 목을 타고 한 바퀴를 빙

돌았다.

목의 테두리가 잘린 셰이곤은 천둥 같은 비명을 내지르며 격렬하게 발악을 했다. 지슈카는 또다시 수천의 번개를 불러들였다. 번개로 응축된 전자기파를 셰이곤의 잘린 상처에 꽂아넣으며 최후의 일격을 가했다.

놈은 그제야 서서히 무너지기 시작했다. 잘린 목이 번개에 타들어 가며 최후의 순간을 맞았다. 셰이곤은 목이 찢어져라 울부짖으며 거대한 바다로 떨어져 내렸다.

쿠구구구궁!

광대한 몸체가 해저의 산에 부딪치며 요란한 소리를 냈다. 핏물에 젖은 붉은 파도가 해일처럼 광대하게 밀려왔다 밀려가기를 반복했다. 거칠게 요동치던 바다는 한참만에야 평온을 찾았다.

그토록 질기고 질겼던 셰이곤의 마지막 순간이었다.

"해루, 다 끝났다."

지슈카는 함선으로 내려와 해루를 끌어안으며 그녀의 뺨에 입을 맞췄다. 하늘에선 여전히 마룡 떼가 들끓고 있었지만, 숫자만 광대할 뿐 처리하는 건 시간문제였다.

"다행이에요! 정말 다행이에요, 지슈카."

해루는 짙은 키스로 화답하며 그를 와락 끌어안았다. 안도의 한숨이 깊고도 깊게 흘러나왔다. 그토록 바랐던 평화가 눈앞에 다가오고 있었다.

하늘의 마룡들은 최후의 발악을 하기 시작했다. 수백 마리씩 떼를 지어 붉은 불길로 그물망을 만들고 있었다. 그녀가 꿈에서 보았던 그 불길의 그물이었다. 다행히 군사들은 불의 그물을 결빙시켜 대응하며 그들의 공격을 잘 막아 내고 있었다.

그런데 갑자기 바다가 부글부글 끓어오르기 시작했다. 해저의 지각도 크게 흔들리고 있었다. 멀리 보이던 대륙의 일부가 무너져 내리고, 바다 깊은 곳에서 정체 모를 가스가 폭발하듯 흘러나왔다.

공기 중에 가득한 탁기에 하늘이 빛을 잃고 붉게 변했다. 태양 또한 정체 모를 이유로 점점 푸른빛으로 변해 가고 있었다.

「큰일입니다! 셰이곤이 사전에 걸어둔 마력들이 작용하는 모양입니다.」

페르망이 불길한 듯 전음으로 보고해 왔다. 훌 또한 어두운 얼굴로 고개를 끄덕였다.

지슈카는 다급히 용안을 펼쳐서 인근의 대륙과 해저의 상황을 살펴보았다. 곳곳에서 화산이 터지고 지진이 일어나고 있었다. 대륙에선 막대한 사람들이 피를 토하며 쓰러지고 있었다.

지슈카는 전투의 지휘를 페르망에게 맡겨 둔 채 이시스를 불러들였다. 무슨 일이 일어나고 있는지 그녀의 신력으로 알아보기 위함이었다.

「인간들의 에너지를 모아들여 지구를 파괴하고 있습니다. 이대로면 대륙이 가라앉고 인류가 절멸하는 것도 시간문제일 것입니다. 1만 년 전처럼요.」

에너지를 읽던 이시스가 말해 왔다.

「에너지를 모아들이는 곳이 어디인가.」

「하늘 밖입니다. 우주의 그 어딘가겠지요.」

「아마도 인공위성일 것입니다. 륜의 말로는 젠의 서버가 그곳에 있답니다.」

카린이 끼어들어 상황을 전해 주었다.

「인공위성?」

「하늘 밖에 띄우는 물건입니다. 전파를 수신하고 송신하지요. 그것을 파괴하지 않으면 인간들의 에너지를 빨아들이는 걸 막을 수 없을 겁니다.」

「그럼 먼저 그것을 파괴해야 하겠군. 카린, 위치를 알고 있는가.」

「륜이 해킹으로 위치를 찾을 수 있을 것입니다.」

「알겠다. 륜을 불러라.」

곧 카린이 륜을 데려왔다. 륜은 이미 여러 번 해킹을 시도한 상태였고, 서버에 침투하지는 못했으나 위치 정도는 파악하고 있었다.

"필리핀의 콜론섬 상공이다. 용력으로 파괴할 수 있겠나."

상황을 들은 륜이 바로 말해 왔다. 지슈카는 고개를 끄덕였다.

"용안으로 보인다면 파괴도 가능하다."

지슈카는 해루와 군사들을 이끌고 륜이 지도에서 찍어 준 콜론섬으로 이동했다. 드높은 하늘 너머로 용안을 펼쳐 인공위성의 위치를 파악했다. 그것은 몹시 거대했으며 그 자체가 펜타스컬이 걸린 강력한 흑주술로 이루어져 있었다.

「에너지가 지나치게 큽니다. 그대로 폭발하면 지구 전체를 날려 버릴 수도 있는 막대한 양입니다.」

인공위성의 에너지를 읽은 이시스가 불안하게 말해 왔다.

「하나 폭파시키지 않는다면 대륙의 절멸은 불가피한 일이 아닌가. 인간 세상이 온통 파괴되고 말 것이다.」

「그렇지만 인공위성을 그대로 폭파시키면 지구 전체를 휘감

335

는 막대한 전자기폭풍이 일 것입니다. 인간은 물론 지구의 생명체 전부가 목숨을 잃게 되겠지요.」

「용들의 힘으로 막아 낼 수 있을 것이다.」

「감당하기 힘들 것입니다. 목숨을 잃는 용들이 속출할 테지요.」

「그럴지도 모르지. 하나 감당할 수 있는 만큼은 최선을 다해야 할 것이다. 그 또한 용들에게 주어진 몫이니. 본디 지구의 조화와 균형을 지켜 내는 것이 용들의 사명이 아닌가.」

지슈카의 말에 주위가 숙연해졌다.

판단은 빠른 시간을 요했다. 그러는 동안에도 대륙은 무너지고 있었으며, 콜론섬 또한 산이 무너지고 해일이 휘몰아치며 마지막으로 향해 가고 있는 듯했다.

「더 이상 지체할 시간은 없다. 폭파는 내가 하겠다. 뒷감당에 자신이 없는 용들은 빠져도 좋다.」

지슈카는 불안한 얼굴로 바라보고 있는 해루에게 짧게 키스를 남겼다. 해루는 더 할 말이 있는 듯했지만 입을 열지 않았다. 대신 간절한 눈으로 그의 키스에 화답해 왔다. 긴장 어린 그녀의 눈동자에 붉은 불꽃이 뜨겁게 타오르고 있었다.

지슈카는 곧 본신을 소환해 하늘로 날아올랐다. 사파이어 빛의 거대한 날개를 펼치며 높이 더 높이 날아오르는 푸른 용의 모습은 더없이 장엄하고 웅대했다.

그는 공기가 희박한 하늘 끝까지 오르고 또 올랐다. 인공위성이 용안에 들어오자, 온몸의 용력을 끌어 모아 거대한 푸른 빛의 전자기필드를 생성해 냈다. 그리고 단번에 인공위성을 향해 쏘아 보냈다.

인공위성은 크게 흔들렸지만, 겹겹의 흑주술로 점철된 그것은 한 번에 파괴되지 않았다. 날카롭게 부서진 잔재만 폭풍처럼 휘날려올 뿐이었다.

지슈카는 계속해서 강력한 전자기파를 쏘아 보냈다. 결국 열 번이 넘는 시도 끝에 겨우 파괴해 낼 수 있었다.

그것은 시커먼 마력을 내뿜으며 광폭하게 무너져 내렸다. 쏟아지는 파편마다 핵처럼 폭발해 지구의 전자기장을 크게 흔들어 대고 있었다.

그리고 그와 동시에 지구 전체를 휘감는 막강한 전자기 폭풍이 시작되었다. 지슈카는 푸르른 날개를 펼친 채 그대로 하강하며 막대한 에너지를 온몸으로 받아 내었다.

다른 용들도 속속 합류했다. 수천의 용들이 인간체를 벗어 던지고 본신을 소환하며 하늘로 하늘로 날아올랐다.

시커먼 어둠이 온 하늘을 뒤덮고, 막대한 에너지의 소용돌이가 세상을 온통 휘감았다. 수억의 번개와 낙뢰가 하늘을 때리고, 한계를 넘어선 광풍이 지구를 온통 휘감아 돌고 있었다.

검디검은 세상에서 푸른 용들은 세상을 밝히는 수천의 별처럼 하늘에 떠있었다. 막대한 에너지를 온몸으로 받아 내며 버티고 또 버텼다.

해루는 온몸에서 붉은 불길을 태우며 그들에게 에너지를 밀어 보냈다. 이마에서 쏟아져 나간 7각의 별이 푸른 용들의 위에서 거대한 에너지체처럼 그들을 비추고 있었다.

광폭하게 몰아치는 전자기폭풍은 며칠이 지나도록 가라앉지 않았다. 그렇게 사흘 낮이 지나고 사흘 밤이 지났다. 자기폭풍을 버티지 못한 용들이 속속 떨어져 내리기 시작했다.

어느 순간 황제도 무너져 내리고 홀도 무너져 내렸다. 이시스마저 바다로 떨어져 내리자, 마지막으로 남은 것은 홀로 버티고 있는 세인트드래곤, 지슈카뿐이었다. 이대로 그마저 무너진다면 지구가 어떻게 될지 알 수 없는 일이었다.

"나를 하늘로 좀 올려 주세요. 지슈카의 곁으로."

해루는 그녀의 곁을 지키는 군사 하나를 향해 말했다. 홀로 공간 이동을 할 수 있었다면 벌써 지슈카의 곁으로 갔을 것이다. 하지만 그런 능력이 없는 까닭에 지상에서 끝없이 애태우며 그를 지켜만 보고 있었던 사흘이었다.

군사는 잠시 망설였다. 그녀를 엄중히 보호하라는 지슈카의 명이 있었기 때문이다.

"이대로라면 지슈카도 쓰러지고 말 거예요. 자기폭풍이 지상까지 휩쓸면 어차피 다 끝나는 거고요. 나는 그의 비잖아요. 그의 곁에 있고 싶어요."

결국 군사는 그의 본신을 소환해 물질성을 강화했다. 그리고 그 위에 그녀를 태우고 하늘로 향했다.

"지슈카."

응답은 들려오지 않았다. 희미한 날갯짓이 그녀를 향한 전부였다.

우아함으로 반짝이던 푸른 날개는 자기폭풍에 그을려 온통 빛이 바래 있었고, 온몸 여기저기가 터져 나가 멀쩡한 곳이 없었다. 눈부시게 빛나던 푸른 눈동자는 시뻘겋게 핏줄이 터져 나와 금방이라도 쓰러질 것만 같은 모양새였다.

「……해루.」

그가 그녀를 부르며 눈을 마주쳐 왔다. 해루는 손을 뻗어서 거대한 푸른 용의 뺨을 매만졌다. 지치고 지친 그를 코앞에서 마주하자 눈물이 왈칵 터져 나왔다.

그녀는 그에게 에너지를 넣어 주려고 노력했다. 7각의 별에 에너지를 끊임없이 실어 보내 그에게 넣어 주었고, 몸에서는 끊임없이 붉은 불길을 피워 올려 다친 그의 몸을 어루만져 주었다.

「……무리하지 마라, 해루.」

의식 속에서 끊길 듯 그의 목소리가 들렸다.

「……사랑한다, 해루.」

「……사랑한다.」

「……사랑한다.」

마치 마지막이라도 되는 것처럼 그는 끊임없이 사랑한다는 말을 되풀이하고 있었다.

그 순간 해루는 깨달았다. 지슈카가 버틸 수 있는 시간이 얼마 남지 않았다는 걸. 어쩌면 그들의 마지막이 될 순간이 차츰 다가오고 있다는 걸. 심장에서 커다란 소용돌이가 이는 것만 같았다.

"사랑해요, 지슈카. ……약속했죠, 평생을 함께하겠다고."

해루는 그녀가 올라탄 용에게 손짓해 그녀를 지슈카의 몸 위에 내려 주도록 했다. 거대한 자기폭풍이 몰아치고 있었지만, 몸에서 붉은 불길을 있는 힘껏 피워 올려 악착같이 버텨 내었다.

그녀는 있는 힘껏 그를 끌어안으며 그의 목에 얼굴을 묻었다. 그녀의 몸에서 뿜어져 나오는 핏빛의 붉은 불길이 그의 몸을 에워싸며 보호막을 형성하기 시작했다.

하지만 그것도 오래가지 못했다. 지슈카의 몸이 서서히 무너져 내리기 시작했기 때문이다. 아름다운 푸른 용은 천천히 아래로 아래로 떨어져 내리기 시작했다. 그와 함께 그가 막아 내고 있던 자기 폭풍도 차츰 지상 가까이로 밀려 내려오고 있었다.

"사랑해요, 지슈카."

그리고 해루가 마지막을 예감하던 그 순간이었다.

너무도 끔찍해서 오히려 평온해졌던 그 순간.

오로지 지슈카와 함께라는 것만이 유일한 위안이었던 그 순간. 심장에서 소용돌이치던 그 무언가가 그녀의 가슴에서 부드럽게 흘러나오기 시작했다. 거대한 에너지를 품었으나 더없이 부드럽고 미세한 그 무언가.

푸른빛을 띠던 그것은 차츰 그녀의 붉은 불길과 뒤섞여 보랏빛을 띠기 시작했다.

그녀의 가슴에서 천천히 흘러나온 것은 웅대한 푸른 용의 형체였다. 머리에 7각의 별을 지닌 커다란 용의 형체.

"용혼龍魂이다!"

누군가가 외쳤고, 바다에 추락해 있던 용들은 넋을 잃고 그것을 바라보았다.

용혼은 극히 드물게 여의주에 깃든다는 용의 혼이었다. 그것이 그녀의 가슴에서 흘러나오고 있었다. 본래 여의주의 주인이었던 세인트드래곤의 혼이 그녀를 휘감아 지키고 있었다.

그리고 해루를 감쌌던 핏빛 에너지가 용혼의 푸른 에너지와 합쳐져 온통 보랏빛으로 변해 가기 시작했다. 혼탁한 하늘에 빛나는 보랏빛 태양처럼 웅대하게 세상을 비추고 있었다.

14. 낙룡의 진주

해루는 보랏빛으로 휘감아 도는 빛의 폭풍 속에 멈추어 있었다. 시간도, 공간도 모두 그 자리에 그대로 정지해 버린 듯했다. 모든 소리가 사라진 고요한 정적 속에서 오로지 자신에게 타오르는 빛만이 느껴지는 것의 전부였다.

「혼의 주인이여, 여의주의 수호자여. 그대가 나를 깨웠는가.」

그리고 의식 속에 소리가 아닌 듯한 말이 울렸다. 그녀를 휘감은 거대한 용의 혼이 말을 걸어오고 있었다.

"도와주세요, 용의 혼이시여. 전자기 폭풍을 멈추고 싶습니다. 인간이 절멸에 빠지는 것을 원치 않습니다."

해루는 시야를 온통 점령해 버린 보랏빛 속에서 절박하게 소망했다. 이 웅혼한 존재가 소원을 이루어 줄 수 있길 간절히 바라면서.

「모든 것은 그대의 뜻대로.」

"어떻게 하면 멈출 수 있죠?"

「그대에게는 숨은 차원의 시공을 열 수 있는 능력이 있다. 의지를 가지고 생각하라.」

용의 혼은 그렇게 그녀의 의식 속에 말을 새겼다. 말을 듣는다기보다 말이 느껴지는 것에 가까웠다.

숨은 차원의 시공. 의지를 가지고.

그것은 용의 혼이 준 힌트이자 방법일 터였다. 그리고 그것이 무슨 뜻인지 어렴풋이 알 것 같았다.

해루는 보랏빛의 에너지를 총동원해 의식 속에 차원의 틈을 그렸다. 시간도 공간도 모두 정지해 버린 낯설고 특별한 시공의 틈을.

그리고 온 힘을 다해서 지구를 온통 휘몰아치고 있는 전자기 폭풍을 그 거대한 틈으로 밀어 보내기 시작했다.

믿을 수 없게도 그녀의 보랏빛 에너지는 그 엄청난 전자기 폭풍을 감당할 만큼 강력했으며, 그 방향을 틀어 보내기에 충분했다. 지구를 뒤흔들던 막대한 에너지는 그녀의 의지대로 서서히 시공의 틈으로 빠져나갔다.

보랏빛으로 흐르는 시간 속에서, 해루는 의지를 가지고 생각하고 또 생각했다. 그러는 사이, 광폭하게 몰아치던 전자기 폭풍은 점차 가라앉고 있었다.

한참이 지나 그녀가 눈을 떴을 때, 하늘엔 고요가 찾아들고 있었다. 혼탁함이 점차 흩어지면서 구름 사이로 파란 하늘이 드문드문 보이기 시작했다. 거칠게 무너져 내리던 지각도, 뒤흔들리던 산도 모두가 잠잠해져 가고 있었다.

「전자기 폭풍이 사라졌다!」

「지각의 흔들림이 멈췄다!」

그리고 용의 언어가 들리기 시작했다. 그녀는 여전히 보랏빛으로 몸을 태우며 공중에 떠 있었다. 바다 위에 정지한 지슈카의 푸른 몸을 꽉 끌어안은 채.

「그대는 추락하는 용들의 희망, 그들의 수호주. 자신을 믿고 의지하라.」

「제가 어떻게 그런 존재가 될 수 있는 거죠?」

「나의 여의주는 그대의 심장에서 거듭났다. 본디 인간이란 그런 존재지. 진실로 고결한 사랑 속에 있는 인간이란 말이다.」

용의 혼은 그 말을 끝으로 서서히 희미해졌다. 그리고 나타났을 때처럼 부드럽고 섬세한 에너지로 다시 그녀의 가슴에 스며들었다.

'모든 것은 그대의 뜻대로.'

해루는 용혼의 말을 떠올리며 몸에서 막대한 에너지의 보랏빛 불꽃을 피워 올렸다. 그것을 온 힘을 다해 지슈카에게 밀어 보냈다.

보랏빛의 찬란한 에너지는 거대한 푸른 용의 몸 전체를 보호막처럼 뒤덮으며 포근하게 감쌌다. 그리고 상처가 치유되기 시작했다. 온통 찢어발겨졌던 크리스털 깃털들이 제 모습을 되찾아가고, 핏발로 가득했던 푸른 눈도 다시 보석 같은 제 빛깔을 회복해 갔다.

그녀는 바다에 추락해 있는 용들을 하나하나 찾아다니며 같은 작업을 반복해 나갔다. 부상당한 용들을 보랏빛 에너지로 치유해 가며 그들의 에너지를 생명력으로 다시 채워 주었다. 그녀가 바다를 걸어 움직일 때마다 짙은 보랏빛의 서광이 일었다.

「수호주시여!」

「살아 있는 수호주시여!」

어느 순간부터 용들은 그녀를 향해 그렇게 외쳤다. 그녀에게서 흘러나오는 태양처럼 환한 보랏빛이 오래전 수호주의 빛깔과 같았기 때문이다.

그러는 사이 하늘은 온통 푸른빛으로 밝아져 있었다. 태양은 다시 제 빛깔을 찾았다. 지각도 해저도 끓어오르기를 멈추었으며 세상은 다시 평화로움을 되찾아 갔다.

커다란 폭풍이 끝났음을 알리듯 하늘엔 오색찬란한 쌍무지개가 눈부시게 빛나고 있었다.

❊

대륙은 온통 난리였다. 지진에 홍수에 해일에, 숱한 자연재해가 할퀴고 간 뒤였다. 수많은 건물이 무너지고 수만 명의 사람들이 목숨을 잃었다. 끊겼던 전 세계의 통신망은 며칠이 지난 뒤에야 제대로 복구될 수 있었다.

하지만 극악했던 상황을 생각하면 최소화된 피해였다. 인류가 모조리 절멸할 뻔했던 위기에 비하면.

지슈카는 카린과 함께 군사들을 이끌고 인간들의 눈에 띄지 않도록 대륙의 복구 작업을 했다. 위태로운 단층을 다시 잇는

다거나, 잠재되어 있는 화산의 분출을 막는다거나 하는 식으로 더 이상의 피해를 막기 위해 애쓰고 있었다.

"해루."

그가 다시 해루의 앞에 모습을 드러낸 것은 닷새가 더 지나고 난 뒤였다. 그동안 해루는 북해빙성에서 부상당한 용들을 치유하며 그를 기다리고 있었다.

조금은 지쳐 보이는 그를 향해 해루는 얼른 다가가 와락 끌어안았다. 쉴 시간도 가지지 못하고 인간들을 위해 애쓰는 그가 너무도 안쓰러웠기 때문이다.

'하늘에서 내려와 천룡이라 불렀는데, 물을 부리고, 동물을 부리고, 지구가 큰 위험에 처할 때마다 고강한 영력으로 세상을 지켜 주었제.'

오래전 당골 할머니의 말이 생각났다. 지구가 큰 위험에 처할 때마다 용들이 지켜 주었다는 그 말이.

"이제 큰 위험은 다 막은 거예요?"

"그래. 크게 걱정하지 않아도 된다."

지슈카가 그녀의 뺨에 키스하며 말했다.

"그동안 그대가 많은 일을 했더군. 그 많은 용들을 다 치유했다니, 그대는 정말 굉장한 수호주가 분명하다."

자상한 그 눈빛에 자랑스러움이 어렸다. 해루는 피로로 까칠해진 그의 뺨을 쓰다듬으며 멋쩍게 대답했다.

"어쩌면 셰이곤 덕분에 생긴 능력이겠죠. 그가 제 심장에 여의주의 씨앗을 심어 두지 않았다면 제게 그런 능력이 깃들 수도 없었을 테니까요."

"아니, 그대에겐 용들을 구하는 특별한 능력이 있는 듯해. 맨 처음 내 목숨을 구한 것도 그대가 아니었는가."

"그것도 따지고 보면 당골 할머니의 약대추가 지슈카를 구한 거예요."

"그리 겸손하지 않아도 된다. 그대는 더없이 자랑스러운 나의 반려니까."

지슈카는 대견하다는 눈으로 바라보며 그녀를 번쩍 안아 들었다. 그의 침소로 공간을 이동하며 가볍게 물었다.

"그대의 동생은 어찌 되었는가."

"아직 원래대로 다 돌아오지는 못했어요. 그래도 차츰 기억을 찾아가는 것 같아요. 그동안 셰이곤에게 이용당했던 것도 후회하고 있는 것 같고요."

유주가 기억을 찾은 것처럼 그녀에게 보냈던 메일도 사실은 거짓이었다. 셰이곤이 불러 주는 대로 썼을 뿐이라고 했다. 그러니 유주에게 이전의 기억은 하나도 남아 있지 않았던 셈이었다. 하지만 셰이곤이 걸어 두었던 흑주술이 풀리면서 진짜로 기억이 조금씩 돌아오고 있는 듯했다. 눈 색깔도 점차 검은빛으로 되돌아오고 있었다.

"보랏빛이 무척 잘 어울리는군."

그가 그녀의 몸에서 몽글몽글 피어오르는 빛을 보며 말했다.

"지슈카가 치유가 필요한가 봐요."

며칠 동안 지켜보니, 보랏빛의 에너지는 주위에 치유가 필요한 누군가가 있을 때면 의도치 않아도 저절로 번져 나왔다.

아마도 지슈카가 대륙을 복구하느라 용력을 많이 써서 매우 피로한 모양이었다.

"그대의 존재 자체가 내겐 치유가 아닌가. 그대를 안고 잠들고 싶다."

"당신은 좀 쉬어야 돼요. 그동안 한순간도 못 쉬었잖아요."

"아니. 그대 곁으로 빨리 오고 싶어서 휴식도 없이 일을 몰아붙인 것이다."

말을 마치기 무섭게 그가 그녀의 입술 위로 입술을 포갰다. 영혼까지 빨아들일 것처럼 겹쳐진 입술을 거칠게 탐하고 집어삼켰다.

해루가 숨을 쉬지 못해 호흡 곤란을 느낄 즈음에야 간신히 그의 입술이 그녀에게서 떨어졌다. 그리고 이내 목줄기를 타고 미끄러졌다. 쇄골과 가슴 위로 나비처럼 내려앉으며 그녀를 유혹했다.

곧바로 그의 커다란 손이 가슴에 닿아오자 해루는 거세게 요동치는 심장을 느끼며 눈을 감았다. 기다렸다는 듯 연용류가 흐르기 시작했다.

금세 옷이 모두 벗겨지고 둘은 맨가슴이 되었다. 해루의 봉긋한 가슴이 그의 손에 잡히고 가슴 끝의 작은 봉오리가 그의 입속으로 빨려들어 갔다.

가느다란 다리를 매만지는 그의 손길은 부드럽지만 다급했다. 금세 다리를 벌리게 하고 그 사이로 몸을 내렸다. 가슴 끝을 이로 살짝 물자 해루의 입에서 헐떡임이 새어 나왔다. 그의 어깨를 잡는 손이 파르르 떨렸다.

이내 그녀의 다리가 그의 허리를 감았다. 관계를 가진 것이 한두 번이 아니었지만 여전히 맨살끼리 닿는 감촉과 체온에 소름이 오싹 돋았다.

"사랑한다, 해루. 행여 다시는 보지 못할까 얼마나 노심초사 했는지."

그가 아래로 입술을 내리며 말했다.

"사랑한다, 해루."

배꼽에서 한 번.

"사랑한다, 해루."

아랫배에서 또 한 번.

"사랑해요, 지슈카."

그녀의 고백에 답은 들려오지 않았다. 그가 응답 대신 그녀의 다리 사이에 얼굴을 묻어 버렸기 때문이다.

몸속 깊은 곳에 그의 입술이 닿자, 그녀의 가는 몸이 물고기처럼 팔짝 뛰어올랐다. 지슈카는 그녀의 격한 반응에도 아랑곳없이 그녀의 배를 가만히 누르며 작은 몽우리를 부드럽게 핥아 올렸다.

"사랑한다, 해루. 나의 수호주."

답은 한참 늦게야 들려왔다. 그녀의 젖은 샘을 확인한 그가 그녀의 안에 남성을 묻으면서.

마주 보는 그의 눈은 웃고 있었지만, 욕망으로 짙게 흐려져 있었다. 그런 그의 모습이 좋았다. 미치도록 그녀를 탐하는 그런 모습이.

"사랑해요, 지슈카. 영원히, 언제까지나."

그가 그녀를 향해 웃었다. 곧 그의 몸이 그녀의 안에 가득 들어차고, 살아 꿈틀거리는 뜨거운 남성이 강하게 움직이기 시작했다.

격렬한 허리의 움직임에 그녀는 연신 위로 밀려 올라갔다. 그녀의 허리를 연신 잡아 내리며 그는 맹수처럼 사납게 꿰뚫었다. 그녀를 한가득 품에 안은 채 그녀의 안을 마구 휘저었다.

정신없이 그녀의 안을 구석구석 찔러 올리던 그가 어느 순간 남성을 빼내더니 해루의 양다리를 어깨 위로 걸쳤다. 그리고 다시 그녀에게로 들어온 그의 분신은 전보다 훨씬 더 커지고 거칠어진 것만 같았다.

그녀의 깊은 곳 끝까지 밀고 들어오더니 이제까지와는 비교할 수 없는 속도로 그녀의 안을 맹렬히 휘젓기 시작했다.

해루는 정신이 아득해졌다. 할 수 있는 거라곤 그녀의 다리를 잡은 그의 팔을 있는 힘껏 쥐는 것밖에 없었다.

"아…… 하윽. 지슈카."

"해루……… 해루!"

그의 움직임이 극도로 빨라져 가던 순간 마침내 절정이 찾아왔다. 둘은 서로가 서로를 잃을 뻔했던 그 순간을 떠올리며 절정을 맞았다.

찬란한 연용류 속에서 빛이 터졌다. 영원과도 같은 빛이었다.

＊

마룡들은 모두 자취를 감췄다. 바다에서도, 대륙에서도. 아마도 단 하나 남은 마룡이 있다면 감옥에 있는 가브리엘일 것이었다.

해루는 가브리엘과의 약속을 지켰다. 정보를 털어놓으면 피를 주겠노라는.

「역시 그대의 피는 굉장하군. 마력이 배는 샘솟는 느낌이야.」

몇 방울의 피를 얻어 마신 그가 환한 얼굴로 말했다.

「그래서. 이젠 어떻게 할 셈이지?」

「그대에게 덤벼 봤자 득 될 게 없다는 걸 잘 알아. 최후의 마룡으로 조용히 살아가야겠지.」

「믿어도 괜찮을까.」

「나도 이젠 지쳤어. 동료들도 다 세상을 떠났고.」

가브리엘은 피로한 얼굴로 허탈하게 말했다. 그리고 생각난 듯 말을 덧붙였다.

「참. 피를 얻어 마셨으니 하나 더 알려 줄 게 있는데.」

「뭔데.」

「셰이곤 말야. 본래 하란섬엘 자주 갔었어. 북해를 빼앗기고 난 뒤에도 하란섬을 집중적으로 침공했던 이유가 있지.」

해루는 몰랐던 사실이었다. 사실 하란섬이 어디인지도 잘 몰랐다. 북해의 사정에는 아직 어두웠으니까.

「그 이유가 뭔데.」

「황해에서 가져온 보물들이 하란섬 어딘가에 있을 거야. 은밀한 곳에.」

「왜 그런 걸 알려 주는 거지? 보물이라면 그쪽이 가지지 않고.」

「그 보물이란 게 셰이곤에게나 중요한 거지, 나한텐 별 의미가 없는 거거든. 고대의 비밀이랄까 뭐 그런 거? 셰이곤은 그

350

런 거에 환장했었지.」

고대의 비밀이라. 뭔가 의미가 있는 얘기 같았다. 해루가 좀 더 물어보려 하자, 가브리엘이 구차한 미소를 지으며 다시 말했다.

「중요한 걸 알려 줬으니 피 몇 방울만 더 주면 안 될까.」

「안 돼.」

단호하게 들려온 것은 지슈카의 목소리였다.

그는 가브리엘을 놓아줄 생각이 없는 것 같았다. 여기서 바로 목을 치지 않는 것만으로도 다행으로 생각하라고 했다.

"이만 돌아가지, 해루. 하란섬은 수하들을 보내 살펴보겠다."

지슈카의 말에 해루는 가브리엘을 뒤로 하고 몸을 돌렸다.

"아악!"

가브리엘의 비명이 들려온 것은 그 순간이었다.

뒤돌아본 해루의 눈에 들어온 것은 미니어처 형태로 축소된 그의 본신이었다. 물고기 비늘처럼 시커멓던 흑비늘이 새의 깃털 모양처럼 변해 가고 있었다.

✳

"아무래도 그대의 피에 특별한 것이 있는 모양이다."

군사들을 이끌고 하란섬으로 향하며 지슈카가 말했다. 뜻밖에도 해루의 피를 먹고 난 가브리엘의 형태가 어중간하게 변했기 때문이었다.

가브리엘의 본신은 마룡도 천룡도 아닌 그 중간쯤의 형태를

351

띠고 있었다. 색은 여전히 검었고, 날개가 박쥐의 날개 모양인 것도 여전했지만, 비늘은 천룡의 비늘처럼 깃털 모양으로 변해 있었다. 마룡 특유의 독기 대신 묘한 향을 내뿜기도 했다.

"피를 좀 더 주어 볼까요? 어쩌면 완전히 다른 형태로 변할지도 모르잖아요."

"그대의 귀한 피를 그리 낭비할 수는 없지. 마룡은 마룡일 뿐이다."

지슈카는 단칼에 잘라 말했다. 더 이상은 한 방울의 피도 용납할 수 없다는 어투였다.

"아뇨. 피를 주어서라도 가브리엘이 다르게 변할 수 있다면, 그래서 자유를 줄 수 있다면, 그쯤은 아깝지 않아요."

"그대다운 생각이군."

지슈카는 그렇게 말하며 빙그레 웃었다. 더 이상 반대할 생각은 없는 듯했다.

해루는 그의 품에 기대어 거대한 빙벽 너머의 바다를 바라보았다. 수십만의 마룡들이 날아들던 북해의 바다는 새하얀 눈으로 휩싸여 온전히 평화로워 보였다. 녹아내렸던 빙하도 다시 얼어붙기 시작했고, 자취를 감추었던 북극고래도 다시 빼꼼히 얼굴을 내밀고 있었다.

"정말로 마룡들이 완전히 절멸된 건지 모르겠어요."

"다시 나타난다 해도 이젠 오합지졸일 뿐이다."

싱긋 웃으며 말한 지슈카가 손을 들어 닻을 내리라는 명령을 했다.

군사들은 하란섬에 배를 정박하고 인근을 샅샅이 수색하기 시작했다. 해저와 주변의 동굴, 가파른 해안의 복잡한 지형까지 두루 수색을 했다.

제일 먼저 희미하지만 특별한 에너지를 내뿜는 무언가를 느낀 것은 이시스였다. 그것은 인근에 자리한 깊숙한 해상 동굴의 어느 벽면에서 흘러나오고 있었다.

그런데 흑주술로 치밀하게 봉인된 벽면은 군사들이 아무리 용력으로 파괴하려 해도 파괴가 되지 않았다. 지슈카의 용력이나 이시스의 신력 또한 마찬가지였다.

해루는 온몸의 에너지를 끌어모아 보라색 빛을 비추어 보았다. 그래도 여전히 봉인된 벽면은 뚫리지 않았다. 오히려 진하게 느껴지던 마기만 더욱 강해졌을 뿐이었다.

그때 문득 떠오른 것이 있었다. 해루는 울퉁불퉁한 돌 벽면에 손등을 부딪쳐 일부러 피를 냈다. 그것을 꼭꼭 짜내어 벽면에 문질러보았다. 그러자 벽면에서 느껴지던 마기가 조금씩 가라앉는 기분이 들었다.

"이제 한 번 파괴해 보세요."

해루의 말에 지슈카가 푸른 불꽃을 피워 올려 벽면에 내쏘았다. 그러자 벽면이 단번에 파괴되었다. 아무래도 그녀의 피의 가장 특별한 점은 마기를 제거해 낸다는 점에 있는 듯했다.

하지만 애써 찾아낸 보람도 없이, 벽면 안은 텅텅 빈 공간이었다. 보물이라고 할 만한 것은 아무것도 보이지 않았으며, 심지어 흔한 돌 조각 하나 없었다.

그때 안쪽의 깊숙한 곳까지 들어갔던 군사 하나가 외쳤다.

"이쪽의 벽면입니다! 무언가가 새겨져 있습니다!"

그의 말에 모두가 동굴의 깊은 곳으로 향했다. 불꽃을 피워 올려 안쪽의 벽면을 살피자, 가장 깊은 곳의 벽면이 옛 문자들로 이루어진 서판들로 빼곡이 채워져 있었다. 오래전에 소실되어 찾을 수 없었던 옛 기록들인 것 같았다.

"아무래도 수호주에 대한 이야기 같습니다."

서판을 해독하던 이시스가 말했다. 뜻밖의 이야기였다. 셰이곤이 그리 귀히 여기던 보물이 수호주에 대한 비밀이 담겨 있는 서판이었다니. 하지만 뒤이어 들려온 이시스의 말에 용들은 더욱 놀랐다.

"본디 수호주는 용을 몹시도 사랑한 인간에게서 탄생되었다는군요."

이시스는 서판에 새겨진 옛 문자를 하나하나 손으로 짚어 가며 천천히 해석을 해 주기 시작했다.

"아주 오래전, 용과 부부의 연을 맺은 인간 하나가 우연히 심장에 여의주와 비슷한 것을 가지게 되었답니다. 용의 여의주와 구별해 인간의 그것은 진주라고 불렀다고 하네요. 어떻게 해서 그게 가능했는지는 모르겠지만, 용의 푸른빛과 인간의 붉은 핏빛이 만나 보랏빛의 진주를 가지게 되었답니다. 그 용과 인간이 오래도록 깊이 사랑해, 인간이 환생할 때마다 둘은 매번 새로이 인연을 맺었답니다. 그때마다 보랏빛의 진주가 모이고 모여서 결국은 수호주를 이루었다는 이야기입니다."

모두가 처음 듣는 이야기였다. 수호주의 출발이 그런 것이었는지 아무도 알지 못했다.

"본디 용은 사랑을 모르는 존재였지요. 용이 사랑을 알게 된 건 인간으로 인해서랍니다. 수호주가 그토록 강력할 수 있었던 것도 그런 이유였을 테고요."

서판의 뒷부분을 읽어 나가던 이시스가 덧붙였다.

"하면 셰이곤이 인간의 심장에 흑주술이 걸린 여의주를 심었던 것은 그들만의 수호주를 얻기 위함이었던 건가."

"아마도 그렇지 않을까 싶습니다. 본디 셰이곤은 여의주가 없는 용이었다 했지요. 그런 그가 무엇보다 바란 건 아마도 여의주를 능가하는 그 무언가가 아니었겠습니까."

모두들 말이 없었다. 하지만 이시스의 해석에 거의가 동의하고 있었다.

동굴의 더 깊은 안쪽엔 에메랄드빛의 고대 서판이 고이 자리하고 있었다. 잊힌 용의 역사를 간직했다는 '기억의 서판'의 일부 조각들이었다.

그것은 태초엔 용과 마룡의 구분이 없었으며 모든 용이 하나였다는 이야기로 시작하고 있었다. 구분이 되기 시작한 시점은 어느 날 용 하나가 여의주를 가지게 되면서부터였던 모양이었다.

어쩌면 셰이곤은 마룡들의 세상을 추구한 것이 아니라, 용과 마룡의 구분이 없던 옛 시대를 추구했는지도 모른다.

흑주술로 인간을 이용하고, 젠을 동원해 인간을 절멸시키려고까지 했었던 것은 사랑에 대한 그의 뿌리 깊은 증오 때문이 아니었을까.

그날 밤 해루는 꿈을 꾸었다. 추락했던 7각별의 푸른 용이 거대한 빛을 뿜으며 한 처녀를 만나는 꿈이었다.

용이 추락한 곳은 뜻밖에도 상당히 낯익은 지형이었다. 그녀가 자주 놀러 가던 설룡산의 그 어딘가와 몹시도 닮아 있었다.

추락한 용은 땅을 무너뜨리지도 않았고, 요란한 굉음을 내지도 않았다. 온몸이 찢기고 타들어 간 거대한 용은 바람에 흩날려온 연처럼 힘없이 땅위로 내려앉았다. 그에게서 뿜어져 나오는 웅대한 빛이 아직도 그의 생이 다하지 않았음을 보여주고 있었다.

그런 그의 앞으로 빼꼼히 달려 나온 건, 낡은 치마저고리 차림에 짚신을 신은 앳된 처녀였다.

휘둥그렇게 뜬 눈으로 용을 바라보는 처녀는 조선 시대쯤 되어 보이는 복장을 하고 있었다. 적삼의 소매를 걷어붙이고 앞치마를 두른 것이 일을 하다 나온 모양이었다.

「……그대의 눈에 내가 보이는가.」

흐릿하게 흘러나온 용의 말에 처녀가 황망한 얼굴로 고개를 끄덕였다. 자신이 보고 있는 것이 정말로 용이 맞는지 의심하고 또 의심하는 눈치였다.

용은 그녀를 향해 몇 마디를 더 했다. 무언가 부탁을 남기는 것 같기도 했다. 그리고는 본신을 돌려보내고 인간체를 소환한 뒤, 의식을 잃고 말았다.

다음 장면은 처녀가 혼신을 다해 그의 인간체를 간병하는 모습이었다. 물수건을 얹어 주고 탕약을 달여 먹이는 모습이 간간이 비쳤다 사라졌다를 반복했다.

그런데 그 처녀의 얼굴이 무척이나 낯익은 기분이 들었다. 나이 차이는 몹시 크지만 해루가 익히 알고 있는 그 얼굴이었다.

설마……. 설마…….

해루는 갑자기 떠오른 생각에 깜짝 놀라며 꿈에서 깼다. 설룡산을 다녀와야겠다는 생각이 크게 찾아들었다.

당골로 가는 길은 여전히 끊겨 있었다. 하지만 공간을 이동하면 가는 것쯤은 그리 어려운 일도 아니었다.

해루는 지슈카와 함께 7년 만에 당골을 찾았다. 그동안 무성히 자란 벼랑 끝의 산삼들이 그녀를 반가이 맞아 주었다.

하지만 할머니의 모습은 보이지 않았다. 집과 마당에도 잡초가 무성히 자란 것이, 사람이 살고 있는 흔적은 없었다. 까치 몇 마리가 마당에 자리한 대추나무를 휘휘 돌고 갈 뿐이었다.

나무에 달린 산대추는 모두가 빛깔이 붉었다. 지금은 7월이라 다른 곳의 대추는 모두 연둣빛일 텐데 말이다. 여전히 할머니의 대추는 신기하기 짝이 없었다.

"아직도 안 돌아오셨나 봐요."

해루는 아쉬움을 감추며 마당을 천천히 배회했다. 할머니가 입에 쏙 넣어주시던 대추를 받아먹던 기억이 여전히 새록새록했다.

할머니를 만나면 묻고 싶은 것이 참 많았는데. 왜 그렇게 그녀를 아껴 주셨던 건지. 그때 그 대추와 꿀물은 무엇이었는지. 설룡산의 전설은 정말로 사실인 건지. 400년 전에 용을 만났던 그 처녀가 어쩌면 할머니이신 건지.

답은 모두 알 수 없었다. 할머니가 남기고 간 대추들만 무성히 바람에 흔들거렸다.

그리고 벼랑 끝의 그 대추. 나무에 꼭 한 알만 달려 있던 그 대추가 유난히 눈에 밟혔다. 주인은 아직도 오지 않았는지, 여전히 그 대추는 그 자리에 있었다. 홀로 외로이 붉은빛을 발하는 채로.

해루는 천천히 그 나무로 다가가 대추를 바라보았다. 높은 가지로 손을 뻗어 슬며시 대추를 만져 보았다. 그러다 화들짝 놀라서 손을 내렸다. 대추에서 어렴풋이 느껴진 것은 마기였기 때문이다.

"왜 그러지, 해루?"

"대추에서 마기가 느껴져서요. 할머니에게도 마룡의 영향이 미친 걸까요?"

지슈카에게 말하고 있었지만 스스로에게 묻고 있는 것이기도 했다. 할머니는 어떻게 되셨을까.

답은 알 수 없었다. 그저 대추에 걸린 마기를 풀어 주어야겠다는 생각이 먼저 들었다.

해루는 적당한 돌을 찾아 손등에 상처를 내었다. 그렇게 피를 꼭꼭 짜냈다. 피를 내어 대추에 바르자, 마기가 서서히 풀리는 느낌이 들었다. 그리고……

대추에서 갑자기 빛이 나기 시작했다. 눈이 부시도록 반짝이는 신비로운 보랏빛이었다.

희미하게 일기 시작한 빛은 점점 더 선명해지며 그 크기를 키웠다. 그리고 마침내 태양을 다 가려 버릴 정도로 웅대하게 떠올랐다. 태어나서 그렇게 찬연한 보랏빛은 생전 본 적도 상상한 적도 없었다.

"……수호주."

지슈카의 입에서 저절로 찬탄이 터져 나왔다. 그 외에 떠올릴 수 있는 다른 빛은 없었으니까.

어떻게 된 일인지는 알 수 없지만, 본래의 수호주가 대추 안에 마기로 봉인이 되어 있었던 모양이었다.

"형님이 수호주를 찾으셨던 모양이군. 마기 때문에 어쩌지 못하고 인간에게 맡겨 두었을 테고."

해루는 가만히 고개를 끄덕였다. 그녀의 심장에 자리한 용의 혼이 호응하는 듯 가벼운 소용돌이가 짤막하게 일었다.

둘은 수호주를 가지고 북해로 공간을 옮겼다. 성역으로 옮겨진 수호주는 자연히 하늘 위로 높이 떠오르며 제자리를 찾았다. 성역의 중심, 신성한 호수 위에서 태양처럼 눈부신 보랏빛을 발했다. 수만의 백성들이 소식을 듣고 모여들어 수호주의 귀환을 축하했다.

호수에서 무지갯빛이 돌기 시작한 것은 그 순간이었다. 수호주와 함께 호수도 본래의 물빛을 되찾아 가는 듯했다. 그리고 다 타서 검게 변했던 천신의 나무들에서도 싹이 터 오르기 시작했다. 모든 것이 제자리를 찾아가고 있었다.

"오오, 하늘의 뜻이 이제야 내리나 봅니다."

뒤늦게 나타난 대신관 뭄세스가 또다시 하늘의 뜻을 들먹였다. 하지만 그의 말에 제동을 거는 용들은 없었다. 그의 말이야 어떻든 모두가 그렇게 생각하고 있었으니까.

북해빙성의 청금빛 하늘에 오로라가 빛나기 시작했다. 하얗게 날리는 눈발 아래서 지슈카는 해루에게 깊이 키스를 했다.

"어쩌면 모든 것이 처음부터 하늘의 뜻이었을 지도 모르겠군. 내가 그대를 처음 만난 것부터."

"제 심장에 품은 용의 혼이 당신을 부른 것일지도 모르죠."

해루도 깊은 키스로 화답하며 말했다.

"두 분은 정말 하늘이 맺어 준 인연이십니다."

백성들의 축복이 커다랗게 울려 퍼지는 속에서, 지슈카는 그에 호응하듯 해루를 번쩍 안아 들었다.

그리고 이내 공간을 이동해 버렸다. 너무도 당연한 듯 장미 넝쿨 가득한 그들의 신방으로.

Epilogue

한여름의 설룡산은 새하얀 안개에 감싸여 있었다.

뭉근히 피어오른 안개 사이로 물푸레나무숲이 보이고, 그 아래에 자리한 산삼밭이 보였다. 숲을 뛰놀던 앙증맞은 뱁새 떼가 갑작스러운 인적에 푸드덕 날아올랐다.

해루는 무더위에 배어 든 땀을 닦으며 손님들을 안내하기에 여념이 없었다. 블로그에 올려 둔 '산삼 캐기 체험'이 널리 홍보가 되면서 직접 산삼을 캐 보려 찾아드는 고객들이 늘어나고 있었다.

"어떤 것이 좋은 산삼이죠?"

고객들은 하나라도 더 좋은 것을 캐가려고 끊임없이 물었다.

"아무래도 잎이 큰 것이 좀 더 많이 자란 산삼이죠."

날이 몹시 무더웠지만 사람들은 날씨에 상관없이 산삼을 캐는 재미에 푹 빠져들기 시작했다. 너나없이 손곡괭이를 들고서 잔뿌리 하나라도 다칠까 조심조심 산양삼을 캐었다.

"그런데 사실은 좀 놀랐네요. 농장을 운영하는 분이 이렇게 젊은 여자분이라니."

30대 중반쯤 되어 보이는 남자가 해루에게 호감을 드러내며 싱긋 웃었다. 서글서글한 인상에 대기업을 다닌다는 그는 그녀에 대한 노골적인 관심을 숨기지 않았다. 매번 호감을 표하며 벌써 세 번째 농장을 방문해 온 터였다.

"지난번에 말씀드렸는데요. 아버지가 하시던 농장을 물려받은 거라고요. 그래서 오래된 산삼들이 많아요."

해루는 남자에게서 조금 떨어지며 말했다.

"그런데 해루 씨. 결혼하셨다고 하지 않았습니까."

남자가 그녀에게로 좀 더 가까이 다가들며 빙그레 웃었다.

"네. 했는데요."

"그렇게 경계하지 않아도 됩니다."

"네?"

"결혼하지 않으신 거 다 압니다. 마을 분들께 여쭤봤는데, 결혼은커녕 애인도 없다고 하시더라고요. 산삼밭을 돌보느라 연애할 시간도 없을 거라고."

"아. 저 그게……."

해루는 난감한 마음에 말끝을 흐리고 말았다. 인간 세상에선 식을 올린 적이 없으니, 그녀의 결혼을 마을 사람들이 모르는 건 너무도 당연했기 때문이다.

"한 번 만나 보면 어떻겠습니까. 이래봬도 꽤 좋은 조건입니다. 직장도 안정적이고, 작지만 서울에 아파트도 하나 가지고 있어요."

매번 에둘러 관심을 표하던 그는 이번엔 아예 대놓고 사귀자는 말을 하고 있었다.

"죄송하지만 그쪽은 제 취향이 아니라서요. 그리고 분명히 말씀드리는데, 저 결혼했습니다. 저한테 이러시는 거 남편이 알면 꽤 곤란해지실 거예요."

"아아. 이거, 꽤 매몰차시군요. 열 번은 찍어야 넘어오시겠습니다."

남자는 그녀가 그저 튕기는 거라 생각했는지 농담조로 말하며 껄껄 웃었다.

흔히 말하는 호감형의 훈남이라 그런지 거절당하는 데 익숙지 않은 사람인 것 같았다.

하지만 아무리 그래도 그렇지 자기 과신이 너무 심했다. 당사자가 결혼을 했다는 데도 믿지 않고, 취향이 아니라는 데도 자기 멋대로 밀어 붙이려 하다니 말이다.

"그러면 해루 씨 취향은 어떤 남자입니까? 제가 한 번 거기에 맞춰서……."

남자는 말을 다 잇지 못했다. 갑자기 하늘에서 엄청난 천둥번개가 내리쳤기 때문이다.

우르르릉. 쾅쾅.

그리고 안개 가득하던 산삼밭에 갑자기 때 아닌 비가 내리기 시작했다. 손님들은 해루가 미리 준비한 우비를 걸치며 나무 밑으로 비를 피했고, 남자는 고개를 갸웃하며 천천히 걸음을 옮겼다.

"해루 씨."

그가 다시 그녀를 부르기 무섭게 날카로운 벼락이 땅 위로 요란하게 내리꽂혔다. 남자의 바로 옆이었다.

남자는 파랗게 질린 채 펄쩍 뛰었다. 요란하게 몰아치는 천둥번개를 바라보며 냅다 나무 아래로 뛰어들었다. 우연인지 필연인지, 갑자기 내리기 시작한 비는 남자에게 집중적으로 쏟아붓는 것 같았다.

"……원래 이 산이 이렇습니까. 날씨가 변덕이 죽 끓듯 하는군요."

나무 밑으로 몸을 피하며 남자가 말했다.

"용신의 가호가 내려서 그렇지요."

해루는 터져 나오려는 웃음을 참으며 그렇게 대꾸했다. 용신의 가호는 무슨. 그녀에게 집적대는 바람에 지슈카가 분노하고 있는 것일 터였다.

비는 금세 멈췄다. 남자가 그녀에게서 멀찍이 떨어지고 났을 즈음이었다.

그리고 하얗게 피어난 찔레꽃과 치자꽃 사이로 파란 나비 한 마리가 날아들었다.

숲 사이로 잠시 사라졌던 나비는 금세 사람의 모습을 하고서 다시 나타났다. 셔츠와 청바지 차림을 한 지슈카였다.

"여보. 고생이 많지?"

그는 인간의 언어를 쓰면서 다가와 해루의 어깨에 팔을 둘렀다. 그녀에게 관심을 보이던 남자에게 유유히 웃어 보이며. 하지만 오히려 부드러운 웃음은 그가 풍기는 위압감을 더욱 돋보이게 할 뿐이었다.

"어이쿠. 이거 실례했습니다."

남자는 몹시 당황한 얼굴로 그들에게서 멀찍이 떨어졌다. 애먼 손곡괭이를 바쁘게 말아 쥐고는 산삼 캐는 무리에 재빨리 섞여 들었다.

"바쁘지 않아요, 지슈카?"

해루는 갑자기 나타난 그가 염려되어 넌지시 물었다. 평화로운 왕국에도 처리해야 할 일은 산더미 같아서 거의 매일 쪽잠을 자다시피 하는 그였다. 쓸 데 없는 일로 신경 쓰게 한 것 같아서 마음이 무거워졌다.

"이쪽이 훨씬 바쁘지."

지슈카가 아까의 그 남자를 노려보며 말했다. 분위기로 보아선 금방이라도 또다시 천둥번개를 내리칠 기세였다.

지슈카는 산삼 캐기 체험을 하는 내내 그녀의 곁을 지켰다. 체험이 금방 끝나지 않자, 폭우를 쏟아부어 더 이상 산삼을 캘 수 없도록 만들어 버렸다. 참으로 제멋대로인 용신의 가호였다.

지이이잉- 지잉-

곰씨 아저씨의 사슴 농장에 바이올린 소리가 현란하게 울려 퍼지고 있었다. 매일같이 사슴들에게 음악을 들려주는 유주의 연주였다. 덕분에 아저씨의 사슴들은 이전보다 더욱 건강하게 자라고 있었고, 녹용도 더 비싼 값에 팔린다고 했다.

기억이 모두 돌아오면서 유주는 한동안 몹시도 고통스러워했다. 그것을 다 극복했는지는 알 수 없지만, 얼마 전 산 아래의 재즈바에 일자리를 구했다.

그녀의 실력에 비하면 턱없이 조촐한 직장이었지만 유주는

365

만족하는 듯했다. 펜션촌에 자리한 재즈바는 집을 떠나지 않고도 일을 할 수 있는 유일한 직장이었으니까.

"유주야, 얼른 와라. 저녁 먹어야지."

곰씨 아저씨가 자상한 목소리로 사슴 우리 곁에 있는 유주를 불렀다.

정말로 유주를 찾은 것이 꿈만 같았는지, 아저씨는 처음에 몹시 놀라 하셨다. 유주의 상처를 아는지 모르는지는 알 수 없지만, 여러모로 유주에게 신경을 많이 써 주고 계셨다. 참으로 인정 많은 곰씨 아저씨다운 일이었다.

"네, 아저씨."

유주는 자연스레 대답하며 바이올린을 내려놓고 식탁에 다가와 앉았다.

륜이 여행에서 돌아오고, 지슈카도 간만에 농장을 방문해 모두가 함께 둘러앉은 저녁 식탁이었다.

"젠텔은 다시 사업 재개하나 보던데."

한참 도란도란 이야기가 오가고 있을 때였다. 감자전을 먹으며 륜이 말했다.

서버가 파괴되고 노기아스가 흔적 없이 사라진 뒤로, 사업을 거의 접다시피 했던 젠텔이었다. 직원들도 공중에 붕 뜬 상태가 되어 있었는데, 사장인 엘리자베스가 다시 일을 재개하는 모양이었다.

노기아스의 행방불명은 한동안 전 세계적으로 큰 이슈가 되었었다. 하지만 시간이 좀 더 흐르자 사람들에게서 차츰 잊혀 갔고, 번잡한 세상이 싫어서 모습을 감춘 천재의 기벽 정도로 이해되고 있었다.

"아마도 예전 서버로 다시 일을 하겠지."

해루는 그렇게 말하며 보글보글 끓는 찌개를 가져다 식탁 위에 놓았다.

그토록 세간의 칭송을 받았던 노기아스가 세상을 절멸시킬 뻔했던 마룡왕이었다는 사실을 사람들은 꿈에도 모를 것이다. 평화로운 인간 세상 저 너머의 일을 알 리가 만무할 테니까. 그 익숙한 괴리감에 해루는 잠시 기분이 씁쓸해졌다.

"너는. 다시 젠텔에서 일할 생각은 있는 거야?"

륜의 물음에 해루는 당연한 듯 고개를 끄덕였다.

"해야지. 아직 노기아스의 흔적이 많이 남아 있어. 직원들 중에도 마룡이 스며 있는 사람들이 있는 것 같고. 뒤처리할 일들이 많아."

노기아스는 가고 없었지만 아직도 젠텔엔 문제가 많이 남아 있었다. 젠의 목소리만 들어도 그날의 끔찍했던 일들이 연이어 떠올랐지만, 할 수 있는 한 그녀의 몫은 다할 생각이었다.

물론 젠의 잘못은 없었다. 그 목소리에 마력을 실어 세상을 망치려고 했던 노기아스의 잘못일 뿐. 하지만 자라 보고 놀란 가슴 솥뚜껑 보고도 놀란다고, 이제는 젠을 대하는 것이 전혀 편하지가 않았다.

"그런데 처남."

한참 감자전을 집어먹던 륜이 갑자기 생뚱맞은 호칭으로 지슈카를 불렀다.

"무슨 일인가."

호칭에 눈살을 찌푸리면서도 지슈카는 묵묵히 대꾸하며 륜을 보았다.

"이직도 마룡의 잔당들이 기승을 부린다면서. 바욘인지 뭔지, 세이곤의 심복이었던 놈이 중추가 되어서."

"그런 얘기는 어디서 들었지?"

"카린에게서."

카린을 입에 담는 륜의 눈길이 의기양양하게 빛났다. 언제 어느 때부터인지는 알 수 없지만 둘 사이에 핑크빛 기류가 싹트기 시작하고 있는 것 같았다.

"날뛰고는 있지만 할 수 있는 건 없다. 고작해야 해적질 정도."

지슈카는 대수롭지 않게 말하며 륜의 젓가락이 닿은 감자전을 통째로 가져다 입에 넣었다.

"황제가 처남한테 황위를 양도할 모양이란 말도 하던데."

"관심 없다. 받을 생각도 없고. 카린이 말을 너무 많이 하는군."

"그야 처남에 관한 일이니까."

륜이 의기양양하게 말하며 남은 감자전을 모두 자기 입에 털어 넣었다.

감자전을 놓고 벌어지는 두 남자의 유치한 기싸움에 해루는 고개를 절레절레 저었다.

소리 없이 밥을 다 먹은 유주가 그런 두 남자의 모습을 사진으로 찍었다. 해루와 지슈카를 함께 찍기도 했다. 그리고 조용히 앉아서 바이올린을 켜기 시작했다.

아름다운 선율 속에 특별할 것 없는 평범한 대화가 오갔다. 다섯 식구가 모여 앉은 식탁엔 화기애애한 분위기가 흘렀다.

열린 창으로 후덥지근한 바람이 밀려들었다. 별빛 찬란한 하늘 위로 구름이 흐르고 새가 날았다. 평화로운 밤이었다.

✾

깊은 밤, 북해빙성의 청금빛 하늘에 오로라가 빛나고 있었다.

지슈카의 품 안에서 눈을 뜬 해루는 그의 뺨에 짧게 키스하며 일어나 앉았다.

낮에는 설룡산에서 일을 하며 보내고, 밤에는 북해빙성으로 돌아와 지슈카와 함께 보낸다. 그런 생활이 벌써 두 달째였다.

"이제 그만 궁으로 들어오는 것이 어떤가, 해루."

눈을 뜬 지슈카가 그녀를 다시 품으로 이끌며 말했다. 그녀에게 추근대던 남자의 일이 아직도 마음에 걸려 있는 듯했다.

"조금만 더 있다가요. 아직 신경 써야 할 일들이 많아요. 산삼밭도 그렇고, 곰씨 아저씨도 그렇고, 유주도 있고요."

그녀가 아예 설룡산을 떠나오면 곰씨 아저씨는 몹시 적적해하실 것이다. 게다가 유주도 아직 그곳에 다 적응을 하지 못한 상태였다.

"산삼밭은 가브리엘 놈에게 넘기면 되고, 곰씨는 유주가 있으니 적적하지 않을 테고. 북궁에는 왕비가 필요해."

"매일 밤을 궁에서 보내고 있잖아요."

"말하지 않았나. 매 순간 그대가 곁에 있었으면 한다고."

그가 유혹적인 목소리로 말했다. 매일같이 반복되는 대화였다. 하지만 대화는 늘 끝을 맺지 못했고, 매번 찬란한 연용류가 그 끝을 대신했다.

"곧 궁으로 들어올게요."

해루는 순순히 말하며 침대에서 내려와 사탕을 매만지기 시작했다. 용계의 과일즙으로 만든 달콤한 사탕이었다.

그녀는 자신의 손가락에 바늘로 피를 내어서 한 방울씩 사탕에 묻혔다. 그렇게 하면 사탕을 먹는 사람들에게 스몄던 마기가 자연히 제거되게 된다. 그녀가 매일 밤 조금씩 제조하고 있는 마기 제거용 사탕이었다.

북해를 제외한 다른 곳의 바다엔 아직 마기가 남아 있는 곳이 드문드문 있었다. 스며든 마룡이 아직 제거되지 않아 마기에 시달리는 천룡들도 있었다. 그들을 위한 사탕이었다.

"내가 그대를 만난 것은 정말이지 천운이었다. 그 많은 곳 중에 설룡산에 떨어진 것도, 그곳이 그대의 집 앞이었던 것도."

지슈카가 그런 그녀를 사랑스럽게 바라보며 말했다.

"저야말로 천운이었어요. 지슈카를 만난 것, 그리고 이렇게 함께하게 된 것 모두가."

사탕을 바구니에 차근차근 담던 해루가 키스로 화답하며 말했다.

"내가 진주의 뜻에 대해 다시 생각해 보았는데 말이지."

지슈카가 그녀를 안아 들며 다시 침대로 이끌었다. 바늘로 찔렸던 손가락을 매만지며 상처를 치료해 주었다.

"네. 무슨 다른 뜻이 있는 건가요?"

"진짜 주인."

귓불을 깨물며 그가 말했다.

"아무래도 진주는 진짜 주인을 뜻하는 말인 듯하다. 그대는 내 주인이나 마찬가지니까."

귓가에 퍼붓는 키스가 농밀해졌다. 가슴을 더듬는 손이 자극적이었다. 옷깃을 헤치는 그의 손길을 느끼며 해루는 가만히 웃었다.

또다시 연용류가 흐르기 시작했다. 무지갯빛의 찬란한 기류 속에서 해루의 몸이 보랏빛으로 찬연하게 빛났다.

그 밤, 둘은 손에 깍지를 낀 채로 또다시 하나가 되었다.

그 누구도 대신할 수 없는 서로의 자리, 그들은 서로가 서로의 진주였다.

Fin.

외전 1.

검은 고래가 새겨진 소원 팔찌가 끊어졌다.

해루가 지슈카에게 팔찌를 선물한지 근 8년 만의 일이었다.

'팔찌가 끊어지면 소원이 이루어진다고 하였지.'

지슈카는 자신의 소원에 대해 생각하고 또 생각했다. 무엇이든 이룰 수 있는 그에게 특별한 소원이란 따로 없었기 때문이다.

용계를 망가뜨렸던 마룡들도 거의 전멸하다시피 했고, 그토록 찾아 헤맸던 수호주도 결국엔 되찾아 왔다. 북해는 매일이 평화로웠다.

더 이상의 소원은 그에게 존재하지 않았다. 하여 무슨 소원이 이루어질지를 알 수 없었다.

애초에 이런 물건이 소원을 이루어 준다는 걸 믿는 것 자체가 애들 장난 같기도 했지만, 해루가 선물해 준 것이니 믿어

보고 싶었다. 하여 뭔지는 모르지만 그가 간절히 바라는 소원이 이루어지는 걸 보고 싶었다.

하지만 아무리 떠올려 봐도 이루고 싶은 소원 자체가 없는 게 문제였다.

"무슨 고민이라도 있어요?"

마기를 제거하러 동해를 방문하고 온 해루가 걱정스레 물었다. 그의 표정이 종일 심각했기 때문이었다.

"고민은 무슨. 처리할 일이 많아 조금 피로할 뿐이다."

"오늘은 일찍 주무세요. 당신 요즘 너무 바쁜 것 같아요. 백성들 살피는 것도 좋지만 휴식이 필요하다고요."

"그대와 함께 있는 것 자체가 내겐 휴식이다."

그의 말은 늘 같았다. 그리고 그걸 입증이라도 하듯 매일같이 그녀를 품고 잠이 들었다.

오늘도 마찬가지였다. 지슈카는 그녀를 안아 든 채로 어딘가를 향해 방을 통째로 옮겨 버렸다. 이번엔 이름 모를 온천이었다. 크리스탈 벽으로 된 아름다운 동굴 안에 향기로운 온천이 따뜻하게 흐르고 있었다.

지슈카는 그녀를 조심스레 물에 내려놓았다. 젖은 옷이 몸에 감기며 해루의 가느다란 체형이 그대로 드러났다. 무지갯빛의 연용류가 숨이 막히도록 찬란하게 흐르고 있었다.

그는 천천히 그녀의 옷을 벗겼다. 맨어깨가 드러나고 브래지어에 감싸인 가슴이 드러나자 흥분으로 숨을 삼켰다. 매일같이 탐하고 탐하면서도 늘 흥분되는 몸이었다. 브래지어를 내리고 가슴을 감싸자, 해루가 수줍게 몸을 돌렸다.

그는 그녀를 뒤에서 끌어안았다. 커다랗고 섬세한 손이 다시 가슴에 닿았다. 그가 하얗고 연한 살을 지그시 주무르자 해루는 숨을 멈추며 눈을 감았다. 연용류가 주는 야릇한 흥분으로, 가슴 끝은 이미 간지럽다 못해 아플 정도로 단단하게 서 있었다.

하지만 지슈카는 교묘하게 정점만 피해서 가슴을 계속 부드럽게 매만졌다. 둥글게 원을 그리는 손가락이 유륜 주변을 아슬아슬하게 배회하자, 견디다 못한 해루에게서 신음이 새어 나왔다.

"아아, 지슈카. 하윽⋯⋯."

그게 신호라도 되는 것처럼 지슈카의 손가락이 정점에 닿았다. 기다렸다는 듯 가슴 끝을 잡아 비틀자, 해루는 쾌감을 참지 못하고 비명과도 같은 신음을 흘려보내고 말았다. 발끝에서부터 머리끝까지 저릿한 전율이 크게 일었다.

지슈카는 가슴을 거칠게 주무르기 시작했다. 양쪽 가슴의 정점을 한꺼번에 잡아 비틀다 유두를 튕겨 내기도 하면서 한껏 희롱했다. 그럴 때마다 해루는 쾌감으로 치솟는 신음을 삼켜야 했다.

지슈카는 까만 머리카락을 모아 쥐고 목덜미를 어루만지며 천천히 키스를 퍼부었다. 작은 턱을 감싸 쥐듯 들어 올리고 달콤한 숨을 토해내는 입술 사이를 가르고 들어갔다.

해루는 그의 가슴에 머리를 기대며 그의 입맞춤을 받았다. 따뜻한 물에 잠긴 몸은 금방 노곤해졌으며 팔다리에 힘이 빠졌다. 입맞춤이 더욱 짙어지면서 물속에 잠긴 몸은 점점 발갛게 상기되어 갔다.

그가 갑자기 그녀를 물에서 안아 올린 것은 그 순간이었다.

입맞춤에 취해서 헤어나지 못하고 있을 때, 그는 들어 올린 그녀의 몸을 온천 가의 크리스탈 바위에 앉혔다. 그리고 허리를 숙여 그 앞에 앉으며 그녀의 다리를 조금 벌렸다.

"지, 지슈카……."

다음 순간에 벌어질 일을 예감한 해루가 화들짝 놀라 다리를 오므렸다. 하지만 그가 그렇게 두지 않았다. 손으로 부드럽게 어루만지며 천천히 허벅지를 잡아 벌렸다. 그리고 부드럽게 말했다.

"괜찮다."

섬세한 손길로 허벅지 안쪽을 매만지던 그가 무릎 언저리에 가만히 입술을 댔다. 그리고 그녀의 다리에 방울방울 맺힌 물방울들을 천천히 핥아 먹기 시작했다. 무릎에서 허벅지로 천천히 이동하며 점점 더 중심으로 가까워졌다.

한 팔로 그녀의 어깨를 받친 그가 다른 팔로 허벅지를 벌렸다. 그의 손가락이 젖어 있는 중심을 가르며 들어왔다.

둘만이 존재하는 고요한 공간에서 부글부글 끓는 온천물 소리만이 미세하게 울렸다. 그가 위쪽의 정점을 꾹 누르자 해루는 비명 같은 신음을 흘리고 말았다.

구슬 같은 그곳을 비비고 돌리는 그의 손길에 해루는 쾌감을 이기지 못하고 연신 헐떡였다.

그의 손이 천천히 혹은 빠르게 움직일 때마다 아랫배가 뭉치고 다리가 움찔거렸다. 머리끝까지 치솟는 쾌감에 몸이 떨리고 숨이 가빠져 왔다.

"그만…… 지슈카, 그만요."

부끄러움을 참지 못하고 터져 나온 말에 지슈카가 짙은 눈을 하고 물었다.

"정말 그만둘까."

그렇게 물으면서도 그의 손길은 더욱 그녀를 자극하고 있었다. 그녀의 안에 손가락을 집어넣고 휘몰아치듯 휘젓고 있었다.

해루는 대답하지 못했다. 부끄러움에 그만둬 줬으면 하는 마음 반, 더한 자극을 원하는 마음 반으로 갈팡질팡이었다. 아니, 현란한 손놀림이 주는 쾌감에 판단이란 것 자체가 되지 않았다.

"그대가 원하지 않으면 그만두겠다."

그는 그렇게 말하며 부드럽게 정점에 원을 그렸다. 하지만 거친 자극 뒤에 오는 부드러운 자극은 오히려 쾌감만 더욱 자극할 뿐이었다.

"하읏."

온몸이 떨리는 것을 느끼며 해루는 저도 모르게 고개를 저었다. 이 감각이 멈추길 원하지 않았다.

그는 천천히 그녀의 다리를 더욱 벌렸다. 그리고 늘씬한 두 다리의 사이의 비밀스런 곳, 그 중심에 입술을 가져다 댔다.

해루는 다리를 오므리려고 했지만 그가 그렇게 두지 않았다. 구슬을 세게 흡입하며 혀로 뜨겁게 핥았다. 빙글빙글 돌리다가 살짝 물기도 했다.

"아흑."

해루는 의식이 아득해지는 것을 느끼며 몸을 비틀었다. 온몸을 관통하는 전율에 머릿속이 하얗게 비어 버렸다. 몸 안에서 팽팽하게 부풀던 그 무엇이 폭죽처럼 폭발하는 것이 느껴졌다. 아래가 뜨겁게 젖어 내리며 몸이 휘청했다.

그녀는 어깨를 받친 그의 팔에 맥없이 기대었다. 몸을 제대로 가눌 수가 없었다.

지슈카는 그제야 해루를 바위에서 내려 주었다. 옷을 깔고 바닥에 그녀를 눕히며 곧바로 그녀의 안으로 밀고 들어왔다. 쾌락의 절정이 휩쓸고 간 몸은 맥없이 풀려 있었다.

하지만 그가 치고 들어올 때마다 다시금 몸의 근육들이 움찔거렸다. 온몸이 저릿저릿하며 숨이 막혔다.

"아아, 지슈카."

그녀가 그의 이름을 부르자, 지슈카의 손이 그녀의 엉덩이를 움켜쥐며 더욱 힘껏 끌어당겼다. 원초적인 쾌락이 전신을 감싸자, 해루 또한 늘씬한 두 다리로 남자의 허리를 휘감으며 매달렸다. 그의 허릿짓에 맞추어 그녀의 가느다란 몸이 물결처럼 흔들렸다.

곧 지슈카는 그녀의 몸을 뒤로 돌려 눕혔다. 그녀의 엉덩이에 그의 허벅지가 맞닿고 다리 사이에 그의 분신이 느껴졌다. 그는 그녀의 허리를 끌어안고 손을 앞으로 돌려 아래로 훑어 내렸다. 검은 숲 사이를 헤치고 뜨거운 여성을 매만지자 해루는 어찌할 바를 모르고 몸을 떨었다.

그는 그녀의 뒤에서 몸을 밀어 넣었다. 아까와는 또 다른 전율이 그녀의 몸을 파도처럼 덮쳐들었다. 깊게 밀고 들어오는 그의 몸짓에 해루는 쾌락을 참지 못하고 숨을 헐떡였다.

고개를 한껏 뒤로 젖힌 채 바닥의 옷깃만 부여잡고 부여잡았다. 그럴수록 그녀를 품은 지슈카의 허릿짓은 더욱 힘차고 빨라졌다.

해루가 어찌할 바를 모르고 바르작거렸지만, 그는 놓아줄 생각이 없는 것 같았다. 뒤에서 으스러져라 끌어안으며 그녀의 안을 태풍처럼 휘젓고 또 휘저었다.

찬란한 절정의 끝에서 그녀는 벅찬 가슴을 어쩌지 못해 흐느끼고 말았다. 눈물이 계속해서 흘러나왔다.

그 밤 그녀는 꿈을 꾸었다. 7각별을 가진 찬란한 푸른 용이 땅으로 추락하는 꿈을.

＊

「흉몽일까요?」

며칠 동안 고민하던 해루는 끝내 이시스를 찾아와 묻고 말았다. 추락하던 푸른 용이 그녀의 심장에 머무는 용혼과는 또 다른 용처럼 느껴졌기 때문이었다.

「아무래도 태몽 같습니다만.」

뜻밖에도 이시스의 대답은 그랬다.

「추락하는 것이 아니라 땅으로 내려온 것이겠지요.」

이시스의 설명을 듣고 보니 그도 그랬다. 고통스럽게 땅으로 떨어졌다기보다 사뿐히 내려앉는 느낌이었다.

하지만 태몽이 가능할 리가 없지 않은가. 용과 인간 사이에 아이라니.

「왕비님께서는 보통의 인간과 다르시니 또 모르지요. 의원을 찾아가 맥을 짚어 보심이 나을 듯합니다.」

이시스의 제안에 해루는 고개를 끄덕였다. 하지만 괜한 희망은 가지고 싶지 않았다. 기대가 크면 클수록 아니었을 때의 실망은 더욱 절망적일 테니까.

❋

소식을 전해 들은 지슈카는 곧바로 황궁의 어의를 불러들였다. 믿을 수 없어 하면서도 더없이 초조하게 어의가 방문할 때를 기다렸다.

바랄 수도 없어서 기대도 하지 않았던 아이였다. 기대를 한다는 것 자체가 서로를 아프게 할 것이 분명했으니까.

하지만 일말의 가능성이 있다면 믿어 보고 싶었다. 무엇보다 그 소원 팔찌. 그에게 남은 유일한 소원이 있다면 해루와 그 자신의 아이를 가지는 것이었다.

절대로 가능하지 않아서 소원이라고 조차 생각해본 적 없던 소원이었다. 하지만 아이를 가질 수만 있다면.

「아무래도 태맥 같습니다만.」

해루의 맥을 짚어 보던 어의는 분명한 목소리로 그리 말했다. 타닥타닥 뛰는 맥이 분명 태맥의 형태를 띠고 있다고.

하지만 해루의 배는 여전히 날씬했고, 인간이 임신했을 때 나타나는 입덧이라든가, 용들이 임신했을 때 나타나는 수주일 간의 깊은 숙면 같은 증상은 전혀 보이지 않았다. 하여 임신이라고 믿기도 힘이 들었다.

대신 해루의 몸에 비치던 보랏빛이 더욱 진해진 건 있었다. 보랏빛은 그녀의 의지와 상관없이 항상 그녀의 주변에 피어올랐으며, 때때로 하늘에서 보랏빛의 서광이 비치는 것처럼 느껴질 때도 있었다.

인간의 임신주기는 36주, 용의 임신주기는 12주.

해루가 어느 즈음에 있는지는 모르겠지만 기다려 보아야 알 수 있는 일들이었다.

❋

해루는 아무것도 느끼지 못했다. 배 속에서 뭔가가 움직이는 느낌도 없었고, 새 생명을 품고 있다는 경건함이랄까 그런 것이 별다르게 느껴지지도 않았다.

대신 배가 전혀 고프지 않았다. 아무것도 먹지 않아도 늘 에너지가 넘쳤다. 유일하게 당기는 음식은 해월과 뿐이어서 지슈카는 모든 용계의 해월과를 수집해 들이는 데 여념이 없었다.

"산삼밭은 당분간 가지 않는 것이 좋겠다."

지슈카는 그녀가 일하는 것이 내키지 않았는지 설룡산으로 가는 것도 막아 나섰다. 행여 몸이 덧날까 우려하고 또 우려했다.

"지슈카. 저는 아무렇지 않거든요. 배 속에 아이가 자라고 있는지 아닌지도 알 수 없고요."

"어의가 태맥이라고 하지 않았나."

"인간과 용은 다르잖아요. 태맥이 아닐지도 몰라요."

해루는 섣부른 희망을 가지고 싶지 않아 최악의 경우를 가정하는 걸 잊지 않았다.

"그대가 꾸었다는 꿈은 어떤 것이지? 몹시 궁금하다."

"7각별을 가진 푸른 용이 새하얀 구름 사이를 날아요. 그런데 잠시 뒤에 그 위로 천둥번개가 수없이 내리쳐요. 폭풍우가 휘몰아치기 시작했고요. 푸른 용은 그 속에서 추락하듯 땅으로 떨어졌어요. 그다음 푸른빛의 거대한 폭발이 일었고요. 마지막은 보랏빛의 신비로운 안개가 용을 감싸며 잠에서 깼어요."

그녀의 말을 들은 지슈카가 지그시 웃었다.

"용에게 폭풍우는 더할 나위 없는 길조다. 게다가 보랏빛은 수호주의 상징이 아닌가. 강력한 세인트드래곤의 아이가 태어날 듯하군."

"아이가 아닐지도 모른다고 했잖아요."

"그대에게 부담을 주고자 하는 것은 아니다, 해루. 하나 희망을 가져 보는 것도 나쁠 것 없지 않겠는가."

지슈카는 그렇게 말하며 그녀를 소중히 감싸 안았다.

"나는 그대 하나로 족하다. 하나 아이가 생긴다면 그것은 그것대로 좋겠지."

해루는 말없이 고개를 끄덕이며 그의 품에 기댔다. 이마에 뜨거운 기운이 일고 있었다. 더없이 찬란하던 푸른 빛깔의 그 용이 뇌리를 맴돌고 또 맴돌았다.

해루가 크게 앓기 시작한 것은 그로부터 몇 주가 지난 뒤였다. 이유 없이 열이 높게 올라 40도를 웃돌기 시작했다.

궁은 안팎으로 크게 뒤집어졌다. 해루의 병에 당황한 지슈카가 어의를 불러들이고 약재를 구하며 궁을 온통 들쑤셔 놓았기 때문이다.

어의는 알 수 없는 병증이란 진단을 내렸고, 열을 내릴 만한 약재란 약재는 모두 처방했다. 하지만 그럼에도 불구하고 해루의 열은 내리지 않았다.

그렇게 사흘 낮 사흘 밤이 지난 후에 해루는 허리가 끊어지는 듯한 고통을 크게 느꼈다. 밑이 빠지는 듯한 엄청난 고통에 잠도 제대로 이루지 못했다.

지슈카는 그 모든 시간을 안절부절못하고 내내 해루의 곁을 지켰다.

그리고 고통에 시달리던 해루가 잠깐 선잠이 들었을 무렵이었다. 꿈인지 생시인지 모르게, 아래에서 무언가가 빠져나가 공중으로 두둥실 떠올랐다. 우아한 푸른빛을 발하는 둥그런 에너지체였다.

"지슈카!"

해루는 본능적으로 그를 불렀다. 그것이 무엇인지는 몰라도 그녀에게서 나온 것이란 건 분명해 보였기 때문이다.

"용의 알이다."

곁을 지키던 지슈카가 에너지체를 품으로 소환하며 말했다. 그 순간의 그의 얼굴은 한 번도 본 적 없는 상기된 빛을 띠고 있었다. 평소의 날카로운 빛은 찾아볼 수도 없었다. 어떤 일에도 흔들림이 없던 침착함마저 잃고 있었다.

"알이요? 제가 알을 낳은 거예요?"

"그렇다. 용이라면 보통 알을 낳은 후 일주일은 알을 품은 채 잠들어 있지."

그는 걱정스러운 얼굴로 손을 들어 해루의 이마에 짚어 보았다. 아직도 열은 펄펄 끓고 있었다.

"알을 품는 건 내가 하겠다. 그대는 쉬어야 해."

"아뇨. 제가 하고 싶어요."

"지금 상태로는 무리다. 열이 내리면 그때 알을 건네주도록
하지."

"아녜요. 제가 하고 싶어요. 제가 낳은 알이잖아요."

해루는 알을 놓고 싶지 않아서 계속 고집을 부렸다.

"하면 같이 품도록 할까. 그대와 나 사이에 알을 두고서 말
이다."

결국 그녀의 고집을 꺾지 못한 지슈카가 말했다.

"좋아요. 그렇게 해요."

해루가 고개를 끄덕이며 동의하자, 지슈카는 그녀와 알을
함께 품으며 곁에 누웠다.

에너지체로 이루어진 그들의 알은 얌전히 그 자리에 있지
않았다. 갑갑함에서 벗어나려는 듯 꼬물꼬물 꿈틀대며 움직임
을 멈추지 않았다. 어쩔 땐 이불 속에서 빠져나가 두둥실 떠올
라 있기도 했다.

그렇게 일곱 날이 지났다. 하지만 용이 태어난다는 마지막
날에 알은 이상하게 꿈틀대기를 멈추었다.

지슈카도 해루도 바짝 긴장했다. 아이를 낳아 본 여룡들에
따르면 마지막 날에는 더욱 강하게 움직이는 것이 통례라고 했
기 때문이다.

해루는 손으로 에너지체를 톡톡 두드리며 알을 깨워 보려
애썼다. 지슈카는 푸른 불꽃을 피워 올려 가벼운 충격을 주었
다. 그래도 알은 깨어나지 않았다.

해루는 보라색의 불꽃을 피워 올려 알에 가만히 가져다 대
었다. 그래도 알은 여전히 반응을 보이지 않았다.

"뭔가가 잘못된 걸까요?"

해루가 불안하게 묻자, 지슈카가 고개를 저으며 그녀를 가만히 감쌌다.

"그럴 리가 없지 않은가. 좀 더 기다려 보면 반응이 올 것이다."

하지만 하루가 꼬박 지나고 다시 밤이 되어도 알은 깨어나지 않았다.

해루는 점점 불안해지기 시작했다. 억지로라도 알을 깨워야만 할 것 같았다.

그녀는 손가락을 바늘로 찔러서 피를 내 보았다. 백성들에게도 큰 병이 생기거나 하면 그녀의 피가 도움이 되곤 했기 때문이다.

피를 짜내서 알에 톡톡 떨어뜨리자, 알이 희미하게 꿈틀하는 듯했다. 그리고 푸른빛의 에너지체가 조금씩 갈라지기 시작했다. 그 사이로 짙푸른 무언가가 보였다. 그토록 기다리던 그들의 아기가 분명했다.

알은 점점 더 크게 갈라지고 있었다. 시간이 좀 더 지나자, 푸른빛의 알을 활짝 가르며 나타난 건 그보다 더 짙푸른 빛을 내는 날개였다. 짙은 사파이어 빛의 앙증맞은 날개. 그리고 손바닥만큼 작은 용이 그 속에서 천천히 모습을 드러내기 시작했다.

"아이! 우리 아이예요, 지슈카!"

해루는 아직 날개를 펼칠 줄도 모르는 작은 생명체를 손에 안으며 기쁘게 소리쳤다. 지슈카도 흥분을 감추지 못하고 작디작은 푸른 용을 눈에 담았다.

"성역으로 가야겠다."

넋 놓고 아기 용을 바라보던 지슈카의 첫 마디는 그랬다.

"성역이요?"

해루의 물음에 그가 고개를 끄덕였다. 아기를 받아 안으며 차근히 말해 주었다.

"태어난 아이에 대한 의식을 치러야 한다. 의식이 끝나면 용이 눈을 뜨게 되지."

둘은 서둘러 성역으로 향했다. 무지갯빛 찬란한 신성한 호수에 아기 용을 담그고, 이시스의 축복을 받았다. 그런 다음 아이를 높이 들어 올려 수호주의 빛을 쬐었다.

그러자 아기 용이 천천히 눈을 뜨기 시작했다. 순수하기 짝이 없는 용의 눈동자는 푸른 보랏빛을 띠고 있었다. 거기에 은빛의 반짝임이 뒤섞인 오묘하고 신비로운 빛깔이었다.

"루카."

아기 용에게서 눈을 떼지 못하던 지슈카가 문득 말했다.

"네?"

"아기 이름 말이다. 그대와 나의 이름을 한 글자씩 따서 지으면 어떻겠냐 하는 말이다."

벌써부터 이름을 논하는 지슈카의 얼굴엔 흥분이 가득했다.

"루카. 예쁜 이름이네요."

루카는 눈을 꿈벅이며 해루와 지슈카를 번갈아 보았다. 입꼬리가 길게 늘어지는 것이 웃고 있는 것 같기도 했다.

"그런데 루카는 여자 용일까요, 남자 용일까요?"

"그것은 인간체를 얻은 후에야 알 수 있다. 여의주가 모습을 갖춘 다음에."

"아아."

루카는 아직 날개를 펼치지 않고 있었다. 아마도 그 날개 속에 품고 있는 것이 여의주가 아닐까.

"고생했다, 해루. 정말로 고생이 많았다."

지슈카가 이마에 입을 맞추며 말했다. 그녀가 그를 만난 이래 이보다 더 흥분한 모습은 본 적이 없었다. 마룡들을 거의 절멸시켰던 그때 그 순간조차 이보다 더 흥분하지는 않았었다.

「아− 옹−」

루카가 입을 꼬물거리며 무어라 말을 하고 있었다. 말이라기보다는 그저 내 보는 소리에 불과했지만, 해루도 지슈카도 그 목소리에서 귀를 떼지 못했다.

뒤이어 루카의 날개가 천천히 펼쳐졌다. 앙증맞은 앞발로 여의주를 꽉 붙들고 있는 모습이 정말이지 사랑스럽기 그지없었다.

성역은 사해에서 몰려든 백성들로 어느새 온통 북적이고 있었다. 그토록 고대했던 세인트드래곤과 수호주의 아이, 루카에 대한 호기심으로 모두가 눈을 빛내고 있었다.

지슈카는 루카에게서 조심스레 여의주를 빼내어 신성한 호수에 담갔다. 그러자 호수에 무지갯빛의 소용돌이가 크게 일면서, 인간의 모습을 한 아기 하나가 두둥실 떠올랐다.

"여룡입니다!"

긴장 속에 상황을 지켜보던 누군가가 백성들에게 중계를 했다. 백성들은 떠들썩한 함성을 질렀다. 성역이 온통 기쁨의 함성으로 가득했다.

북해빙성의 청금빛 하늘에 또다시 눈발이 날리기 시작했다. 지슈카와 해루는 루카를 함께 끌어안으며 서로에게 깊이 키스를 했다.

"소원이 이루어졌다, 해루."

한참만에야 입술을 떼어내며 지슈카가 말했다.

"무슨 소원이요?"

"그대가 준 소원 팔찌에 걸려 있던 특별한 소원. 내게 있는 줄도 몰랐던 귀하디귀한 소원."

"그게 무엇이었는데요?"

"……루카."

그의 말에 해루는 저도 모르게 눈물을 글썽였다. 그토록 기다렸던 세인트드래곤의 후계, 불가능했던 소원이 이루어진 셈이었으니까.

백성들의 축복이 커다랗게 울려 퍼지는 속에서, 지슈카는 그에 호응하듯 루카를 품에 안은 해루를 번쩍 안아 들었다. 그리고 오래전 눈보라 속의 그날을 떠올렸다.

'이건 소원 팔찌래요.'

'소원 팔찌.'

'네. 열심히 하고 다니다가 줄이 끊어지면 소원이 이루어진다고 하더라고요.'

까만 눈의 소녀는 그렇게 말했었다.

그러니까 어쩌면 모든 것은 처음부터였을지 모른다.

해루가 그를 구하던 그 처음부터.

키스 아닌 키스를 나누었던 그 처음부터.

그가 진주 핀을 건네고 그녀가 소원 팔찌를 건네 오던 그 처음부터.

외전 2.

7년 후 봄, 설룡산.

"엄마, 새들이 막 날아들어요."

높은 나뭇가지 위에 앉아 있던 루카가 들뜬 목소리로 말했다. 포로롱 날아온 뱁새들이 루카의 어깨와 팔에 총총히 내려앉았다.

시원한 바람이 불어와 초록빛 나뭇잎들을 쏴아아 휩쓸고 간다. 아이의 신비로운 보랏빛 눈동자가 초롱초롱 빛난다.

"내가 좋은가 봐요. 도망도 안 가요."

루카는 몰려드는 새들이 신기한지 장난스레 손뼉을 탁 쳤다. 갑작스러운 소리에 새들이 일제히 파르르 날아올랐다가 다시 루카의 어깨 위로 내려앉는다.

나무 아래 서 있던 해루는 미소를 지으며 그 모습을 흐뭇하게 지켜보았다. 올해 세 살이 된 루카는 인간의 아이들보다 성

389

장도, 말도 한참 빨랐다. 거리에서 데리고 다니면 다들 열 살 쯤으로 생각하곤 한다.

용의 피를 타고 난 아이라서 그런지 동물들은 자연스레 루카를 따랐다.

곰씨 아저씨의 농장에선 커다란 눈망울을 가진 사슴들이 몰려들기 일쑤였고, 강이나 바다에선 물고기들이 떼를 지어 다가와 루카를 에워싸는 일도 흔히 있었다.

"이제 그만 내려오렴. 결혼식에 갈 준비 해야지."

"네, 엄마."

루카는 새들에게 무어라 속삭이더니 손을 흔들어 날려 보내고는 나뭇가지에서 폴짝 뛰어내렸다. 어른 키의 세 배는 됨직한 높이였지만 공기처럼 가볍게 땅으로 내려앉았다. 해맑게 웃으며 다가오는 얼굴에 들뜬 기색이 역력했다.

"오늘은 핑크색 드레스를 입을 거예요. 머리에는 진주가 달린 핀도 꽂고요."

"그래. 무척 예쁘겠구나."

해루가 싱긋 웃으며 손을 내밀자, 루카가 앙증맞은 손을 내밀어 그 손을 꽉 쥐었다.

"륜 삼촌이 아주 좋아하시겠지요? 카린 숙모도요."

"그럼. 엄청 기다리고 계실걸. 네가 꽃을 뿌려 주기로 했잖니."

"하하, 네. 얼른 준비해서 가요, 엄마."

루카는 신이 나서 종종걸음으로 다급히 집 안으로 뛰어 들어갔다. 나풀나풀 흩날리는 긴 머리카락 위로 나비 두어 마리가 팔랑팔랑 노닐다 간다.

해루는 루카의 옷을 핑크빛 드레스로 갈아입히고 머리를 양 갈래로 땋아 주었다. 아이는 치마를 양손으로 잡아 살짝 올리며 공주처럼 핑그르르 한 바퀴 돌았다. 드레스가 마음에 들었는지 연신 거울을 들여다보며 싱글거린다.

"아주 예쁘구나, 루카."

위층에서 내려온 곰씨 아저씨가 아이를 번쩍 들어 올리며 허허 웃었다. 결혼식 참석을 위해 오랜만에 정장을 빼입은 아저씨는 평소와 달리 점잖은 신사의 분위기를 연출하고 있었다.

"할아버지도 엄청 멋지세요."

아저씨의 팔에 대롱대롱 매달린 루카가 엄지손가락을 치켜들며 깔깔 웃었다.

루카가 태어난 이후에 지슈카는 곰씨 아저씨의 집을 3층으로 다시 지어 주었다. 3층은 아저씨와 유주가 쓰고, 2층은 해루네 가족이 인간 세계로 나올 때 사용하고 있었다. 1층은 륜이 혼자 쓰고 있었지만, 오늘 결혼식이 끝나면 카린도 함께 살게 될 것이다.

용들의 건축술은 신묘하고도 마법 같아서, 하루 만에 원래 있던 집을 허물어 가루로 날려 버리고는 그 위에 성처럼 웅장한 3층집을 뚝딱 만들어 냈다.

산 중턱까지밖에 나 있지 않았던 도로도 산꼭대기까지 뚫어서 차를 타고 집까지 올라올 수 있도록 만들어 주기도 했다. 곰씨 아저씨는 믿을 수 없는 현실에 입을 떡 벌렸지만, 당연히 크고 아름다운 새집이 생긴 걸 무척이나 좋아하셨다.

해루와 지슈카는 루카를 데리고 매주 한 번씩은 인간계로 나와 아저씨의 집에 머무르곤 했다. 산삼밭도 돌보고 산 이곳저곳을 다니며 아저씨와 유주와 함께 한가로운 휴일을 보내는 것이 일과였다. 가끔은 륜과 카린이 합류해 다 같이 훌쩍 여행을 떠나기도 했다.

"지 서방은?"

루카를 어깨 위로 올려 목말을 태우며 아저씨가 물었다. 이번 달은 지슈카의 방문이 뜸했던 탓에 짐짓 궁금한 눈치였다.

"곧 올 거예요."

"바쁘다던 일은 다 끝났고?"

"아뇨. 아직이에요."

"그놈들이 어지간히 속을 썩이는 모양이구나."

"네. 인간들 틈에 교묘히 섞여 들어 있어서 흔적을 찾기가 쉽지 않은 모양이에요."

해루는 짧은 한숨을 내쉬며 고개를 끄덕였다.

바욘을 비롯한 마룡의 잔당들에 대한 이야기였다. 우두머리를 잃은 오합지졸이기에 금방 잡힐 줄 알았던 그들은 3년간 깊숙이 자취를 감춰서 어디서도 찾을 수가 없더니, 최근 들어 대륙에서 간간이 모습을 드러내고 있었다.

그들이 나타났다는 소식이 들려올 때마다 카린이 용들을 진두지휘하여 물불을 가리지 않고 찾았으나 큰 성과 없이 번번이 놓치기 일쑤였다.

그래서 이번에는 지슈카가 직접 나선 참이었다. 하지만 출정을 나간 지 벌써 보름이 지났음에도 불구하고 놈들을 잡았다는 소식은 들려오지 않고 있었다.

"엄마, 유주 이모가 오나 봐요. 소리가 들려요."

곰씨 아저씨의 어깨 위에서 다리를 달랑대던 루카가 귀를 쫑긋 세우며 기쁜 얼굴로 외쳤다.

"무슨 소리? 엄마는 모르겠는데."

해루가 고개를 갸웃하며 의아한 얼굴을 하자, 루카가 쿡쿡 웃으며 멀리 창밖을 가리켰다.

"아직 멀리 있어서 그래요. 집까지 오려면 아직 3분쯤은 더 걸릴 거예요."

"어머, 그렇게 멀리 있는데 이모인 줄은 어떻게 알고?"

"발소리가 이모 발소리예요. 이모는 꼭 음악처럼 걷거든요. 바이올린 리듬처럼요."

"와. 대단하네, 우리 루카. 그런 것까지 다 알고."

해루는 신기한 마음에 웃음을 터뜨리며 아이의 대롱거리는 다리를 톡톡 두드려 주었다.

용의 핏줄답게 루카의 오감이 무척 예민한 것은 알았지만, 그렇게 멀리의 소리까지 구별할 수 있을 줄은 몰랐다.

"뭘요. 아빠 닮아서 그런걸요."

아이는 새침하게 턱을 치켜 올리며 어깨를 으쓱했다. 얼굴에 자랑스러운 기색이 역력했다.

"그래, 우리 루카는 아빠를 많이 닮았지. 사랑스러운 건 엄마 닮았고."

곰씨 아저씨가 목말을 탄 아이를 빙글빙글 돌리며 싱긋 웃었다.

"컴퓨터 잘하는 것도 엄마 닮았어요."

"그럼그럼. 우리 루카는 다 잘하지."

아저씨가 너털웃음을 지으며 루카를 어깨에서 내려 품에 안았다. 아이의 머리를 쓰다듬는 손길이 자상하기 그지없었다.

루카는 아저씨의 품에서 폴짝 뛰어내려 창가로 달려갔다. 창에 거의 코를 박을 듯 바짝 붙어 내다보는 것이, 유주가 오는 것이 못내 기다려지는 모양이었다. 이곳에 올 때마다 유주의 곁에 찰싹 붙어 떨어지지 않을 만큼 루카는 이모를 무척이나 좋아했다.

"와. 저기 자작나무 숲에 이모가 보여요. 선물도 들고 있어요."

루카가 신이 나서 손뼉을 치며 말했다. 해루가 다가가 살펴보았지만 그녀의 눈엔 무성한 숲만 보일 뿐 사람의 형체는 눈을 씻고 찾아봐도 보이지 않았다.

"그래? 무슨 선물일까."

"음. 보라색 포장지에 노란 리본이 감겨 있어요. 뭔지는 모르지만 되게 커요."

루카가 들뜬 목소리로 말하는 순간, 무성한 나뭇잎 사이로 점처럼 작은 유주의 모습이 언뜻 보였다. 아이의 말처럼 품에 한가득 들어찰 만큼 커다란 선물을 안고 있었다.

"저, 이모 마중 갔다 올게요!"

루카는 더 기다리지 못하겠는지, 이내 마루를 다다다 달려서 계단을 구를 듯이 뛰어 내려갔다. 해루와 곰씨가 미처 따라잡지 못할 정도로 빠른 속도였다. 금세 현관문을 열어젖히더니, 앞마당을 내달려 바람처럼 숲을 가로질렀다.

"어찌나 기운찬지."

미처 루카를 따라잡지 못한 곰씨 아저씨가 허허 웃으며 어깨를 으쓱했다. 차돌처럼 내달리는 루카의 뒤통수에서 눈을 떼지 못하는 것이, 못내 사랑스러워 죽겠다는 얼굴이었다.

루카는 이내 유주의 손을 잡고서 입이 찢어져라 함박웃음을 지으며 안으로 들어섰다.

"엄마, 이모가 내 선물 사 왔대요."

루카가 유주의 품에 안긴 선물 꾸러미에서 눈을 떼지 못하며 자랑스레 말했다.

"그래, 얼른 풀어 보자꾸나. 이모한테 '고맙습니다'는 했어?"

"아차. 이모, 고맙습니다."

아이가 허리를 꾸벅 숙이며 기운차게 인사했다.

"그래그래."

유주가 까르르 웃음을 터뜨리며 루카에게 선물 꾸러미를 건네주었다. 선물의 크기가 아이의 덩치보다 컸기에, 루카는 기우뚱거리며 힘겹게 받아 들었다.

조심조심 리본 매듭을 풀며 아이는 연신 웃었다. 뭐가 나올지 궁금해하며 눈을 반짝반짝 빛냈다. 포장이 펼쳐지기 무섭게 루카가 팔짝팔짝 뛰며 소리를 질렀다.

"와! 고래다, 고래! 내가 제일 좋아하는 고래."

선물은 아주 커다란 하늘빛 고래 인형이었다. 루카는 금세 고래 위에서 이리 굴렀다 저리 굴렀다 하며 좋아서 어쩔 줄을 몰랐다.

"이모 최고! 사랑해요, 이모!"

유주에게 매달려 연신 뺨에 뽀뽀를 해 대는 것도 잊지 않았다.

"그렇게 마음에 들어?"

"그럼요. 내가 고래를 얼마나 좋아하는데. 잘 때도 꼭 안고 잘 거예요."

루카는 고래를 꽉 끌어안으며 함박웃음을 지었다. 얼굴에서 잔뜩 들뜬 빛이 사라지지 않았다.

희미한 푸른빛이 주위를 휘감으며 루카와 고래 인형을 위로 둥실 들어 올린 것은 그때였다.

"와하하하, 아빠!"

공중에서 까르르 웃음을 터뜨리던 아이가 신이 나서 외쳤다. 이런 장난을 칠 사람은 지슈카밖에 없었기 때문이다.

곧 짙은 회색빛의 정장을 차려입은 지슈카가 유유히 모습을 드러냈다. 푸른빛 위를 떠돌던 루카가 냉큼 그의 목을 휘감으며 매달려 안겼다.

"보고 싶었어요, 아빠."

마지막으로 이렇게 얼굴을 맞댄 지 어언 보름 만이었다. 루카의 재롱에 지슈카는 멋들어지게 웃으며 아이의 뺨에 뽀뽀를 남겼다.

"나도 무척이나 보고 싶었단다, 우리 공주님."

"나쁜 용들은 잡았어요?"

"아직 뒤쫓고 있는 중이란다."

"빨리 잡았으면 좋겠어요."

"나도 그래."

"삼촌 결혼식에 아빠도 가는 거죠?"

"그럼. 늦지 않으려면 바로 출발해야겠구나."

지슈카는 고개를 끄덕이며 아이를 안아 들고는 앞장서서 계단을 내려갔다. 해루와 유주와 곰씨도 그 뒤를 따라 나섰다. 도란도란 웃음소리가 조용히 울려 퍼졌다.

집 앞에 주차되어 있던 검은빛 세단에 모두가 함께 올랐다. 차는 잠시 도로를 따라 달리다가 이내 자취를 감추었다. 차가 달리던 자리엔 또로롱 울리던 새소리만 남았다.

지슈카가 순간이동으로 차를 옮겨 결혼식장으로 바로 이동했기 때문이다.

✽

결혼식은 휼이 한 달 전부터 꼼꼼히 준비해 주었다. 바다가 보이는 외진 곳의 커다란 펜션을 통째로 빌려 진행하는 야외 결혼식이었다.

용들은 카린이 이끄는 부대원들을 중심으로 2백여 명이 참석했고, 륜의 손님으로는 세계 각지에서 활동하던 헌터들이 대거 참석했다.

바다를 배경으로 새하얀 버진로드가 깔리고, 웨딩아치를 비롯한 사방이 온통 색색의 꽃들로 장식되었다.

하얀 천으로 감싸인 테이블이 곳곳에 놓이고, 향기로운 음식과 술이 한가득 차려졌다. 공중을 가로지르는 천들이 휘장처럼 눈부시게 흩날리고, 북해빙성에서 파견된 최고의 악단이 아름다운 오케스트라를 연주하고 있었다.

카린과 륜은 버진로드의 끝에 나란히 서 있었다. 곧 식이 시작될 예정이었다.

카린은 용들의 혼례복이 아닌 인간식의 새하얀 웨딩드레스를 입었다. 인간 세계에서 륜과 함께 살아가려면 인간들이 하는 식으로 결혼식을 올려 두는 것이 더 낫겠다고 생각했기 때문이다.

아니, 식의 형태 같은 것은 아무래도 좋았다. 사실 식 같은 건 올리지 않아도 상관없었다. 오랫동안 기다려 온 눈앞의 남자를 만날 수 있게 된 것만으로도 기적과 같았기 때문이다.

"정말 후회하지 않을 자신 있어?"

륜이 평소 같지 않은 비장한 얼굴로 카린에게 물었다. 티끌만큼이라도 후회하는 기색이 보인다면 이 자리에서 바로 결혼을 무르자고 할 것만 같은 굳은 얼굴이었다.

그토록 그녀를 사랑한다면서도, 륜은 아직까지도 자신이 그녀의 운명이라는 것을 굳게 확신하지는 못하는 것 같았다.

카린은 가만히 미소 지으며 그의 팔을 꼭 잡았다. 그리고 수십 번은 반복했을 그 말을 다시금 또박또박 말해 주었다.

"말했잖아, 당신은 내가 천 년을 기다려 온 사람이라고."

"그래, 그랬었지."

륜이 조금은 발그레해진 얼굴로 그의 팔을 감싼 그녀의 손을 가만히 쓰다듬었다. 몇 번이고 계속 말해 주어도 륜은 그 말을 들을 때마다 언제나 쑥스러운 듯 얼굴을 붉히곤 했다.

"그런데 나는 아직도 확신이 안 들어. 당신을 누구보다 사랑하지만, 만약 당신이 천 년을 기다려 온 그 남자가 내가 아니면 어떡해?"

"내가 확신한다고 했잖아."

카린은 화사한 미소를 머금으며 단호하게 말했다.

한 번도 륜에게 그 이유를 말해 준 적은 없었지만 그녀는 늘 확신하고 있었다. 아니, 확신할 수밖에 없었다. 그러지 않고서야 그를 마주할 때마다 이렇게 죽도록 저릿해 오는 심장을 설명할 길이 없을 테니까.

"무슨 근거로?"

륜이 조금은 삐딱하게 되물었다. 그런 모습마저도 미치도록 섹시하다고 생각하며 카린은 빙긋 웃었다.

룬은 애초에 환생이라는 것 자체를 믿지 않았다. 하물며 천 년 전의 인연이 다시 이어진다는 건 그야말로 환상동화 같은 이야기라고 생각할 뿐이었다.

하지만 그가 믿건 믿지 않건 상관없이, 그가 그녀의 운명의 사람이란 건 세상이 두 쪽 난 대도 변할 수 없는 진실이었다.

"체리."

카린은 그의 눈을 부드럽게 쳐다보며 나직이 읊조렸다. 룬이 의아한 듯 한쪽 눈썹을 치켜 올렸다.

"응?"

"체리 씨 말야."

"그래, 씨."

"당신 그거 뱉지 않고 그냥 씹어 먹잖아."

"그렇지."

룬이 그게 뭐가 문제냐는 듯 멀뚱한 얼굴로 찬찬히 고개를 끄덕였다. 카린은 가슴이 저미는 듯한 기분을 느끼며, 곧고 깊은 그의 눈동자를 가만히 바라보았다.

처음 룬의 체리 먹는 모습을 마주했을 땐 심장이 멎는 줄만 알았다. 이전부터도 의미 모를 끌림 같은 건 있었지만, 그저 괜찮은 인간을 만났을 때 느끼는 과한 휴머니즘 정도로 생각했었다.

하지만 그 순간 벼락처럼 깨달았었다. 어쩌면, 아주 어쩌면 이 사람이 그 사람인 건 아닐까. 그토록 오랫동안 기다려 왔던 그 사람이 바로 이 사람인 건 아닐까.

체리를 씨까지 통째로 씹어 먹는 사람은 전 인류를 통틀어서도 몇 사람 되지 않을 테니까.

"천 년 전의 그 사람도 그랬어."

나직이 흘러나온 그녀의 말에 륜이 나직이 웃음을 터뜨렸다.

"그래. 그리고 또."

"꼭 당신처럼 웃었지."

"내가 어떻게 웃는데?"

"눈매가 반달처럼 접히면서 눈꼬리가 이런 모양으로 휘어지잖아. 그 남자도 꼭 그랬어."

"고작 눈꼬리. 그게 다야?"

륜이 싱겁다는 듯이 어깨를 으쓱했다. 카린은 뾰로통한 얼굴로 가볍게 맞받아쳤다.

"설마 그게 다겠어? 나머지는 결혼식 끝난 다음에 말해 줄게."

"좋아. 식 올리고 후회하기 없기다. 나중에 진짜 운명의 사람이니 뭐니 나타난다고 해도 나는 절대 양보할 생각 없어. 내가 그딴 자식보다 당신을 훨씬 사랑해 줄 자신이 있으니까."

륜이 의기양양하게 말하며 그녀의 뺨에 살짝 키스했다.

카린은 흡족하게 웃으며 그의 팔에 굳건히 팔짱을 꼈다. 화사한 핑크빛의 부케가 바람에 은은하게 향기를 흩날렸다.

"신랑 신부, 준비됐습니까?"

저만치서 사회를 맡은 흉의 목소리가 낭랑하게 울렸다.

륜이 싱긋 웃으며 손을 들어 동그라미를 그려 보이자, 흉이 결혼식 개회를 선언했다. 오케스트라가 곡을 바꾸어 웨딩마치를 연주하기 시작했다.

"그럼 신랑 신부 입장이 있겠습니다."

훌의 말이 끝나기 무섭게, 앞에서 얌전히 대기하고 있던 루카가 총총히 걸어가며 버진로드에 꽃을 흩어 뿌렸다.

깜찍한 공주님이 깔아 놓은 꽃길을 밟으며 카린과 륜은 나란히 걸음을 옮겼다. 햇빛이 따사롭게 내리쬐는 아름다운 날이었다.

수많은 축하객들 앞에서 성혼 선언을 하고, 반지를 나눠 끼었다. 성대한 축하 분위기 속에서 곰씨 아저씨의 유쾌한 덕담과 헌터들의 축하 공연이 길게 이어졌다.

유주의 바이올린 연주와 용들의 축하 댄스, 어두워질 무렵의 불꽃놀이까지, 모두에게 즐겁고 유쾌한 축제의 날이었다.

『그래, 신혼여행은 배 타고 세계 일주를 한다고?』

날이 캄캄해져 파티가 끝나 갈 무렵, 술이 얼큰하게 취한 헌터협회 회장이 다가와 물었다.

『예, 저기.』

륜이 빙긋 웃으며 벼랑 아래 바다에 떠 있는 커다란 범선을 가리켰다. 조명이 화려하게 밝혀진 범선은 커다란 돛을 웅장하게 장착한 예스러운 배였다. 카린의 말로는 500년쯤 전에 유행하던 배의 디자인이라고 했다.

주위는 흥겨운 음악과 춤추고 노래하는 사람들로 시끌벅적했다. 다들 제멋에 겨워 신나게 흘러가는 파티 속에서 카린은 륜을 이끌고 조용히 벼랑 끝으로 다가갔다.

"우린 이만 사라져 주는 게 좋겠어."

카린이 쿡쿡 웃으며 륜에게 속삭였다. 한껏 들뜬 분위기라 신랑 신부가 무얼 하는지 이젠 다들 신경 쓰지도 않았다.

"나를 꽉 잡아."

나직한 속삭임과 함께 카린은 륜의 등을 꼭 끌어안았다. 그리고 단숨에 벼랑에서 날듯이 뛰어내렸다. 산뜻한 바람이 주위를 갈랐고 카린은 공기처럼 가볍게 바닥으로 내려앉았다.

마주 안은 둘이 사뿐히 내려앉은 곳은 바다에 정박해 있던 배의 갑판이었다. 륜은 시원하게 웃으며 카린을 품에서 놓아주었다.

"와우. 그럼 바로 떠나 볼까."

륜은 곳곳에 매달린 등에 불을 밝히고 바람의 방향에 맞추어 부지런히 돛을 손보았다. 밧줄을 감아올려 바닷속에 내려두었던 닻을 거둬들였다. 뱃전으로 나아가 물살을 가늠하고는 자연스레 방향타를 잡았다.

일사천리로 움직이는 그의 모습을 지켜보던 카린이 가만히 웃음을 터뜨렸다. 배가 유유히 물살을 헤치며 나아가 근해로 접어들었을 즈음이었다.

"왜 그렇게 웃어?"

륜이 의아한 얼굴로 묻자, 카린이 그의 눈을 빤히 쳐다보며 아련한 얼굴을 했다.

"이런 옛날 범선 처음 타 본다고 하지 않았어?"

그녀의 말에 륜이 피식 웃었다.

"맞아."

"그런데 어떻게 이 정도로 배를 잘 다뤄?"

"감이 딱 오잖아. 그동안 본 해적 영화가 얼마인데. 이 정도는 감으로 다 조종할 수 있어."

"흐음, 그래?"

카린이 의미 모를 웃음을 지으며 키를 돌리는 륜의 옆에 기대어 섰다. 그리고 키를 움직이는 륜의 손길이나 이곳저곳 살피는 시선이며 그의 발 빠른 움직임 모두를 주의 깊게 눈에 담았다.

"알아? 초짜가 이 정도의 배를 모는 건 그냥 감만으로는 절대 안 돼."

카린은 의미심장한 눈으로 륜을 뚫어져라 바라보았다. 예상은 하고 있었지만 커다란 희열이 물밀 듯이 밀려들며 심장이 세차게 뛰었다.

"내가 천재인가 보지."

륜은 별일 아니라며 거만한 웃음을 지어 보였다.

그런 그를 뒤에서 끌어안으며 카린이 나직이 속삭였다.

"……선장이었어."

"응?"

"내 운명의 그 사람. 이보다 훨씬 커다란 배의 선장이었다고. 천 년 전에."

륜은 표정을 굳힌 채로 잠시 침묵을 지켰다. 배가 끼이이 소리를 내며 방향을 틀었다. 카린은 륜의 등에 얼굴을 묻으며 담담히 말을 이었다.

"꼭 당신처럼 배를 몰았어. 꼭 당신처럼 움직였고."

가슴이 미어질듯 쓰라려 와 카린은 그의 등에 뺨을 비볐다. 따가워 오는 눈에서 금방이라도 물기가 쏟아져 내릴 것만 같았다. 캄캄한 밤바다의 파도 소리가 세차게 뱃전을 때렸다.

"……사실은 당신을 처음 봤을 때부터 좀 이상한 건 있었어."

륜이 조용히 입을 열었다.

"뭐가 이상했는데?"

"꼭 어디선가 본 것만 같고, 왠지 아련하고 애틋한 느낌?"

"아하. 그래서 나한테서 눈을 못 뗀 거구나."

"심장이 먹먹하게 꽉 조여들어서 뭘 어떻게 할 수가 없더라고."

투박하게 흘러나온 륜의 말에 카린이 가볍게 웃었다.

프라하에서 두 번째로 마주쳤을 때, 그가 한눈에 반한 것처럼 미동도 없이 그녀를 뚫어져라 응시하던 걸 기억한다. 륜은 그날이 평생 처음으로 사랑에 빠진 날이었노라고 고백한 적이 있었다.

어쩌면 천 년이 지나 이렇게 다시 만나게 될 것 또한 운명이었을까. 천 년 전과 아주 다른 외모를 하고 있었음에도 불구하고 그녀는 그를 알아볼 수 있었다.

"이번에는 오래 살아. 아주아주 오래."

카린이 륜의 뺨에 키스하며 말했다. 천 년 전의 그는 젊은 나이에 멀리 항해를 떠나 그대로 돌아오지 못했다. 그녀는 오래도록 눈물로 기다렸었다. 그리고 다시는 그를 볼 수 없었다.

륜은 유유히 돌리던 키를 놓아 버린 채 카린을 양팔 가득 끌어안았다. 뜨겁게 입술을 맞붙이며 깊고 짙은 키스로 화답해 왔다.

"그래, 아주 오래."

촤아아아. 뱃전에 부딪치는 파도 소리가 묵직하게 가슴을 울렸다. 키스는 오래도록 이어졌다. 배는 그렇게 멀리멀리 나아갔다.

캄캄한 밤, 결혼식이 열렸던 펜션의 정원에선 여전히 파티가 한창이었다. 신랑 신부는 떠나고 없었지만 모두가 흥에 겨운 분위기였다.

지슈카는 해루와 함께 바닷가로 내려가 산책을 하고 있었고, 루카는 유주와 함께 펜션 뒤편의 정원에서 술래잡기에 열중하고 있었다.

"찾았다."

유주가 살금살금 다가가 바위 뒤에 숨은 루카의 등을 톡 치자, 아이는 까르르 웃음을 터뜨리며 푸른 잔디밭을 신나게 내달렸다.

"루카. 이젠 자러 들어가야 하지 않을까? 밤이 늦은 것 같은데."

유주가 헝클어진 아이의 머리를 정돈해 주며 조심스레 권했다.

"딱 한 번만 더 하고요. 이번엔 제가 술래잖아요."

루카가 유주의 뺨에 쪽 소리 나게 뽀뽀하며 앙증맞게 말했다. 유주는 아이의 뺨을 보드랍게 잡아당기며 쿡쿡 웃었다.

"으이그, 요 귀염쟁이. 그럼 딱 한 번만 더 하는 거다."

"네, 이모. 얼른 서른까지 셀게요."

루카는 씩씩하게 대답하고는 재빨리 나무 기둥에 얼굴을 묻었다.

"하나, 둘, 셋…… 이모!"

부리나케 숫자를 세던 아이가 느닷없이 몸을 돌리며 유주를 불렀다. 테이블 아래에 숨으려던 유주는 의아한 얼굴로 루카를 돌아보았다. 아이의 목소리가 어딘지 다급하게 들렸기 때문이다.

"왜 그래, 루카야. 어디 다쳤니?"

유주는 얼른 루카에게로 다가가 아이의 몸을 이리저리 살폈다. 루카는 가만히 고개를 저었다.

"아, 아뇨. 그게 아니라…… 울음소리가 들려요."

아이는 바다 쪽을 바라보며 시무룩한 얼굴을 했다. 금방이라도 울음을 터뜨릴 것 같은 표정이었다. 유주는 아이를 감싸 안으며 부드럽게 물었다.

"누가 울고 있는데?"

"고래들이요."

"고래?"

"네. 저기 먼 바닷속에서 무척 고통스러워하고 있어요. 엄청나게 많은 고래들이요."

"그 소리가 너에게 들린다고?"

"네. 금방이라도 다 죽어 갈 것 같아요. 도움을 청하고 있어요."

주위의 떠들썩한 파티 소음과 철썩철썩 파도 소리만 들릴 뿐 유주의 귀에 들려오는 바닷속의 소리는 없었다. 아마도 기이한 청각을 가지고 있는 루카에게나 들릴 법한 소리일 것이다.

"이모한테는 아무 소리도 안 들려. 아빠한테 도움을 청해 보자. 아빠라면 틀림없이 도와주실 수 있을 거야."

"아빠는 지금 여기 안 계시잖아요."

"이모가 얼른 엄마한테 전화해 볼게. 아빠도 함께 계실 테니 연락받으면 금방 와 주실 거야."

유주는 핸드폰을 꺼내 해루의 번호를 누르며 다급히 말했다.

루카의 말은 그냥 흘려들을 수가 없었다. 산에서도 먼 곳에

406

있는 짐승이 다쳐 고통스러워하고 있을 때면 누구보다 먼저 알아차리는 것이 루카였기 때문이다. 만약에라도 바다에 무슨 일이 생긴 거라면 지슈카가 간단히 해결할 수 있을 것이다.

해루는 바로 전화를 받지 않았다. 다른 일에 정신이 팔려 신호음을 듣지 못하는 모양이었다. 쉼 없이 이어지던 통화음에 집중해서 귀를 기울이고 있던 순간이었다.

"루카!"

유주는 곁에서 한참 떨어져 있는 아이를 발견하고 다급히 불렀다. 루카는 그새 바다 쪽으로 향하고 있었다. 유주가 루카를 쫓아 달려가던 순간 아이의 모습이 일순 투명해졌다.

"루카? 루카!"

몇 번 깜빡이는 듯 보이던 아이의 모습은 어느 순간 희미한 보랏빛과 함께 순식간에 사라져 버렸다.

"루카!"

유주는 미친 듯이 소리를 지르며 아이가 있던 곳을 찾아 헤맸다. 파티장의 끝자락은 바다에 맞닿은 험준한 벼랑이어서 떨어지면 크게 다칠 정도로 위험했다. 설마 떨어진 것은 아니겠지.

아니, 아무리 생각해 봐도 떨어진 건 아니었다. 루카는 그자리에서 감쪽같이 자취를 감춰 버린 거였다. 지슈카가 성으로 돌아갈 땐 늘 그랬던 것처럼.

─ 유주야, 무슨 일이야?

핸드폰에서 해루의 목소리가 흘러나오고 있었다.

"어, 언니. 어떡해. 어떡하면 좋아. 루카가 갑자기 사라졌어."

─ 뭐?

"갑자기 순간이동을 해 버린 것 같다고."

– 무슨 소리야. 아직 그런 걸 할 수 있는 나이가 아닌데.

대답해 오는 해루의 목소리에 걱정이 잔뜩 묻어났다.

"아무래도 바다로 간 것 같아. 바닷속에서 고래가 울고 있다면서 도와줘야 한다고 그랬거든."

유주는 검게 물든 밤바다를 난감하게 바라보며 걱정스레 말했다. 바다로 사라져 버린 아이를 어디서부터 찾아야 할지 더없이 막막해지고 있었다.

– 바로 갈게.

전화는 그대로 끊어졌다. 이내 지슈카와 해루가 유주의 눈앞에 모습을 드러냈다. 해루의 얼굴은 새파랗게 질려 있었고, 지슈카는 착잡한 눈으로 멀리 펼쳐진 바다를 예리하게 살폈다.

파티장 분위기가 서서히 조용해졌다. 무언가 문제가 생겼음을 감지한 주변 사람들이 놀란 얼굴로 그들을 향해 모여들고 있었다. 거칠게 철썩이는 파도 소리만 침묵 속에 고요히 잦아들었다.

'엄마! 아빠!'

루카는 탁한 바닷물 속에서 겁에 질려 미친 듯이 발버둥 치고 있었다. 귀까지 먹먹해 오는 깊은 물속에서 떠오르는 것은 오직 엄마와 아빠뿐이었다. 주위는 온통 무섭도록 시커먼 어둠뿐이었다.

캄캄한 물속에선 아무 것도 볼 수 없었고, 숨조차 제대로 쉬기 힘들었다. 조금 전까지만 해도 신나는 음악이 이어지던 파티장에 있었는데, 어떻게 된 일인지 도무지 알 수 없었다.

그저 고래의 울음소리에 귀 기울였을 뿐인데 주위가 갑자기 차디찬 바닷물로 뒤덮여 버렸다. 죽도록 겁이 나서 아무것도 생각할 수 없었다.

끼유우우우.

육지에서 귀 기울였던 고래들의 목소리가 희미하게 들려온 것은 그때였다. 물살을 헤치며 거대한 무언가가 천천히 다가와 그녀의 몸을 들어 올리며 물 위로 떠올랐다.

루카는 어푸어푸 삼켰던 물을 뱉어 내며 콜록콜록 기침을 했다. 바다 위를 부는 바람은 맹렬하고 차가웠고, 이가 덜덜 떨릴 정도로 몹시 추웠다. 루카는 자신의 몸을 받치며 떠오른 매끈매끈한 무언가를 매만지며 겨우 정신을 차렸다.

그녀의 몸을 떠받치고 있는 것은 아주 거대한 고래였다. 고통스럽게 울부짖고 있긴 했지만 자신이 몹시도 사랑하는 고래라는 사실에 루카는 비로소 안심이 되었다.

"네가 나를 구해 줬구나."

끼유우우우.

루카의 말에 고래가 긴 울음소리로 응답해 왔다.

눈이 점차 어둠에 익숙해지면서 바다의 풍경도 어렴풋이 눈에 담겼다. 정신이 조금 들자, 아빠에게 배웠던 대로 눈에 기력을 모아 어둠 속을 꿰뚫어 보는 것도 조금은 할 수 있었다.

주위는 바다를 빽빽이 메운 수많은 고래들로 가득했다. 모두가 고통스러운 울음을 내고 있었다. 아마도 이 아이들이 그녀를 이곳으로 부른 것 같았다.

매캐한 검은 안개 같은 것이 바다를 짙게 메우고 있었고, 그것이 고래들의 몸을 옥죄어 숨도 쉬기 힘들 정도로 괴롭게 하고 있는 듯했다.

그녀를 몸에 태운 고래는 극심한 고통으로 몸을 파들파들 떨고 있었다. 고통을 덜어주고 싶지만 아직 아이에 불과한 그녀의 용력으로는 작은 상처 정도만 치료할 수 있을 뿐, 이런 일을 해결해 줄 수는 없었다.

「아빠! 아빠!」

루카는 아빠에게 배운 용언으로 그를 소리쳐 불러보았다. 펜션에서 가까운 바다라면 분명 아빠가 그녀의 목소리를 알아차리고 금세 달려와 줄 것이다.

하지만 어딘지 짐작조차 할 수 없는 이곳은 근처에 육지라고는 전혀 보이지 않는 망망대해였다. 아주 머나먼 바다까지 이동해 버린 모양이었다.

「아빠! 아빠!」

사력을 다해 있는 힘껏 불러 보았지만 들려오는 응답은 없었다. 두려움에 질려 눈물이 펑펑 흘러나왔다.

시커먼 날개를 가진 거대한 뱀 같은 형체들이 날아들기 시작한 것은 그때였다. 멀리서부터 순식간에 하나둘씩 날아들기 시작한 무시무시한 그것들은 순식간에 수십인지 수백인지 모를 만큼 많은 숫자가 되었다.

검은 연기를 온몸에서 내뿜으며 고래들을 빙 둘러 에워싸고 있었다. 어렴풋이 이 존재들이 마룡이 아닐까 하는 생각이 들었다. 아빠가 찾아내서 소탕하려고 그토록 애써왔던 나쁜 용이라는 존재들.

무시무시한 존재들이었다. 루카는 고래의 등에 꼭 붙어서 이를 악물며 무서움을 참았다. 금방이라도 이들이 그녀를 해칠 것 같아 공포가 해일처럼 밀어닥쳤다.

「꼬마, 네가 용의 언어를 쓴 것이냐?」

소름 끼칠 정도로 귀를 긁는 스산한 용언이 귓가에 무시무시하게 스며들었다. 루카는 입을 꾹 다문 채로 아무 말도 하지 않았다.

「천룡의 아이군.」

「아직 열 살도 되지 않은 것 같은데.」

「우리만 아는 은밀한 바다에 천룡의 아이가 어떻게 왔지?」

그들은 자신들끼리 스산한 용언으로 속닥이며 루카에게로 점점 가까이 다가왔다.

루카는 무서움에 주먹을 꼭 쥐며 아빠에게 배운 대로 손에 용력을 모아 보려고 애썼다.

연습할 때 꼭 한 번이었지만 희미하게나마 보라색 불꽃을 피워 올린 적이 있었다. 커다란 무기가 되지는 못하겠지만 이대로 맥없이 마룡들이 자신을 해치도록 두고 볼 수만은 없었다.

끼유우우우우. 끼유우.

고래들이 그녀를 보호하려는 듯 그녀의 곁으로 점점 더 빽빽하게 모여들었다. 공포에 찬 고래들의 울음소리가 더욱 처량하게 들렸다.

「헤이, 꼬마.」

마룡 하나가 순식간에 그녀의 위로 날아들어 옷을 잡아챌 때였다. 루카는 눈을 꼭 감은 채 아빠를 외치며 악착같이 온몸의 용력을 손끝으로 모았다. 미미한 안개처럼 번져 나온 보랏빛이 희미하게 그녀를 휘감은 것은 그때였다.

「아악!」

411

그녀의 옷을 쥐었던 마룡 하나가 불에 덴 듯 크게 비명을 지르며 파드득 날아올랐다. 검은 몸의 비늘이 희미하게 타들어가며 재가 되어 부서져 내렸다.

「뭐, 뭐야! 보라색 불꽃이라니.」

「수호주인가.」

마룡들이 저희들끼리 웅성거리며 쑥덕였다. 루카는 심호흡을 크게 하며 온몸의 용력을 더욱 박박 긁어모았다.

희미하게 그녀의 주위를 맴돌던 보랏빛 안개가 점점 더 넓게 퍼져 나가기 시작했다. 고래들이 응원하듯 크게 소리를 내어 주고 있었다.

또 다른 마룡이 접근해 왔고, 역시 루카를 휘감은 보랏빛에 검은 비늘이 타들어 가듯 부서져 내리자, 화들짝 놀라 그녀에게서 떨어졌다.

루카는 용력을 모으는 일을 멈추지 않았고, 보랏빛은 점점 더 그 크기를 확대해 가며 넓게 번져 나가기 시작했다. 주위를 가득 메웠던 검은 안개도 보랏빛에 휘말려 차츰 더 그 독기를 상실해 갔다.

멀리서 웅장한 푸른빛이 하늘을 가득 뒤덮은 것은 그때였다. 눈이 부시도록 찬란한 아름다운 사파이어빛. 천룡의 빛깔이었다. 분명 아빠가 그녀를 찾고 있는 것일 터였다.

「아빠!」

루카는 용력을 모으던 몸에 더욱 힘을 주었다. 온통 컴컴한 바다였지만, 희미하게나마 보이는 보랏빛을 발견한다면 아빠는 그녀가 여기 있는 줄을 금방 알아차릴 것이다.

'네 보랏빛은 아주 특별한 거야. 아마도 네가 자라서 더욱 크게 힘을 쓸 수 있게 된다면 온 세상의 마기란 마기는 모조리 다 태워 낼 수 있을 거란다. 보랏빛은 수호주의 빛깔이니까.'

완전한 용도, 완전한 인간도 되지 못하는 반룡인 루카에게 모두가 그녀는 특별한 존재라고 말해 주었다. 그녀가 만들어 내는 보랏빛은 세상 그 무엇보다도 고귀한 거라고.

「루카!」

멀리서 아빠의 목소리가 들렸다. 루카는 그에 화답하듯 있는 힘껏 용력을 짜내어 보랏빛을 더욱 크고 더욱 넓게 펼쳐 내었다.

어느새 주위의 고래들을 모두 감싸고 그들을 에워싼 마룡들에게까지 미칠 정도로 보랏빛은 점점 짙고 강대해져 가고 있었다.

「아빠아!」

루카는 혼신의 힘을 다해 아빠를 불렀다. 그 순간 무언가 엄청난 에너지가 몸에서 폭발하듯 거대하게 솟구쳐 올랐다.

미치도록 고통스러웠다. 온몸이 갈갈이 찢겨 터져 나가는 느낌이었다. 그와 함께 그녀의 작은 몸에서 짙은 보라색의 빛이 거대한 기둥처럼 하늘 끝까지 드높게 솟아올랐다. 곳곳에서 마룡들의 비명이 들리며 바다가 거세차게 출렁거렸다.

광대한 푸른빛이 그 모든 풍경을 따사롭게 감싸 내린 것은 다음 순간이었다. 따뜻하고 커다란 손이 루카를 조심스레 품에 안아 올렸다. 아빠였다.

「아빠아!」

루카는 그 품에 얼굴을 파묻으며 목청 높여 울었다. 무서웠다. 정말정말 무서웠었다. 아빠가 찾으러 오지 못할까 봐 더욱 두려웠었다.

「그래, 아빠다. 잘했다, 루카. 잘 견뎠어.」

이마에, 뺨에 따뜻한 아빠의 키스가 쏟아져 내린다. 그와 함께 하늘에서 커다란 굉음이 들리며 수많은 푸른 번개가 쉴 새 없이 바다 위로 내리꽂혔다.

고래들은 재빨리 물속으로 몸을 피했고, 미처 피하지 못한 마룡들은 순식간에 쏟아진 번개에 온몸이 재처럼 타들어 갔다.

혼란했던 바다에 차츰 고요가 찾아들었다. 바다를 뒤덮었던 검은 안개는 어느 순간 희미하게 사라져 갔고, 마룡들은 흔적조차 남아 있지 않았다.

「이곳엔 어떻게 왔니?」

아빠가 그녀의 머리를 쓸어 주며 다정하게 물었다.

「고래들이 도와 달라 하는 소리가 들려서……. 도와주고 싶다고 생각만 했는데, 갑자기 바다에 와 있었어요.」

「그랬구나. 이런 일에 휘말리지만 않았다면 아주 기뻤을 거야. 아무나 할 수 있는 게 아니거든. 가고 싶다고 생각하는 곳으로 바로 갈 수 있는 거.」

「그렇게 대단한 거예요?」

「그럼. 휼 아저씨도 그렇게 빠르게는 못 해.」

「와. 정말요?」

루카는 그동안 무서웠던 것도 금세 잊고 까르르 웃었다. 정말이지 무척이나 큰일을 해낸 것만 같았다.

바다 깊숙이 숨어들었던 고래들이 하나둘씩 빼꼼히 고개를 내밀기 시작했다. 첨벙첨벙 물소리와 함께 루카의 주위로 꼬리를 흔들며 모여들었다.

「고래들이 이제 괜찮대요. 안 아프대요.」

루카는 아빠를 향해 웃으며 고래들의 말을 전해 주었다.

「네가 도와줄 수 있어서 다행이구나. 아빠에게도 큰 도움이 되었단다.」

「와. 진짜요?」

「그럼. 아빠가 찾고 있던 그 나쁜 용들을 우리 루카가 찾아 준 건데. 이런 곳에 꽁꽁 숨어 있어서 그동안 어찌나 찾기가 힘들었는지.」

아빠는 그녀를 품에 안고 하늘 높이 날아올랐다. 루카는 점점 작게 보이는 고래들을 향해 커다랗게 손을 흔들었다.

고래들이 끼유우우 소리를 내며 힘찬 꼬리 짓으로 화답해 주었다. 가슴이 크게 벅차올랐다. 루카는 손바닥에 피워 낸 보랏빛 불꽃을 인사처럼 날려 보내 주었다.

창밖에 하얗게 눈이 흩날리고 있었다. 설룡산은 초록빛이 무성한 따사로운 봄이었지만 북해빙성은 언제나 그렇듯 새하얀 눈으로 뒤덮여 있었다. 노랗게 빛을 내는 초승달 너머로 안개 같은 눈발이 보슬보슬 떨어져 내린다.

침대에 누운 루카는 고래 인형을 꼭 끌어안은 채 깊이 잠이 들었다. 재잘재잘 모험담을 떠들어 대느라 내려앉는 눈꺼풀을 참으며 한참을 버티고 나서야 눈이 감겼다.

"아무래도 우리 딸은 평범하지 않은 것 같아."

루카의 이불을 꼼꼼히 끌어 올려 주며 지슈카가 말했다.

고롱고롱 소리를 내며 잠든 아이의 주위로 희미한 보랏빛 안개가 휘감아 돈다.

"그래서. 걱정돼요?"

해루가 다정하게 웃으며 그를 돌아보았다.

"아니. 아무래도 좋아. 루카가 행복할 수 있다면."

지슈카는 그녀의 어깨를 감싸 안으며 이마에 짧게 키스했다. 해루가 그의 목에 팔을 감으며 다감하게 키스를 되돌려 왔다.

"마룡들은 이제 완전히 정리가 된 거겠죠?"

"그래."

"오늘 같은 일이 또 있을까 봐 걱정이에요."

"그럴 일은 없을 거야. 마지막 근거지까지 깨끗이 소탕했고, 우두머리였던 바욘의 사체도 확인했으니."

"정말 다행이에요."

"그래, 이제 안심해도 좋아."

지슈카는 해루를 사뿐히 안아 들며 그들의 침실로 향했다. 그를 향한 아내의 눈동자엔 늘 그렇듯 신뢰가 가득했고, 다정한 웃음소리엔 사랑이 넘쳐흘렀다.

달빛이 길게 꼬리를 드리우고 눈은 소복이 쌓여 가고 있었다. 행복도 나날이 그만큼씩 차근차근 쌓여 나간다. 언제나처럼 평화로운 밤이었다.